史怀宝
／著

焦裕禄式的好干部

谷文昌传

世界知识出版社

我们共产党人好比种子,人民好比土地。我们到了一个地方,就要同那里的人民结合起来,在人民中间生根、开花。

——毛泽东

我经常提到五六十年代福建东山县县委书记谷文昌,他一心一意为老百姓办事,当地老百姓逢年过节是"先祭谷公,后拜祖宗"。

——习近平

工作中的谷文昌

谷文昌经常工作到深夜

谷文昌在工地上抬石头

谷文昌与当地农民探讨木麻黄栽培经验

谷文昌在田间与农民一起劳动

第一棵木麻黄试种成活,谷文昌欣喜不已

谷文昌夫妇结婚照

谷文昌和老伴史英萍

谷文昌穿着从地摊上买来的旧大衣，与妻子合照

今日八尺门跨海大桥

东山海湾

沿海公路

绿色东山

谷文昌

谷文昌（1915—1981），河南林州人。1944年加入中国共产党。1949年随解放军南下至福建省东山岛，先后担任东山县城关区委书记、县委组织部部长、县长、县委书记。1964年调任福建省林业厅副厅长。"文革"期间下放宁化县农村劳动，1972年任龙溪地区林业局局长、农委主任、副专员。由于长期工作劳累，谷文昌积劳成疾，于1981年1月30日在漳州病逝。

在抗日战争和解放战争时期，谷文昌积极投身于民族独立和解放大业。新中国成立后，谷文昌服从组织安排，留在东山县工作。他为官一任，造福一方，不畏艰苦，实事求是，带领东山县人民苦干十四年，终于把一个荒岛变成宝岛。

谷文昌用自己的言行赢得了老百姓的信任和敬仰。在福建宁化，老百姓称他为"谷满仓"。谷文昌辞世后，东山县百姓自发将"先祭谷公，后拜祖宗"传承为新的风俗。习近平总书记盛赞他："在老百姓心中竖起一座不朽的丰碑！"2019年，谷文昌被评为"最美奋斗者"，入选"100位新中国成立以来感动中国人物"。

谷文昌语录

人民的需要就是我们的工作。

群众哪里有困难,我们就在哪里出现。

不带私心搞革命,一心一意为人民。

不把人民拯救出苦难,共产党来做什么!

不关心群众生活,就是没有群众观点,就无所谓革命。

受一样的苦,干一样的活,群众才会信任我们。

做官先做人,万事民为先。

制服不了风沙,就让风沙把我埋掉。

上战秃头山,下战飞沙滩,绿化全海岛,建设新东山。

不要因为受了委屈,就丧失信念。

我是经过沟沟坎坎的人,但我始终坚定,任何时候都要相信党,相信组织。

当领导的要先把自己的手洗干净,把腰杆挺直。

我们是共产党员,不做自然的奴隶,不能被困难吓倒!

喊破嗓子,不如干出样子。

发号召容易,真正干成一件事却不那么容易。事业要成功,领导是关键,指挥不在第一线,等于空头指挥。

序 言

共产主义变成每个中国共产党员的信仰,变为中国人民为之奋斗的目标,变为劳苦大众追求幸福的过程,不是一帆风顺的。正如孟子所云:"天将降大任于是人也,必先苦其心志,劳其筋骨,饿其体肤,空乏其身。"在那些走向光明的日子里,谷文昌那一代共产党人,浴血抗击日寇侵略,推翻压在中国人民头上的"三座大山",高举社会主义建设的大旗,与人民群众同甘共苦,艰难探索,努力奋斗,谱写了一曲艰苦卓绝的奋斗之歌。几十年过去了,这些优秀共产党员为人民服务的崇高精神,穿越时空,依然照耀着我们这个时代。

仰望星空,看中华人民共和国历史的天幕上——谷文昌、焦裕禄、杨善洲……这一个个激动人心的名字,他们的精神如甘霖,浇灌着辽阔的大地,滋润着我们的心田。

这里曾是一年四季风沙肆虐、旱涝无常的荒岛、死岛、饿岛,如今已是一个四季常青、人民安居乐业的国家生态县,全国十大美丽海岛之一,中国优秀旅游县。

山口村曾是沙土飞扬、残垣断壁、村民世代行乞的"乞丐村",如今这里是楼宇鳞次栉比、马路宽广的小康幸福村。

大海起伏,松涛滚滚,春节的鞭炮声响彻福建省东山岛。赤山林场,一尊汉白玉雕像前,明烛高燃,香烟缭绕。年近百岁的何赛玉阿婆带领一大群晚辈,泪眼婆娑,高高举着一炷高香,颤巍巍地深情念叨:"先祭谷公,后拜祖宗……"

每逢盛大节日,在东山县,许多人从四面八方赶到赤山林场,带着香烛、水果，在年长者的带领下，眼噙泪水，神情庄重地来这里祭拜谷公。

谷公就是谷文昌，一位南下军人，一位深得民心的基层共产党员干部。他在东山县十四年，与当地百姓同甘共苦，植树造林，兴修水利，战胜了一个又一个自然灾害，带领群众走上幸福之路。如今，谷文昌离开我们已经四十多年了，许多群众依然把他当作"神"一样敬仰。

目 录

001 | 第一章 苦难的石头

010 | 第二章 抗日烽火

　　投奔抗日队伍 // 010

　　抗日烽火 // 013

　　林北抗日革命根据地 // 019

025 | 第三章 解放区的天

031 | 第四章 南下道路

040 | 第五章 国民党反动派造灾，共产党人必须救灾

050 | 第六章 东山保卫战

062 | 第七章 如果制服不了风沙，就让风沙把我埋掉

071 | 第八章 玉汝于成

081 | 第九章 谁砍掉一棵树，就是砍掉我的性命

　　海水浇树 // 081

　　两棵树苗 // 083

护林员蔡海福 // 085

绿海绵延 // 088

093　第十章　没有调查就没有发言权

105　第十一章　人民的需要就是我们的工作

后宅村排涝水渠 // 105

八尺门海堤 // 107

南门湾防潮海堤 // 113

西港湾海堤 // 118

红旗水库 // 120

东赤港农田排涝工程 // 121

从钉船到机动船 // 123

康庄大道 // 124

125　第十二章　东山之根

知识就是力量 // 125

人民健康事业 // 129

东山广播站 // 132

人民会堂 // 135

保护古树 // 137

风动石劫遇 // 138

大铁钟漂流记 // 141

东山海柳雕 // 144

146　第十三章　第一次回林县老家

155　第十四章　不让东山饿死一个人

大食堂时代 // 155

同甘共苦 // 158

潸然大爱 // 163

群众立场 // 167

不让东山饿死一个人 // 169

200万斤救济粮 // 170

解散大食堂 // 173

176　第十五章　艰苦探索

实事求是为百姓 // 176

坚决退赔，向群众认错 // 181

生产体制调整 // 185

自留地政策调整 // 188

分配政策调整 // 188

192　第十六章　第二次回林县老家

203　第十七章　批评与自我批评之风

208　第十八章　艰苦卓绝的抗旱斗争

218　第十九章　谷豫东回老家

223　第二十章　百姓心中有杆秤

227　第二十一章　宁化岁月

老百姓的"谷满仓" // 227

临危受命 // 233

人民的老谷 // 238

243　第二十二章　廉洁家风

255	第二十三章 勤俭节约的"穷大方"
265	第二十四章 有"代志",找谷书记

少年登煌 // 265

农民朱进宝 // 267

有"代志",找谷书记 // 269

审干拨迷云 // 272

年轻人的婚事 // 273

谷书记的回信 // 275

米饭情结 // 276

本色 // 277

30万斤稻种 // 278

280	第二十五章 又见红旗渠
284	第二十六章 归去来兮
294	第二十七章 深情厚谊为难侨
300	第二十八章 把我的骨灰埋到东山

谷文昌生平年表 304

后记 306

第一章　苦难的石头

谷文昌原名谷程栓，1915年3月20日生于河南省林州市石板岩镇郭家庄南湾村一户农民家庭，在三兄弟中排行老二。

林州历史悠久，古名隆虑，出自战国时期韩国的"临虑邑"。1215年改为林州，明洪武三年（1370年）改名林县，1994年撤销林县设立林州市。林州市在河南省最北部、太行山脉东麓，处于河南、山西、河北三省交界处，东与安阳市安阳县、鹤壁市鹤山区和淇滨区接壤，南与新乡市辉县市、卫辉市为邻，西与长治市平顺县、壶关县毗连，北隔漳河与邯郸市涉县相望。林州是"人工天河"红旗渠的故乡，是红旗渠精神的发祥地。如今的林州景色优美、名胜众多，境内的林虑山群峰秀拔、峭壁险峻、林木葱郁、飞瀑流泉、景罕物奇，号称"八百里太行之魂"，为世所称。

谷文昌的家乡位于太行山脉的林虑山中，是一座被大山环绕的小山村。谷文昌小时候，当时的林虑山没有后来的红旗渠，没有南谷洞水库，没有通往山外的宽敞马路，更没有现在老百姓的富裕生活。旧中国几乎所有的苦难都堆积成大山，以闭塞、贫瘠、干旱和封建落后的形式，将百姓重重压在下面。谷文昌的童年、少年，和这一带的乡亲们一样，年复一年艰难生存，他甚至一度跟着父母逃荒要饭，艰难度日。

1923年正月十五刚过，母亲给八岁的谷程栓做了一件粗布新棉衣、棉裤。这是谷程栓第一次穿上新衣服，之前他只能穿哥哥的旧衣服。南湾村有一所私塾小学，但是谷程栓家穷，哥哥上不起私塾，他也不能。多少次，他远远地听同龄孩子们琅琅的读书声；多少次，他扒着私塾学校的窗口好奇地往里张望。"书中自有黄金屋，书中自有颜如玉"，谁不知道读书的美好呢？于是谷程栓多次向父母请求去学校读书。可是家里穷呀，别说上学，家里连吃饭这样基本的生存都是问题。父亲谷玘和与母亲桑氏望着聪慧、执着的谷程栓，咬咬牙，决定借高利贷供儿子读书。

就这样，谷玘和领着一身新棉衣的谷程栓来到村私塾学校，父子俩给老师恭恭敬敬地鞠了一躬。从此，谷程栓与周围几个村里家庭条件不错的孩子，一起读书识字。谷程栓非常珍惜这难得的大好时光，他学习刻苦勤奋，成绩进步很快。这是他最初受到的文化教育，也是他后来尊师重教的源头。谷程栓如饥似渴地读书，心里渐渐亮堂起来，他觉得穷人家的孩子也能读书了。

为了供孩子读书，谷玘和向富人家借了高利贷。他本想秋收后卖粮食还债，可是当年大旱，庄稼歉收。债主上门逼债，看见谷玘和家穷得掉渣，还不起债务，便虚情假意一番，说："让你家老二给我放牛吧。"谷玘和万般无奈，仰天长叹。八月的一天，秋风萧瑟，谷玘和来到儿子读书的学校，准备领走正在读书的儿子，谷程栓哭着说："爹，我要读书，我要读书。"私塾老师说："孩子聪明，学习勤奋，不读书太可惜了。"谷玘和何尝不愿让孩子读书？可是，穷人家连温饱都难以保证，这书又怎能读下去呢？谷玘和无可奈何，连扯带拽，把孩子拉出学校，拉到债主家牛棚前，从债主手中接过放牛的鞭子。

从此，年仅八岁的谷程栓开始了放牛娃的生涯，一放就是六年。每天早上，他赶着牛慢悠悠地往山上走，恋恋不舍地看着昔日的小伙伴们走进学堂。多少次，他在山坡上听着远处传来的读书声。宁静的大山里，谷程栓偷偷地从怀里掏出识字本，小声地读起来。他有时拿着赶牛的鞭子，有时拿着树枝、尖石块，在草地上、在山岩上，一笔一画地写着先生教他的字。他对牛很好，牛可没富人那样凶，蓝天白云下，几头牛哞哞地叫着，似乎听到了谷程栓的读书声。多少次，谷程栓躺在家乡的山坡上，遥望南飞的大雁，憧憬着山外的世界；多少次，他望着连绵的大山，梦想着美好的未来。读书的梦想渐行渐远。但是，让穷苦人吃饱肚子、过上好日子，让穷人家的孩子也能读书这一梦想，渐渐在少年谷程栓的心灵深处扎下根来。

谷文富小时候也给地主放过牛。2017年12月的一天，七十一岁的谷文富给笔者讲起放牛娃谷程栓的故事。听老人们讲，少年谷程栓很有正义感。那年，他与小伙伴们一起放牛，天气炎热干燥，蝉在树上扯着嗓子嘶鸣。小伙伴们发现前面不远处有一树水梨，几个热得几近中暑的小伙伴们咽着唾沫说："要是能吃几个梨子多好啊！"可是，这棵梨树的主人赵九川抠得出名，是个宁愿梨子坏在树上也不让孩子们吃的主。有个放牛娃中暑了，处于半昏厥状态。谷程栓说："我去找他要。"他顶着烈日，从赵九川家的后墙爬上梨树。赵九川的老婆听见有动静，拄着拐杖从屋里走出来。茂密的树冠里，传来几声惟妙惟肖的老鸹叫声。赵九川的老婆眼神不济，以为真的是老鸹叫，再加上烈日当头，她就返回屋内。谷文昌将几个梨子装进口袋，悄悄爬下梨树，跳下石墙，把水梨分给在墙头下等待的小伙伴们。

1929年8月，十四岁的谷程栓给地主家放了六年牛，还清了当年的债务，回到家，跟父亲一起下地，学种庄稼。山风吹黑了谷程栓的脸庞，也塑造了谷程栓大山一样朴实的性格。

谷玘和吃苦耐劳，勤俭持家，是一位老实巴交的农民，一辈子与大山、土地打交道。他斗大的字不识一升,却在贫瘠的山地上积累了丰富的农耕经验。他手把手地教谷程栓犁地、耙地、耘地、锄地、翻地,教他如何根据二十四节气掌握春种秋收的技术——如何种植小麦、玉米、谷子、大豆、高粱、黍子,以及各种蔬菜;如何种植山楂、苹果、核桃、柿子、李子、花椒等树木;如何使用、制作和修理杈、耧、耙、犁、锨、镢、锄等家常农器具。大山很封闭,却完好地保存了中国几千年传承下来的农耕文明。谷程栓跟着父亲种了四年庄稼。四年下来,谷程栓的个头长高了,成为一名精通农事的能手。虽然天旱地薄,每年只有一季收成,但是一家人勤劳节俭,能糊口,谷家逐渐看到生活的曙光。

天有不测风云,老人病了。为了给家中老人治病,谷珃和又向地主家借了高利贷,欠下巨额债务。1933年8月,谷程栓十八岁,家庭突遭变故,债主上门逼债。为了还债,家里不仅卖掉家具,连赖以生存的几亩山地也变卖了。全家八口人仅靠剩下的六分林地生活,困难程度可想而知。

2017年12月,笔者来到南湾村,看到谷文昌老家祖宅地基上早已建起的南谷洞水库,水库公路下面有几棵槐树,树下面有几座不显眼的坟茔,村支书宋喜全告诉笔者,那是谷家当初的林地。

靠山吃山,开山取石。多年与大山打交道,成就了小山村的很多石匠。当时的南湾村一带就有几位石匠,其中,赵九全比较有名气。除了平常碫磨、碫碾外,他还能雕刻、凿碑、打造石桌石椅等。笔者在南湾村见到郭家庄八十一岁的老支书谷相州,论辈分他是谷文昌的哥哥。他告诉笔者,谷文昌年轻的时候跟赵九全学过石匠手艺。谷文昌的外甥、退休教师杨来运说,南湾村一带山高石头多,"石头"深入到群众生活的方方面面。少年时他曾经参加修建红旗渠,在劳动工地上说快板鼓舞人们的斗志。他说起当地一个有关石头的民谣《石板岩的石板房》:

石楼石梯石板房，

石地石柱石头墙，

石街石院石板场，

石碾石磨石谷洞，

石臼石盆石水缸，

石桌石凳石锅台，

石庙石炉石神像，

……

石匠是人类历史上传承最久的职业，从旧石器时代的简单打磨石头到现代石雕和艺术的完美结合，离不开一代代石匠的默默奉献。等到谷程栓年龄稍长，谷玘和就领着儿子找到村里的石匠赵九全，希望他教谷程栓打石头，以混口饭吃。赵九全手把手地教谷程栓学习。谷程栓心灵手巧，努力学习，渐渐掌握了做石匠的要领。然而，谷程栓家的生活依然拮据。几个月后，赵九全诚恳地说："石匠这一行当赚不了大钱，我的手艺一般，你们还是去山西吧，那里有好的石匠师父。"

南湾村和附近几个小山村散落在山沟沟里，四周是巍峨的大山，西面、北面是太行山，东面、南面是林虑山，小村通往外面的两条崎岖小路蜿蜒在山坡上，小推车也很难过去，乡亲们外出大都靠肩扛人抬。20世纪50年代，这种状况仍没有改变。历史上的林县十年九旱，交通闭塞，群众的生活普遍艰苦，当地有民谣"清早糠，上午汤，晚上稀饭照月亮"。日子过不下去了，乡亲们只得拖着要饭棍翻越大山，远走他乡。林县地处河北、山西、河南三省交界处，每逢灾荒年景，百姓大多到山西逃荒要饭。"不吃山西粮，不能过时光；不吃山西饭，不能长大汉"，这是当年林县百姓逃荒要饭的真实写照。

1933年8月,十八岁的谷程栓卷起铺盖,挑起担子,跟着大哥谷程顺和村里的乡亲,翻过崇山峻岭来到山西省潞城县(今长治市潞城区)老黄沟一带。这里山清水秀,土地肥沃,也有不少人做石匠。

走出家乡,新的天地让谷程栓眼前一亮。这里有很多石匠,好多人家都会石头手艺。谷程栓与哥哥找了一家石匠作坊继续学手艺,同时打短工。谷程栓暗下决心,一定要好好学习本领。他吃苦好学,上工学,下工练。虽然有了一些石匠的基本功,他依然从零学起。潞城的石匠师父手把手地教他石匠的五大基本功:起石板、切石料、凿器具、搞石雕、砌石头。师父严肃认真,用一口浓重的山西话说:"学石匠道理好讲,贵在坚持练习。"师父教石匠手艺,还教做人的道理:"砌石墙要横平竖直,做人要公平正气。"盖房子为什么要在墙根或墙上立一块"泰山石敢当"的石头?因为石敢当能镇妖挡邪,一股正气,保护老百姓。学了一段时间后,兄弟俩跟着师父走街串巷。一年下来,谷文昌凿的石头横平竖直,起落有致,在当地小有名气。

后来,谷程栓返回家乡,继续跟老石匠赵九全学习。谷程栓的手艺越来越高,十里八乡的乡亲们经常请他打石锻磨。好多村的不少乡亲由此认识了为人诚实、手艺出色的谷程栓,这为谷程栓后来参加革命、开展工作打下广泛的群众基础,为他后来带领东山人民挖山凿石修水库、建海堤、铺道路打下了坚实的基础。

大山里的人家普遍穷,仅靠石匠生意难以糊口。谷程顺、谷程栓兄弟俩给人打短工,租种土地,做些石匠活儿和其他小买卖。那年春天,哥儿俩落脚到山西省潞城县老黄沟一个地主家扛活。就是在这段日子里,谷程栓听到了"共产党"这个温暖的名字,听说了共产党领导的队伍。他知道,共产党领导的八路军是驱逐日寇的队伍,是穷苦人的希望。谷程栓心中渐渐升腾起一股火焰,似乎看到黑色苦难中的一缕曙光。从那时起,谷程栓留心打听、寻找八路军的队伍，逐渐接触了共产主义思想。

一季下来，大户人家问哥儿俩是要工钱还是要粮食。想着家中挨饿的亲人，粮食比金子银子还要珍贵啊，哥儿俩选择了粮食，准备过年时把收获的小米担回家去。

1942年冬天，整个河南省发生了大饥荒，林县也未能幸免，谷程栓一家在饥饿线上挣扎。家里的粮食很快吃光了，为了一家人的生活，谷圮和拼死拼活，依靠上山砍柴卖钱，买些粮食和贴补家用。穷人家的日子都很难过，砍柴的乡亲越来越多，能砍到的柴越来越少。为了砍到柴，谷圮和经常冒险爬到人迹罕至的危险山崖上。这年冬天，北风呼啸。一场大雪刚过，山高路滑，谷圮和冒险上山打柴，不小心摔进深谷，不幸去世。谷家的日子雪上加霜。家里的顶梁柱倒了，一家老小的重担落在老母亲身上。

谷程栓的堂侄女谷翠萍讲了一斗炒面的故事。最困难的时候，穷帮穷。谷程栓的四叔四婶看着谷程栓一家孤儿寡母实在可怜，就从自己牙缝里抠出一斗炒面，送给谷程栓母亲，谷家老小因此度过了最难的日子。这就是谷程栓的母亲桑氏所说的"幸亏你四叔家的一斗炒面"的故事。林县的炒面并不是传统意义上把面粉或粗粮粉炒熟的面。谷文富介绍，大山里没有粮食吃，大家把吃剩的柿子皮包上谷糠，在日头下晒干，再在石碾上压碎、过箩，就是1949年以前的炒面。谷翠萍介绍她记忆中的炒面：困难时期，南湾村一带的村民摘下成熟的柿子，不舍得吃，把柿子择净，与谷糠（好一些的与细糠）一起搅拌，冬天时在火炕上烤焦，然后在石碾上不断碾压，过箩后下来的面叫炒面。这种炒面，成为当时南湾村村民生活的奢侈品。

哥儿俩接到父亲去世的噩耗，悲痛万分。简单拾掇后，每人挑着二百斤小米，冒着凛冽的寒风，往老家林县赶。数百里崇山峻岭的山路中，哥儿俩风餐露宿。担心大路上炮楼的鬼子盘查，他们选择走弯弯曲曲的小路。十六集电视剧《谷文昌》中有这样一个细节：虹梯关炮楼由鬼子、伪军把守，哥儿俩就冒着夜色，抄小路绕过去。面对鬼子的探照灯、狼狗的狂叫、鬼子兵虚张声势的吆喝，弟兄俩智勇双全，绕过关口。事实比这更艰辛。一路上山高路险，有鬼子的炮楼，还有路边草丛里不时传来的野狼嚎叫。那时候，山里时常传来野狼吃人的坏消息。就这样，在黑暗和恐怖的山野里，兄弟俩唱着豫剧，终于回到家。有人说，谷程栓的性格太像太行山了，实在又坚韧，这种性格在那时就形成了。

当时的太行山里的确有吃人的恶狼。福建省漳州市人大常委会原副主任靳国富是与谷文昌同时代的南下干部。少年时的他在太行山加入共产党领导的抗日队伍，新中国成立后曾在东山县任县农工部部长、县委副书记等。2014年9月的一天，靳国富讲了一个他在送情报途中遭遇狼的故事。一天黄昏，八路军游击队交给他一项送情报的重要任务，非常紧急。他连夜翻过两座大山，半路上，被两只野狼盯上了。两只狼狡猾地在他身后追赶，他疯了一样地狂奔。前面有微弱的灯光，他冲过去，猛敲门，大喊"有狼"。屋里的女主人不开门，只是隔着窗子说："小哥，你翻墙进来吧。"靳国富翻墙进去，在这户人家的驴圈里住了一晚上，野狼没能进院。第二天一早，一位年轻妇女领着一个小孩打开门，她说："俺男人不在家，这兵荒马乱的岁月，俺不敢开门，您多担待。"妇女给靳国富端来米汤，递来吃的。少年靳国富喝了米汤，拿着妇女递过来的高粱饼子，顺着她指点的方向，急忙向大山中的森林走去，他必须把八路军的情报送过去。

在这样野狼嚎叫的大山里，谷程顺、谷程栓兄弟俩似乎听到母亲和家人饥饿的呼唤，他们肩挑小米，昼夜不停，朝老家林县林虑山南湾村走去。

贫困和饥饿如饿狼般地扑过来，随时要吞噬南湾村的乡亲们。老母亲一天到晚站在村外山坡上,遥望远方山峦上的小路,希望两个儿子满载而归。那天黎明,饥饿的母亲还躺在床上,大门"吱"的一声开了。谷程栓和谷程顺兄弟俩风尘仆仆,满头霜花,一前一后下到山沟沟,赶回家里。我们可以想象,谷程栓是如何捧着一把金黄色的小米,跪着来到母亲面前,喊着:"娘—— 粮食。"

后来,谷文昌在福建省东山县工作,由于工作繁忙,路途遥远,十年都不能回老家。十六集电视剧《谷文昌》中有这样的镜头:1957年冬天,母亲听说两个儿子要回老家,老人家眼含泪花说:"我经常梦见儿子从山西担着二百多斤小米,黎明前回到家乡,程栓捧着小米跪倒在我面前的情景……"

后来,善良的母亲桑氏拿着小米,除自家吃以外,还周济村里一些更穷的乡亲。

第二章 抗日烽火

1931年,日军发动"九一八"事变后,侵占中国东北。1937年7月7日,日军在北平(今北京)附近挑起卢沟桥事变,中日战争全面爆发。日寇铁蹄入侵,给中华民族造成巨大的灾难。日军烧杀抢掠,无恶不作,制造了一起又一起的惨案,一个又一个无人村、万人坑。据不完全统计,这场战争造成中国军民共计3500多万人伤亡。日寇的野蛮暴行,激起中华民族的全面抵抗,悲壮卓绝的抗日战争全面爆发。像成千上万的爱国志士一样,谷文昌勇敢地加入中国共产党领导的抗日战争行列。

投奔抗日队伍

1935年12月,谷程栓从山西潞城回到河南林县老家。这次去山西,谷程栓担来了粮食,也担来了对美好生活的向往。从此,他像其他老乡一样,农闲时节走街串巷,凭着石匠手艺赚些小钱养家糊口。他手艺好,锻制的石器精致,收费低,颇受周围乡亲的欢迎。其后几年里,谷程顺、谷程栓兄弟又去了几次山西打工谋生,做石匠生意。因为家里穷,谷程顺在老家找不到媳妇。在山西潞城扛活当长工的日子里,一户当地的好人家看着谷程顺老实本分,吃苦能干,就招他入赘,成为上门女婿。从此,谷程顺在山西娶妻生子。谷程栓去山西扛活打零工时，经常投奔大哥。

然而，日寇的侵略打乱了谷程栓和大部分中国人追求幸福生活的脚步。1937年11月，日军进攻安阳。11月5日，日军攻占安阳城后，对小西门一带居民进行血腥屠杀，制造了安阳大院街惨案。日军用枪杀、刺刀挑、战刀砍，甚至唆使军犬将人活活咬死，造成1000余名同胞遇难。烧杀抢掠的同时，日军兽性大发，对扫荡搜出的妇女，从十几岁的少女到七十多岁的老妪，肆意侮辱。1938年2月11日，日军攻占安阳县魏家营后，对村民进行血腥大屠杀。日军把100多名村民赶到村西南角的一个"巨"字形墓穴前，将80余人逼进墓穴，堵住墓口，往里面扔手榴弹，用机枪扫射，80余人全部丧生，制造了"穿堂墓事件"。仅一天时间，日军就残杀该村村民108人。据谷文昌的大女儿谷哲慧讲，当时鬼子、汉奸横行，即使南湾村这样偏僻的地方，鬼子扫荡时也能找到。鬼子一来，乡亲们吓得躲到山上，大人孩子不敢吭声，她就是那个时候出生在林虑山中的一座石洞里。

日寇的暴行激起谷程栓保家卫国的斗志，也加快了他寻找抗日队伍的步伐。其间，经媒人说合，他与结发妻子申氏成婚。据谷哲慧讲，在一次日本鬼子的"大扫荡"中，母亲和村里的百姓躲到山洞里，怀孕的母亲突然临产，在山洞里生下了小哲慧。我们可以想象，村里的接生婆如何临时摸黑为申氏接生；婴儿啼哭，母亲如何恐惧地用手捂住刚出生的孩子的嘴。幸亏那天晚上刮着大北风，将婴儿的哭声吹到北面太行山的山谷里，山下的鬼子没有听见。

1942年冬，谷程栓回到家乡，没有再去山西，而是留在老家生产劳动，与乡亲们一起躲避日寇扫荡。他这次带来了粮食，也萌生了对共产党领导的八路军抗日队伍的向往。

谷程栓继续依靠走街串巷打石头谋生。谷翠萍告诉笔者："二伯（谷程栓）从山西回家后，还多了一项手艺——他竟然会治病。父亲当时年幼，胳膊不小心扭了，几天也不见好。二伯听说后，上前捋了捋，捏了捏，念几句咒语，吹口气说，'好了'。我爸的病竟然真的好了。村里村外的人找二伯，有个小病小恙的，二伯一看就好，由此，二伯结识了很多群众。父亲后来听二伯说，山里百姓风吹日晒，很少有得大病的。他只能看些小打小闹的跌打损伤，大病还是要看郎中的。"

其实，谷文昌当时学的应该是中医推拿和祝由术。祝由术是道教文化的一种，属于中医，谷文昌参加革命后，就很少用这种方法给人治病了。

抗日战争爆发后，八路军129师挥师东进，以太行山为依托建立了抗日根据地。不久，河南地下党组织和八路军129师386旅的赵（基梅）谭（甫仁）支队、第四游击队以及115师344旅进入林县，发动地方群众，宣传抗日救国，发展农村党员，建立党组织。抗日的星星之火迅速燃烧起来。

1940年3月，林县分为林县和林北县，林北县属晋冀鲁豫边区太行区第五专区，林县属国民党统治区。1942年年初，中共林北县派遣共产党员郭勋到西乡坪村开展革命工作。一次偶然的机会，正在干石匠活的谷程栓遇见地下工作者郭勋。郭勋为谷程栓讲解革命道理，痛斥日寇暴行，讲解共产党八路军的政策和理想。谷程栓仿佛一夜之间找到了灵魂的归宿，又如黑暗中的跋涉者看见光明，他迅速投入抗日洪流，加入郭勋领导的地下抗日组织，悄悄开展抗日救国活动。为了掩护革命身份，他对外改名叫"谷文昌"。据郭家庄村支书宋喜全讲述："听村里的老人们回忆，村里好多人当时不知道谷文昌是谁。谷文昌经常往村外跑，除了做石匠活外，还做小米、黄丝等生意。他有时在本地，有时在外地，甚至去山西。他整日精神抖擞，不知疲倦，仿佛变了一个人似的。"

1943年5月，林县抗日民主政府成立，林县属晋冀鲁豫边区太行区第七专区。1943年6月,中共西乡坪村党支部成立。同年8月,西乡坪村成立中共林北县第七分区委。谷程栓和南湾村的几位积极抗日的群众,在郭家庄行动起来,动员群众抗日救国,组织成立群众性抗日组织。1943年6月,郭家庄选举农会主席,谷文昌当选。南湾村的好多群众这时才知道,谷文昌就是谷程栓,他早就加入共产党领导的抗日组织了,他走街串巷做小买卖,是为地下抗日工作做掩护。谷文昌多次去山西,一开始是为了讨生活,后来是为了革命工作。在党组织的领导下,林北县以西乡坪、郭家庄为中心,抗日烽火以燎原之势迅速扩展。各村先后成立了农会、民兵队、妇救会、儿童团等群众组织。群众满怀希望,积极靠近共产党组织,自觉接受共产党的教育,逐步懂得了农民要翻身做主人、全中国团结起来抗日救国的革命道理。

以西乡坪村为中心的林北地区,地处河南、山西、河北三省交界处,地势险要,随着抗日烽火的燃烧,这里逐渐发展为一个抗日根据地,革命和生产得到较好发展,一批又一批觉醒的群众投入抗日洪流中。

抗日烽火

谷文昌带领群众积极参加抗击日寇、保家卫国的斗争。在担任村农会主任期间,经过慎重考虑,并与部分觉悟较高的群众商讨,他在郭家庄燃起了"三把火"。第一把火:壮大抗日力量,动员青壮年参加民兵组织和八路军游击队,指导儿童站岗放哨。后来,与谷文昌一起南下的干部王虎,十三岁加入儿童团,手执红缨枪在村口站岗放哨,逐渐成长为一名抗日战士。第二把火:对地主、富农进行减租减息斗争。第三把火:反对封建迷信,动员妇女放脚。谷文昌威信高,人缘好,有正气,这"三把火"适应了当时革命斗争的形势,再加上党组织的有力支持,工作开展得比较顺利。复杂的斗争形势,艰苦的农村工作,锻炼了谷文昌各方面的能力,他内心越来越亮堂，立志坚决跟党走。他坚信，只有共产党才能救中国。

林北县的抗日烽火，引起日伪军的恐慌。1942年秋天，日军第15旅团和伪军共5000余人，从安阳出发，分两路向林北等地扫荡。日寇一路烧杀抢掠，对解放区实行残酷的"烧光、杀光、抢光"三光政策。是年6月，日军扫荡林县南部地区，在桂林镇流山沟村烧杀抢掠，一天之内残杀无辜群众23人，有的被刺刀刺死，有的被枪杀，有的被扔到井里用石头砸死，有的用开水烫死；伤10人，烧毁房屋217间，抢走牲口76头。原康镇东掌村26户人家，仅7月6日一天就被杀害43人，烧房224间。仅付启法家，就有13人丧命。付启法的祖母、婶母、妻子被杀，儿子被抛向高空后掉下来活活摔死。辛福全的妻子和三个幼女被日军杀害。付红十岁的妹妹被日军拎着双腿在墙上活活撞死。1943年4月，日军"扫荡"林县东姚镇东姚村，先是用飞机轰炸，后进村烧杀。一天之内共炸死炸伤、杀死杀伤45人，抓走30余人，轰炸、烧毁房屋800多间，抢走粮食3000多斤，抢走牲口56头。同一天，日军在林县东姚镇马平村杀死4人，抓走三人，烧毁房屋80多间，抢走粮食2000多斤，抢走牲口30多头，抢走门板340多副。8月23日，日军将林县县城附近村庄的男性青壮年100多人抓到东沙沟奶奶庙里。庙里有个防空洞，日军一次把69人驱赶到防空洞内用机枪扫射，除两人侥幸生还外，申秋仔、申来贵、申东贵等67人被当场杀死，造成了"东沙沟惨案"。后来，日军在这个地方又多次杀害民众，先后有100多人遇难，这个洞也被称为"白骨洞"。11月1日，日军到林县河顺镇东山村杀人放火、抢东西。一天之内杀死24人，烧毁房屋150余间，抢走粮食3000多斤，抢走牲口70多头。

谷相州那年七岁，有一次，他亲眼看见堂哥谷文昌掩护大家藏进村南林虑山的大山洞里，不敢出声。他看到对面的山上，穿黄衣的日本鬼子抢了一头驴，那是一位乡亲逃跑时拴在山坡上的。一来驴子上不了山，二来担心驴的叫声引来鬼子,就拴在半山腰的那棵柿子树上,结果被鬼子兵发现,抢跑了。那几乎是一个乡亲的全部家产,后来,那位乡亲哭得死去活来。鬼子兵真是畜生,抓不住八路军和乡亲们,就抢东西,抢不了的砸了、烧了。这一带人祖辈受穷,一座房子往往是一家人几辈子的心血,几乎是一家人的全部财产,结果让鬼子烧了。谷相州记得,山下房子被鬼子点着火,烈火熊熊,浓烟滚滚,好多乡亲泪如雨下,又不敢哭出声来。临走,那些鬼子兵还在饭锅、面缸里拉屎撒尿。这帮伤天害理的畜生!但是,乡亲们全逃出来了,没有一个遇难的。如今,谷文昌带领乡亲们躲藏的山间小路、山洞都还在,被村干部和乡亲们有意识地保护起来。谷相州建议作为谷文昌纪念馆展出的一部分。

谷相州还讲了一个烧炸弹的故事。那年深秋,鬼子兵跟杨勇领导的八路军交火。枪炮声响彻山谷,鬼子的飞机也出动了。鬼子撤走后,正在开会的谷文昌接到报告,说西乡坪村中心发现一颗鬼子飞机扔下来的未爆炸弹。谷文昌闻讯后,跑步前往。那时的谷文昌,腰扎武装带,挎着盒子枪,头戴八路军帽,军上衣外穿着一件黑粗布夹袄。大老远,他眼睛圆睁,奔跑着,声嘶力竭地对围着看热闹的乡亲们大喊:"危险,闪开,快闪开!"大家散开后,谷文昌一个人走上前。他找了一把石匠用的錾子,小心翼翼地把炮弹周围的石子和土扒开,把绳子套在炮弹上,然后叫上一位随行的民兵,把炸弹抬到村外空地上。村外,谷文昌和民兵挖一个深坑,下面架上火,把炸弹架到火上。谷文昌和群众迅速离开,不到一袋烟的工夫,"轰"的一声,震天动地,炸弹引爆了,乡亲们安然无事。

在同一时期,数千里之外的福建省东山县的抗日斗争,同样艰苦卓绝。东山岛地处福建最南端,与台湾省隔海相望。这里四季如春,风光旖旎。明清时期,戚继光、郑成功的军队曾在这里驻守,施琅将军也是从这里出师统一台湾的。由于地理位置的重要性,日本侵略者早已垂涎这座海岛，企图将此岛作为进犯内陆的跳板。1938年五六月间，日本侵略军相继占据金门、厦门、南澳。同时，不断派出飞机、兵舰窥伺、轰击东山岛。1939年7月12日、8月23日和1940年2月12日，日本海军陆战队与伪"和平建国军"三次武装登岛，进行血腥洗劫，犯下罄竹难书的罪行，均遭到中国军民的顽强抵抗。东山军民以血肉之躯，击退来犯之敌，近百名官兵在黄山村阻击数倍于我军之敌，全部壮烈殉国。三次战斗中，全县39个乡村遭受洗劫，百姓死伤894人。

2017年12月，郭紫明七十五岁。他的母亲是谷文昌的堂姑，他在石板岩乡政府工作多年，曾任石板岩乡副乡长。他讲起了谷文昌在抗日战争期间的故事。

1944年9月的一天上午，西乡坪区委，即林北县第七区，正在召开肃清伪匪、迎接全林县解放的紧急会议。第七区下辖二十个村，南谷洞以北属前十个村，南谷洞以南属后十个村。"轰隆"，会议室外传来一声手榴弹的爆炸声，大家立马警觉起来。时任区农会主席的谷文昌忽地起身，他判断爆炸声来自马安垴东山头刘家梯路旁的山崖方向，离这里五里多路。谷文昌冷静了一下，马上果断地对大家大声说："有敌情，手榴弹肯定是我们在刘家梯的哨兵发来的紧急信号，大家马上转移！"谷文昌让区委书记和佩祥、区长岳文英带领区公所以及前后二十多个村的全体区干部60多人，连同区公所所在地的西乡坪群众向安全方向撤退。他则带领武装委员会的几位战士和几十位民兵朝手榴弹爆炸的方向跑去，专门阻击敌军。

不出谷文昌所料，在刘家梯马安垴站岗的民兵王天然、王天熬上气不接下气地跑回来，迎面碰见谷文昌带领的队伍。王天然说，他们发现足有100多名鬼子和伪军偷偷地进犯，企图打西坪乡的抗日组织一个措手不及。当时，他们俩一人一杆红缨枪，还配备了一颗手榴弹。他们担心惊动敌人，但回去通知已经来不及了，王天然急中生智，向敌人甩出了手榴弹。

谷文昌大义凛然地说："干部掩护群众转移。武装委员会的同志和民兵跟我上，扛上机枪，赶快抢占有利地形。"

敌人的子弹嗖嗖地从大家头上飞过，谷文昌毅然带着武装委员会的同志和十几个民兵占领了西乡坪村南山坡的有利地形，架起机枪。敌人见暴露目标，就吆喝着冲过刘家梯下面的山坡，摆开向西乡坪进攻的阵势。子弹呼啸着射向我军阵地，嗖嗖地撞在石头上，溅起火花和烟尘。全体区村干部和群众安然向西乡坪村西山沟转移。鬼子和伪军张牙舞爪地冲上来。谷文昌一声令下，"哒哒哒"，机枪朝鬼子和伪军方向射去；"轰隆隆"，十几枚手榴弹，带着抗日军民的满腔怒火，从山坡上扔向敌群。一个伪军军官朝鬼子军官喊："皇军，共军有埋伏，我们被包围了，危险大大的。"敌人见区公所有所准备，害怕被我军包抄，胡乱放了一阵枪，背着几个倒下的鬼子兵，从原路撤退。

《为人民服务》是毛泽东在抗日战争期间发表的名篇。他说："我们的共产党和共产党所领导的八路军、新四军，是革命的队伍。我们这个队伍完全是为着解放人民的，是彻底地为人民的利益工作的。"为了这个目标，从中国共产党成立到中华人民共和国成立，有太多人抛头颅洒热血。

向往加入中国共产党，全心全意为国家、为人民服务，一直是青年谷文昌的梦想和追求。经过三年的艰苦考验和浴血奋战，谷文昌已经成长为一名坚强的八路军战士，一位全心全意为人民服务的抗日基层组织干部。

1944年3月，谷文昌迎来了人生的辉煌时刻，实现了他多年的夙愿。根据谷文昌的工作表现和申请，经共产党员靳言录介绍，谷文昌光荣加入了中国共产党，成为中共林北县第七区早期党员之一。

庄严的党旗下，一缕阳光照亮谷文昌古铜色的脸膛。面对金色的镰刀与锤头，他紧握右拳，庄严宣誓："我志愿加入中国共产党，拥护党的纲领，遵守党的章程，履行党员义务，执行党的决定，严守党的纪律，保守党的秘密,对党忠诚,积极工作,为共产主义奋斗终身,随时准备为党和人民牺牲一切,永不叛党。"从此,谷文昌走上全心全意为人民服务的人生征程。

入党后,谷文昌的革命劲头更足了。1944年9月,他调任中共林北县第七区区公所农会干事,兼任郭家庄农会主任。他胆大心细,据一些老干部回忆,谷文昌当年事事以身作则,常常手执一杆红缨枪,白天分配任务,晚上到各村开展地下工作,时刻警惕日伪的扫荡,动员更多群众加入全民族抗战的洪流。

为了提高抗日根据地干部群众的文化水平,培养抗日队伍骨干,林北县党组织这年冬天在西乡坪、车佛沟开办了两所冬校(民校)。谷文昌愈来愈感到知识的重要性,他忘不了童年牛背上的上学梦,忘不了让穷苦人读书的愿望,渴求通过读书懂得更多革命道理。他不顾别人笑他"快三十的人还学艺",率先报名入学。

关于冬校的故事,笔者曾听过一位在战争年代因眼睛受伤而致盲的南下解放军老军人讲他学习的故事。那时候,部队首长告诉大家学习文化的重要性。战士们没有统一的课本,战时打仗,闲时教员们教大家学习识字。那时候,行军打仗是经常的事情。行军很累,战士们经常走着走着就睡着了。为了充分利用行军的时间学习,大家常把不会的字写在一张大纸板或布上,贴到前面战士的后背行李上,一边行军,一边学习。我们可以想象谷文昌当时读书学习的热情,他一遍遍地读,一遍遍地写,没有笔,他领着大家拿树枝、石块在地上练习。谷文昌经常去调研,参加战斗,但是依然不忘学习,常常把简单的识字本揣在怀里。与那些一天书没读过的阶级兄弟相比,谷文昌进步很快。这不仅得益于他的刻苦学习,还得益于他小时候读了七个月的私塾,虽然这七个月的私塾换来了他六年放牛娃的生涯。如今,党组织无偿组织带领大家读书识字,谷文昌十分珍惜这原来连想也不敢想的学习机会。他满怀革命热情，如饥似渴，刻苦学习，虚心求教，文化水平和思想觉悟都有了很大提高。一个冬天下来，他读书、看报、写公文，样样拿得起，被誉为西乡坪的"半路才子"，也为他后来走上领导岗位、顺利开展各项工作打下了文化基础。

林北抗日革命根据地

抗日战争后期，在中国共产党的领导动员下，越来越多的群众和爱国进步力量加入抗战行列。林北县抗日烽火熊熊燃烧，逐渐形成抗日革命根据地，归属太行山抗日根据地，即晋冀鲁豫抗日革命根据地。

由于谷文昌高昂的革命斗志、大无畏的革命情怀、全心全意为人民服务的精神，他逐渐得到地方群众的拥护和领导的肯定。1944年12月，他被提拔为林北县第七区副区长。1945年3月，他被组织任命为林北县第七区区长。

一个从贫苦的放牛娃成长起来的区长，对农民群众有着深厚的感情。谷文昌作风简朴，工作踏实，他经常以石匠或小商小贩的身份开展工作，一根扁担一边挑着粗布行李卷儿，一边挑着石匠工具、农产品、蚕丝，到各村开展工作。每到一村，他都住在贫农家中，吃粗糠炒面，见谁家有农活，立马伸手就干，切实与老百姓打成一片。林北县第七区以西乡坪村为主，地处封闭的大山沟里。周围山坡上零零星星地散落着十几个小山村，每人平均只有一亩多山地，每年只能种一季庄稼。谷文昌全家十几口人，每人仅有六分贫瘠的林地。再加上日寇的封锁，当地百姓生活相当艰难。乡亲们平时大都以粗糠炒面、野菜和草根糊口度日。如何发展生产，改善人民的生活，支援抗日前线，成为摆在区政府面前的重要问题。

据史料记载，日军占领安阳包括林县后，通过多种方式和手段疯狂进行经济掠夺。一是霸占重要厂矿。日军对中国人的厂矿实行"军管理"，强令开工,产品被强制运到日本。中国打包公司、裕大轧花厂、广益纱厂等均被日军强占。裕大轧花厂由日商钟渊纺织株式会社抢占,改名"军管理棉花轧榨厂",1941年转为中日合办的"彰磁采棉工厂"。广益纱厂被改为日本"军管理第一工厂",时有纺纱机72台,日产7支纱27包,棉花、棉纱都被日军掠夺运走。日军对煤矿滥采滥挖,煤田遭到严重破坏。二是强行配给制度。日军在安阳设立多种名目的洋行、组合,对粮、棉、纱、布、煤炭等重要战略物资实行统制,收购和运销业务全部垄断于日本洋行之手。如城内民用煤,统一由日本人竹内洋行独家经营,每月按户配售。同时,强制推行口粮配给。在农村,成人每日不满0.5公斤口粮,儿童老人只给几两,难以充饥。其余粮行、棉行、煤厂纷纷倒闭。三是掠夺战略物资。日军每年向安阳人民摊派棉花600万公斤、小麦200万公斤、大麦10万余公斤、废钢铁400万公斤。掠夺广益纱厂60台细纱机用于生产军火。甚至钟楼上的古钟,旧棉花套,日用铜器、铁器也在日军抢掠搜刮之列。四是滥发伪币,榨取财富。日军滥发伪币,致使物价暴涨。1945年7月与1937年6月比较,小麦每斗(1斗=10升)由6角涨至3500元,棉花每公斤由6角涨至1200元,食油每公斤由5角涨至3000元,致使货币急剧贬值,严重摧残了民族工商业。8年间,日本帝国主义的武装侵略与经济掠夺,使林县工业资产损失80%左右。五是向农民征收繁重的苛捐杂税,向农民强行征兵,二丁抽一,三丁抽二,如逃跑,则枪杀、毒打家里其他成员,将其家产全部夺走。日伪的残酷剥削导致广大农民家破人亡,流离失所,少衣无食,饥寒交迫。六是助赌纵毒,麻痹人民的意志。日本帝国主义对社会上的赌博现象,任其泛滥。城镇大小商号以及一般居民家中,无不赌博成风。农村除居家赌博外,每逢庙会都有职业赌棍在会上开设赌棚。因赌博倾家荡产、鬻儿卖女、四处流浪直至被迫自杀者,屡见不鲜。日军还公开出售海洛因,吸食毒品的人日渐增多,殃及整个社会。

林北县七区一带严重缺水，打凿的石头难以外运，本地也没有市场，怎么办？谷文昌在大量调研的基础上，集思广益，认为发展养蚕可以渡过难关。西乡坪过去有养蚕的传统，但是，由于战争破坏和日伪对抗日根据地的封锁，再加上日本鬼子的倾销政策，本地丝绸基本没有销路。当地蚕种几近退化绝迹，蚕业濒临消亡。要恢复养蚕业，谈何容易？

七区的抗日救亡工作如火如荼，七区的干部群众非常熟悉谷文昌常说的一句话："要把工作搞熟，把群众情况搞透，就要开动脑瓜子。"这是谷文昌积累的工作经验，也是他一贯坚持的原则。调查发现，本地有几位养蚕大户经营的养蚕业经济效益不错，但是，他们一般不外传养蚕技术，尤其是珍贵的蚕种。北湾村魏二妞家养的蚕最有名气。谷文昌去过北湾村，曾指挥掩护北湾村的群众躲避鬼子的扫荡。如何让魏二妞带动大家一起致富？魏二妞家人手少，地里荒了，谷文昌一大早扛着锄头来到魏二妞家，二话不说，就为魏二妞家锄草干活。魏二妞发现了，走上前仔细瞅了瞅，竟然是大家敬重的谷文昌区长。她感激万分，忙请谷文昌到地头喝水。谷文昌便与魏二妞聊起家常，一会儿就聊到桑蚕上。魏二妞神秘地说："小鬼子把咱这一带的桑蚕弄绝户了。本来以为没蚕种了，三年前的深秋，我去地里摘豆荚，在山坡上的柞树上，发现了三条青山蚕，两公一母。我带回家饲养，竟然养活了。第二年春天，产下蚕种60多斤，一年比一年养得多。前年秋天，俺家的蚕收获了1300多斤。去年春天，竹岑村的陈阳则跟我合伙养蚕，我得了1700斤。秋天，桃花洞村的养蚕能手申九华跟俺合伙养殖。申九华太厉害了，去年年底，俺家收获得更多了。"

谷文昌说："跟您商量个事，如今乡亲们生活苦，我们听到了，也看到了。日本鬼子祸害咱老百姓，我们还要打日本鬼子，新政府鼓励乡亲们养蚕，可是没有蚕种啊，您能不能把蚕种卖给乡亲们？"

魏二妞犹豫了一下说："谷区长，中！不过，我家的蚕种不多，肯定不够分的，桃花洞村的申九华家有很多蚕种。"

几天后，谷文昌爬了30多里山路，毕恭毕敬地来到桃花洞村蚕农申九华家里。担心申九华害怕，谷文昌把随身携带的盒子枪藏在褡裢里。

申九华无儿无女，爱蚕如命。当他得知面前这位俭朴谦虚的汉子是当地传奇人物谷文昌时，激动不已。申九华摸出一杆旱烟袋，谷文昌忙把自己卷好的一根纸烟塞进申九华的烟袋锅，用随身携带的洋火（火柴）帮他点着，两人推心置腹地聊起家常来。谷文昌向申九华控诉了日本鬼子的暴行，说明养蚕对抗日战争和地方百姓的重要意义，恳请老人出山，帮助全区养蚕户传授经验。申九华被谷文昌的真诚深深打动了，他双手紧紧握住谷文昌满是老茧的手，激动地说："谁不痛恨日本鬼子，谁不想为打东洋鬼子做贡献？可是，我这个糟老头子伸不上手啊。如果养蚕也是抗日，俺一百个愿意！"

申九华打开话匣子，把几十年积累的养蚕经验毫无保留地告诉了谷文昌。谷文昌请申九华担任全区的养蚕技术顾问，申九华满口答应。

养蚕技术解决了，谷文昌和同志们动员群众种桑树，养山蚕和家蚕。可是，在群众中推广养蚕业时又遇到难题。好多群众迷信地认为，养蚕发财与否，靠的是蚕姑奶奶神。因此，他们不在提高养蚕技术上下功夫，却烧香敬神。有的农户担心收成有风险，不敢大规模推广养蚕。

对此，谷文昌邀请申九华、魏二妞等养蚕能手出山，开办全区蚕农学习班。无儿无女的申九华有一种翻身得解放的感觉，非常珍惜这难得的机会。他将谷文昌这样的共产党员干部当亲人、当孩子。他从暖蚕帘、放蚕、一眠、二眠、大眠期的喂养，到作茧、收摘、选种等技术方面，现场详细讲解，手把手地指导，毫无保留地把自己的养蚕技术教给大家，渐渐在全区农村培养起一支养蚕的骨干队伍。谷文昌又邀请申九华到各村、山场现场进行技术指导，多次召开专门会议总结推广养蚕经验。谷文昌还将申九华的经验和蚕农的经验记录下来，总结出简便易行的八条养蚕要领。在谷文昌的带领下，西乡坪的山蚕茧连年丰收。望着一筐筐色泽鲜艳的山茧，蚕农们由衷地说："这是民国以来从未见过的大丰收，共产党就是比蚕姑奶奶神灵光！"

养蚕业的发展，使得西乡坪仅养蚕一项每年的收入就达冀南币275万元，改善了群众生活，出色地完成了支前任务，有力地加强了抗日根据地的建设。1944年12月7日，《新华日报》太行版对西乡坪养蚕的事迹做了专门报道：

> 太行区唯一的养蚕能手申九华先生，这次到会（太行第一届群英大会），引起了大家的特别尊重和敬爱。大会分组座谈的第三日（24日），在劳动英雄会场，特邀请申九华老先生专门讲述养蚕问题。邓小平政委、李雪峰同志、戎伍胜副主席等均亲临参加。申老先生以十分感动的心肺（心情），将自己经营数十年的山蚕事业谈了出来。他手捏蚕茧，很认真地讲着如何育种、辨认公母、制作蚕筐、放蚕、换坡等事情。当他讲到山蚕的盈利时，更使人感到这种事业得利之大，我们应当特别推广……

表彰大会上，一度响起《南泥湾》的歌声。

> 花篮的花儿香，听我来唱一唱，唱呀一唱
> 来到了南泥湾，南泥湾好地方，好呀地方
> ……

是啊，在那个艰苦卓绝的岁月里，面对日寇的围攻和封锁，共产党

领导的八路军游击队与人民群众同甘共苦，生产自救，发展经济，抗击日寇，解放区的地域规模越来越大。

1945年8月15日，中国人民经过十四年的浴血奋战，终于将日本鬼子赶出中国。日本宣布无条件投降后，林北区一片欢腾，晋冀鲁豫抗日根据地一片欢腾，整个中国一片欢腾。中国人民的抗日战争，是中华民族历史上最伟大的卫国战争，是中国人民反抗日本帝国主义侵略的正义战争，是世界反法西斯战争的重要组成部分，也是中国近代以来抗击外敌入侵第一次取得完全胜利的民族解放战争。

第三章 解放区的天

在旧中国的广大农村，占农村人口不到10%的地主和富农，占有约70%—80%的土地，借此残酷地剥削农民。而占农村人口90%以上的贫苦农民，只占有20%—30%的土地，终年劳动，还不得温饱。这种封建的土地所有制和剥削关系阻碍着社会生产力的发展，是中国长期以来穷困和落后的根源。因此，解决农民的土地问题是中国民主革命的基本内容之一。从第一次国内革命战争开始，共产党就领导开展了土地革命。1927年8月7日，中共中央紧急会议作出关于实行土地革命的决定，指出"土地革命问题是中国资产阶级民权革命中的中心问题"，是"中国革命新阶段的主要的社会经济的内容"。

抗日战争胜利后，共产党领导的解放区民主政府，面对各种战争创伤和自然灾害，采取一系列积极措施，开展以恢复生产为主的土地革命。

1946年5月4日，中共中央发出了《关于清算减租及土地问题的指示》（简称"五四指示"），决定改变土地政策，即由减租减息改为没收地主土地分配给农民。"五四指示"没有宣布废除地主的土地所有权，而是赞成、批准并领导农民通过清算等途径以"有偿"等多种方式从地主手中取得土地。同时，对中小地主做了较多的照顾，富农的土地一般不动。这一政策得到广大贫苦农民的拥护,也受到一些地主富农的抵制。在西乡坪村,十户土地较多的农户联合起来抵制区政府的工作。共产党领导工作组在这个村的工作推进遭遇的是"油盐不进"。谷文昌知难而进,深入穷苦百姓中做思想工作,介绍党的政策,终于打开这个村土地改革的缺口。在接下来的农民成分划分工作中,谷文昌又结合实际,灵活掌握政策,不走"极左"或"极右"路线。依照上级要求,应按比例划定地主、富农成分。七区所在的地区山高谷深,土地贫瘠。平原地带一家拥有几十亩、几百亩土地,才被划为地主或富农,可七区土地最多的农户也就十来亩山地,如果把这样的农户划为地主,既不符合实际,更得不到群众理解。谷文昌决定灵活执行上级指示精神。在划分成分的过程中,他和区委班子成员讨论,决定依照粮食产量划定成分。

西乡坪村的李姓农户,曾带头抵制土改工作。一些人认为他应该被定为富农成分,结果一算产量,距离富农还差两斗粮食,最终被划为中农。根据全区各村的实际情况,全区只能划出十几户富农,划不出一户地主。有些思想偏激的区干部坚持要在富裕农户中划出一些地主。

郭紫明听父亲讲了这样一个故事。七区有个基层干部叫李三角,平时头戴小毡帽,口才不错,开会时发言讲得头头是道,很会发动群众。在成分划分这件事上,他却说,每个村里要划分出几个地主来。郭家庄(包括上坪村和桃花洞村)支书李文友说:"我们村太穷,划不出地主来。"李三角说:"没有山神有土地爷,垴胡子(太行山区一种低矮丛生的木本植物)里也得出枪杆子。这样,运动搞起来才热闹,斗争才有声势,工作才有起色。"听了李三角的话,李文友和几个村干部心里有些紧张。李文友当天就找谷文昌实事求是地反映情况。

几天后,李三角从区里开会回来,传达的会议精神发生了变化,大意是,在划分农民成分时,要实事求是。后来,谷文昌来郭家庄下乡蹲点,他耐心细致地做思想工作:"我们要实实在在地工作,执行党的政策要讲原则。我们在地方工作,既是贯彻执行政策方针的人,又是制定政策的人,不能'左',也不能右。不够地主的不能划为地主,不够富农的也不能划为富农。能不能掌握好土地改革中党的方针政策,我们是关键,一定把好这一关。"村里只划分了两户富农,没有地主。由于政策把握到位,成分划分工作没有出现偏差。桃花洞村的两户申姓富农自觉地交出了自家的山坡、田地和部分财产。

在谷文昌带领下,七区的土地改革工作结合实际,正确贯彻党的土改方针路线。七区的成分划分工作,得到了绝大部分群众的拥护。那位李姓农户握着工作组人员的手说:"我打心眼儿里佩服谷区长。"

桃花洞村那两户未被划成地主的申姓富农,其中一户的三个儿子后来都成长为中共党员,成了国家干部。另一户的儿子后来成长为山西省黎城县供销社主任。郭家庄村的李会章差一点被划为富农。后来,谷文昌亲自核实这件事情,李会章被实事求是地划为中农。他被谷文昌和党的政策感动了,当天把自家珍藏的一块银元宝上交给区政府。抗美援朝时期,李会章带头向国家销售余粮1000多斤,有力地支持了国家建设和抗美援朝,受到党和政府、人民群众的好评。当时,当地编了一出地方小戏《李会章卖余粮》。郭紫明当年才八九岁,他还记得几句唱词:

李会章,卖余粮,
一卖卖了两大缸。
……

1953年,十区在郭家庄开办了一个初级农业生产合作社,李会章带头参加,把自家的全部林木坡地、土地、牲畜、大型农机具、物料等都交给合作社，在群众中发挥了很好的带头作用，农村社会主义改造在石板岩山区顺利进行。1954年至1955年，郭家庄、西乡坪、石板岩、高家台在大办初级农业生产合作社高潮中，发挥了示范作用。这正是谷文昌当年坚持原则、敢于担当、实事求是的共产党员高尚品格的充分体现。

1946年6月，林县和林北县合并，属晋冀鲁豫边区太行区第五专区。原林北县七区与姚村区合并，称林县第十区，谷文昌任区长。

1947年春，饥饿的春荒慢慢来袭。为了应对春荒，民主政府组织全县开展以清仓、清账、清库为内容的清理村级财政的工作。谷文昌组织全区积极开展行动。经过十几天的整顿，48个村共清出总值达67.44119万元（冀南币）的物资。通过整顿，有6个村后半年达到生产自给，建立起财经管理委员会。1947年9月9日，太行五专署专门通报表扬了林县第十区在清理整顿财政工作方面所取得的成绩。总结会上，谷文昌说："事实证明，整理财政是生产自救的一部分。如果财政上的混乱、浪费克服不了，光搞生产、抓节约，群众最终也没劲。"经过整顿，清理出来的财产又能作为生产本钱，进一步促进生产救荒。

谷文昌始终把人民利益放在第一位，没有架子，更不摆谱，踏踏实实地做人民的勤务员。西乡坪高山巍峨，乡亲们大都散住在山顶、崖边和山腰，很多是一户一村或几户一村。为了发动群众，做好区内的群众工作，谷文昌不顾山高路陡，经常挑着粗布卷，行走在"阎王鼻子""鬼门关"等各条险道上。当区长期间，他持续深入基层，足迹踏遍每一条山道、每一座山头、每一个小山村。每到一个山村，谷文昌总往生活最贫苦的农民家中去，白天下地干活儿，和他们一起劳动。南湾村村民刘石奇比谷文昌小八岁。据他回忆，有一年冬天，为了生计，他上山砍了一担荆条，担到山外集市上去卖。通往山外的小路弯弯曲曲，身体瘦弱的刘石奇挑着荆条，在山路上晃晃悠悠，艰难爬行，气喘如牛，大汗淋漓。谷文昌紧走几步，从他身后走上来，一脸笑容，吆喝着："石奇，你休息一会儿，我替你担。"谷文昌不由分说抢过刘石奇的担子，挑起来躬着身子往山上走。刘石奇激动得说不出话来，那时谷文昌已经是地方政府的一把手了。几十年后，刘石奇仍记得这件事，他告诉笔者："共产党之所以得天下，在于得民心，在于有谷文昌这样一大批人民的好干部！"

蝗灾是人类历史上挥之不去的噩梦，它总与庄稼的大减产、绝产和人类的大饥荒紧密相连。《林州县志》多次记载了蝗虫灾害。抗日战争时期，河南人民遭受了"水、旱、蝗、汤"四大灾害，其中就有蝗灾。关于这一点，河南人民不会忘记。1942年，河南发生严重干旱。1943年，黄河决口，大水冲毁了黄河沿岸的农田和村庄，人民损失惨重。进入夏季，河南发生了蝗灾。蝗虫飞来，遮天蔽日，所过之处，庄稼叶穗被吃个精光。一些地方官员竟然认为蝗虫乃神虫，不敢扑杀。蝗灾面积越来越大，涉及30多个县。晋冀鲁豫边区秋收之时，日伪又散播霍乱病菌，百姓死伤惨重。国民党将领汤恩伯对灾难深重的百姓毫无同情之心。他不管老百姓受灾不受灾，只知道压榨百姓，催缴军粮，鱼肉乡民，无恶不作。他下令部队抢光了仓库，又派兵四处搜刮民财，连居民家中残留的一丁点活命的口粮、饲养的鸡鸭牲畜也被其部队抢劫一空。因此，河南老百姓就在水灾、旱灾、蝗灾之后加上"汤灾"，称其为祸害河南的"四大害"。四大灾害引起河南大饥荒，惨绝人寰，不堪回首。

1947年夏收时节，姚村一带发生蝗灾，四五华里范围内，遍地蝗蝻（幼虫），有的已长成飞蝗。蝗虫起飞，遮天蔽日。蝗虫落下，地上的庄稼、草木几乎全被啃光，一片恐怖的荒凉景象。如果不及时控制，后果不堪设想。谷文昌获悉灾情后，立即赴蝗灾现场调研。他深知蝗灾的危害，心疼地看着被蝗虫啃噬的庄稼，向随行的工作人员说："十万火急，比日本鬼子、国民党反动派还可怕，必须立即发动群众，向蝗虫宣战。"谷文昌说着，就卷起裤脚冲入田里，一手打落了几只蝗虫，用线串起来，来到姚村。他严肃地向群众宣讲灭蝗的重要性和紧迫性。回到区里，他组织召开全区各村主要干部会议，发出灭蝗的动员令。是年6月18日、19日两天，全区共动员男女老少5300多人次，消灭蝗蝻、飞蝗78.4万只，把蝗灾控制在最小范围。谷文昌带领全区党员干部把群众利益放在第一位，与群众一起工作、一起生产、一起抗击自然灾害，与群众同甘共苦，受到大部分群众的拥护。许多老百姓赞叹："老谷是咱的好区长！"

在一片赞誉声中，谷文昌没有自满。从那时起，他就一如既往地坚持党性原则，始终保持一派朴素耿直的农民本色。一些亲朋好友找他，向他提要求给官做或财粮照顾时，他严词拒绝，说："共产党的官是老百姓给的，不是用来做人情的。"亲友走后，谷文昌也有些内疚，他们的日子确实还不好过啊。谷文昌备感肩上责任重大，更加勤政、廉政，关心基层百姓疾苦。作为一位农民的儿子，谷文昌深深懂得农民的艰难。这也许是他后来从政，既两袖清风，又把老百姓当亲人的缘由吧。

1948年初，谷文昌调任林县第二区（合涧区）区长。根据组织安排，他负责刘家洼村的土地改革复查工作。一开始，谷文昌没有急着干，而是进村入户，察看民情，倾听群众的呼声。虽然是新来的干部，但是谷文昌和蔼亲切，一副农民打扮，群众愿意把心里话掏给他。就这样，谷文昌了解到不少遗留问题，真实地听到了一些群众的意见，也了解到个别基层党组织及领导在思想上出现了一些不良苗头。他心急如焚，从思想源头上抓起。结合土改复查，他克服各种困难，同步整顿基层党组织，对那些出现问题的基层政权进行改选，让问题及时在萌芽状态解决，进一步巩固了土改成果，树立了党组织在群众中的威信。

第四章　南下道路

抗日战争胜利后，中国共产党根据全国人民和平建国的迫切愿望，同国民党统治集团在重庆和平谈判。为了避免内战，实现国内和平，中国共产党试图通过和平的方式实现中国的社会改革。1945年10月10日，国共双方签订《双十协定》；1946年1月10日，国共双方又签订了《停战协定》。但是，以蒋介石为首的国民党统治集团，在虚假地与中国共产党进行和平谈判的同时，积极准备内战。1946年6月底，在美帝国主义的支持下，国民党反动派撕毁《停战协定》和"政协决议"，悍然对解放区发动全面进攻。中国共产党领导解放区军民英勇自卫，人民解放战争即第三次国内战争开始。

从1946年6月至1947年6月，人民解放军处于战略防御阶段。战争主要在解放区进行。中国共产党制订了放手发动群众，调动一切积极因素，团结一切可以团结的力量，建立最广泛的民主统一战线的政治方针，集中优势兵力，各个歼灭敌人。人民解放军先后粉碎了国民党的全面进攻，打破了国民党的重点进攻。1947年7月起，人民解放军由战略防御转入战略进攻，以主力打到外线的方式将战争引向国统区，在外线大量歼敌，迅速改变了敌我力量对比。与此同时，在解放区彻底实行土地改革，开展整党和新式整军运动。

1948年8月，谷文昌不负众望，光荣当选为中共林县村区委书记，时称区政委。当时，中国共产党领导的人民军队，采取了土地革命等一系列与国民党反动政府不同的政策。得民心，顺民意，中国人民解放军逐渐发展壮大，以摧枯拉朽之势，取得节节胜利。全国的解放区迅速扩大，向新区输送干部成为老解放区的光荣任务。林县县委积极响应号召，动员机关干部为解放全中国报名到新区工作。

是啊，太行山中的子孙们，是很难离开这片生活了成百上千年的故土的。解放战争正在激烈进行，南方土匪横行，报名南下，实在凶多吉少，很多人因此打了退堂鼓。对此，谷文昌第一个报名——南下。据谷文昌的堂侄女谷翠萍介绍，1948年12月，林县动员组织第三批干部随军南下。林县县委做了大量思想工作，号召干部抛弃狭隘的乡土观念和思想意识，树立将革命进行到底的思想。为了发挥表率作用，县委书记马兴元、组织部部长蔡良承、宣传部部长郭丹等率先报名。林县本地干部，尤其是区一级干部大都和谷文昌一样，是土生土长的本地人，舍不得离开家乡，不愿报名。有的干部还偷偷抹眼泪，动员工作一时陷入困境。参加动员会议的谷文昌忽地一下站起来说："人家马书记、蔡部长、郭部长远离家乡到咱林县闹革命。现在咱这里解放了，人家又要随军南下，咱林县人也不能光顾自己，要为江南老百姓的解放尽些力。共产党人要时刻听从党的召唤！我谷文昌第一个报名。"

谷文昌苦口婆心地对地方干部挨个做思想工作。他动之以情，晓之以理。当时的王虎，二十岁出头，已经由一个抗日儿童团团员成长为解放区政府的干部，革命觉悟相当高。谷文昌没说几句，他就报名南下。谷文昌比王虎大十三岁，是王虎走上革命道路的带路人之一。在王虎眼中，谷文昌是领导，更是一位革命意志坚定、知冷知暖的大哥哥。

在谷文昌带动下，该区一共有6位干部报名南下，谷文昌在烟盒纸背面，代表6位南征人写下保证书：

每人家庭早有准备，家庭不会拖（后）腿；阴历正月初九早饭集中十区署，保证当天下午报到平房村。

特此保证

组长 谷文昌

副组长 杨永修

队员 申周朝 郭玉守 原维德 王虎

在谷文昌以身作则带动下，林县动员了87名干部随军南下。

报名后，谷文昌回到家乡南湾村。面对结发妻子申氏和他们的孩子，大女儿谷哲慧年仅七岁，二女儿谷哲芬刚刚出生，家里生活过得还相当紧巴，谷文昌的心头涌动着千百种滋味：自己平常很少关心她们，今天又要离她们远去，我这个当丈夫、当父亲的，可真残酷呀！谷文昌连连叹息。当晚，他和妻子谈了很久，表白好男儿志在四方，为了大家只能舍小家。因为大哥逃荒并定居在山西潞城，家里只有三弟谷文德，谷文昌最不放心的还是母亲。谷文昌又跟三弟谈了很久，嘱咐他一定要担起全家的重担，照顾好老母亲，照顾好全家的老老小小。谷文德记得，二哥这位铁打的汉子，说到动情处，泪水涟涟："是啊，自古忠孝不能两全。我们翻身得解放了，可全中国还有好多老百姓没有解放。二哥是共产党员，既然选择了革命道路，就应该为全天下的老百姓着想。哥哥只有舍小家顾大家了。"年近七旬的老母亲心里有一百个不愿意。但是，老人深明大义，一遍遍叮嘱谷文昌出门的事项，一遍遍告诫儿子："把江南的老百姓解放了，要早日回家。我和家人在家里等你。"第二天，分别的时刻到了，谷文昌紧紧抱着女儿，然后轻轻放下来。他取出放在门后的锄头，卸下锄板打进包里，说："这把好使，走到哪里都要劳动。"

这个锄板，凝聚着谷文昌对家乡的思念，凝聚着谷文昌的劳动人民本色。谷文昌一路带到东山，伴随着他与东山人民一起改造自然，植树造林。

据谷哲慧介绍，1949年1月下旬，谷文昌被编入第三批南下干部长江支队五大队三中队第五小队，被组织任命为第五小队队长。他们在河北省武安县参加干部集训。一个月后，谷文昌依依不舍地离开家人和孩子，背上行装，扛起步枪，与同志们高呼着"打过长江去，解放全中国"的口号，踏上南下的征程。

南下干部要离开了，谷翠萍给笔者展示了一张十分珍贵的当年的照片。南下出发前，谷文昌老家郭家庄组织群众举行了隆重的欢送大会。村里挂起"欢送文昌过长江，解放江南老百姓"的大红标语。刚刚获得解放的家乡人民扭秧歌、耍狮子、踩高跷，欢送家乡的子弟南下。谷文昌在大会上庄严表态："党需要我们解放江南。我下定决心，不解放江南老百姓，死不回来！决不给家乡人民丢脸，决不辜负家乡父老的期望！"

谷翠萍激动地说："我二伯决心很大。我爸爸是谷文昌的堂弟，那年十二岁。当时我爸爸追着要跟二伯一起走，二伯将他抱起来，摸着他的茶壶盖头说：'弟弟，你在家一定要好好读书，好好劳动。等解放了江南，解放了全中国，大哥为老百姓干出一番事业，回家来接你。'"

谷文昌的结发妻子申氏是石板岩乡王家地村人。由于谷文昌长年在外闹革命，当时两个孩子年幼，再加上谷文昌的老母亲需要人照料，申氏不愿意也不能离开故土随谷文昌南下。

南下道路，艰苦卓绝。一开始，这支队伍行军很顺利，他们步行的速度追不上国民党兵败退的速度。过了黄河，他们还坐上火车。临近淮河，他们嗅到了战争的气息。敌机将淮河上的铁路大桥炸断，谷文昌和大家开始步行。

从 1948 年 9 月至 1949 年 1 月，人民解放军先后进行了辽沈、淮海、平津三大战役，基本上歼灭了国民党军主力，解放了长江中下游及以北地区。

1949 年 3 月，中共中央在西柏坡召开七届二中全会，决定了党对取得全国胜利以及在全国胜利以后的基本政策，批准了毛泽东主席关于以八项条件作为与南京政府进行和平谈判的基础的声明。3 月 23 日，毛泽东率领中国共产党中央机关从西柏坡出发赶往北平。路上，毛泽东对周恩来讲："今天是进京的日子，进京赶考去！我们决不能当李自成，我们都希望考个好成绩。"为了早日结束国内战争，是年 4 月 1 日，以周恩来为首席代表的中国共产党代表团同以张治中为首席代表的国民党政府代表团在北平举行谈判。4 月 15 日，中共代表团将《国内和平协定最后修正案》送交国民党政府代表团。但是，南京国民党政府拒绝接受这个协定，谈判宣告破裂。1949 年 4 月 21 日，毛泽东、朱德发布了向全国进军的命令。由总前委书记邓小平统一指挥的第二、第三野战军（原中原野战军和华东野战军）发起渡江战役，一举摧毁了国民党军的"长江防线"。4 月 23 日，解放军占领南京，宣告延续二十二年的国民政府覆灭。随后，解放军各路大军继续向东南、西北、西南各省举行胜利大进军，分别以战斗方式或和平方式迅速解决残余敌人，解放广大国土。

谷文昌所在的部队跟随解放军的百万雄师渡过长江，继续向南挺进，来到苏州。部队出发前得到指示，这次南下的任务是接管苏沪杭。"上有天堂，下有苏杭"，大家听了很兴奋。可是，渡江后形势发展比预想的快得多。当他们不远千里来到杭州时，苏南、皖南、浙江、上海已经被先行到达的干部接管了。上级决定长江支队随三野十兵团入闽，接管福建。

1949年6月12日，长江支队在苏州召开县团级以上干部大会。华东局组织部部长张鼎丞做报告说："福建虽穷，却山清水秀，有林有渔，是个好地方。福建有红旗不倒的老区，现在要解放，欢迎大家。"要求共产党员、革命干部发挥模范带头作用，听从党的调遣，党指挥到哪里就到哪里。

会后，五大队队长李伟向全体干部传达了这次会议的精神。各中队、小队进行了热烈讨论。谷文昌踊跃发言："我们既然要解放全中国，就不能计较去哪里。福建是中国的土地，共产党员有责任去解放、去建设。我们决不能做革命的逃兵。"

7月1日建党节这天，五大队在苏州阊门外的皇后电影院举行纪念大会。五大队政委马兴元讲话，谷文昌所在的三中队五小队受到表扬。会后，这支经过枪林弹雨洗礼的队伍，以"听党指挥，服务人民"的坚定信念，大步向八闽之地挺进。

南下长江支队越往南走，天气越热，阻力也越大。南下队伍不断受到国民党残兵和地方土匪的武装骚扰，有时也发生较大规模的激烈战斗。有人思想发生了波动，对福建这一"南蛮之地"产生了畏惧情绪，说那里"没有铁路，交通不便""气候湿热，毒蛇多，蚊子大，会得粗腿病""天无三尺晴，地无三尺平，人无三分银""海风大得能把人吹跑""说话听不懂，老婆找不到"。越往南走，山高路远，天气越来越热，蚊虫不断侵扰。他们不断遇到敌人。多少次激烈的战斗中，谷文昌眼睁睁地看着一起南下的战友倒在战火中，倒在新中国成立前的曙光中；多少个不眠之夜，在大家深夜熟睡时，谷文昌总是警觉地披衣而起，持枪为同志们站岗、巡逻。

就在这个时候，个别思想不坚定的人逃回了老家。艰险的革命道路考验着这支队伍中的每一个人。越往南走，他们受敌人、敌机的骚扰就越多。有时候遭遇大股敌人和土匪，战斗异常惨烈。在一次战斗后的深夜，一位林县老乡谷山青（化名）悄悄找到谷文昌，指着自己磨起血泡的脚说："文昌，你家有老婆孩子，我家也有老婆孩子，前方凶多吉少，咱们一起回家吧。"谷文昌吃了一惊，说："我们发过誓的，要为全国老百姓的解放奋斗。这点苦怕啥！我们坚决不能当逃兵，我坚决不走，你也不能走。"

遭遇战越来越多，有时战斗相当激烈，有的南下队伍一度被敌人打散。几乎每次战斗，谷文昌总是以身作则，带头冲锋陷阵。一些被打散的战友因为找不到谷文昌带领的大部队，又不熟悉南下的路程，再加上畏难情绪，就回林县老家了。在一次激烈战斗中，谷山青与部队失去联系。他迷了方向，三天三夜，也没找到谷文昌他们。他竟然错以为"谷文昌同志牺牲了"，于是，踏上了返回林县老家的道路。电影《谷文昌》中有这样一个镜头：有的战士受不了南下道路的艰险生活，在一场激烈的战斗中，与部队失去了联系，中途返回家乡。这是当时的真实写照。谷文昌的前妻申氏怀抱着吃奶的孩子，闻听噩耗，悲痛欲绝。当时的林县群众，虽然分了地，但天旱少雨，自然条件恶劣，百姓仍生活在贫困中。此时，南下部队居无定所，交通邮政更没有开通，谷文昌在前线不能及时跟家人联系。丈夫"牺牲"一年多后，为了养活孩子，申氏改嫁到漏子头村。大女儿谷哲慧留在南湾村奶奶家，二女儿谷哲芬随申氏一起到新家庭。再后来，申氏又在新家庭生了三个女儿。

在北京朝阳区一所普通的居民楼上，笔者走访了谷文昌的战友、南下老干部王虎前辈。在一本"中国人民解放军长江支队"暨南下干部纪念册上，有毛泽东、朱德、邓小平等老一辈革命家对长江支队的指示，有习近平总书记"清正廉洁，勤政为民"的题词，有方毅同志"功在八闽"的题词。笔者看到谷文昌、王虎、靳国富等一大批扎根福建、建设八闽的南下干部的名录，还看到一批"南征途中和解放初期剿匪战斗中牺牲的同志"的名录,他们是"王世禄、李曦之、王锦、原允瑞、马万银、马玉俊……"其中不少是河南林县籍的先辈。让我们向南下前辈致敬!

在福建省东山县谷文昌纪念馆,笔者看到谷文昌的一些遗物,其中有一本从南下起就和他相伴的蓝色硬皮笔记本。笔记本中,有他亲手绘制的福建东山地图,上面标明了每一个村庄的名字和地点。在他心目中,那就是党需要他去解放、去建设的土地。笔记本的首页上,有他在南下途中亲手抄录的《国际歌》:

起来 饥寒交迫的奴隶

起来 全世界受苦的人

满腔的热血已经沸腾 要为真理而斗争

旧世界打个落花流水 奴隶们起来 起来

不要说我们一无所有 我们要做天下的主人

这是最后的斗争 团结起来到明天

英特纳雄耐尔 就一定要实现

这是最后的斗争 团结起来到明天

英特纳雄耐尔 就一定要实现

……

九个月来,谷文昌和战友们唱起这首歌,心中豪情万丈,意气飞扬。他和战友们不怕流血流汗,不怕困难和牺牲,凭着一双铁脚板,风餐露宿,翻山越岭,渡黄河,跨长江,过沪杭,从春天走到冬天,从寒冷的北方走到温热的南方,冒着枪林弹雨穿过大半个中国,徒步6000多里,终于来到福建东南沿海前线。

是年7月下旬,根据中央指示,"长江支队"撤销番号,福建省委成立。福建省委对原长江支队各大队进入福建后的接管地区进行了分配。其中，谷文昌所在的五大队接管龙溪（今漳州市）地区。9月19日，漳州解放。9月23日，大队部进驻漳州，各中队先后向各自的分管县进发。以林县籍干部为主的三中队接管海澄县和东山县。其中，海澄县分配干部58人，东山县分配干部37人。东山县还未解放。1949年7月，中共东山县工委在泉州成立。是年10月，东山县工委转移到云霄县境内。谷文昌被任命为中共东山县城关区（又叫古雷区）委书记，同时担任县工委常委。

1949年8月，林县划归平原省安阳专区。

1949年10月1日，伟大的中华人民共和国宣告成立。谷文昌和战友们激动万分，庆祝新中国的成立。这是人民当家做主的国家，这是一百多年来积贫积弱、受尽"三座大山"压迫的中国人民建立起来的人民共和国。

但是，谷文昌他们在云霄前线看到，对面就是国民党残兵盘踞的东山岛。敌人的军舰在海峡间耀武扬威，国民党军的飞机呼啸着在他们头顶盘旋。

第五章　国民党反动派造灾，共产党人必须救灾

中国人民解放军继续南下、西进，迅速解放全中国，解放"三座大山"压迫下的老百姓。1949年9月底，除西南和广东、广西部分地区外，全国大部分地区获得解放。是年4月，毛泽东同志写了一首七律古体诗《人民解放军占领南京》：

钟山风雨起苍黄，百万雄师过大江。
虎踞龙盘今胜昔，天翻地覆慨而慷。
宜将胜勇追穷寇，不可沽名学霸王。
天若有情天亦老，人间正道是沧桑。

中华人民共和国成立后，人民解放军的攻势势如破竹，国民党反动派的统治土崩瓦解。中外反动派不甘心失败，疯狂反扑。1950年6月，美国以联合国军的名义参与朝鲜战争，在中国家门口燃起战火。此时，中国西藏、新疆等地仍未全面解放，蒋介石集团还把持着东南沿海一些岛屿。在美帝国主义支持下，他们伺机进犯大陆，妄图把新中国扼杀在摇篮中。在东山前线，以谷文昌为首的共产党革命队伍，为了保护革命果实，保护大

多数老百姓的利益，与刚刚翻身得解放的群众一起，同敌人进行了顽强而机智的斗争。

东山岛又称蝶岛，为福建省第二大岛，位于福建省东南端，东临台湾海峡，与台湾省隔海相望，西与福建省诏安县隔海相邻，南与广东省南澳岛隔海相牵，东北与福建省漳浦县古雷半岛相对，西北跨过八尺门海峡直通福建省云霄县境内。由于东山岛特殊的地理位置，历代王朝大都在这里屯有重兵。可是，自明朝嘉靖年间以来，由于倭寇和荷兰殖民者、海盗以及后来清军的不断侵扰，东山人民历经战祸并由此遭受了连年不断的不幸。嘉靖三十五年（1556年），倭寇进犯东山铜山水寨，抢劫财物、残杀人民；两年后，倭寇再次劫杀东坑口土楼；嘉靖四十三年（1564年），戚继光带领义乌兵常年驻守铜山城五里亭；嘉庆四十五年（1566年），海盗林道乾攻陷五都山南村和岐下村，烧毁房屋，抢劫财物并杀人。崇祯六年和七年（1633—1634），荷兰殖民者武装入侵铜山，被军民击退；明末清初，清军几次对"反清复明"的东山人民进行屠杀。抗日战争时期，日军三次大规模进犯东山，东山人民又遭受了巨大的灾难……

1949年10月中旬，云霄县城和平解放，中共东山县工委和解放军大部队开始着手谋划解放东山岛。担任解放东山的主力部队是中国人民解放军第31军。参与解放东山并准备担任东山地方干部的是随军南下的长江支队第五大队第三中队的三个小队，一共47人，还包括新吸收的东山、诏安、云霄的40多名青年干部，由郭丹带队，谷文昌在其中一个小队。同时，他们发动漳浦、云霄、诏安的群众支前。刚刚翻身得解放的沿海群众支前热情高涨，支前船队一共18队224条船，还组成了运输队和担架队。地下党组织深入东山岛，在铜山古城后街与布店街之间的"哲记京国店"建立国共谈判的秘密点，收集情报，策反国民党内部的进步势力。

解放东山岛，是每个解放军指战员的愿望，也是东山百姓的愿望。解放军昼夜观察敌情，敌机、敌舰时常向我军扫射、发炮，形势非常严峻。依靠群众，相信群众，一切为了群众，一直是谷文昌的行事原则。东山岛有个穷苦渔民叫林和顺，经常划着小舢板或坐着别人的船，来往于东山岛和大陆之间，偷偷地卖些自己从海里打捞上来的鱼虾，也卖中草药。一次，几个战士闹肚子，谷文昌懂一些中医，他向林和顺买了一些中草药。两人一见如故。谷文昌和蔼可亲，递烟让茶，没有一点官架子，他努力地听林和顺讲闽南式普通话，还留他一起吃饭。把一个贫苦渔民当亲人，这与国民党官兵的作风形成鲜明对比。林和顺的药还真管用，一来二去，谷文昌跟他熟悉起来。林和顺了解到，人民政府是老百姓的政府，解放军是中国人民的军队。从林和顺口中，谷文昌了解到东山人民对人民解放军的盼望，对国民党兵土匪作风的痛恨。凭着穷苦百姓的朴素感情，林和顺诚恳地回答谷文昌提出的问题，不断为解放东山岛提供宝贵情报。从此，衣衫褴褛的林和顺成为谷文昌的好朋友。

至1949年5月，驻扎在东山岛上的国民党兵力达7000多人。国民党第58师主力驻守北半岛，师长洪伟达；国民党第51师主力驻守南半岛；国民党第17军军部率124团、177团驻守城关，控制东山港口。

1950年4月，中国人民解放军第三野战军第10兵团决定由第31军、第32军第94师和炮兵第14团3营，负责制订渡海方案，解放东山岛。5月初，国民党军发现，解放军正集中优势力量，准备进攻东山岛。为了保存实力，国民党军主力决定从东山撤军。为了掩盖撤军意图，国民党继续向东山增派部队，对外扬言"要扩充部队，固守东山"，疯狂地在全岛抓壮丁，祸害百姓。

1950年5月10日夜晚，像东山岛上大部分村庄一样，铜钵村的乡亲们听到岛外大陆上隆隆的炮声，以为是共产党领导的解放军来了，老百姓的苦日子要熬到头了。许多村民走上街头，翘首以盼。突然，一阵枪声夹杂着叫喊声从村子四周压过来，一群群荷枪实弹的国民党兵高举火把冲进村，他们吆喝着查户口，挨家挨户地把村民赶出家门。全村男女老幼，被莫名其妙地赶到田家大祠堂里。火把下，一位国民党军官开始训话，说什么为了党国利益，从十五岁到五十岁的男丁，必须入伍。人群中哭喊声四起："这些人是家里的顶梁柱啊！他们走了，我们咋活呢？"黑洞洞的枪口下，一个又一个青壮年被押解起来。有人想逃跑，可是村子四周架着机枪，满大街都是荷枪实弹的国民党匪兵，他们又被捉了回来。在铜钵村村史馆，笔者看到一幅幅令人肝肠寸断的雕塑和绘画，解说员讲述着乡亲们当时经受骨肉分离的情景：

> 呼啸的海风吹打着海边小村，亲人们一个个被押出村。
>
> 全村老弱人群哭喊声震天："亲人啊，你们到哪里去啊？"
>
> 有的妇女抱着孩子，有的母亲拄着拐杖，有的小媳妇挺着大肚子。亲人们被押上村后海边的大船，呼呼的海风中，拄着拐杖的母亲大喊："儿啊——"
>
> 儿子在船上高喊："娘，回去吧。"
>
> 怀里抱着吃奶的孩子的妇女大喊："孩儿他爸，早些回家。"
>
> 大船上有人回应："孩儿他娘，我很快就会回来的。"
>
> 黎明的海岸上，那些衣衫褴褛的妇孺哭天抢地。大船渐渐驶远，直到看不见踪影。她们不知道亲人被押到什么地方，亲人们生死未卜，更不知道亲人们这一去可能要四十年，好多亲人一去竟成了诀别。

这就是国民党从东山县撤退时的抓壮丁事件。

国民党政府败走东山前，大搞军事政权，抓丁派款，征收苛捐杂税，致使民怨沸腾。1949年6月，败退东山的国民党军洪伟达部强抓壮丁，引起民众的强烈反感。同年11月，国民党将东山县政府改为"漳诏地区司令部民政处"，县长何纯青任中校处长，县政府工作人员都被授予不同级别的军衔。是年12月1日起，县地方民团改编为陆军第12兵团漳诏地区司令部第7团，并将各连及各乡镇的突击分队合编为第一营及团部警卫排，由何纯青任团长。该军事政权给民众造成心理上的恐慌。1950年3月，驻金门的国民党第17军军长杨维翰，带领其第51师2700多名军士又进驻东山增防，肆意进行抓丁行动。据统计，从1949年6月到翌年5月10日，当时东山岛全县12597户人家，国民党洪伟达部和国民党政府抓丁扩充兵员，从岛上抓走4792名青壮年。仅289户人家的铜钵村，1950年5月就被掳走147名青壮年，年幼者仅十七岁，年长者五十五岁，已婚者91人，被抓壮丁人数占全村人口一半以上。铜钵村遭此浩劫，老百姓哭声彻夜不绝，全村三日不见炊烟，该村成为远近闻名的"寡妇村"。全县将近4000多个家庭支离破碎，骨肉分离，留下众多孤守空房的少妇、日日盼儿的母亲。岛上数以千计失去丈夫和亲人的女人，因海峡两岸长期隔绝，而步入漫长的"守活寡"、盼望亲人归来的惨痛生涯。东山黎明前的黑夜，显得更加黑暗。

一定要解救东山受苦受难的老百姓。1950年5月7日，中国人民解放军第31军经过上级批准，提前下达进军东山岛的命令。11日下午，解放军的船只分五路渡海，对北半岛构成三面合击态势。

其实，在解放军进攻前，国民党守军除第58师一部在近陆沿岸做掩护外，大部队已集中于北半岛中部待撤，第17军军部人员率先登舰欲逃。在解放军发起攻击后，国民党军前沿掩护部队纷纷弃阵而逃，涌向东部海湾，抢先登舰。接运的舰艇尚未载满就起锚逃走。

解放军第91师273团主力向北挺进。11日晚上22时，抵达白埕、探石，一路未遇到任何抵抗。随即由进攻改为追击，向亲营、荟东方向追击敌人。与此同时，91师271、272团主力向东推进，直扑西埔和梧龙。从港西登陆的94师280团攻占马鞍、樟塘后，直逼西埔。登陆部队迅速占领东山岛西部和北部，国民党守军大部分乘舰逃走，残部被压缩到东部濒海的几个孤点上。

91师271团2营抢占亲营山，发现上千名国民党军聚集在村边和滩头。该营分三路向村边和滩头冲锋，国民党军无心恋战，纷纷缴械投降。紧接着，2营一部分兵力向荟东追击，歼灭、俘虏国民党军200多人。94师281团从古港登陆后插向东南，在东沈与国民党军展开激战。国民党军向城关溃逃，281团追歼逃敌一直到深夜，追到了城关。国民党军第58师师长洪伟达一路奔逃，登上接应他的战舰，指挥残部继续抵抗、逃跑。281团派出一部兵力争夺南门澳，切断逃兵去路。双方转入巷战，解放军越聚越多，逐渐将敌人分割包围，各个歼灭。城内的国民党第58师警卫团残部抵抗了一阵，见大势已去，在解放军"优待俘虏"的喊杀声中，全部缴械投降。

至12日中午12点4时，东山全岛解放。

一夜之间，东山岛的天晴了。解放军上岛，高唱《三大纪律八项注意》，步调一致。当地群众专门举行了欢迎仪式。群众一看到毛泽东和朱德的画像，纷纷跪拜。人民解放军对老百姓秋毫无犯，这一点，东山百姓有切实的感受。解放军上岛后，常驻扎在大街上，早上起来，帮助老百姓扫大街、扫院子、挑水；有的群众生活困难，从首长到战士，纷纷想办法帮群众解决各项困难。有的战士把身上的工资、随身携带的粮食送给困难群众，部队军医免费为地方百姓治病。这与国民党兵形成鲜明对比，许多人感叹："这是老天爷派来的天兵啊！"

铜锣古城街头，一群又一群刚刚获得解放的乡亲欢天喜地地迎接亲人解放军。在进岛的解放军队伍中，身材瘦削的谷文昌目光炯炯，皮肤黝黑，穿一身发白的旧军装。当时，中共东山县委已经成立，谷文昌是县委六大委员之一。一踏上东山岛，他就有一种壮志凌云的感觉，暗下决心，一定要竭尽全力为东山人民服务，为老百姓干出一番事业。他踌躇满志地走在欢庆的人群中，更加坚定了"全心全意为人民服务"的信念。多年的革命生涯，使得谷文昌养成了善于观察、依靠群众的工作作风。在人群中，他注意到一个衣衫破旧的阿婆，远远地站在人群外面，扶着墙角抽泣。他挤出人群，走上前关切地询问："大娘，您怎么了？"

阿婆紧紧抓住谷文昌的手，抽泣着说："亲人啊，你们怎么不早点来啊！"群众的困难就是自己的困难，谷文昌耐心倾听着老人的倾诉。老人是铜钵村人，她讲起国民党军败退东山前抓壮丁的惨剧，老人的丈夫和儿子前几天被国民党军抓走了，只剩下她一个孤苦伶仃的老太婆。谷文昌的心情一下子沉重起来。

身为城关区委书记的谷文昌一头扑在工作上。刚解放的东山岛，潜伏的敌特分子与地方恶霸相互勾结，成立了暗杀团，专门暗杀共产党员干部。福建前线时而传来机关干部遭敌特分子暗杀的消息。一天晚上，城关区两位干部加班工作后，连夜步行返回驻地，半路上遇到埋伏好的暗杀团，献出了年轻的生命。然而，这一切都吓不倒共产党员，更不能阻挡谷文昌为老百姓服务的脚步。

谷文昌坚持走群众路线的老作风，与普通群众交朋友，经常往困难多、问题多的村镇、村民家里跑。他一直没有忘记刚登上东山岛时，那位阿婆锥心的哭声。这天，他来到那位阿婆所在的铜钵村，在村支书的带领下走街串巷。谷文昌看到翻身农民的喜悦，也看到战争留给村民的创伤。走访中，谷文昌进一步体察到国民党抓壮丁给百姓带来的苦痛。谷文昌来到那位刘阿婆家门口，刘阿婆怎么也不开门，她声音沙哑地说："谷书记，我们是'敌伪家属',不能连累你。"

简陋的村委会办公室内,铜钵村村支书沉重地向谷文昌反映了一个问题:在最近的村民阶级成分划分过程中,这些被抓壮丁的人家,竟然被地方干部划为"敌伪家属",日子过得雪上加霜。

1950年10月,谷文昌被任命为东山县工委组织部部长。面对敌我斗争的严峻形势,谷文昌再次遇到"敌伪家属"这个问题。经过深入了解,他发现,铜钵村有这个问题,其他村也普遍存在这个问题。不仅许多群众是"敌伪家属",好多村的党员干部也因为家中亲人被抓壮丁而面临被划为"敌伪家属"的问题。

东山县工委民政科科长史英萍在下乡扶贫调查中也发现了这个问题。她同情这些妇女的遭遇,自己带粮、拿钱帮助这些孤儿寡母。但这不能从根本上解决问题。于是,她一次次找组织,一次次找谷文昌。

谷文昌向上级汇报后,决定对这一问题集中调研。谷文昌、史英萍和村干部一起来到礁头村的黄阿婆家里。黄阿婆躺在炕上,双眼吃力地睁着,却看不到外面的世界了。谷文昌环顾黄阿婆家里贫苦的状况,询问黄阿婆家里的情况。黄阿婆泪眼婆婆地面朝窗外,喃喃地哭喊着:"儿啊—— 亲人啊,你们什么时候才能回家?"

村干部介绍,黄阿婆的丈夫几年前去世了,她的四个儿子被国民党兵抓丁抓走两个,老人整天对着海滩哭喊。一年多了,双眼哭瞎了,亲人还是没回来。她家是不折不扣的"敌伪家属"。可是,她家里的阶级成分是实实在在的贫农,老人的大儿子是村里的农会主席,被抓走丈夫的二儿媳妇是村妇联主任。两个人是村里斗恶霸、土改的骨干,这家的情况能算是"敌伪家属"吗?

谷文昌、史英萍和县委书记张治宏再一次来到贫困破败的铜钵村,又一次听到亲人被国民党抓丁的那些"敌伪家属"撕心裂肺的哭声。村干部指着农田里一位背着孩子劳作的妇女的背影说："她公公、丈夫全被国民党抓走了，家里只剩下五十多岁的婆婆和不满一周岁的儿子，她家也是'敌伪家属'。"

谷文昌沉默不语，拳头紧攥。百姓的苦就是他的苦，他下定决心解决这个难题，决不能让这些百姓遭受双重打击。他提议县工委召开专门工作会议，专门研究"敌伪家属"的划分问题。会议期间，门外传来空袭警报声，大家一怔。警报声过后，有干部说："现在是敌我斗争的特殊时期，我们必须坚持'敌伪家属'划分这一做法。"

谷文昌眼眶湿润，激动地大声说："我们东山县12597户，差不多有一半的家庭被拆散，撇下多少白发母亲、新婚妻子、无依无靠的孤儿寡母！再算上儿女姻亲、姑表家眷，盘根错节，蛛网纵横，'敌伪家属'人员几乎遍布全岛，难道我们要把他们全部推到敌人那一边去吗？"

会议进行了广泛的讨论。谷文昌的话语掷地有声："我们共产党人要敢于面对实际，必须对人民负责。国民党反动派造灾，共产党人必须救灾，必须摘掉那些可怜的老百姓头上'敌伪家属'的帽子。"

经过几次激烈讨论，东山县工委又组织了专题调查，其间向龙溪行署做了一次次的汇报。在谷文昌的强烈坚持下，东山县工委悄悄推出一项新政，决定把全县"敌伪家属"的称呼改为"兵灾家属"，对"兵灾家属"政治上不歧视。在当时轰轰烈烈的土改运动中，"兵灾家属"同普通群众一样分得土地和房屋，经济上被平等相待。不仅如此，对于其中的困难家庭，要像对平常困难户一样救济，特别是那些孤寡老人，由村里统一照顾。

跨出这重大的一步后，谷文昌和县工委的领导随即采取行动。根据"兵灾家属"的需要，组织帮工队，帮助"兵灾家属"插秧耕田，戽水灌溉，终于使"兵灾家属"在思想上感激共产党的关心照顾，与共产党同心同德，积极投身生产建设，参加田间劳动，全县的农业生产迅速得到恢复。

史英萍是一位有文化、有理想的共产党员女干部，对受苦受难的东山百姓抱有极大的同情心。身为民政科科长的她一次次与谷文昌一起为铜钵村及全县贫困乡亲奔走、帮扶、救济。两人在工作中产生了革命感情，后来结为夫妻。

2014年9月，铜钵村时年七十二岁的老支书黄镇国告诉笔者："谷书记那时来我们村，我们这些'兵灾家属'，跟大伙一样分得田地和房子。"村民谢菊云的父亲被国民党抓走了，村里照样分给她家土地和房子。没有男劳力犁田，谷文昌听说后，亲自安排人上门帮忙。可是有谁知道，在当时敌我斗争异常严峻的环境中，谷文昌担了多大的风险啊！对此，他坚定地说："我对此事负完全责任！"

东山县工委悄悄通过了这一政策，但没有马上上报龙溪区委。后来，龙溪区委肯定了这一做法，并在全区乃至全省推广。作家霍达用"一项德政，十万民心"评价谷文昌这一举措。

第六章 东山保卫战

金门战役是解放战争末期发生在福建省金门岛的一场战役。中国人民解放军1949年7月上旬入闽，第三野战军第10兵团负责此次战役。第10兵团司令员叶飞先后领导发动了福州战役、平潭岛战役、漳州战役、厦门战役和金门战役等。1949年10月15日，解放军渡海发动厦门战役，先佯攻鼓浪屿，成功吸引国民党军的注意力，造成对方判断失误。之后，解放军分数路成功登陆厦门，击败守岛国民党军。10月17日，国民党军官汤恩伯弃守厦门，解放军成功占领该地。在粟裕司令员授意下，叶飞将属下第32军的船只分发给第28军，决定集中进攻大金门。鉴于船只数量不足，日期一再延后。10月24日晚，终于下令渡海，进攻大金门。登岛解放军在岛上苦战三昼夜，毙伤大量国民党军。但是，登岛部队三个团9086人（内有船工、民夫等350人）大部分壮烈牺牲，一部分被俘。这是解放战争中人民解放军的一次重大损失，被称为国共三年内战中唯一一次失败的战役。战后，叶飞将军痛心疾首，总结经验教训。半年后，解放军吸取金门战役的教训，攻占了海南岛。

驻守金门的是国民党第12兵团，由胡琏指挥。胡琏在抗日战争中任国民党第11师师长，率部于鄂西保卫战中死守石牌要塞，取得大胜；后率领国民党五大主力军之一的 18 军参加内战，被解放军打败。因为参加金门海战取得胜利，号称"金门王"。同年冬，胡琏被委任为国民党第 12 兵团司令。

1950 年 6 月 25 日，朝鲜战争爆发。9 月 15 日，以美军为主的联合国军在仁川登陆，开始大规模反攻。朝鲜军队败退，一直败退到中朝边境鸭绿江边，战火烧到中国家门口。10 月 25 日，中国人民志愿军应朝鲜请求赴朝，与朝鲜人民军并肩作战。尽管中国人民志愿军作战勇敢，但是，面对强大的资本主义国家军队，战场形势异常艰苦、激烈。蒋介石集团认为中国人民志愿军必败无疑，因此摩拳擦掌，疯狂叫嚣并组织"反攻大陆"。国际国内敌我形势异常严峻。

据漳州市人大常委会原副主任、东山县原县长、县农工部部长靳国富回忆，那段时间，岛外敌人的飞机军舰耀武扬威，敌人磨刀霍霍；岛内的敌特分子蠢蠢欲动。靳国富和谷文昌当时在东山县工委工作。县机关干部平时肩扛着枪、手拿着农具在田间地头与群众一起参加生产。一天中午，靳国富正在午睡，一个敌特分子潜入县工委干部住处，拉响了手榴弹，特务当场被炸死，靳国富用被子裹住身体，倒在血泊中。他后来被送到省医院抢救了一个多月才转危为安，背上至今还留着当时落下的伤痕。谷文昌的大女儿谷哲慧回忆，老家生活异常艰难，妈妈史英萍把她接到东山。她年龄小，初到东山，一听见飞机的声音就出去看。有一天，她爬上房顶看国民党的飞机飞过头顶，甚至能看见飞机上的字。房下路过的战士大喊："小鬼，危险，快下来。"

东山岛离国民党盘踞的金门岛近在咫尺，蒋军的飞机、军舰虎视眈眈。1950 年年初，国民党第 12 兵团改名为"金门防卫军"，胡琏任司令兼总指挥。1951 年，胡琏在金门成立"福建省游击队"，后改名为"福建省反共救国军"。他任总指挥，不断派遣小股特务潜入大陆。

保卫东山，巩固海防，成为新政权首当其冲的重任。谷文昌与县工委和驻岛解放军官兵，依靠群众，迅速成立了民兵组织，镇压恶霸，保卫新政权。暗杀团相当猖獗，地方恶霸勾结敌特分子，暗杀县工委和村农会的党员干部，东山岛上一时相当恐怖。在谷文昌带领下，公安干警、民兵配合驻岛解放军，依靠群众，一举捣毁了暗杀团的巢穴。

在东山县工委领导下，谷文昌和全县军民一起，迅速投入保卫东山、建设东山的斗争中。1950年11月，谷文昌担任东山县工委组织部部长。受命任职后，他立即着手开展发展党员、培养干部、建立党的基层组织和各种群众组织的工作。县工委从东山的实际出发，在以农民为主的农村普遍建立农民协会，在渔民、盐民中建立渔民、盐民协会。同时，建立青年、妇女等各种群众组织。谷文昌积极组织参加东山县的土地改革、反霸、镇反及生产救灾、恢复发展生产等工作。根据县工委的统一安排，谷文昌经常到群众中宣传党的政策，做形势报告，或深入渔民、盐民、农民家中访贫问苦，用通俗易懂的道理向他们进行阶级教育和爱国主义教育，帮助他们提高觉悟，牢记阶级苦、血泪仇，珍惜来之不易的胜利果实。广大群众思想觉悟迅速提高，面对反动派咄咄逼人的架势，坚定了对敌斗争的决心，树立起必胜的信心。各乡村街道签订了爱国公约，发出铿锵誓言："海防巩固好，确保东山岛。"

在群众海防斗争观念不断提高的基础上，全县各乡、各街普遍建立治安民兵组织，配备公安人员、保护人员，加强治安保护力量。东山县的工、农、渔、盐等各阶层群众踊跃参加民兵、自卫队、担架队和运输队等组织。民兵经常开展训练，学习军事知识和实战本领。渔民一手划桨，一手执刀；农民一手拿锄头，一手握枪杆，做到生产、战备两不误、两促进。县工委对农村民兵提出要求——"农闲大训，农忙小训"，对渔业民兵提出"大潮少训，小潮多训，休海大训"，抓紧一切有利时机，生产带枪,田头练瞄准,因地制宜开展民兵军政训练。

岱南村老人协会副会长林细狗回忆,当年,自己二十出头,参加了民兵的训练班,……天进行战备训练,哨子一吹,群众立即从……可以集合一个连。岱南村的民兵工作抓得……来岱南村蹲点,对民兵进行国防教育,指……法很准,往往一抬手就是10环,大家的

……东山沿海地区增设了岗哨和检查站:城……、澳角、双果山、古雷等地港口设立了……特活动,对来往的船只进行登记。据统……、2个支前队、192个担架队、40个救……指挥区、10个联防区,设立了147个固

……上与以美国为首的联合国军的战争陷入……叫嚣声越来越高,驻扎在金门的蒋军气……溪地委召开战备会议,要求东山县立……县政府组织了一支72人的海防工作队,……敌斗争宣传教育,检查督促战备落实。……民兵4058名,壮大了民兵武装力量。……工作委员会5人小组成员;是年12月,……成立了对敌斗争指挥部,谷文昌任指……山县公安局成立了战备治安领导小组,……干部一样,每日枪不离身,夜间和衣

其实,这年初夏,谷车就得到国民党军要"反攻大陆"的情报。解放

军第 10 兵团兼福建军区司令员叶飞察觉到台湾国民党军队的异常活动后，对东山的防务深感忧虑，觉得必须有一位各方面素质过硬的指挥员担任驻东山岛公安 80 团的团长。在众多部属人员中，叶飞选定了游梅耀。

游梅耀是闽西籍老红军，抗战时曾在陈毅身边当过三年副官。他跟着陈毅出生入死，是一位久经考验的革命军人。叶飞早在抗战中就认识游梅耀。解放战争初期，叶飞命令游梅耀到闽西整编军队，组建警备团，任命他为团长兼党委书记，负责闽西剿匪。后来，将他调至厦门大嶝岛。如今东山局势紧张，叶飞决定放这头猛狮出笼。

东山保卫战前两个月，国民党军不断派遣舰艇到东山岛附近海域进行侦察，多次抓捕大陆渔民。仅 1953 年 5 月，在东山岛沿海就有 200 多名渔民被抓走。国民党军向他们查问东山岛守备兵力和古雷半岛（东山岛北约 12 公里）、六鳌半岛（东山岛东北约 45 公里）至旧镇（东山岛东北约 53 公里）沿海一带我军部队船只的活动规律。同时，国民党派遣特务搜集我军兵力部署、工事构筑、炮位、仓库、交通及滩岸等情报，获悉谷文昌是东山县的县长。国民党军还多次出动侦察机在 100 米至 500 米的低空掠过东山岛进行航拍。7 月 8 日后，每天出动的侦察机在两架次以上。谷文昌带领群众以高度的警觉与戒备，严守海防前线。1953 年年初，国民党军派遣 17 名特务从宫前村潜入。他们一登陆即被发现，民兵吹响螺号，东山岛全民皆兵，几乎整个东山岛的民兵和老百姓都行动起来了，将特务团团围住，全部活捉，军民士气大振。东山县还破获了多起敌特案件。

1953 年 7 月 7 日，国民党军在金门成立了"联合任务指挥部"，以"金门防卫部"司令长官胡琏为总指挥，下设一个美国顾问组，下辖陆军 85 师、18 师 53 团，海上突击第一、二大队，南海纵队第八中队，海军陆战队第三大队，配备各种舰船 13 艘、飞机数十架，还有一个由 480 人组成的伞兵支队，共计 11825 人。国民党军登陆部队在金门集结，多次进行上下船训练，组织举行夜间登陆、进攻、撤退等模拟演习和沙盘作业。伞兵支队则按作战计划在台湾岛选定一处与东山岛相似的地形，多次进行空降演练。战前一星期，国民党军还组织了一次三军协同登陆作战的全面演习，以检验其准备效果。国民党军经过各种手段的侦察和情报分析后认为，东山岛南部地形较为平缓，港湾隐蔽，沙滩开阔而坚实，便于登陆艇直接靠岸和舰炮火力支援；登陆后便于向两侧和纵深发展，且该地段我军守备力量相对薄弱。因此，他们把登陆点选在东山岛南部的湖尾、白埕、亲营等地。

一切迹象表明，敌军进犯的步伐越来越快。谷文昌经常告诉大家，要保持高度警惕，全民皆兵，随时防备敌人的破坏和进攻。"兵灾家属"政策的实施，调动了全县干部群众的积极性。广大群众积极投身生产，睁大眼睛加强海防。

在山雨欲来的紧要关头，张治宏、谷文昌与指挥部的同志们共同制订了四套战斗预案，即防骚扰、小打、中打、大打战斗预案，设想了可能出现的各种复杂情况，以及应对策略。可以说，东山保卫战前夕，全县人民众志成城，与驻岛部队构筑了一道固若金汤的钢铁防线。

1953年7月16日晚上，国民党军"金门防卫部"的上将司令、福建省"反共救国军"总指挥胡琏，坐在一艘现代化的军舰上，注视着地图上东山岛这只美丽的蝴蝶，拿起望远镜，望向远方的岛屿，踌躇满志。抗日战争中，他指挥石牌战役，在这场中国的"斯大林格勒保卫战"中一举成名。三年内战期间，他指挥国民党军与人民解放军血战，金门海战又使他扬名内外。在他眼里，本次战斗胜券在握。然而，他忘了，与日军作战，那是民族的正义战争；进攻大陆，则是与人民为敌。

国民党兵以两个主力团、两个海军突击大队、两个伞兵中队，共计13000多人的兵力，全副武装，分乘13艘舰艇，在飞机、军舰、坦克的掩护下，趁着夜色，悄悄扑向东山岛，举世闻名的东山保卫战就此拉开帷幕。

在福建军分区司令部，一阵电话铃声响起，叶飞接到敌军出动的消息。他既激动又谨慎，亲自向党中央毛主席做了汇报。随后，他开始指挥战斗。他与胡琏这个老对手再决高低。

7月16日凌晨一点，福建军区电令闽南、闽中各海防部队，进入一级战备状态。叶飞命令解放军31军91师272团立即开赴漳浦旧镇集结待命，驻东山岛的公安80团进入阵地，做好战斗准备，水兵1团1连马上紧急部署，驻守八尺门渡口。

敌众我寡，随着战事持续，游梅耀指挥部队在大量杀伤敌军后，主动放弃东山县城。当天8点，我军退守到全岛的制高点公云山、王爹山和牛犊山三个核心阵地上。我军事先在山上构筑了坑道和土木工事，敌军准备充分，炮火猛烈，飞机狂轰滥炸，我军英勇抵挡住数十倍于己的敌军一昼夜猛攻。战士们的子弹、手榴弹都打光了，就用刺刀、枪托、石头和卸去保险的60毫米迫击炮弹，同突入阵地的敌人肉搏。有的地面阵地被敌人占领，部队就退入坑道内继续战斗。公安80团2连依托一条长不到百米的坑道，在27小时内连续打退了敌人49次进攻，最后的核心阵地一直未失守，一直坚持到大批增援部队到达。

东山保卫战打得相当激烈，东山县委和当地群众大力支援守岛官兵，民兵在战斗中发挥了很大作用。谷文昌亲率干部群众为部队送弹药、送水送饭，把负伤的战士抬下火线。虽大战当前，但阵脚不乱。胡琏见快速消灭守岛解放军的目的没有达到，便集中兵力对这些阵地疯狂进攻。胡琏和美国顾问对进攻东山的战斗都志在必胜。胡琏登陆的消息传到台湾，蒋介石马上召开祝捷大会，向全世界广播，吹嘘这是"反攻大陆的前奏"。美方也宣称这是"国民党退出大陆以来的最大一次进攻"。

身在上海的华东军区司令员陈毅听到广播的消息后,立即给叶飞打电话:"眼下,我最关心的还是八尺门,那边情况怎么样?"叶飞答:"仗打得很激烈、很艰巨,水兵连牺牲很大,但还在坚持,不过,增援部队快到了。"陈毅的话铿锵有声:"你命令最先增援的272团,哪怕拼得只剩一个人,也要渡过去,八尺门必须在我们手中!"

国民党军伞兵收拢起来后,除伤亡者外还有300多人,人数和武器都占很大优势。他们占领了一处高地,在重机枪和迫击炮火力的掩护下,向八尺门我守军发起几次进攻。面对国民党伞兵部队的轮番冲锋,扼守八尺门的水兵1团1连,从连长王德长到普通民兵,都抱着死守的信念,冒着敌人的炮火顽强抵抗。胡琏和他的美国顾问满以为以奇险之招,在八尺门甩下一个营足矣。但他们狡猾归狡猾,却小看了防守八尺门的一个水兵连。战斗从早上5点多进行到9点,水兵1连因火力弱和兵力不足退守到渡口边继续阻击,赢得了三个多小时的宝贵时间。

7月16日傍晚,台湾的广播宣布已经"占领了东山岛",并要庆祝"大捷"。

由于事发突然,蒋军兵力雄厚,一开始,我守军节节阻击。但是,那些"兵灾家属"和翻身解放的人民群众坚定地站在共产党一边,纷纷划起渔舟,拿起鱼叉、锄头,保卫自己的家园。有的冒着枪林弹雨为解放军送水送饭,抢救并保护解放军伤员。

刘杏是东山县山区石埔村人,从小耕田劳动,受尽地主的压迫和剥削,生活过得非常苦。解放前夕,她丈夫被国民党抓去当兵。新中国成立后,根据"兵灾家属"政策,她家分了地,生活一天比一天好。她不忘共产党的恩情,打心眼里拥护共产党,拥护新社会。

国民党军攻上东山岛后,村里的群众开始紧张起来。解放军在村外英勇作战,刘杏决定为解放军做些好事。她来到村里的祠堂前,看到牺牲的解放军战士，泪流满面。解放军战士王炳正在收拾牺牲战士身上的枪支弹药，她帮着解下一位牺牲战士身上的子弹带和四颗手榴弹。刘杏发现9班班长陈良顺受伤了，立即抢上前扶着他往自己家里走。陈良顺满身是血，刘杏为他换衣服，擦血迹，找中药"铁钉头"煮水给他喝。外面战斗激烈，刘杏担心伤员安危，让侄女林回春叫来民兵，把陈良顺抬走，转移到后方医院。

抬走陈良顺，她出去帮忙，发现草丛里有两位解放军伤病员。后来才知道，这两位战士一位是3连通讯员郑来成、一位是战士吴品火。枪声密集，子弹嗖嗖地从她头顶、身边穿过。她远远地看见了已经进村的国民党兵，忙扶起受伤战士，三个人相互搀扶着，朝不远处的她家走去。一进院门，她快速闩上门。枪声越来越近，刘杏二话不说，把两个战士扶进厨房，以柔弱的肩膀，将战士托到房顶储藏室里。敌人挨家挨户搜查，解放军战士担心连累刘杏，手握手榴弹，准备冲出去跟敌人拼了。刘杏死死拦住战士，坚决地说："有解放军才有人民，有人民就有解放军。我们军民同生共死，我死也不能让你们同敌人拼命。"

在一阵阵敲门声中，刘杏打扫干净血迹。一群国民党兵踹开她家院门，厉声喝问："看没看见受伤的共军？"刘杏临危不惧，机智地骗过搜查的敌人，她说："我男人也是国军，说不定你们还认识他呢！我不可能窝藏共军。"敌军在她家院子内搜查了一阵，走了。她担心战士们的安全，就将自家门锁上，然后到隔壁邻居家看敌人的行动。门刚锁上，又来了一拨敌人敲门，刘杏上前说："这家只有夫妻两人，丈夫去台湾当兵没回来，妻子去云霄县买农具准备夏收用，家里没人。"

就这样，刘杏先后骗走四拨敌人，保护了解放军受伤战士的安全。

敌人走后，刘杏立马为伤病员烧开水、做稀饭、擦伤口、上中药。一直到17日上午，解放军打回来，刘杏立即发动群众，找来担架队，把两位伤病员抬到后方医院治疗。战斗结束后，刘杏还买了慰问品，亲自去云霄县医院看望受伤的战士。

敌军占领东沈乡后，"兵灾家属"叶明花没能撤退，被国民党兵抓住盘问："你们村谁是共产党员？谁是村干部？在什么地方？"叶明花闭口不言，敌军拿着刺刀在她面前威胁，她一言不发，守口如瓶。始终没有说出村干部的下落。

国民党兵陈阿九思念家乡，扔掉武器，悄悄返回家，被媳妇强行留住，她不让丈夫再为蒋军卖命。

战斗一开始，游梅耀让谷文昌带领机关干部撤离，谷文昌坚定地说："我也是战士，不能走。"他指挥群众撤离，参与制订战斗计划，看望一线战士。哪里战斗激烈，哪里就有谷文昌的身影。一次，大家正躲避在掩体内，一位警卫员突然问："谷县长呢？"众人寻找时，有人发现谷文昌正扛着一箱子弹爬上高地。

东山岛军民团结，英勇地与来犯之敌战斗。

在港西，东山县人武部部长崔天恒率领民兵，坚守阵地五个小时，直至增援部队赶到。守卫八尺门渡口的水兵1连，在区委书记张迪民率领的后林村民兵配合下，以机枪和步枪击退空降的伞兵。

战斗越来越激烈，国民党部队攻占了一部分村庄后，敲着铜锣大喊："抓住谷文昌了！抓住共军县长谷文昌了！"坚守在阵地上的战士和民兵非常担心，谷文昌也听到了敌人的喊声。枪炮声时断时续，子弹在头顶呼啸而过。谷文昌从一个阵地走到另一个阵地，从一个村庄走到另一个村庄，大胆地在一线现身，戳穿敌人的谎言，鼓励军民团结，狠狠打击来犯之敌。

7月16日20时，解放军第41军的一个先头团疾速赶至八尺门渡口，因靠有限的木船渡海，加上要躲避国民党飞机轰炸扫射，部队进岛速度不快。21点后，272团乘坐临时征用的民用汽车赶到八尺门对岸，600多人突破敌军火力登上东山岛。发现解放军渡海部队攻上来后，国民党伞兵慌忙退到后林村附近的高地上。17日凌晨，272团已全部上岛，第28军和第41军的先头部队也已上岛，岛上兵力达到5000人以上。

当时，叶飞的决心是，待我军两个师增援部队全部到达，兵力增至2万人，对敌占有优势后，再发起全面反击。17日7点，胡琏得知解放军增援部队已大批上岛。为避免被歼，他急忙收缩兵力准备撤走。他首先把20多辆坦克撤走，以少数部队向解放军发动佯攻，掩护大部队撤退。上午10点，解放军发现国民党军心已动摇，尽管此时我军兵力只相当于敌军一半略多，仍决定立即开始反击。中午前，解放军分三路投入攻击。国民党军则以一部掩护，主力开始登船撤退。对于胡琏这个老对头，叶飞早就想报一箭之仇，哪容胡琏轻易溜掉。他急令第31军军长周志坚："立即跟踪追击，要贴着他们的屁股追，决不能让胡琏来此一游就算了，那样太便宜他了。"解放军实施反击，除了兵力不足，头顶上还不断有敌机盘旋轰炸和扫射，敌人舰艇上的火炮也实施拦截。不过，指战员们以分散多路的方式避开敌人优势火力，冲到敌前实施近战和肉搏。其中，解放军一部经过准备，午后对敌伞兵占据的高地发起总攻。战士们勇猛地杀上阵地，与敌人展开白刃格斗。手持冲锋枪的战士没有刺刀，打光了子弹便用铁锹拼杀。激战到下午3点，国民党军伞兵大部分被击毙或俘虏，只有不足百人零散逃走。

在人民战争的汪洋大海里，仅仅用了36个小时，东山军民就把敌人赶下海。东山保卫战被称作国共两党最后一场酷烈的战争。在两天一夜的激烈战斗中，我军共歼灭、俘虏敌人3379人，击落敌机2架，击毁坦克2辆，缴获大量军用装备。英勇的东山岛人民自发支前，奋勇擒敌，涌现了许多可歌可泣的动人故事。战后，毛泽东说："东山保卫战的胜利，不光是东山的胜利,也不光是福建的胜利,而是全国的胜利。"事后,在奖励战功人员时,谷文昌力排众议,授予刘杏一等功臣的称号。刘杏对解放军战士的一片赤诚,让许多人为之动容。她的事迹后来在军营和百姓中广泛传颂,好多战士称她为"海防战士的妈妈"。

当身穿国民党军服的陈阿九被民兵绑到军政府时,谷文昌听完陈阿九和他妻子的哭诉,对大家说:"他既然放下武器回到家乡,我们就既往不咎。"陈阿九从此与亲人过上了团圆幸福的生活。

8月19日的西埔广场,彩旗飘扬,军号嘹亮,鞭炮齐鸣,群众载歌载舞。东山县各界人民隆重召开东山保卫战庆功大会。时为东山县县长的谷文昌在大会上致开幕辞,他讲话铿锵有力:"今天召开的庆功大会,是庆祝东山人民对敌斗争的胜利大会。这次会议要表彰东山保卫战中的英雄模范,总结交流支前参战的经验,进一步加强巩固海防,保卫东山,保卫祖国建设与世界和平,努力发展生产。所以,这次会议的召开,其政治意义是非常重大的。"

东山保卫战的伟大胜利,充分显示了祖国人民力量的强大。时任东山县委书记的张治宏在大会上做了题为《总结战斗经验,加强巩固海防,歼灭来犯之敌》的发言。

这是国共两党的最后一次战斗,战斗以代表人民利益的中国共产党取得胜利而结束。从此,谷文昌与东山人民一道,投入艰苦卓绝的社会主义建设中。

第七章　如果制服不了风沙，就让风沙把我埋掉

正如毛泽东同志所说，夺取全国革命的胜利，只是万里长征走完了第一步，以后的路还会更长更艰难。初来东山岛，谷文昌这个从太行山走出来的汉子，不仅感觉到南方的炎热，还深深地感受到当地的风沙灾害。这座外形酷似蝴蝶的美丽小岛，当时有着荒岛、死岛、饿岛等不吉利的称号。"夏苦旱灾，风沙害；一年四季里，季季都有灾"是当地民谣，形容东山气候恶劣。尤其是秋冬季节，一起风，漫天沙尘。当地民谣说："微风三尺土，风大石头飞。"谷文昌顶着恶劣天气深入调研，与地方百姓交朋友，不到半年时间，就能听懂闽南方言。一年多后，他已能熟练地用闽南话与群众交流。

1953年农历十月的一天上午，时已深秋。东山县县长谷文昌和通讯员陈掌国下乡来到陈城一带访贫问苦，路过白埕村外的一处沙丘。当地号称"沙虎"的风沙骤起，犹如沙漠上的沙尘暴，呼啸着，遮天蔽日。谷文昌和陈掌国忙到沙丘后的凉亭躲避风沙。然后发现，一群衣衫褴褛的男男女女也在这里躲避风沙，他们望着呼啸的风沙茫然呆坐。

谷文昌领着陈掌国走上前，谷文昌用本地话问："老乡们，你们去哪里？"

那些人支支吾吾，一位瘦弱的老人吞吞吐吐地回答："去赶集。"

谷文昌看看老乡们脚旁的空篮破碗，不相信他们去赶集，就说："老乡们，我是县长，有什么心里话，可以跟我讲。"

那些老乡一听是县长关心他们，才放下心。那位年纪较大的老人说："我们是山口村人，这里常年遭受风沙灾害，作物有种无收，如今风沙又起，大伙没法活下去了，想出海到大陆上要饭。"

谷文昌眉头紧皱。陈掌国告诉谷文昌："谷县长，山口村是远近闻名的'乞丐村'，村里一半以上的人靠乞讨为生，一成以上的乡亲在南洋谋生。"

谷文昌心疼地看着乡亲们，说："乡亲们，这样下去不行，大家要回去，在共产党、人民政府的领导下，齐心协力想办法改变落后面貌，才是出路。"

那位老人忙说："我们不讨饭去了，回家。"

呼啸的风沙远去，谷文昌和陈掌国继续往前走。在一座沙丘上，谷文昌再看刚才那群人，发现他们在村口转了一个圈，又拖儿带女，挂着要饭棍向村外走去。

谷文昌走过一座又一座村庄，破旧的房屋、衣衫褴褛的人们和挂着要饭棍乞讨的群众历历在目。新中国成立好几年了，老百姓还要出去讨饭，谷文昌想起自己少年时逃荒要饭的经历，感慨万千。陈掌国记得，谷文昌当时面露难色，说："我们共产党干部是人民的勤务员，人民有疾苦就要把他们拯救出来，不然，我们来干啥？党派我来东山，就要为东山人民排忧解难，不赶快想办法改变这种贫穷状况，我对不起东山人民。"

像这样贫困的村庄，这样一年到头逃荒要饭的村民，在当时的东山县比比皆是。百姓是分到了土地，可是，在这个风沙肆虐的小岛上，却没有一个好收成。谷文昌了解到，新中国搬掉了压在人民头上的"三座大山"，但东山人民头上还有"风沙旱涝",俗称"四害",这些一样压在当地百姓头上。解放初期,东山岛仅有林木147亩,全岛山头光秃秃的,森林覆盖率不到千分之一。海岛东南部绵亘着长达30公里、面积3.5万多亩的沙滩,茫茫一片,寸草不生。风起沙飞,遮天蔽日,43个流动沙丘顺着风势步步紧逼。据记载,一年到头,这里刮五到六级大风的时间长达150天。每年夏秋之际,七八级甚至十一级的大风刮得全岛飞沙走石,黄尘蔽天。百年间,飞沙淹没村庄13座、房屋1000多座、耕地3万多亩。山口村总共900多人,有600多人讨饭。当时,这一带提亲嫁女,常把会讨饭当作一种本领、特长。村民们有田无法种,种了没收成,一年到头缺吃少烧,许多人不得已远走他乡,逃荒要饭,乘船过海,到大陆上割草砍柴。

返回县城,谷文昌要求县民政科加大对那些贫困村庄的救济力度。

如何从根本上解决问题?经过东山县委班子几番调研讨论,时任东山县委书记的谷文昌激动地说:"我们是共产党人,不能做自然的奴隶,不能听天由命,不能在困难面前退缩!"

东山县委统一思想:"挖掉东山穷根,必须制服风沙。"

制服风沙,谈何容易!好多人提出了不同的意见。治沙?难啊!山口村的一个村民听说谷文昌要治沙,他当面对来调研的谷文昌说:"谷书记,如果您能治了这风沙,我从山口翻跟头,一直翻到西埔(如今的东山县县城)。"

谷文昌望一眼茫茫的风沙,坚定地对大家说:"必须向风沙宣战,条件再差也要建设社会主义!"

如何战胜风沙?不单是决心和气魄的问题。那天,海风呼啸,阴云密布,谷文昌将技术人员和有经验的村干部、老农民请到地处风口的一座草寮内,现场研究防风治沙的办法。这可是个老大难问题,从清朝到民国,风沙已经困扰东山县上百年了。清朝光绪年间,曾经颁布最严厉的刑罚,

"砍柴草者一律治罪"；民国期间，也有几任县长立志治沙，都无济于事，风沙依旧肆虐。解放初期，当地流传着这样一句民谣："沙滩无草光溜溜，风沙无情田屋休，春雨来临柴草绝，作物有种多无收……"大家讨论来讨论去，一致认为，要治沙，必须压住沙、压住风，必须先找到风口。可是，风来风去，捉摸不定，以当时的技术条件找到所有的风口，谈何容易？窗外风声打着呼哨劲吹，不时有沙子吹进屋内。谷文昌望望窗外茫茫的沙滩，再一次立志：一定要带领全县干部群众战胜这百年肆虐的风沙。

他铿锵有力地说："我们有勤劳的双手，有集体的智慧，有共产党的领导，有什么困难不能克服呢？！"

从 1954 年开始，谷文昌带领全县干部群众，踏上制服风沙的茫茫征途，开始了连续五年的治沙战斗。

在春秋风沙最大的时候，往往是谷文昌下乡调研的好时候。他和县委班子成员分路下去，直达风沙肆虐的地方。一开始，他经常和林业技术人员吴志成在一起。再后来，大学毕业生林嫩惠也加入进来。

为了根治肆虐的风沙，带领大家迅速走出贫困，谷文昌常年在乡下，一年有近三百天在基层，踏遍了东山的沟沟坎坎。很长一段时间，东山县委别说小汽车，连自行车也没有。起初，谷文昌不会骑自行车，下乡一般都是走路。后来，他让自行车出租行的师傅驮着他下乡调研。再后来，他让通讯员学习骑自行车，驮着他下乡。时间一长，他感到这样工作十分不便，就想学骑车。

东山县历史上多华侨，许多华侨耳闻目睹了共产党人踏实的工作作风和忘我的工作精神，十分感动。1956 年 7 月，华侨吴细狗给东山县委送来一部小旅行车。东山县委当时没有车，有人认为车是送给县委的，应该县委用。谷文昌却提出，把这部车分配给县公安局和县医院。县公安局平时作为紧急车辆出警用，县医院遇有危险病号可作为急救车用。过了两个月，几名华侨又合伙为东山县委捐献了一部大车和几辆摩托车，谷文昌又把这些车辆分配给其他部门。一天，谷文昌的老战友、时任龙海县（今漳州市龙海区）的领导来到东山。他听说谷文昌没有专车，下乡主要靠两条腿或去自行车行租车时，就说："老谷，买一部车吧。有了车，你就可以跑更多的地方，治理风沙灾害就更方便了。"

其实，谷文昌多么希望能早日制服风沙，让老百姓过上好日子啊。可眼下东山需要钱的地方太多了，救灾用钱，生产用钱，植树造林更用钱。他苦笑着说："东山穷，买不起。"

那位领导说："我们龙海有部旧车，你只要花9000元就行。"这几乎相当于捐送了。车子买回来以后，谷文昌交代秘书："车子出行要登记，不管是谁，无'三'不出门。"

下乡到基层，不可能总会凑齐三个人，因此，谷文昌还是很少坐车出门。谷文昌依然经常步行或让别人骑着租来的自行车驮着他下乡。他背着行军壶，带着冷馒头，风里来雨里去，胃病也时常发作。东山群众看在眼里，疼在心里，觉得海外亲友捐赠自行车比较合适。于是，华侨吴细狗又给东山县委捐赠了四部法拉利牌自行车。县委决定分配一辆给谷文昌。为了跑更远的路掌握第一手资料，这一次，谷文昌终于收下了。是啊，总不能每次出差都要通信员或警卫员骑自行车驮着自己吧。

1957年夏天，由通讯员朱振凤和朱财茂当教练，利用晚饭后和上班前的时间，在县委门口的广场上，四十二岁的谷文昌开始学骑自行车。一开始，由于年逾四旬，他手脚配合不协调。尽管担任"教练"的通信员和警卫员尽心尽责，谷文昌还是常常摔倒，甚至摔得鼻青脸肿。"教练"们一脸难为情，谷文昌却说："不要紧的，干什么事情都不会一帆风顺，总会遇到挫折甚至失败。就像我们治理风沙，尽管现在遇到挫折，但是，只要肯下功夫，肯动脑筋，多实践，我们总有一天会成功的。"

功夫不负有心人，经过几天的苦学，谷文昌终于学会了骑自行车。谷文昌非常高兴，用他自己的话说就是，"我又多了一条腿。""多了一条腿"后，谷文昌下基层更勤了。东山的山山水水，留下了他踏实的足迹；田间地头，闪动着他勤苦的身影。

每逢大风的日子，他和通讯员朱振凤、朱财茂或技术人员吴志成、林嫩惠，就顶着呼啸的风沙，不辞辛苦地前去探风口、查沙丘。据吴志成回忆，当时，谷文昌背着一个黄帆布包，斜挎着一只战争年代的军用水壶，戴着风镜，扛着自制的量尺、风向标等。一天下午，海风又冷又猛，刀子一样吹着谷文昌和吴志成的面孔。沙丘很陡，大风吹得吴志成站不稳脚跟，谷文昌说："小吴，你在下面记数，我上去。"谷文昌深一脚浅一脚地顶着风往沙丘上走，终于到达坡顶。突然，一股大旋风在他周围卷起，谷文昌站立不稳，被风吹得从十几米高的坡顶滚下来。吴志成忙上前去扶，谷文昌站起来，抹抹嘴角的血迹，沙哑着嗓子大喊："这里是一个大风口！"

关于这个工作细节，东山县谷文昌研究专家黄石麟先生形象地比画着，给笔者进行了生动细致的描述。其实，真实的生活比这更艰苦。谷文昌他们饿了，就打开随身携带的发白的帆布包，里面装着笔记本和干粮，他们坐在沙滩上，就着老咸菜啃窝窝头；渴了，他们拿出随身携带的水壶喝上一口。谷文昌饥一顿饱一顿地风餐露宿，再加上早年的生活磨难，他慢慢落下了慢性胃病和肺病的病根。

新中国成立初期，很少有大学生来到东山这个穷地方。因此，只要外面来了大中专生，个个都会成为谷文昌眼中的宝贝。林业大学毕业的林嫩惠就是其中一位。他一毕业回到东山老家，就被谷文昌请进来，一起走上防风固沙的路子。多少个日子里，他跟随谷文昌，在风沙弥漫的风口、沙丘间测量、调研。

就这样，在飞扬的风沙中，从苏峰山到澳角山，从亲营山到南门湾，谷文昌的足迹踏遍了东山岛的421个山头，把一个个风口的风力、一座座沙丘的位置和运行轨迹详细地记录下来。他带领大家在全岛探风口，查沙丘，测风速，走村串巷，与村干部、老农甚至乞丐促膝长谈，终于弄清楚，东山岛东南角受风沙最严重的是白埕、山口和湖塘三个大队结合部的赤山，这是岛上的"风口""沙喉"，要战胜风沙，必须先扼住它。

在综合一年多调研成果的基础上，谷文昌领导大家制定出"筑堤拦沙、种草固沙、造林防沙"的治沙战略方案。谷文昌带领全县人民，向岛上千百年来的风沙发起主动进攻。

可以想象，在呼啸的狂风中，谷文昌带领全县群众、机关干部、驻岛官兵等十几万人在当时东山县十几个风口处同时摆开了战场，希望以澎湃的激情、战天斗地的气概开展大兵团群众作战，"打垮"千百年来的风沙灾害。谷文昌犹如一个指挥千军万马的将军，高瞻远瞩，指挥全局，与大家一起挥汗如雨，一起深挖沟、挑土担沙，一起吃住在风口。一道道沙堤慢慢增高，经过四十多天的奋战，他们在全县几个风口处，筑起了三十九条两米高、十米宽的拦沙堤，总计两万两千多米。

治沙的大队人马撤走了，大家感到阵阵欣慰，这下终于可以"驯服"肆虐百年的风沙了。可是，好景不长，两个月后，东山岛东南部海风大起，十几级大风一连刮了半个多月。大风中，谷文昌和大伙心疼地看到，他们十几万人花四十多天筑起的沙堤被大风削去，两米多深的防沙沟被沙子填平。

许多人欲哭无泪，怎么办？谷文昌带领干部一次次赶赴受灾现场，组织干部来到受灾最严重的山口村风口处。他站在被大风削平的防沙沟上，坚定地鼓励大家："我们共产党人经历过多少磨难、多少风雨，这些挫折怕什么！"他继续召集技术人员和有经验的老农召开现场会研究对策、寻找答案：大风中，沙子如流动的水，固沙才是根本。

谷文昌慢慢从沙堆上站起来，目光中透着坚毅。

他动员全县群众在本地或到岛外的兄弟县去采集草籽，并直接向上级发出申请。东山县一下子筹集了几十吨各种各样的草籽。

一个风和日丽的上午，谷文昌再次动员全县机关干部、驻军和群众，投入防风固沙的战斗中。这一回，大家再一次深挖了防沙堤、防沙沟。更重要的是，在筑起的沙堤上，大家撒下了几十吨的草种。热火朝天的人群中，谷文昌身先士卒，与同志们挥汗如雨。他们仿佛看到一丛丛绿草茁壮成长，十几万米的防沙堤构成了一道坚固的绿色长城。

就这样，几十吨草种撒播下去，有的地方已经冒出微微的绿芽。可是，等固沙大军撤走不久，大风又起，仿佛古代突然攻上岛的倭寇、海盗。那一夜，狂风劲吹，县委办公室内，昏黄的煤油灯闪烁着。谷文昌彻夜未眠，他不停地打着电话。大风吹得窗棂哗啦啦作响，灯上方玻璃灯罩内的火苗扑扑抖动，木桌上的黑色电话不断传来不好的消息。天还没亮，谷文昌就叫上几名干部下乡去了。黎明的晨曦中，他眼前再次展现出令人心痛的景象：拦沙堤再一次被吹垮，播种不久的草籽，不是随风而去，就是被掩埋沙底。勉强抽芽的幼苗，也在风中奄奄一息。泪珠儿在谷文昌眼中打转，他望着乌云密布的天空，顽强的斗志在他心中熊熊燃烧。凄冷的海风打着呼哨，他和大家继续一次次现场调研，寻找答案："沙堤倒了，那些草籽是压不住风沙的。我们种树吧，看看有没有适合沙地的树种？"谷文昌刚毅的眼中布满血丝，他依然坚信，我们一定能够战胜风沙！

又是一年春暖花开，谷文昌以同样的激情、同样的信念号召大家植树造林，防风固沙。草籽种不活，那就种树。1955年春天，东山县开始建设苗木基地。除了本县培育的树种外，几十万株苦楝树、松树、杨树等树苗从岛外运进来。谷文昌带领大队人马再一次向风口中的沙丘、身边的荒山秃岭进军。东山人民建设新中国的豪情冲天。尽管他们历经了数不清的挫折和磨难，但是，县委、县政府一声令下，全县荒山、沙地上就满是热火朝天的植树大军。这一次，他们没有集中植树，而是根据各种树木的习惯，分时期种树。又是几个月的奋战，日子一天天地过去，有的小树已开始泛绿。

老天似乎与东山人民故意过不去。随着季节变化，令人讨厌的大风又肆虐起来。那年的狂风一连刮了数月。大风一起，东山岛上风沙茫茫，少有人烟。谷文昌心痛地看到，那些春天种下的树苗、撒下的树种，已经变得干枯。柞树种不活，银杏全死了，小松树也看不到任何绿色。这天，谷文昌来到山口村外，再一次看到逃荒要饭的人群。他走上前与老乡攀谈，一位拄着要饭棍的老汉说："东山这个鬼地方，神仙也治不了风沙。"

一连五年，东山人民与风沙一次又一次的搏斗均告失败。

怎么办？谷文昌一次又一次地和同志们深入一线调查研究，县里成立了专门的林业技术攻关小组，建立了多处苗木培育试验基地。这年冬天的一个下午，刺骨的海风鞭子一样抽打着山口村外海滩上的荒漠。海滩上，谷文昌与技术员顶着风勘测着，他们竟然挖出一种奇怪的树泥。谷文昌小心地把树泥带回家，兴奋地告诉妻子史英萍："老史啊，老史，重大发现！"史英萍从丈夫手中接过泥块，放在燃烧的火苗上。不久，那块奇怪的树泥"腾"地燃起一朵蓝色火焰，一下子照亮了谷文昌和史英萍的脸庞。谷文昌带领大家冒着凛冽的海风再一次来到那片海滩，兴奋地告诉大家，这里发现了树泥。这证明历史上这里曾经绿树如茵，古代能长出树来，现代也一定能种出来。

有一张照片记录的是谷文昌带领干部群众来到一座被风沙压垮的房屋前。就是在那次现场会上，面对大家习惯性的担忧，面对群众的种种疑虑，在呼呼的海风中，谷文昌指天发誓："如果不能制服风沙，就让风沙把我埋掉！"

第八章　玉汝于成

　　古希腊神话中，普罗米修斯设法窃走天火，偷偷地把它带给人类，因此得罪了众神之主宙斯，宙斯命令山神把普罗米修斯用锁链缚在高加索山脉的一块岩石上。一只饥饿的恶鹰白天来啄食他的肝脏，而他的肝脏晚上又总是重新长出来。他的痛苦要持续三万年。而普罗米修斯坚定地面对苦难，不在宙斯面前丧失勇气。最后，普罗米修斯杀死了恶鹰，获得了自由。英勇的东山人民，在谷文昌的带领下，面对自然灾害这只"恶鹰"，屡败屡战，终于迎来了绿色的曙光。

　　群众永远是我们的老师，调查研究永远是向群众学习的最佳途径。在一次又一次失败的基础上，谷文昌和同志们潜心总结经验教训，深刻地意识到，防沙必须植树造林，植树造林必须选择树种。叶大招风，阔叶树不适宜在荒沙地生长。必须有一个专门的领导机构，科学地指挥植树造林工作。经过一番研究，县委决定在几乎没有树木的东山岛上设立林业科（后来的林业局），各乡建立绿化工作小组，制定绿化工作制度。县委召开专门工作会议，通过了全面实现绿化、根治风沙的决议，实行"谁种谁有，伙（大伙）种伙有"的激励办法，明确了"以林为主，综合治理，全面治沙"的发展方针。

1957年清明节,东山岛上天气晴朗,春风和暖。谷文昌和林嫩惠到白埕村调研。风灾刚过,空荡荡的田野上一片荒凉。谷文昌攥一把泥土,眉头皱成川字,细细捻磨着。他站起身,思索着望向远方,发现前面竟然有两棵挺拔的小松树。他赶忙放下自行车,徒步来到两棵树前。这两棵小松树高高地长在坟堆旁边,有两位老乡正在那里烧纸祭祖。谷文昌上前耐心询问,拜祭的老乡告诉他,这种树叫木麻黄,是松树的一种。谷文昌眼里闪烁着希望的光,他似乎看到东山绿化的希望,皱着的眉头渐渐舒展开来。

第二天上午,谷文昌在白埕村那两棵木麻黄树下组织召开县乡村三级干部现场会。谷文昌兴奋地向大家宣布:"我们东山的沙滩上可以种木麻黄……"大家信心倍增,纷纷向县委要树木种子。谷文昌坚定地向大家保证:"面包会有的,一切都会有的。"会后,谷文昌给福建省林业厅打电话,请求拨发木麻黄树种。省林业厅的一位负责人问明情况后,为难地说:"省厅也不多,只能提供一小部分。"谷文昌欣慰地说:"一小部分也可以。"

谷文昌发动机关干部、林业技术人员翻阅资料,打电话联系、查询全省乃至全国兄弟县有关木麻黄种植的信息。时任东山县委农工部部长的靳国富没白天没黑夜地翻报纸、听广播。一天早上,他听完中央人民广播电台的新闻联播,也不敲门,一下子推开谷文昌办公室的大门,兴奋地大喊:"谷书记,找到了!"谷文昌正与行署领导通电话,有些疑惑地放下电话问:"靳部长,找到什么了?"

靳国富,这位来自山西太行山的南下军人,大声说:"谷书记,广播上说了,广东沿海有个电白县,有人在海边种活了成片的木麻黄。"谷文昌听了十分激动,紧紧握住靳国富的手说:"老靳,用我的电话,直接联系电白县。"

在随后召开的专题会议上,谷文昌发言:"既然广东电白县种活了木麻黄，他们就一定有树种，有成熟的植树经验。"会议决定组成学习考察组，靳国富担任组长，带领全县二十多名林业人员、农村骨干干部，专门到电白县学习考察木麻黄的种植经验。

在福建省漳州市区，靳国富，这位后来先后担任东山县委副书记、漳州市人大常委会副主任的南下老干部，讲起当年跟谷文昌一起艰苦奋斗的场景。马上就要启程去电白县了，谷文昌千叮咛万嘱咐，要他一定要为东山人民取来真经。靳国富感到这个嘱托的分量，这不仅是谷文昌书记的殷切期望，更是东山县十万百姓的厚望。靳国富他们几经周折，来到广东省电白县，二十多个人个个谦逊得像小学生，处处留心，事事请教。电白县的同志都是古道热肠，毫无保留地给福建的阶级兄弟传授种植木麻黄的经验。靳国富一行实地学习木麻黄的种植技术，还学习了木麻黄的生长管理经验。临走时，他们向电白县的同志要了一大捆木麻黄树苗。

谷文昌看着树苗如获至宝，亲自安排将这些宝贵的树苗种植在西埔的苗木种植试验基地。树种不够，谷文昌又动员大家跨过海峡，让靳国富带上全县财政收入最大的一块，奔赴广东省电白县、浙江省的部分地区和福建省内的厦门、云霄等地继续采购木麻黄树种。

其间有一个小插曲。谷文昌带领吴志成去厦门开会。中午吃饭时，吴志成悄悄告诉谷文昌，说在厦门一处公园发现了木麻黄树，地上落了一些松子，他捡来三枚。谷文昌兴奋不已。散会后，他带领吴志成来到公园，找到执勤保安人员说明情况，希望捡一些松子。对方说这是稀有树种，坚决不给。谷文昌他们并不灰心，趁保安不留意，悄悄翻墙进了公园，捡了一些松子，结果被保安发现。这还了得，保安将二人扣留，送往当地公安机关，扣留了一晚上。时任东山县县长的杨随山闻讯大惊，立马给厦门的市领导打电话。这位市领导曾在东山县政府任职，他去当地公安机关问明情况后，亲自与谷文昌一起来到那个公园，捡拾、采摘了一大包松子。谷文昌如获至宝，连连感谢。

苗木种植试验基地是谷文昌常去的地方。望着试验田内木麻黄树苗苗壮生长，他似乎看到遍布东山岛的绿色，听到上万亩木麻黄树林汹涌澎湃的涛声。谷文昌和东山县的大部分干部群众坚定地认为："东山岛的绿色梦，不远了。"

1958年2年24日，在中共东山县第一届代表大会第二次会议上，谷文昌目光炯炯。他热情而自信地做了《乘风破浪加快建设社会主义新东山》的报告，铿锵有力地提出东山人民绿化的战略目标——"苦战三年，绿化全岛"，号召全县年内植树造林两万亩。东山人民从连续五年的失败中爬起来，谷文昌带领大家再一次掀起旷日持久的植树造林运动。

1958年3月12日上午，东山县绿化指挥部的全体成员，县直机关的全体干部和白埕村社员500多人，聚集在一起。在简单的动员会上，谷文昌坚毅地发出"上战秃头山，下战飞沙滩，绿化全海岛，建设新东山"的豪迈誓言。随后，500多人的队伍高举红旗，浩浩荡荡来到灾害最严重的白埕村海边风口处，在原来没能成功防风固沙的第三道防沙堤上，摆开了"战场"，林业技术员们现场示范指导。当天，这支队伍种下了两万多株木麻黄。

500多人的壮举，激起全东山人民的斗志。各村的百姓不分男女老幼，纷纷自发地前来参加造林活动。驻岛的解放军指战员官兵闻讯后，也组织队伍加入到植树造林行列。当天，全县植树造林的队伍一下子增加到三万多人。春天终于来了，东山岛，这只苏醒的蝴蝶，开始翩翩起舞。俯瞰整个东山岛，从东北角的铜陵古城（这里曾是戚继光抗倭的战场，也曾是施琅收复台湾的出发地），到最南边的澳角村、秃头山际，海滩黄沙地之上，特别是湖塘、山口、白埕村一带，到处人山人海，银锹挥动，绿苗点点。东山人民千百年来求生的夙愿、发展的本能，这一刻再次凝聚喷发。仅仅两天时间,53万株木麻黄树苗遍插在沙滩和秃岭。

3月14日,阳光灿烂。

3月15日,小树苗在微风中伸直腰肢,翩翩起舞,沙滩、秃山上闪现出一层嫩绿。乡亲们眼睛里露出久违的光彩。刚学会骑自行车不久的谷文昌,兴奋地奔走在乡间土路上。

谷文昌和乡亲们不会忘记那个突如其来的黑夜,寒冷的西北风鸣嚎着刮过窄窄的八尺门海峡,狼群般扑上东山岛。老天好像要与东山人民对着干似的,一场几十年不遇的倒春寒,在东山人民最需要温暖的季节不期而至。

呼呼的大北风一连吹了一个多月。乡亲们心痛地看到,海滩上、荒山坡上,他们多么热望的绿色,一大片一大片地全部挂上了白毛毛,变得枯黄,失去了绿色。

有人给谷文昌打电话,更多的人直接找到谷文昌。那天,天刚蒙蒙亮,林业员蔡海福敲开谷文昌家的木门,哭着说:"谷书记,完了,又完了。那是您的心血啊!"蔡海福是一个对绿化事业极其忠诚的护林员,也是谷文昌的农民朋友。因为谷文昌没有一点官架子,他更是把谷文昌当自家人。

谷文昌声音沙哑着说:"走,到现场看看。"

呼啸的北风中,谷文昌的眼眶湿润了。蔡海福边走边哭,谷文昌声音哽咽地安慰这位老实巴交的护林员:"老蔡,走,下去瞧瞧,看看还有没有活的。"

两个人深一脚浅一脚地走在黎明的沙滩上,满目是倒伏的小树苗。此前,谷文昌已经了解过情况,只是这天风更大,还夹杂着霜冻。就这样,两个人走了两天,竟然没有发现一株挺过来的树苗。谷文昌又想起白埕村坟地上那两棵木麻黄树。于是,他骑上自行车,驮上蔡海福,顶着寒风向白埕村方向走去。半个多小时后,熹微初露,阳光下一闪,谷文昌发现,一颗露珠挂在一片绿色的枝条上,在阳光下显得熠熠生辉。两人下了自行车,左看右看,活的——确实是一棵历经风寒、成活下来的木麻黄。蔡海福惊喜地大喊:"谷书记,又发现了一棵!"就这样,在这一小片土地上,两人一连发现了九棵木麻黄树苗。历经严寒风霜,九棵小树苗倔强地迎风生长。

谷文昌望着冉冉升起的旭日,悲伤之余,感叹大自然手下留情。他回头对蔡海福说:"能活九棵,就能活九百棵、九万棵!"

面对这场突如其来的自然灾害,谷文昌和县委、县政府班子成员不知跑了多少地方。悲伤的乌云总会散去,他们坐下来召开现场会研究如何从地上爬起来,决定分析并吸取这次自然灾害的教训。谷文昌让县林业科科长亲自赶往省城,请省里的林业专家把脉指导。当福建省林业厅、省林业学校的专家坐船登上东山岛的时候,谷文昌让县医院的同志开上东山县唯一的小汽车,他亲自到码头迎接。

在谷文昌心目中,专家就是东山县的救世主,他毕恭毕敬地领着专家到受灾最严重的现场,爬上荒山,看着一棵棵干巴巴的枯树苗。专家们左看看右瞅瞅,纷纷摇头。谷文昌又带专家来到他和蔡海福发现的那九棵存活下来的树苗前,专家低下身仔细观察,拍下照片就走了。谷文昌带领大家继续调查,他发现,存活下来的木麻黄品种与其他品种不同。与此同时,专家一行返回福州后,把东山的林业生态困境当成一件大事来研究。他们查资料、打电话,惊喜地发现,适合东山地质地貌、气候特征的品种是短叶木麻黄。就是这种品种,由于表皮较厚,枝干柔韧,因此耐风沙;由于短叶,受风面积小,因此抗风能力强;由于叶片小,蒸发量小,因此耐碱、耐湿、耐贫瘠。

谷文昌再一次把省里的专家请到东山,请专家给大家授课,讲解短叶木麻黄的种植技术。结合前几年的经验教训，谷文昌提出了先搞试验再大面积推广的想法，得到专家认可。其后大半年时间，遭受多年植树挫折的东山县，在谷文昌的带领下，走上了科学种树的道路。谷文昌认为，走群众路线，一切从实际出发，这完全符合党的路线方针。这也成为谷文昌从政施政的主导方针之一。

东山县委、县政府又一次组成领导干部、林业技术员和老农三结合的造林试验小组，仍由谷文昌任组长。试验小组在白埕村外那九棵成活小树附近的沙滩上，建起20亩试验田。试验小组采取"旬旬种树"的办法，随时观察记录不同节气、不同天气、不同风向、不同风力、不同湿度、不同土壤种植木麻黄的不同结果。经过一年多的试验，苍天不负有心人，试验小组终于发现，种植木麻黄的最佳时间是在5月至8月份，即立夏后和处暑前，逢下雨阴天最合适。这个时候冒雨栽树成活率高，而雨后晴天栽树的成活率低。

谷文昌常说："如果我们不关心群众生活，就无所谓革命。"一年到头，谷文昌大部分时间都在基层，东山的山山水水到处都有他的身影，村村寨寨留下他的足迹。在田头他与农民席地坐谈生产，在村舍他与农民卷着土烟一起拉家常。全县400多位（最多时500多位）生产队长，他大都能叫上名字来。干部找他汇报工作，群众找他反映问题，他都笑脸相迎，来者不拒。他常年穿一双黑布鞋、一套褪色的灰中山装，深入田间，挽起裤管植树，卷起裤脚犁田，拿起钢钎打石头。群众想什么、盼什么，他就带领群众干什么。

"春夏苦旱灾，秋冬风沙害。一年四季里，季季都有灾。微风三寸土，风大石头飞。"——这支民谣不知口口相传了多少年，这是东山百姓多年来对大自然灾害的哀叹和无奈。一个飞沙走石的阴晦下午，谷文昌带领林业技术员行至樟塘村时，听到一家农户中传出这句民谣，声音苍老而凄凉。风声打着呼哨，哀叹声时断时续。望着满目的黄沙，谷文昌禁不住驻足聆听。

谷文昌迈进低矮破旧的门槛，只见一位年过六旬的老人正抱着年幼的孙儿，一句一句地教着民谣。老人一眼认出谷文昌，忙起身拉过一把凳子，用袖口抹了又抹，说："谷书记，难为您了，坐下歇歇吧！"

谷文昌一把握住老人的手动情地说："老乡，您坐，让大家受苦了，我们心里有愧呀！"

老人宽厚地说："可别这么说，谁不知道，东山这鬼地方，神仙也治不住风沙呀。如果大家不嫌弃，今晚就住下来吧。"

也好，明天正好可以到田里去看看。谷文昌和工作人员在这个村住下来了，他几乎一夜未眠，与老农促膝长谈。

第二天天刚蒙蒙亮，谷文昌和老农来到了田里。时刚立春，农民们种下的瓜秧、菜苗被风沙吹打得奄奄一息。老农甩开臂膀犁起田来，谷文昌卷起裤管下田帮忙。

老农犁完田，来到几近干涸的池塘，挑来一担烂泥，然后用烂泥糊住瓜秧根部，再埋进地里。我怎么没想到呢？谷文昌蹲下身子，捧起糊了烂泥的瓜秧，看了又看，摸了又摸，感慨地说："老乡啊，您可真是为我指点迷津了。"多年以后，那位老农回忆起谷文昌，声音哽咽："当年，谷书记来我家，就住在墙角那张小床上。"在接下来的种树试验交流会上，谷文昌与大家倾心交流："我们之前虽然已找到适合沙地生长的木麻黄树苗，辛苦之后却发现成活的树苗寥寥无几。这是因为没有摸清木麻黄树苗的生活习性啊。木麻黄虽是耐旱、抗风沙的树种，但它的树苗是非常好湿的……"接着，他介绍了樟塘老农泥糊瓜秧的做法。

失败是成功之母，失败后总结经验教训，矢志不渝，勇往直前，这才是共产党人的气概和风格。谷文昌大手一挥，坚定地鼓励大家："只要我们有决心,光秃秃的海岛,一定会变成绿洲。"

技术员们采用泥糊树根的做法在试验田培育木麻黄树种,小树苗的成活率一下子提高了两倍多,这也是后来东山县树种带土培植的起源。再后来,这种经验在福建省乃至全国推广。至今,我们看到好多树木移植栽培时,都包着一大坨湿漉漉的土疙瘩。

1958年8月,人民公社制度在全国推行。

苍天不负有心人。试验小组终于摸清了木麻黄的生长习性,总结出木麻黄种植的"六大技术要点",印成小册子,分发到各公社、大队和小队,让群众自学。同时,县委组织各级人员集中学习,让各级人员掌握种植木麻黄的技术要领。县委领导下的试验小组制定了在东南沿海科学造林的规格。一是掌握方向和宽度。一般林带方向和东北风垂直,如果在海岸边营造防护林带,离海潮最高水位应在40—100米,普通林带应在30—40米。二是客土造林法。为了改善林地条件和防止飞沙拔苗,技术上应全部采用客土,以保护幼苗生长。三是带土造林法。为了确保沙荒地的成活,在起苗时每株应带上本土半斤到一斤,以减少宿根损伤;最好采取随地采苗随时造林,以减少浇水劳力并增加成活率。四是大苗深种法。采用三角密植,株距行距各一米。

一个宏大的计划在谷文昌心中酝酿,一场大决战在谷文昌脑海中拉开序幕,这次一定要取得成功!就像战斗前要准备充足的弹药,种树需要大量树苗。谷文昌与县委班子成员共同制定了"自采、自育、自造"的方针,发动社员、学生把本公社所有的树种包干采集,自己培育树苗。本县的树苗数量太少,树种远远不够大面积种植的要求。谷文昌让时任县长樊生林亲自指挥调种,派出230多人组成的庞大采种队,再一次到东山县附近的厦门、漳州、泉州等地采种。东山人民植树造林的决心再一次引起福建省林业厅、龙溪地委和专署各级领导的关注。福建省林业厅把国家林业部下拨的从越南进口的木麻黄种子调给了东山。

种子备足了,树苗培育得生机盎然。前几年大规模的群众植树造林运动的接连失败,一度挫伤了群众的积极性。用什么法子激励人们种树呢?成林后的归属问题最关键。谷文昌和县委班子成员制定了植树造林的新政策:"国造国有,社造社有;房前屋后,个人所有。"集体种植实行包工、包产、包成本、包质量,同工同酬,一亩以上的育苗地可以抵消相应的征购任务。

1958年12月20日,是日上午,东山县机关干部、海岛驻军、工人、农村党员干部、在校学生,再次聚集到石埔村,召开植树造林万人动员大会。先是技术人员讲话,谷文昌深情地望着大家,胸有成竹地代表县委、县政府发出绿化东山的目标号召:"举首不见石头山,下看不见飞沙滩,上路不被太阳晒,树林里面找村庄。"

会后,全县十万绿化大军,以前所未有的规模和斗志,以愚公移山的英雄气概,以排山倒海的豪情,再一次向荒山和沙滩发起挑战。

这是一场屡败屡战后的战役,这次战役准备充足,战略战术指挥科学得当,东山县的荒山秃岭、沙滩海岸上再一次站满战天斗地的人群。其后,根据木麻黄的生长习性,东山县委、县政府总结提出了"晴天挖窟,雨天种树,技术指导,保种保活"的植树要求。

那个时代的一些老干部深有感触地告诉笔者:"那几年,只要天降小雨,有时甚至大雨,全县机关干部、军人、学生和各公社各村的社员群众,几乎全员出动。人们戴着草帽,披上蓑衣、雨衣,扛着铁锹,抱着树苗,出现在荒山秃岭、沙滩海岸,紧紧抓住天时,大规模地开展植树造林活动。每逢雨天,谷文昌总是斗笠、雨衣和着一身泥巴,率先冲进雨幕,抱着裹着泥巴的树苗,在百里海滩上挥锄与大家一起干个不停。众人唱着激动人心的歌儿,歌声同雨声齐飞,汗水与雨水交流。"

第九章　谁砍掉一棵树，就是砍掉我的性命

创业难，守业更难；种树难，护树更难。这一点，东山人民深有体会。老天给东山县的植树造林出了五六年的难题，谷文昌更懂得护树难这一道理。在大规模植树造林前夕，东山县委、县政府就制定实施了一系列爱树护树的政策措施。等小树苗成活后，谷文昌带领大家更加注重树苗的保护措施。为了保护林木，谷文昌在多种场合下说："谁折断一根树枝，就是折断我的手指；谁砍掉一棵树，就是砍掉我的性命！"

海水浇树

事情的发展不是一帆风顺的，无论面对多大的困难，谷文昌总是动员大家集思广益，研究解决植树造林时遇到的难题。尽管木麻黄树苗的成活率有所提高，但由于岛上常年干旱，淡水奇缺，海边沙地的淡水含量极少，木麻黄的成活率还是整体较低。这个问题困扰着东山的植树人，尤其困扰着谷文昌。

一个春寒料峭的早上，西埔公社西埔大队15个生产队的上千人在亲营山风沙口植树。种完木麻黄后，人们在一个小沟壑间轮流舀水浇树。当年东山人连吃水都难，飞沙滩、秃头山更难留住淡水，用淡水浇树谈何容

易？忙了一上午的十一生产队队长林坤福为了御寒，午间多喝了几杯米糠酒，劳累加酒醉，竟昏昏然睡去。等他一觉醒来，天已近黄昏，他这才记起今天上午种下的木麻黄还没浇水，心想这下糟了，种树不浇水，海边的风又这么大，那些树必死无疑。林坤福顿时慌了神，叫苦不迭。他赶紧叫上几个青年社员赶到亲营山风沙口。无奈当时天色已晚，到哪里取水呢？林坤福自知闯下大祸，只好死马权当活马医，向社员下死命令："摸黑分头找水，一定要把水浇上！"

夜色如墨，社员们在海边沙地低洼处摸黑寻找着淡水。也许是苍天有眼，一个社员忽然觉得脚下湿湿的，用手一挖，沙里竟然有水。大家兴奋地舀啊，挑啊，浇啊，忙得不亦乐乎，树苗全浇上水了。兴奋之余，大家才想起怎么会有这等便宜事，一个社员掬水一舔，苦涩难忍，一下子瘫倒在黑暗的沙地上。

林坤福闻讯如五雷轰顶，心想这回可真闯大祸了。用海水浇树苗，浇死木麻黄，就是破坏绿化造林，这怎么对得起植树造林的总指挥谷书记！都是因为自己贪杯造成的，好汉做事好汉当，林坤福高喊："你们全给我滚回去，好歹由我自己一人来承担。"为抢救树苗，林坤福不知从哪来的力气，连夜从几里远的水潭里不停地挑来淡水，给每棵木麻黄树苗一小勺一小勺地浇，一个人一口气连夜干到第二天中午。

回家后，不知是累着了还是吓到了，林坤福竟得了一场大病，卧床不起。他想向大队长检讨，又没勇气，几夜不能入睡，泪水浸湿了枕头。

奇迹发生了。几天后，谷文昌亲自检查西埔大队植树点，发现其中一片成活率特别高，一打听才知是十一队林坤福种的，他兴冲冲地直接来到西埔大队。当他得知林坤福得病后，便登门讨教种树"良方"。林坤福一见到谷文昌，定定神，浑身颤抖着说："谷书记，都是我的错，跟社员无关。"谷文昌兴奋地说："这回东山种木麻黄有希望了，你马上与社员总结成功经验，我要你向全县生产队长介绍种树经验。"

林坤福犯傻了，他忐忑不安地跑到亲营山风沙口，看到十一队的树苗确实比其他各队成活的多。

东山人诚恳朴实，眼里揉不进沙子。当晚，林坤福早早来到谷文昌办公室，一五一十地把那天因为喝酒误时，摸黑用海水浇树苗的事全倒了出来。谷文昌听后，看了林坤福好长一阵儿，才拍了拍林坤福的肩膀，严肃地说："你敢讲真话，好！也许我们种的木麻黄就爱喝咸水。我让林业技术员再做试验，如果试验失败，撤你队长的职，还要拿你是问；试验要是成功了，你还当你的队长，十一队还要成为西埔15个植树队的模范生产队。你能讲真话，值得肯定。"

后来经过多次试验，谷文昌他们发现在严重缺淡水的地方，淡水泡些海水浇木麻黄，照样能成活；在旱地或旱灾时种木麻黄，这种浇水方法帮了植树造林队伍的大忙。

两棵树苗

东山县白埕大队的防风林造好后，谷文昌隔三岔五去巡视。他也不通知大队领导一声，就悄悄地来了。来时把自行车架在路边，走上新的林地，不时蹲下身子，像抚摸自家孩子似的摸摸这棵，摸摸那棵。这天，他突然发现赤土村的林带少了两棵成树，急忙叫来村支书和林业队队长。

经过调查，原来是赤土村的一个社员建房子时私自砍掉的。这还得了！谷文昌大发雷霆："这件事的性质非常严重，必须按照村规民约，严肃处理。"

大队支书和队长见自己的社员砍了树，把谷书记气成这样，觉得很内疚。这个砍树的社员实在给大队丢面子，因此，他们也同意依照村规民约，给予砍树人罚款处理。

可是，罚款是最好的方法吗？树已经被砍了，要几年才能长大啊？最后，大队长想出一个办法，说："谷书记，您看这样行吗？我们村边还有一块空地，依照大队规划也需要造林，我看就罚他到那边种1000棵树苗吧？这既有利于造林，又能惩戒此人。"

谷文昌脸上现出宽慰的神色，说："用罚种树代替罚款？这个办法很好。实话说吧，不是我不讲情面，实在是造林不易，护林更难。这样吧，树苗什么时候补种上，你什么时候告诉我。"

谷文昌走了，大队领导把处理意见告诉了砍树人。

砍树人自知为了盖自家房砍公家树，不合情，不合理，也不合法，正愁没法改正自己的错误，见大队准备这样处理，不但不生气，反而坦诚地说："行，我甘愿受罚，将功补过。"

于是，砍树人从大队苗圃领了1000棵木麻黄树苗，依照大队指定的沙地，按规格一棵一棵地全给补种上了。大队领导把事情报告了谷文昌。大家以为砍树的风波过去了。

谁知，第二天一大早，谷文昌卷着裤管，两脚沾沙，突然出现在大队领导面前。大队书记和队长丈二和尚摸不着头脑，谷文昌一脸生气地责问："好啊，你们敢欺骗我。"

大队长说："谷书记，真的补种上了。"

小队长说："是我们林业队看着他补种的。"

谷文昌严肃地说："你知道他补种了几棵？"

大队书记和队长你看我，我看你，回答不上来。

谷文昌有些生气地说："我早上查过了，一共种了998棵。"

大队书记松了一口气，十分惭愧地向谷文昌承认错误："谷书记，我们工作确实做得不细致。我们马上叫砍树人再补上。"

谁知，砍树人死活不承认自己少种了两棵树。他发誓说："做人要讲信用，我少种两棵做什么？一则对不起谷书记，二则损了自己的信用，三则种两棵树，不就是几分钟的工夫吗？"

砍树人说到激动处，说什么也要让大队领导和他一起实地去算算，还他一个清白。于是，大队领导带着砍树人到了罚种的沙地。算来算去，原来，其中有两处，因为树苗弱小，种树人把两棵合在一个树坑里给种上了。

这该怎么算？大队领导无限感慨谷文昌的认真细致。

砍树人羞愧地低下头："都是我的错，我补上。"

事情终于解决了。然而，这件事给了大队领导太多的思考。他们觉得，在谷文昌身上，需要学习的地方实在是太多。一位本是体恤民众的"父母官"，却因为两棵树大发雷霆，足见木麻黄在他心中的分量。也正因为谷文昌的这种木麻黄情结，东山人民才能在县委、县政府的领导下绿化家乡，改善了生态环境。

护林员蔡海福

谷文昌干农活非常在行。他常说，当干部的不懂得农业技术就不能与老百姓说到一起，就不能跟老百姓交朋友。在他的影响下，那时候东山县的每一位干部都学会了干农活，下乡带劳动工具成了每一名干部的习惯。谷文昌下乡，常带着一把请铁匠特制的小锄头，看到小树苗被牲口踩倒，或被风吹歪，就及时扶正、补栽、培土浇水。2014年9月的一天，笔者在谷文昌纪念馆，看到谷文昌用过的那把小锄头。当时，东山县县城、各乡和各大队、小队，都要求组织专业人员造林护林，村村订立护林公约，建立护林队。为了看护树苗，不少乡村干部在树苗地里搭起草棚，当地人称为草寮，亲自看护林木。说起草寮，不能不说谷文昌的农民朋友蔡海福。

谷文昌和蔡海福，一个姓谷，一个姓蔡；一个生在河南，一个长在福建；一个是十三级高干，一个是普通农民。然而，是树木，是木麻黄，联结着两个人的心，他们成了比同姓兄弟还亲的人。

1958年，东山县群众性的植树造林获得初步成功后，过去风沙灾害严重的湖塘村，全村行动，在村前沙地上种下了整片的木麻黄幼苗。为了方便管理，他们在村旁的沙丘边搭了个草棚，社员蔡海福受命在这里育苗护林。

谷文昌常常到这一带巡视木麻黄树苗的生长情况，草寮时常成为谷文昌召集植树干部探讨问题的场所。作为草寮的主人蔡海福，除了热情招待外，还对干部们的讨论，不时提出自己的意见。谷文昌发现，蔡海福发言时总是有理有据，什么季节啊、温度啊、湿度啊、风向啊，什么树种啊、根系啊、主干啊、支干啊，讲得头头是道，让谷文昌打心眼里钦佩：这位同志是个用心的人。蔡海福提的意见，常常令在场的干部们感到中肯，切实可行。正因为如此，谷文昌特别喜欢蔡海福；同样，蔡海福从没见过这么平易近人又吃苦耐劳、整日里和农民泡在一起的县委书记，因此对谷文昌特别有好感。久而久之，俩人逐渐熟悉亲近起来。

人一亲近，早没了地位的不同、语言的差异，他们有的就是树，就是木麻黄：从木麻黄的下种、培育，到移栽、种植，到以后的管理、防护，到将来成林、农业发展，再到美好未来的憧憬……两人真是相见恨晚，无所不谈。

有一次，谷文昌和蔡海福行走在新栽着木麻黄的沙丘上，看到有几棵树苗被耕牛踩倒了。谷文昌赶紧蹲下身子，心疼地抚摸着树苗，深情地告诉蔡海福："老蔡啊，人说十年树木，尤其在咱东山，种活一棵树，不容易啊。看这踩伤的树，比踩伤我的腿还疼啊。"

听县委书记这样说，蔡海福的眼睛湿润了："古人讲，三年官，两年满。哪个当官的能像谷书记这样，把改善东山百姓的生活，看得比自己的身体还重要。"这件事情过后，蔡海福常向人说："谷书记是北方人，对咱们种树这么拼搏，图的什么？还不是为了咱乡里人好。所以，大家都要参加造林，都要爱护树木。不管是谁，损坏了树木，就得受处罚。"

谁知这话没说多久，有一天，蔡海福的独生女蔡凤娥和侄女蔡细娥，拾草时捡了一些木麻黄枝丫，被蔡海福发现了。盛怒之下，蔡海福把她们俩大骂了一顿，还叫湖塘大队的干部按村规民约以每斤5角钱处罚。谷文昌知道了，肯定了老蔡的不徇私情，又感到他冤枉了两个孩子，建议他别罚孩子们了。蔡海福坚持要罚，他告诉谷文昌："老谷，你说她们的草筐中有绿树枝，谁知道这是偷来的还是捡来的？说得清吗？更何况我是护林人，别人怎么理解这种事情？"

1959年，东山县委为了使东山岛这只"白蝴蝶"早日变成"绿蝴蝶"，需要筹建一个造林的专业林场，需要一批热爱造林事业，又有技术的人或担任林业技术员，或担任行政管理人员。谷文昌头一个想起了蔡海福。在对象选择的研究会上，谷文昌向领导们推荐任用蔡海福。当问到蔡海福的身份和文化程度时，有人疑惑不解："谷书记怎么举荐一个大老粗？能行吗？"谷文昌特别诚恳地说："别看他文化程度不高，他却有一颗火热的爱树之心，有种树的实践经验，是有事业心的土专家，比你我更懂树、爱树。"

就这样，蔡海福成了东山县赤山林场林业队长兼技术员。

东山绿化工作成绩斐然，《福建日报》记者慕名前来采访谷文昌。在名誉面前，谷文昌向记者推荐采访蔡海福。不久，《福建日报》在头版显要位置刊登了蔡海福的先进事迹，还配了一张他披笠荷锄在林地的照片。从此，蔡海福名扬八闽。后来，谷文昌又推荐蔡海福当选为华东区的造林模范。

绿海绵延

东山的秃头山上，飞沙滩间，点点绿色的小木麻黄随风摇曳。

统计资料显示，从 1958 年到 1964 年，谷文昌带领全县人民连年艰苦奋斗，先后绿化了 400 多座山头、3 万多亩沙滩；177 条林带和防护林带交织成网，使东山 60% 以上的荒山基本实现了绿化；70% 的流沙在一定程度上被固定下来，有效地治理了使东山人民长期陷入贫困境地的风沙灾害，为全县经济发展奠定了坚实的基础。

1962 年 2 月 17 日，福建省林业厅领导张翼到东山县视察造林情况。面对眼前的绿波万顷，他惊呆了，说："十几年前我到过这里，那时遍地赤土白沙，树木极少，自然灾害十分严重。但是，如今山地大都树木成林，沙荒被防护林控制住，很多地方变成木麻黄林带和成片林带组成的树海。"

张翼赞扬说："东山县委书记谷文昌发展林业、保护和促进农业丰收的经验很值得广泛推广宣传，特别是这种大面积种植的木麻黄，很适合沿海气候特点，造林工作相当出色。"2 月 20 日，张翼亲自写了《关于东山县春季造林准备情况的汇报》，作为典型材料送许亚书记并报告省委领导。

叶飞高度重视东山县植树造林治理风沙灾害的经验。看到东山造林的事迹后，叶飞十分振奋，他终于找到了治理沿海风沙灾害的办法，有了东山这样的典型，就有了全省治理风沙灾害的榜样，福建沿海经济必定腾飞。

叶飞亲自抓绿化典型和典型单位，他高度重视报纸的宣传作用。他说："省委的左右手，一是省委办公室，一是《福建日报》。"他一发现典型就找报社组织采访，记者们很快采写出典型报道在报纸上发表，以启迪思想，指导工作。

1962年10月18日,《福建日报》头版头条刊发重要消息:《东山岛造林万亩制服风沙灾害》,专门介绍了谷文昌率领东山人民开展植树造林治理风沙灾害的先进事迹。同时,还配发了社论《学东山,大造林》,号召全省人民向东山学习,作为一件关系国计民生和子孙后代的大事,要求引起沿海地区人们的重视。

1963年春天,闽南遭遇百年不遇的大旱,福建省委书记、解放军上将叶飞心急如焚,带领省里一帮人下来视察旱情。走完了几个灾情比较严重的县以后,叶飞带着大家,向他最担心的海岛——东山进发。1953年,"东山保卫战"后,叶飞曾经来过东山,当时这里到处荒沙,海风肆虐,老百姓生活很艰苦,是他最担心的地方。

5月22日,叶飞一行赴闽南沿途视察灾情,来到东山。此时,谷文昌亲自挂帅修建的东山县八尺门海堤已经竣工,东山岛与大陆连成一体。车过八尺门,几乎所有人都愣住了:岛上所有的山头一片深绿,海边沙地上是一排排高高的木麻黄树,俨然一座绿色长城。绿色屏障里,碧绿的庄稼在灿烂的阳光下闪闪发亮。身经百战的叶飞被眼前绿色的大地震撼得不能自已。谷文昌将曾经描绘的蓝图变成了现实,荒岛变成了绿洲。叶飞激动不已,热血沸腾地说:"学东山,学谷文昌,植树造林。"

随行的人禁不住赞叹起来:"多美的绿色啊!"

这时,谷文昌领着东山县委、县政府有关领导迎上来了。叶飞紧紧握着谷文昌的手,兴奋地说:"十年不见,东山变化太大了。种了这么多树,庄稼长得这么好,不简单啊!我可要感谢你这个领头雁喽。快带我到最好的地方看一看。"谷文昌立即陪同叶飞一行到东南乡视察海滩造林工作。叶飞边走边听取谷文昌汇报。当听到三年困难时期东山县没有饿死一个人、各方面还取得了好成绩的情况后,他高兴地说:"这是个奇迹,了不起!"

中午吃饭的时候，谷文昌说："现在东山的条件好了，今天我请客。"

叶飞很高兴地说："还是地瓜饭、海蛎煎……"

福建省掀起学东山、大搞植树造林的活动。1963年开始，闽侯、长乐、平潭、福清、连江等沿海地区领导纷纷来东山参观取经。凡是到过东山的人，无不称赞，无不欢欣鼓舞。人民迸发出改天换地的巨大力量，使沙滩变成林海，赤地变成绿洲，沿海地区各项事业蓬勃发展。

1964年2月29日，福建省"1963年度农业先进单位和先进生产者代表大会"在福州隆重召开。叶飞亲自点名，要东山县做典型发言。

3月2日，谷文昌上台做了题为《用革命精神改造自然建设海岛》的典型发言，全场掌声雷动。

时任福建省晋江县（今泉州市晋江市）祥芝公社党委书记的刘天相清楚地记得："那天，谷文昌穿一件深色的衣服，走上主席台。他面孔清瘦，双眼炯炯有神，朴实的发言，激动得我们热血沸腾。"刘天相听着谷文昌的报告，感慨万千，他觉得晋江县的自然条件与东山差不多，成绩却不如东山大。他至今仍保留着那本早已发黄的笔记本，上面清清楚楚地记录着当年他与同志们拟出的四条学习东山经验的措施：

一、学习东山的"人的因素第一"的精神；

二、祥芝学东山根治风沙；

三、解决祥芝水利问题；

四、全面规划，平整土地。

1964年3月6日，全省农业先进表彰大会结束后，叶飞在一次省委会议上说："希望我省沿海地区有更多的东山县。谷文昌是个好典型，谷文昌要提拔使用，当省林业厅副厅长完全可以，主抓全省沿海造林治沙工作。"

叶飞十分重视全省的植树造林工作。他和省委关于发展林业的指导思想在实际工作中得到认真贯彻。尽管在"大跃进"和"大炼钢铁"的形势下，林业生产一度受到影响，但是，从 1957 年到 1964 年，福建省委、省人大常委会专门就护林育林和造林、保护竹山和竹林生产、木材采伐、林业自然保护区、油茶生产、果树生产、水土保持、林木处理、护林防火和造林运动等，先后发出了 30 多份文件，在保护耕地、绿化荒山、美化环境、促进生态平衡、发展经济等方面发挥了重要作用，至今仍有一定的现实意义。

造林护林，成为东山人民的自觉行动。连续三年，谷文昌和东山人民拧成一股绳，劲儿往一处使，先后植树 8.2 万亩，全县 400 多座山头、3 万多亩沙滩全部披上了绿装。到 1963 年底，全县造林 73039 亩，营造护田林带 223 条，总长 184 公里，县境内所有秃山头都披上了新装。140 多公里的海岸线上筑起一道道绿色长城，森林覆盖率达到 36%，绿化面积达 96%。从东山岛最北端的城关到最南端的澳角，沿海是密密麻麻的防风林，田野间到处是纵横交错的林网。在绿色长城内，美国湿地松、日本银桦、法国梧桐茁壮成长；在杨树林旁边，各种果树林立；再往里，是村庄、菜地、芦笋园、稻田……

不仅是东山县，整个龙溪地区的植树造林，都凝聚着谷文昌的心血。1974 年，谷文昌调任龙溪地区林业局局长。平和县是山区，又是革命老区，发展林业条件很好，以前种了不少树，但由于体制、政策和管理不善等原因，这里造林质量低劣，封山育林不好，出现年年造林不见林的情况，平和县成为龙溪地区植树造林的落后地区。在一次龙溪地区植树造林会议期间，谷文昌对参加会议的一位平和县委领导说："希望你们下定决心来一次革命，首先从抓点开始，在点上出题目，面上做文章。先推出高标准造林的示范样板，争取几年内全县造林工作有一个新的突破。"

平和县委认为谷文昌的意见既实际又中肯，决定组织全县一万名青年到国营天马林场东溪工区，按照"全炼山，深翻土，挖大穴，栽大苗"的要求，开发10000亩高标准样板林，以此带动全县，彻底改变全县植树造林的落后面貌，开创一个高标准造林的新局面。

经过十几天的紧张劳动，他们按质按量按时圆满完成了预定造林10000亩的任务。这次样板林突击战进入尾声的时候，谷文昌陪着省林业厅厅长和县委肖书记来到工地现场。当时的谷文昌已经疾病缠身，他不顾体弱，兴致勃勃地翻越了三个山头，边走边看边指导，从上午一直走到下午1点，才回到工地指挥部用餐。谷文昌看到广大青年自带工具背包，上山安营扎寨，不怕困难日夜奋战，十分感动，他说："这样植树造林，气魄大、有规模、有质量、有影响。只要坚持干下去，不怕平和的荒山不低头，不怕有山不绿化、不成林。"平和县的同志向他反映了植树造林遇到的困难。经过进一步的调研分析，谷文昌代表龙溪地区林业局，决定拨出10万元，作为支持平和县植树造林样板田项目建设的专项资金。

样板林建成后，交给国营天马林场管理。由于造林质量好，又经过林场工人精心管理，细心抚育，四年后，这片林子就郁郁成林。听林场的老同志介绍，那一年造的10020亩林子，其中杉木8213亩、松木1815亩。从1994年开始采伐，至2002年已采伐5625亩，出材量34158立方米，产值1707万元；现在尚未采伐的4403亩，共有蓄积量38038立方米，预计产值1178万元。这是一笔十分可观的财富。林场的同志深有感触地说，如果没有那一次谷文昌同志支持建设优质林，就没有今天的好势头。林场从该林地获取的款项，大部分用于继续造林和改善基础设施。已经采伐的5000多亩山地大部分又重新种上用材林和水果，林场的发展前景更加广阔。

第十章 没有调查就没有发言权

1930年5月,毛泽东同志提出"没有调查就没有发言权"。调查研究是毛泽东思想的基石,是贯彻党的群众路线的基石。无论在哪个年代,无论从事什么工作,谷文昌都把调查研究放在重要位置,调查研究是谷文昌做事成功的法宝之一。

如何调查研究?谷文昌早年在抗日根据地、解放区积累了丰富的经验。他认为,要经常下基层,要学会认人,学会与老百姓交朋友。

解放初期,东山县司法科办公地点在城关一座叫古来寺的旧庙里,沙亮是这个科的一位工作人员。1950年底的一天,沙亮在古来寺门口当守卫,正聚精会神地阅读文件,一位操着北方口音的汉子来访,问:"同志,请问杨科长在吗?"

那时福建刚解放,"提高警惕,谨防敌特"是福建沿海前线每个干部必备的素质,沙亮摸不清对方底细,便问:"你找他有什么事?听口音你们是老乡,是吗?"对方点头说是,沙亮放心地带他去见杨科长。

大约八个月后,县里抽调部分干部到培训班学习,沙亮也去了。一到驻地,一个头戴蓝色解放帽的中年人走过来,说:"小沙,来报到了。"那人说着接过沙亮手中的行李。安顿好后,同宿舍的人羡慕地对沙亮说:

"你真行啊,交往了一个组织部部长,还帮你提行李。"

沙亮莫名其妙地问:"你说谁呀?"

同宿舍的人回答:"说你呢,刚才那位帮你提行李的同志,就是我们的县委组织部部长谷文昌。"沙亮想了半天,终于想起来,谷部长是去年来古来寺找杨科长的那个人。

第二天的培训班动员会上,谷文昌发言,其中重点强调了当干部要学会认人。沙亮还清晰地记得谷文昌当时的讲话内容:"我们当干部的要学会认人,学会怎样在和找你的人说上三句话后,就知道他是什么人,大约会找你解决什么事,心里好有个准备。这是提高为人民服务效率的基本功。我以我的切身体会告诉大家,你的一个下级,或一个普通群众,与你见了面,你能够说出他的名字,能够为他做点什么事,帮点什么忙,他肯定会非常感谢你,以后你的工作就会得到他的支持和帮助。这对我们党的事业是大有益处的。"

一同参加培训的人说,谷部长认人的功夫可不简单,在他脑子里的干部、群众不计其数,全县几百个农村干部,他随见随叫,从没有叫错,那是他勤于下基层、努力调查研究、认真为老百姓办事的自然结果。

深入基层调查研究,是谷文昌的必修课,也是他的工作经验。吴爱慧讲述了这样一个故事。那时刚刚解放,谷文昌第一次到东山县梧龙村驻点,当地老百姓很想见见这位"父母官"。大家又怕又喜,怕的是这位素不相识的"父母官"架子要是一大起来,伺候不好可担待不起;喜的是,毕竟全县最大的"官"要来这不起眼的村子了。

一会儿,大伙拥到村部里,争着要"长长见识"。好一会儿,人们才从人群中认出了一个陌生人:身穿一件打着补丁的中山装,脚上穿着一双旧得不能再旧的黑布鞋,手里夹着一支喇叭形烟卷的县领导。

谷文昌正和村干部聊着土地平整、农作物种植的事。地该怎么种苗,怎么育畦，怎么整，他都说得有板有眼，头头是道。要不是口音有些差异，谁也瞧不出他是个"官"。突然，一位群众冒出了一句："除了口音，他怎么都和我们一样啊？"

一句憨厚朴实的话把围着谷文昌的人逗乐了。谷文昌也情不自禁地大笑起来，说："要不然，我谷文昌还会是多长了一只角，多生了一条腿不成？哈哈哈……"

笑归笑，大家议论纷纷：一个县长，怎么和农民一样呢？

后来，大家找到了答案，谷文昌出身贫苦农民，到东山当"官"后，一年里头有近三百天到田间地头与农民接触，一起劳动，自然就和农民一样了。

东山县后林村的林子策老人在谷文昌任县委书记期间，担任陈城公社党委书记。一提起陈城当时的情况，老人感慨万千。作为公社党委书记的他，深为民众疾苦寝食难安，他多么希望自己的社员群众能有好日子过啊。

一个偶然的机会，他这个小书记碰上了谷文昌这个大书记。他敞开了心扉，对肆虐的风沙和老百姓的生活大吐苦水。谷文昌听了，既安慰他，又启发他，说："一个当书记的，有了这种良好的愿望，当然很好，可是，还要动动脑筋，想想怎么能把这种美好的愿望变成现实。就咱东山而言，必须制服风沙，才能让老百姓过上好日子。"

在治理风沙的战斗中，谷文昌不仅当指挥官，运筹帷幄，还当普通一兵，亲自参加治沙种树。谷文昌深知白埕、山口、湖塘等几个村庄沙患严重，便常常到这些村子调研指导。谷文昌一下来就马不停蹄地工作，不是在乡里研讨植树的情况，就是到各村实地检查；不是带头运载树苗下乡，就是亲自指挥、带头植树。每逢雨季，好多人经常看到谷书记在沙滩上忙碌的身影。林子策动容地说："谷书记一个北方人，到我们这边图个啥？

还不是想多为老百姓做点事,早点改变东山一穷二白的面貌。"

让林子策非常感慨的是,作为普通一兵,谷文昌不是一个只知蛮干的士兵,而是十分讲究科学。他通过多年实践,对于树苗的成长规律研究得挺深。林子策赞许地说:"有一年清明节的前一天,谷文昌又骑着那辆老式单车下来了。我和蔡海福带队,在白茫茫的沙滩、荒丘上巡视树苗。风太大,一些树苗经不起强风吹打,常被连根拔起或拦腰折断。谷文昌向有经验的老农们请教后,决定采用两个办法:一是挖坑埋黄土和树根,以利于树苗的稳固;二是在种好的树苗周围铺上杂草、芦苇,减少树苗受风力影响。"

在沙荒丘上种木麻黄,是一件极不容易的事。谷文昌多方打听,征集意见,结合自己的经验,决定撒播黑松籽。果然,黑松籽成活率挺高的。在事后的经验交流座谈会上,谷文昌一脸憨厚地说:"大家齐心协力,再难做的事也可以做好嘛。"

大家心里都明白,没有谷文昌不分昼夜、风雨无阻地带领大家试验、研究,虚怀若谷地向大家请教,这一片白茫茫的沙滩、荒丘,能看到绿色的树苗吗?林子策诚恳地说:"谷书记以自己的言行,身教干部,在干部中树起调查研究、求真务实、苦干实干的良好作风。我这小书记,从他大书记的身上,看到了怎么当领导,也学会了怎么当领导,让我一辈子受益无穷。"

谷文昌切身感到文化的重要,有文化的人被他看得比金子还重。在县委办公室工作的朱子周高中毕业于漳州一中。高中生在当年的东山还很少,谷文昌特别看重他,总喜欢叫他一起下乡,既当"翻译(把他的河南话翻译成闽南话,当时谷文昌闽南话说得还不太好)",又当现场"记者",好写材料。

在与谷文昌共事中,朱子周深感这位县委书记亲切朴实。他深入基层,与群众感情深厚,创造了与人民群众打成一片的工作艺术。

1957年初冬的一天,谷文昌叫上朱子周一起到杏陈一带了解农情。接近中午完成任务回县城的时候,两人肚子已经饿得咕咕叫了。他们一前一后慢慢踩着自行车,路过宅山村后坑田的时候,谷文昌的车子却停了下来。他把自行车放好,好奇地看着不远处一个老农在犁地。宅山村是朱子周的老家,他感到奇怪。往犁田的地方一瞧,见是自己村的老农朱阿欺正在冬种犁田。农民犁地,有什么好看的?朱子周正纳闷,谷文昌皱了皱眉头,走下田与朱阿欺搭起话来。

朱阿欺不知道对方的身份,好奇地审视着对方:这人从头上戴的帽子到脚上穿的鞋子,都是老旧的;这人的脸,黑黑的。他以为来者也是一位普通农民,便不拘束地搭话。谷文昌询问朱阿欺:"老哥,犁地准备种啥?"

"种小麦哩。听口音,老弟不是本地人,北方来的吧?"

谷文昌笑着点点头,问:"你那样犁田,怕是粗了点吧。怎么就犁两沟,中间咋不犁了呢?"

"是吗?咱这里都这么犁啊。"

"我来犁一会儿,行吗?"谷文昌饶有风趣地问。

朱阿欺高兴起来,说:"你要帮我犁?哪有这么好心的老弟。"朱阿欺把犁扶手推给谷文昌。

谷文昌吆喝着牛,扶着犁扶手,一沟紧挨着一沟密密地、细细地犁,顺脚把大的土坷垃踩碎。在一旁闲坐抽烟的朱阿欺不禁夸奖起来:"老弟,你才是干细活的把式,我们这里粗惯了,没有你这么用心犁。咳,老弟呀,咱种田人,这么细细地犁,累呀。"

谷文昌甩一下响鞭,说:"不这样细,就没有好收成。精耕细作,大有收获。一分勤劳,才有一分收获。要不,人骗地皮,地皮也骗肚皮。"

谷文昌与朱阿欺搭话,继续犁田。在一旁看热闹的朱子周,见朱阿欺把堂堂的县委书记当成"咱种田人",还称他"老弟",觉得好笑,一时忘了肚子饿。

谷文昌转过头,对站在不远处的朱子周喊道:"喂,子周啊,你过来,也犁一会儿。"

朱子周没想到谷书记会叫他犁地,一时慌了。他虽出生在农村,可自小读书,种地犁田的事,他一点门道也没有。朱子周尴尬地回答:"谷书记,我不会犁地。"

"不要紧,我教你。"

朱阿欺这才发现路旁还有一个同村人。他感到不对头,忙问:"你说他是书记?哪里的书记?"

"他是县委的谷文昌书记。"

朱阿欺愣愣地看了一会儿,语无伦次地说:"子周,你是说他是县委谷书记?谷书记就是他?"

谷文昌语重心长地说:"子周呀,干咱这一行,不懂得农业技术,就跟农民说不到一块儿呀。"接着,就手把手一招一式地教朱子周犁起地来。

从此,朱子周一有空闲,就努力学习各种农活。一段时间以后,朱子周每次和谷文昌一起下乡,也学着谷文昌的习惯,带上劳动工具;再后来,县委、县政府的干部下乡,也都养成了习惯,带劳动工具下乡。

许多人说谷文昌没有一点官架子,很像农民哥。他身边有四样劳动工具,又叫四件农家宝贝,还叫"四小件"。

一是锄头。谷文昌经常深入农业第一线,真正与农民"三共同"。由于治沙造林的需要,他请铁匠特制了一把小锄头,春夏雨季植树时节,用它在沙坑上挖坑植树。这把锄头成了谷文昌下乡的贴身之物。他下乡时经常熟练地把锄头往自行车后一插,风风火火地往乡下跑。路上看到树苗歪倒或遭破坏，他就拿起小锄头培土、扶正或补栽。

二是斧头。谷文昌十分注意树木的生长管理，他经常手持一把特制的小斧头，斧柄短短的，斧身薄薄的，在大路边、沙滩上，给护林员做树木修枝示范。20世纪60年代初期，谷文昌和白埕村林业人员一道，栽下20亩丰产试验林。间伐期间，他一连七天，一大早骑自行车从西埔赶到试验林，车头上挂着斗笠，车后架别着这柄小斧头。1964年，他调任福建省林业厅副厅长，还不忘记带上这把心爱的小斧头。

三是石阡。石匠出身的谷文昌，经常拿一根石阡，在建筑现场传授技术。1960年，八尺门海堤开始组织建设。如何弄到大量的建筑石材？谷文昌发动群众自力更生，开山采石。他握起那根既平凡又宝贵的石阡，手把手教农民学"点石经"。一传十，十传百，最后全县村村成立了打石队。1970年，谷文昌下放到宁化县禾口公社。任隆陂水库总指挥期间，他又拿起那根石阡，教会禾口民工打石，自力更生，就地取材，建起了30米高的大坝。

四是粪铲。谷文昌后来一下放到红旗大队，就由大队干部带着，转了山、水、田。他发现，这个地方粮食产量一直提高不了，主要原因在于田地缺肥。于是，他决心带头捡猪粪、牛粪肥田，便请人锻制了一把粪铲。从那以后，每天天刚破晓，他就一手拎畚箕，一手拿粪铲，带着爱人史英萍出去捡粪。在红旗大队的七个月里，两口子为集体捡粪十多万斤，为当地粮食增产立了功。后来，谷文昌被调回龙溪地区工作，还把这把粪铲带到漳州。

谷文昌有多年的劳动经验。结合东山的农业实际，他认为，解决社员的吃饭问题，根本上还要在提高农产品产量上下功夫。当时财政紧张，为了少花钱多办事，彻底改变农业生产的落后面貌，谷文昌要求东山县委成立"三土办公室"，主要抓好三项工作。

一抓土壤改造。东山农田的表土层多为贫瘠的沙质土，依照传统的耕作方法，犁田较浅。因此，农作物产量一直很低。谷文昌找铁匠依照从老家背来的河南犁，对传统犁进行铸制，改造为深耕犁，比东山传统犁长了三寸。这样耕田，就能把深层的土壤翻上来，达到改良土壤的目的。该犁推广后，效果明显，本地铁匠生产的该犁供不应求。

二抓土化肥。东山四面环海，海洋资源得天独厚。谷文昌与当地老农实践，将盐田里无用的咸土坯堆积起来，掺入杂草、泥土，沤上几天，让其慢慢发酵，肥效非常高，这一积肥方法在全县推广。

三抓土农药。谷文昌在乡下调研时，发现水螟蛾泛滥，且抗拒一般农药。再说，喷洒农药对水稻有一定的风险，一般大队也买不起那么多农药。谷文昌向老农咨询后得知一法：将烟叶梗在水里浸泡几天，再用浸泡的烟叶水喷洒水稻螟蛾，杀虫效果好，既经济又环保。东山历史上从来没种过烟叶，谷文昌与县农工部部长靳国富兴致勃勃地来到邻县云霄县，买了80斤烟叶梗，试验开了；后来又购买烟苗在东山岛试种，当年就取得了丰收。至今，东山县还有不少地方种烟叶。

谷文昌在山后村搞了十几亩试验田，用深耕犁耕作、施土化肥、喷洒土农药，1959年第一季度，试验田的亩产就比非试验田提高了100多斤。"三土"政策很快在东山推广开了。后来，上级让密植地瓜和水稻，谷文昌要求先试验再推广。试验证明，那种不切实际的密植行不通。那个时代，是艰难探索中国经济特别是关注农业发展的时代。毛泽东同志也听说了"浮夸风"，特别是不顾实际的密植问题，专门批示，要"合理密植"。

实践出真知，谷文昌越来越觉得调查研究的重要性。无论从事什么工作，谷文昌都把调查研究放在重要位置。正因为经常深入基层调查研究，当时东山县的400多位生产队长，他全部认识并都能叫上名字。1961年，在福建省开展"整风整社"、纠正"一平二调"的同时，毛泽东同志1月

13日向全党提出要大兴调查研究之风,使1961年成为"实事求是年"。是年3月23日,中共中央发出《关于认真进行调查工作问题——给各中央局,各省、市、区党委的一封信》,指出:中央要求从现在起,县级以上党委的领导人员,首先是第一书记,认真学习毛泽东同志的思想方法和工作方法,把深入基层(包括农村和城市)、蹲下来亲身进行有系统的典型调查,每年一定要有几次,当成领导工作的首要任务,并且定出制度,造成风气。

根据中央要求,各级领导纷纷走出机关,深入基层进行调查研究。省、地、县级,省直各部门都专门成立调查组,调查内容涉及大队的组织规模、队与队、社员与社员之间的平均主义、"四包一奖"、劳动工分值、劳动管理、公共食堂等。整风整社、压缩劳动力的安排使用,解决所有制问题、分配问题、自留地和基本核算单位等问题。

谷文昌结合本县三年来受"五风"困扰而产生乱指挥问题的实际,组织学习并深有感触地提出"一切从实际出发,一切经过群众,一切到生产队"的倡议,在全县掀起了调查研究之风。谷文昌以县委的名义组织调查组,深入调查东山县农业生产的两个典型:一个是先进典型九街大队,形成《九街大队为什么年年增产、年年增收》的调查文章;另一个是后进典型港西大队,形成《港西大队为什么连年减产》的调查文章。调查组对这两个大队1957年以来的粮食作物、经济作物、牲畜等各项事业增减产情况及其原因,做了具体分析。两篇文章从不同角度分析了两个大队在体制上、生产管理和分配制度上的不同和成效的差别。九街大队1960年粮食总产量比1957年增产38.3%,收入比1957年增加73%,1960年社员纯收入每人平均70元,比1957年的66元增加了6.1%,其原因在于因地制宜抓高产,坚持按劳分配抓评工记分,挖掘劳力集中到农业生产第一线,还有这个大队生产队体制稳定,领导干部少变动,坚持"四固定"等。港西大队1960年粮食产量比1957年减少49.4%，社员每人每年平均纯收入由1957年的40.29元减少为26.47元，每人每年口粮由1957年的260公斤减少为131.5公斤，降低50.5%，主要原因在于该村不因地制宜，不认真贯彻"三包一奖"和"评工记分、按劳取酬"，影响了社员的生产积极性；还在于生产队体制年年改变：1957年设6个生产队，1958年改为12个，1958年年底又改为3个生产队，1959年又改为12个生产队，到1959年年底又改为6个生产队，1960年夏收又分为3个"战区"统一指挥，一度影响了生产队经营管理的积极性；社员劳动收入被平均，社员养猪积极性大减，肥料减少，这些都在一定程度上制约着农业生产的发展。谷文昌根据以上情况，指示各公社党委：请你们在贯彻中央"六十条"中，充分发动群众，认真总结各个大队、生产队自1957年以来的粮食作物、经济作物、牲畜等各项事业增减产的原因，把症结找出来。属于经验的发扬光大，加以运用发挥；属于缺点的交给群众，广泛讨论，根据"六十条"精神加以改进。

调查组又扩大讨论范围，让杏陈公社的全体社员讨论夏季形势，为促进晚季生产做调查。针对上半年生产不达标的问题，杏陈公社让干部和社员一起分析原因，得出结论：如果晚季能够超包产，必须尊重自然规律，不能违背农时，还要下足肥料；必须在生产体制上缩小规模，使社员责任心得到加强，人心相向，与个人利益关系更加密切，社员才能更加团结，干群关系才能更密切；必须增加劳动一线的劳动力数量，才能多积肥，达到精耕细作增产增收的目的。调查组向县委汇报了调查的情况，得到了充分肯定。

一时间，全县形成调查研究的风气。谷文昌针对集体生产和社员个体小自由生产的利弊，到坑北大队进行调查。发现上年早季因为自留地归公，导致社员工余时间白白浪费，引起集体劳动功效不高。过后，允许社员群众利用工余时间开荒扩种,所生产的粮食竟占全大队粮食产量的9.4%,从而证实了中央政策的正确;证实了社员小自由生产是社会主义经济的必要补充;证实了社员个体小自由生产搞得好,不但能调动社员生产积极性,促进集体生产,还有利于改善社员生活、繁荣市场。调查同时发现,社员因为开荒而忽视水土保持,为自留地而与集体争夺肥料的问题。因此,必须加强对小自由生产的引导,开荒扩种必须保证不妨碍水土保持,还必须发动群众积极积肥,保证集体生产与小自由生产两不误。

大兴调研之风,东山县委尝到了甜头。在调查中接近群众,发现问题,解决问题,正确指挥生产,工作更加实事求是,减少了生产上的瞎指挥和命令风,改善了干群关系。东山县委把调查研究运用到生产管理上。凡是对生产技术有不同的意见,就通过调查研究,从中选择最佳方案,再制定具体的实施措施。因此,生产技术管理更加切合实际,让群众满意。谷文昌说:"加强调查研究,这是我们改进干部作风、贯彻走群众路线的重要措施。今年确实少开会,多深入;少发议论,多调查研究;讲实话,鼓实劲,办实事,收实效。我们比较慎重、严肃、真正贯彻了先调查后实施、先试验后推广,解剖麻雀,以点带面的工作方法。得到群众肯定,既不脱离大原则,又符合我们的口味。"

东山大兴调查研究之风,已成为一种优良传统。从1962年3月到11月4日,县委组成调查组,对引起县委关注的问题,如农村社员弃农经商、保护耕牛、社员分配、农村干部定工生产定额补贴、农村大队的企业管理、社员积肥奖励办法、农业包产到组、调整整顿大队企业和压缩机动粮、集体经济与小自由关系、渔业生产物资和水产品价格变化对生产的影响、手工业体制等问题,调查组深入农村公社、城镇、工厂、渔业大队和其他有关部门,进行细致的调查研究,然后形成书面调查报告,再由县委对这些问题作出具体批示,要求所在单位或部门加以整改和解决,再编入《调查研究简报》，下发各有关部门。这样的简报，共编发了37期，对指导工农业生产和人民群众的生活，发挥了不可低估的作用。其中第4期《陈城大队耕牛问题调查报告》、第9期《当前手工业的一些情况》、第31期《关于铜钵大队包产到组的情况调查》、第32期《当前农村党员干部对走集体化道路的几种思想反应》等调查报告，是一些具有深刻现实意义和前瞻价值的优秀文章。

由于中央正确的政策引导，以谷文昌为领导的东山县委实事求是进行调查研究，有效地对社会主义生产关系和生产体制等进行了艰苦探索，这个时期东山县委的决策更贴近群众，实事求是，对指导全县的工农业生产、恢复国民经济，发挥了积极作用。

第十一章　人民的需要就是我们的工作

在那个艰难探索的岁月里，毛泽东同志发出了"战天斗地"的号召。世代被大山和干旱困扰的河南林县人民气壮山河，上演了现代的愚公移山，开始建造"红旗渠"工程。山西的虎头山上，农民出身的国务院原副总理陈永贵，当时被选为大寨大队党支部书记，他带领贫苦的老百姓劈山造田，向大自然发出挑战；中国东北的千里冰原上，十万大庆石油工人为了摘掉中国"贫油国"的帽子，在滴水成冰的土地上，夜以继日地展开了"大会战"；青年时代的习近平在陕北梁家河村，为了百姓的幸福生活，与当地老百姓一起，开山平坝，大办沼气。

以谷文昌为首的东山县班子成员，带领全县群众战胜风沙、植树造林的同时，还带领全县人民修水利、建公路、抓教育，谱写着为人民的幸福生活努力奋斗的崭新篇章。

后宅村排涝水渠

东山人民把解决水利问题看成改变全岛一穷二白面貌的关键举措之一。谷文昌和东山县委、县政府班子成员，与百姓同甘共苦，兴修水利。一眼眼水井、一处处塘坝、一座座水库、一条条管道逐步修建起来。

与植树造林一样，东山人民的夺水斗争艰苦卓绝。

1957年初秋的一个上午，谷文昌到铜钵大队调研，谢红记当时是大队长，他根据谷文昌的要求召集村干部、党员、部分老农民在大队部交谈。谷文昌以前来过铜钵村，"兵灾家属"政策最初就是谷文昌在这个大队调研时率先提出并实施的。他态度亲切随和，大家都把他当成自家人了。谢红记把本大队的具体情况向谷文昌做了汇报，特别汇报了今年村里发生水患的事情，而这种水患在铜钵大队的后宅村经常发生，百姓几乎每年都要遭受水灾之苦。铜钵大队由城内、后厝、东港、后宅四个自然村组成。后宅村处在一个地势比较低的凹地里，排水道弯曲地往虎崆海滩蛇行。排水道较长，排水速度慢，如果遇到大雨天，雨水不仅淹没上千亩农田，还灌进了村民住宅。梅雨时节，"家畜主人床上过，泥鳅田鳝屋里游"是经常发生的事，可以说是一年九灾。群众因此生活困苦，农业生产受到很大影响。谷文昌立即和大家来到水灾现场查看，到受灾群众家里走访。回来后，谷文昌严肃地说："这事不解决，还谈什么发展生产？"

会后，谷文昌派人找来县水利科科长陈文堂，当天下午去现场察看地形，商讨排水方法，直到深夜才离开。

第二天，谷文昌派来以沈永钦为组长，县水利科工作人员林振乐、翁丽婉为队员的驻村工作队，代表县委和县水利科负责后宅排水渠的建设规划和全面工作。铜钵大队部全体人员出动配合，黄丁基、黄再旺协助县工作组具体施工。谷文昌挂念后宅排水渠设计建设的事。白天，他忙了一天，夜晚还经常来访，询问工作进展，指导修渠排水方案工作。几经调查研究，大家群策群力，顺利制定出排水工程方案，议定排水渠将从犁壁的凰冠山脚下穿过。

农历九月初三上午9点，天气晴朗，铜钵大队在村戏台前召开动员大会。谷文昌到会场做战前动员，他坚定地说："苦战五个月，消灭旱涝灾。"全村老幼 1800 多人鼓掌欢呼，许多人的手都拍麻了，兴奋地说："谷书记是为了我们好啊！"

九月初五上午 8 点整，开凿铜钵渠道的誓师大会在凰冠山下召开。铜钵大队属下 12 个生产队各组织一支施工队，大队再从各生产队中抽出三名青壮年组成一支青年突击队。十三面红旗在秋风中猎猎作响，施工的第一镢头与震天的"苦战五个月，消灭旱涝灾"的口号同时进行，大家干劲冲天。

在开凿渠道的日子里，谷文昌经常来到工地，有时和大家一起劳动，一起肩挑人抬；有时与技术人员一起讨论施工技术。经过 150 多个日日夜夜的奋战，一条 528 米长、14 米宽、6 米多深，穿过凰冠山下的排水渠如期竣工，在龙溪地区引起了不小的轰动。自此以后，后宅村不再发生涝灾，铜钵大队又利用这条水渠养鱼养虾，灌溉农田，发展生产，社员生活得到很大改善。铜钵村特别是后宅村的社员群众由衷地感叹：感谢共产党，感谢谷书记。

八尺门海堤

在谷文昌心里，一直装着八尺门海峡。那年，谷文昌随解放军的大船解放东山岛，他们乘坐的小舢板在波涛汹涌的八尺门海峡里颠簸。以后每次出岛，也大都乘坐这样的木船。他经常看到码头上排队等候上船渡海的群众，不止一次听群众议论："如果海峡之间有条路该多好啊！"

修建一条大道，连通海岛和大陆，是东山百姓几代人的梦想。

1959 年夏的一天，烈日炎炎。谷文昌到后林大队调研，后林处在八尺门海边。谷文昌看到烈日下岛上的群众排着长长的队伍，等待对面渡船接送。风大浪急，渡船在波浪中上下颠簸，让人看着揪心。谷文昌再一次陷入沉思：不修建一条直通大陆的长堤，怎能方便群众，保证群众的安全？怎能发展东山的经济？

谷文昌与群众聊天时，有人认识谷文昌。他们纷纷围上来，有的希望多造几条大船，方便群众出岛；有的异想天开说希望上天落下来一条金桥，将海岛与大陆连在一起。

谷文昌沉思良久，对周围的干部和群众说："我们一定要号召全岛人民征服大海，在海上筑起一条海堤，让咱们东山岛与大陆连接，大家往来自如，促进海岛革命事业发展。"群众一片赞叹："咱们世世代代的愿望要实现了，今后大家不用再为渡船的事犯愁了。"

一条渡船晃晃悠悠地靠岸了，谷文昌上前扶一位正在下船的老人，老人定睛一看，是谷文昌，他连连感谢："谷书记，谢谢了！"谷文昌认识这位老人，去年还在他家吃过"派饭"。

1958年5月的一天上午，谷文昌带领一位县委干部和一名林业技术员骑着自行车，下乡检查刚种下不久的木麻黄。

巡视完木麻黄，已过中午12点，谷文昌和随行人员到群众家里吃饭。当然，吃饭要付钱的。和往常一样，群众吃什么，他们吃什么。如果哪户人家特地加菜，谷文昌绝不会动筷子去碰一下，就算是群众夹给他，他也会毫不客气地"还"给群众。当然这是题外话。

吃着饭，谷文昌和这户人家聊了起来："家里就您爷孙俩？孩子的父母呢？"那位年过七旬的渔家老翁回答："哎，就只剩下我这把老骨头和这个苦命的孩子了。"

谷文昌慢慢放下碗筷，关切地问："怎么啦？老人家，家里出了什么事？"老翁叹口气，望着门外飞扬的黄沙，抹了把眼泪，缓缓地诉说起来："三年前的那个夏天，家里实在找不到能吃的东西，我儿媳还怀着七个月的身孕。为了这一家四口，孩子他爸在一个台风夜出海打鱼去了，再也没有回来……我儿子失踪不久，儿媳就生啦。家里没烧柴，孩子他妈便合计着和同村的另外九个女人，划船到对岸的云霄县割草砍柴（其中一个还怀着孩子），谁知在八尺门海峡遇上了大风，船翻了，人全没了……"

这就是当时传说的"九尸十命"的悲惨故事。

听了这件事，谷文昌眼眶湿润，慢慢地走出破旧阴暗的土坯房，怀着沉重的心情来到海边。面对澎湃汹涌的八尺门海峡，凝视着对岸的云霄县，谷文昌转身望了望身后那座座沙丘、排排土房和干裂的田地，喃喃自语："千百年来，不知有多少渡海人葬身大海。这不过五六百米的八尺门海峡，带给东山百姓多少灾难！"谷文昌具有崇高的革命激情和责任感，随行人员看到，谷文昌面对大海，攥紧拳头。他暗下决心："一定要在这里修条海堤，给东山百姓一条安全的路、一条发展生产的路。"

下了渡船，谷文昌也认出了老人，两个人的双手紧紧握在一起。谷文昌有些愧疚地说："老人家，我没有当好县委书记，连累大家只能靠渡船来往。大伯，相信共产党，会让我们有好的渡海道路走的。"几个游泳渡海的小伙子爬上海岸，谷文昌拉起其中一个小伙子说："孩子，你们受苦了。"

这次下乡调研回来后，谷文昌反复听取各方面的意见，多次与县委、县政府的同志一起酝酿讨论。经过分析比较，东山县委下定决心：修筑海上长堤，促进海岛经济发展，扩大对外联系，解除百姓舟楫之苦。

海岛经济落后，修筑一条长堤困难重重。有人打退堂鼓，私下找谷文昌，建议他放弃修堤计划，等将来经济搞上去后，再做打算。谷文昌坚定地说："人民的需要就是我们的工作。我们要克服困难，勇往直前。当官不为群众着想，革命团队要我们干啥？"

多少个不眠之夜，谷文昌搔着花白的头发，猛抽着自卷的旱烟。他带领本县和从省里请来的专家亲临一线勘察测量：海堤从东山县八尺门到云霄县，这一段海水最深处10.9米，全长569米，外延公路1000米，大堤高出水面5米，底宽110米，顶宽13米，防浪墙高6.25米。初步测算需投入普通工、船工、技工等 100 万个劳动工日，土、石、沙料近 50 万立方米，直接投资 200 万元，真可谓工程量浩大。技术要求也相当高，劳动强度更大，具体投入的财力物力更是天文数字。东山县的经济虽有好转，但全县的工作重点正放在植树造林上，要真的修建一条海堤，谈何容易？

面对波涛翻滚的八尺门海峡，老百姓船翻人亡的往事在谷文昌脑海中一幕幕翻涌。他一次次组织开会动员，一次次征询专家和群众的意见，一次次向地委行署、省委、军分区请示，言真意切地表示："修一条海堤，把海岛与大陆连接起来，将会促进海岛发展，扩大对外联系；特别方便群众，免除舟楫之苦；有利于加强战备，巩固国防；促进发展养殖，利用苦卤制造化工原料；围垦盐田，扩收渔盐之利；沿堤修筑渡槽，引大陆淡水入岛，解决人畜饮水、浇地用水……"

上级领导也知道东山县底子太薄，海防位置重要，财政确实困难，最终被东山人民锲而不舍的精神所感染，龙溪地委、专署和福建省委、省政府批准了这一方案。1959 年 10 月，东山县成立了八尺门海堤指挥部。是年 12 月，福建省政府决定建设八尺门海堤，资金由国家拨款，福州军区、龙溪军分区全力支持，福建省水电厅设计院免费设计。

八尺门海峡狭窄，海底地质是贝壳砂、杂色黏土和岩石层的混合体，有些礁滩外露，水流湍急，海潮早晚涨落，建桥施工难度大、造价高。修建海堤则基础地质条件好，可以充分利用东山海边岩石多、粗砂多、运输船只多的优势，发动群众参与，不仅能推进工程进度，还可节省投资。因此，海堤方案选定堤位在渡口东面，北端离码头 40 米，南端离码头 90 米，南偏西 31 度 31 秒。

1960 年 1 月，八尺门海堤工程开始动工，谷文昌担任建堤领导小组组长，县长樊生林担任工程总指挥。

樊生林是一位优秀的南下干部，他出生于河北省邢台县谈话乡大百工村，1941年2月参加八路军领导的抗日队伍，先后担任游击小组长、联防队长，带领游击队多次剪电线、毁铁路、捉汉奸、端炮楼、打游击，在1944年晋察冀边区群英会上，获得边区政府颁发的"杀敌英雄"奖章。他1949年4月随军南下，1955年11月出任东山县县长，配合谷文昌在植树造林、落实"兵灾家属"政策、兴修水利、修建民生工程中，作出了重要贡献。但是，在多种场合，他对"浮夸风""共产风""放卫星"等提出了不少意见，导致他犯了右倾错误，被免除县长岗位。而今修建八尺门海堤，谷文昌大胆启用樊生林，举荐这位老八路担任工程总指挥，两位老战友并肩战斗。

八尺门海峡附近的村庄住满了施工大军，一场惠及子孙的世纪工程从此拉开序幕。东山县的民工是主力，龙海、云霄、诏安等县的民工、船工、技工，驻岛部队指战员和东山县的机关干部组成浩浩荡荡的筑堤大军。参加过那次战斗的一些老人还依稀记得开工当天的情景：猎猎的红旗翻卷，激昂的口号声震天。可是，天空阴云密布，狂风呼啸，海浪汹涌，一辆又一辆小推车载着满满的石头填进大海，石头瞬间没了踪影，众人阵阵惊叹。谷文昌哈腰推起一辆满载上千斤石头的小推车稳稳地走向大海。他太阳穴青筋绷起，海风撕扯着花白的头发。他望着"嚣张"的海水，"轰隆隆"，将满车的石块推下去，似乎推翻曾经压在人民头上的"三座大山"。于是，成百上千的人推着小推车，抱着石块，"轰隆隆""哗啦啦"，仿佛精卫鸟毫不懈怠地衔着树枝，接二连三地把石子、沙子等投进海里。岸上的群众屏住呼吸，惊奇地看到：排浪渐渐后退，天空云翳慢慢散开，一缕阳光照耀在大海上。石头终于露出海面，一条崭新的路向对岸渐渐伸开手臂。热火朝天的工地上，激昂的口号声此起彼伏，震天动地。

谷文昌和总指挥樊生林、副总指挥何荣玉经常吃住在简陋的工棚里，与施工人员研究筑堤方案，解决技术难题。谷文昌指导石匠锻石，推着小车填海。因为胃病和肺病，他大汗淋漓，气喘吁吁，几次累倒在工地现场。然而他只是简单休息一下，喝口水，又继续顽强地与大家一起推石子，一起和水泥。许多老人回忆当年筑堤的壮举时，无不感慨地说："没有当年谷书记筑堤的决心，就没有今天的八尺门海堤。"

当时正值三年困难时期，在谷文昌的带领下，东山人民勒紧腰带，在上级和兄弟县的支持下，举全县之力倾注这项工程。设计方案时，一切耗费钱财的花架子工程项目，均被砍掉。后人在海堤两岸修建了一座小凉亭，竖起一座石碑，告知路人修建八尺门海堤的相关情况。工程石材需求量巨大，东山的荒山秃岭上有的是石头，谷文昌要求工程就地取材。石匠出身的他亲自带领大家找石头、采石头、凿石头、垒石方，一分一分地抠着花上级的拨款。谷文昌要求所有参战机关的干部与群众同吃同住同劳动；工地上见不到任何随便丢弃的一个扛石头的铁箍，甚至一枚铁钉、一段黄麻绳。所有干部、民工心里明白，在物质最为困乏的年代，任何浪费都是犯罪，而在这个问题上，谷文昌经常实地宣传督查，工地上勤俭节约蔚然成风。

1961年6月，经过一年多的艰苦奋战，谷文昌带领的筑堤大军克服重重困难，终于凭着战天斗地的英勇气概，投入46.8万个劳动工日，完成堆砌砂、土、石45.8万立方米（其中，石14.1万立方米），硬是在凶险的海峡上，筑起一道长长的海堤。海堤长670米、宽17米、高16米，从此斩断了无情的波浪，扼住大海的咽喉，而国家仅投资173万元。工期比原计划的两年缩短了将近一年，工程投资比原计划的200万元，节省了27万元。八尺门海峡终于屈服在这座威武雄壮、气概非凡的跨海长堤之下。天堑变通途，昔日兴风作浪的八尺门成为东山人民的幸福门，人们从此结束了靠船渡海的历史。

八尺门海堤工程落成不久，樊生林得到平反，组织重新给他安排了工作。

在八尺门海堤工程修建过程中，针对自然灾害，谷文昌还带领大家修建了一系列防涝、抗旱工程，特别是南门海堤工程。

南门湾防潮海堤

哪里有困难，哪里就有共产党员，特别是共产党员干部的身影。如果没有困难，还要共产党员干部干什么？这是谷文昌对自己的要求，也是对东山党员干部的要求。谷文昌执政东山，总是选择人民最关心的热点难点问题去研究、去解决。综观谷文昌带领修建的几个大工程，面临的都是多年来持久未决的问题，甚至是灾难。南门湾防潮海堤，是在八尺门海堤后期又开始的一项工程。

1962年9月1日，第13号强台风正面袭击东山岛，风力10到12级。当天暴雨倾盆，海浪高达6.5米，巨浪狼群般冲上防波堤，直扑农田和居民区。其中，南门澳沿岸受灾最严重。南门大埕、石鼓街、实验小学、大庙头、大小沙池、油车池、水产公司、外贸公司、河沟尾等地一片汪洋，民房倒塌。一时南门澳告急，东山沿海告急。

铜山古城历史悠久，该城建于明洪武二十年（1387年），朱元璋派江夏侯周德兴筹办。据传，原铜山城南门海上有一块阻挡风浪的"乌礁石"，因修铜山城被打掉用作建城的石条了。古城是修建起来了，但台风一来，作为市区保护屏障的铜山城，因为"乌礁石"没了，经常遭受暴风骤雨之灾。狂风海浪一年又一年入侵，东山内海西门边的"破澳岬"同样不断遭受风浪冲刷，铜山古城的南门和西门之间，仅剩下200多米的距离。民国时期东山乡贤萧笠云有诗："乌礁石破浪翻天，西门南门一水连。玉带石上可垂钓，不是城郊变桑田。"

谷文昌担任东山县委组织部部长期间，多次耳闻目睹铜山古城的暴风骤雨,只是这次灾害更大。接到灾情的当夜,谷文昌马上与城关公社党委书记李景棠一起,戴着斗笠,披着雨衣,顶着暴风骤雨直奔南门澳灾情最严重的地段。黎明时分,天空乌云苍茫,暴雨初歇,大海上漂浮着许多家具、船板、檩条、柴草等,岸上浊水横流,一片残垣断壁。谷文昌走在高处,向避难的群众嘘寒问暖。他心情很复杂,想修一道坚固的海堤,以结束数百年来的灾难。然而,他心中压力万千:东山刚刚度过三年困难时期,植树造林,修建八尺门海堤、红旗水库,已经耗用了大量人力物力,难啊!上级会支持吗?群众会支持吗?如果不修建海堤,台风还会肆虐,灾难还会一年年重演。上,一定迎着困难上!为了南门澳的百姓,为了子孙后代。可是,资金是个大问题。

这次灾情不久,叶飞来检查东山的抗旱工作。一进东山,他对东山的植树造林工作赞不绝口,对东山的湖尾抗旱工程也大加赞赏。谷文昌却陪同叶飞一行来到南门澳灾害现场。面对灾后的残垣断壁,谷文昌不失时机地汇报了修建南门海堤的想法。叶飞感慨地说:"老百姓在这里生活太危险了,必须抓紧时间修建海堤。"

中午,谷文昌请叶飞吃饭,主菜是一大盆热气腾腾的番薯,还有几盘小鱼小虾。叶飞触景生情,说:"番薯这东西好,接地气,吃了不容易饿。你请我吃番薯,咱们就是知己了。"

领导的支持让谷文昌信心倍增,1962年9月下旬,东山县成立了"南门海堤建设指挥部"。城关公社党委召开了南门海堤建设誓师大会,修建南门海堤的大战拉开序幕。海堤分为南堤和北堤两部分。铜山古城有一座道观名为"真君宫",真君宫以南至"壕沟尾"为南堤,设计长720米;真君宫以北至"角仔底"为北堤,设计长484米。北堤多为水产养殖区域,投资大、难度高,谷文昌与大家研究决定,先修南堤。

南门海堤建设指挥部设在真君宫内。真君宫内供奉着宋代一位悬壶济世、深受百姓敬仰的中医吴夲。吴夲去世后，被朝廷追封为"大道真人""保生大帝"，东山百姓尊称他为"先生公"。谷文昌早年担任县委组织部部长，办公地点就在铜山县城南门和西门之间，距西北面的东山内海约50米，距东南面的南门海约200米。他上下班经常路过真君宫。他知道，吴夲之所以被老百姓供奉，就在于他鞠躬尽瘁，为老百姓解除病痛。宫内大殿挂着一副对联，左联为：保一方平安民众无恙浴甘露；右联为：生百业兴旺国家富强承慈云。

谁为老百姓做好事，老百姓就纪念谁。谷文昌深有感触地对大家说："今天，我们建设南门海堤，把指挥部设在这里，也是为了保一方平安，为人民做好事。我们要以吴夲老先生的事迹做激励，把南门海堤建设好，保一方平安，让民众无恙，让百业兴旺。"

政府一声令下，老百姓群情激昂，南门海堤建设如火如荼。海风阵阵，红旗飘飘，青壮年社员抬着大石条，有节奏地喊着号子；妇女社员组成"穆桂英队"，像男劳力一样，用担子挑着碎石、沙子；少先队员组成"罗成队"，有的抬沙子，有的打着竹板为大人们鼓劲儿；老汉们组成"黄忠队"，锻凿石头，垒石坝，指导青年工作。谷文昌像一个普通社员，在工地上出工劳动。可是，工程建设资金存在严重缺口，没有用好的水泥和钢筋，仅凭群众的热情，是很难保证工程质量的。

福建省水电厅是这项工程的支持单位。这天，省水电厅厅长曹玉琨带着叶飞的嘱托来到施工现场，谷文昌向他诉说了工程资金缺乏的困难：眼下的南堤建设缺少工程资金10.5万元，社员群众吃得也不太好。曹玉琨被东山人民的冲天热情深深感染，这是叶飞同志批准的工程，是为了保护社员群众的安危而修建的工程，他认真地看着设计图纸和预算书，当场表态：为工程拨付10.5万元，分两年拨完。另外，每个工日为群众补助半斤粮票。

那个年代，粮票身价比钱还高。谷文昌眼眶湿润，感谢上级领导的大力支持。有了资金，出工的社员群众的伙食随之大大提高，大家热情高涨，工程进度也快马加鞭。望着南堤建设节节推进，谷文昌回看北堤，打算一鼓作气，把北堤建设也拿下来。北堤比南堤工程量更大、更艰巨，工程建设资金从何而来？此时，八尺门海堤工程提前一年胜利竣工，还结余了27万元。八尺门海堤的建设资金，是从福建省"支前经费"项目里划拨出来的，专款专用，谁也不能轻易动用。不过，南门海堤既然动工了，无论如何也不能停，一停就不知猴年马月再上马建设了。

如今，七十多岁的林武展清楚地记得，1963年春节前，谷文昌听说省委书记叶飞要再一次来东山视察，谷文昌要求南门海堤指挥部用最快的速度把工程的投资额预算书拿出来，以便到时向叶飞汇报。预算数据的技术员方祖应回老家莆田探亲，元宵节才能回来，而那时通信不便，春节期间也不能把电报送进偏远的莆田山区农村。海堤建设办公室主任许庆急得如热锅上的蚂蚁。忽然，他想起林武展正在南门海堤协助技术员搞测量、验收石土方。林武展曾经在福建省农业厅测绘队当测绘员，爱搞发明，修建南堤的时候，他曾经用蜘蛛丝替代水准仪内断掉的"十字丝"，保证工作正常进行。因为春节放假，许庆骑着自行车把林武展接到工地。林武展听说这是谷书记下达的命令后，立马把被褥行李搬进真君宫指挥部，日夜鏖战。大年初一，门外村庄鞭炮齐鸣，他仍然在指挥部内安心工作。其间，谷文昌几次来到指挥部，与林武展切磋交谈，让值班人员保证高质量的伙食，大年初一为他准备了几碗热腾腾的饺子。终于，在春节假期结束前，林武展将工程预算结果测算整理了出来：石方20086立方米，其中，条石6518立方米、块石5045立方米、乱石2921立方米、片石2347立方米、碎石3255立方米，投入劳动力255000工/日，其中，民工、义务工247902工/日，预算投资额425000元。工程后的实际投入证明，林武展当时加班加点的预算，与竣工后的决算基本吻合。

1963年4月21日,叶飞再一次来到东山。穿过茁壮成长的木麻黄树林,他来到南门海堤。看着已经建好的南堤,平整伟岸,大海的浪花在它脚下匍匐翻滚,叶飞不禁感叹:"东山人民了不起!老谷了不起!"谷文昌不失时机地汇报:"南门海堤南堤的建设已经由省水电厅依照民办公助的原则,补助了10.5万元,不用再追加投资。北堤虽然只有484米,但是风大浪高,施工难度大,投资量更多,资金缺口32万元。当前,国家经济困难,为了不增加国家新的财政负担,请省委、省政府同意我们把八尺门海堤节约下来的27万元资金用于南门海堤建设,不足的部分我们通过自筹资金和义务工解决。"

有关人员将北堤工程预算书和经费申请书递交给叶飞。叶飞详细地看了这些资料,当场说:"我以为你是要追加八尺门海堤经费,没想到还有结余。大堤带小堤,两处受益,我没意见。"

关键时刻,叶飞再一次给东山人民以大力支持,也表达了对建设者的崇高敬意。他对随行的福建省有关部门领导说:"同意八尺门海堤结余经费使用方案,不足30万元的,从支前经费补充。"

必须保证工程进度,确保在夏季台风到来之前,挡住这数百年的台风灾害;必须保证工程质量,确保将南门海堤建设成一道阻挡自然灾害的铜墙铁壁。

许多上了年纪的人记得,谷文昌多次深入工地,号召大家大干、巧干、拼命干,确保向人民递交一份高质量的答卷。如今,七十多岁的陆沁当时是龙溪地区工程设计院总工程师,他被指挥部聘请为工程监理。陆沁不负谷文昌的嘱托,全程在工地上跟踪监督,确保工程质量。如今九十多岁的何荣玉仍然记得,谷文昌跟他说:"你抓紧时间把八尺门海堤扫尾工作处理一下,南门海堤已经进入关键时刻,你到那里任副总指挥,无论如何要在明年台风到来之前完成主体工程。"

何荣玉有着丰富的筑堤经验，他理解谷文昌对人民生产生活的担忧。他兢兢业业，指挥若定，从八尺门海堤建设指挥部挑选出五名骨干，风尘仆仆地转战南门海堤。在调查研究的基础上，他大胆采用定额加奖励的管理形式，提高工程建设功效。随着八尺门海堤的胜利竣工，多艘专门运载石头的船只被调过来，抓住风平浪静的间隙，抢运石头和其他建筑物资，解决了工程停工待料的问题。

南门海堤的建设者们众志成城，终于在台风到来之前保质保量地完成了主体工程建设。1963年6月30日，强台风再一次袭击东山，狂风呼啸，暴雨倾盆，南门海堤傲然屹立。台风过后，古城干净如初，孩子们正常上课，农民正常劳动。从此，这道海堤成为守卫一方百姓安全的钢铁长城。2017年4月，笔者再一次赴东山采风，惊诧于古城的传统和现代化气息，更惊诧于南门海堤的高大巍峨、结实雄伟，这竟然是在没有现代化设备、没有雄厚资金，几乎依靠肩挑人抬建设起来的海堤工程。这是谷文昌领导人民群众筑起的崇高丰碑，这是共产党人为了人民群众利益艰苦奋斗的见证！

西港湾海堤

东山易旱易涝，特别是遇到海潮，"一次水淹，三年绝收"。1957年夏天，一场大台风突然袭击东山岛。深夜，电闪雷鸣，县委办公室的电话响个不停。谷文昌披衣而起，他一把抓起电话，得知西港一带遭受台风袭击，发生了海水倒灌上岸，淹没村庄、农田的惨剧。他放下电话，立即又抓起电话，给县委班子成员、有关部门的负责人打电话，要求立即组织抢险。简单部署后，他披上雨衣，叫上通讯员，一头扎进茫茫的暴风雨中，艰难地向受灾地区走去。

山路漆黑，狂风呼啸，电闪雷鸣，谷文昌和通讯员跌跌撞撞往前摸索，深夜赶到西港公社驻地。借着电光，只见汹涌的海水在农田、村庄内翻涌，房屋仿佛大海里起伏的小船。他看到逃到高坡上的百姓，找到在一线救灾的乡村干部，便和通讯员投入紧张的救灾行列。那个水灾之夜，谷文昌彻夜未眠。天亮时，他已经成为一个泥人。他一边现场指挥，一边听取陈城乡干部和受灾群众的汇报。因为地势原因，台风一来，这里经常发生海水倒灌的灾情。倒灌进来的海水十几天流不出去，影响到当地百姓的生命财产安全，对农业、渔业生产的影响也是毁灭性的。就在那天晚上，谷文昌有了要修一道海堤的想法，同时也有了建设国营大盐场的宏图。海堤可以阻拦台风海潮带来的灾难，为附近的渔船提供避风港。盐场的收入能带来集体和财政收入，为下一步公共基础建设提供资金。谷文昌和县委班子成员深入灾区，特别深入受灾最严重的港口、西崆两个村庄，广泛征询群众意见，后来又请专家深入论证。1958年10月，为了人民的生命财产安全，他又一次挥起东山建设史上的大手笔，拉开了西港海堤建设的序幕。他和机关干部、工程人员发动群众，集思广益，大搞技术革新，提高工程效率和质量。经过两年的奋战，西港海堤终于建成。海堤内有海滩14平方公里，可供改滩、开垦、建造盐田。至1960年年底，这一带共计垦造盐田1299坎18159公亩（1公亩=100平方米），挖卤井2074口，七条防洪堤总长11504米；开纳潮沟2条、排洪沟3条，同时还建成小型发电厂，安装了3台内燃机。

海堤建成后，经受住了一系列考验。1962年8月3日，12级台风袭击东山沿海一带，谷文昌带领办公室干部赶到海堤，观察并检查海堤情况。险情出现了，西港海堤发现裂缝，如果不及时抢修，后果不堪设想。谷文昌当即动员机关干部、民工和群众500多人投入抢修海堤、排除险情的战斗。大家众志成城，抬石头、垒沙包、扛门板，奋力加高加固危险堤段。狂风掀起数丈高的浪头，凶猛地撞击海堤，人站在海堤上随时都有被海浪卷进海里的危险，有些群众非常害怕。谷文昌硬是拄着木棍，毫不退缩地站在堤上指挥，众人没有一个退却的。经过两小时的奋力搏斗，终于化险为夷，保住了海堤。如今的西港盐场是东山县最大的国有企业，年收入1000多万元，每年上缴国家税收440万元。1963年，该盐场被评为福建省工业系统先进单位。

红旗水库

水是生命之源，水利是农业和社会经济发展的命脉。在东山这个一无湖泊、二无河流的海岛上，过去十年九旱、月月抗旱、严重缺水。雨季时节，每年台风暴雨袭来，东山岛中间高、四周低，岛上存不住雨水。当地有句民谣："三天无雨火烧铺，一朝下雨流成河。"解放前，当地姑娘出嫁，很长时间保持着一个风俗，即嫁妆中有一两个水罐，水罐中盛满清水。当地群众打井，由于井口小，往往拿根绳子，拴上竹筐，把小孩子放下井去，淘沙或者取水。

1958年10月，在植树造林初见成效的时候，谷文昌与班子成员深入研究，下定决心改变东山百姓吃水用水难的问题。他与水利科的专家跑遍全岛、深入筹划，决定在西埔公社坑内大队、大岭山南麓兴建全县第一座小型水库。

这是东山岛上第一座水库，给水库起个什么名字呢？谷文昌与大家讨论，希望集思广益，为即将修建的水库起一个响亮的名字。十一国庆节刚过，谷文昌看看不远处飘扬的五星红旗，那是无数先烈用鲜血染成的。共产党的旗帜是红色的，八一军旗也是红色的。红旗是国家的旗帜、党的旗帜、人民的旗帜，是共产党员干部为群众服务的颜色。他随即决定，即将修建的水库叫"红旗水库"。

修建红旗水库需要搬迁居民，有几家"钉子户"一直不肯搬，无论地方干部怎么做工作劝说都行不通。谷文昌听说后，亲自上门。他戴着斗笠，脚穿粗布鞋，苦口婆心地与群众唠家常："我们要想彻底挖掉穷根，改变旧面貌，就要修水库。"其实，村民们最担忧的是安迁问题。谷文昌当场保证，要求随行人员提前解决好搬迁群众的安迁和补偿问题。对方听说这位戴斗笠的干部是他们敬爱的谷文昌书记后，不仅主动搬迁，还积极出工出力，投身到建设水库的队伍中。修建水库的那段时间，谷文昌身先士卒，时常来到工地，同民工一起吃住，带领大家采石头，手把手教大家凿石头、打石头、砌石坝。村民们农忙时务农，农闲时集体出工修建水库。经过一年的努力，1961年1月，大坝建成，开始蓄水。1963年3月，红旗水库库渠配套完成，水库面积3平方公里，总库容29万立方米，受益地方有西埔公社、樟塘公社等11个生产队，有效灌溉面积6069亩。后来，几经扩建、改建，以红旗水库为水源地建起的自来水厂，至今仍是东山县工农业用水的主要来源。

谷文昌老家河南林县地处太行山深处，甚至比东山岛还干旱。林县干部群众发扬战天斗地的愚公移山精神，从20世纪60年代初开始，硬是用自己的双手，肩扛人抬，历时十年，在大山间凿出一条举世闻名的引水渠，也以红旗为名，叫"红旗渠"。他们把山西漳河的水引进旱得冒烟的大山深处，一举解决了困扰当地百姓上千年的吃水用水问题。

东赤港农田排涝工程

要解决群众的口粮难题，必须提高农田产量，农田水利工程建设是谷文昌关心的大事情。

1961年8月，海风呼啸，电闪雷鸣，东山岛一带连续下暴雨，东沈、南埔、樟塘等村又一次因雨成灾。东沈村前有一千多亩洼地，地势低洼，一片汪洋，地瓜的根都沤烂了。人们焦虑不安地向谷文昌汇报。接到电话,谷文昌紧急召集县委副书记靳国富、办公室主任林周发冒雨前往,察看水势。风雨依旧肆虐,灾情不断扩展,三人沿着樟塘、钱岗,一路涉水探流,不知跌了多少跤。实地调查发现,许多村的水都流往东沈村,而东沈村的水排不出去,内外交逼,造成水灾。探明情况后,在东沈村的一间破庙里,满身泥巴的谷文昌赤着脚,召集社村干部召开紧急会议。根据他们调查的实际情况,研究决定,清理旧沟、开挖新渠,筑海堤、建闸门、修建水站,实现抗旱、排涝、防潮三大功能。

说干就干。在进一步调查研究的基础上,1961年9月,东山县委一声令下,全县干部群众加入建设东赤港水利工程的大决战。那时的水利工程建设,主要靠集中周边群众和全县相关的社员群众,农时生产,闲时出工,国家补款与就地取材相结合。经过11个月的奋战,东赤港水利工程竣工。一条长1500米、宽50米的排洪沟落成,既可排水又可蓄水,两座13孔的节制闸,有效地发挥着调控作用。

值得一提的是,建设者们在海滩上修筑了一条5000米长的海堤,堤身高5米,堤顶宽10米。两座13孔的节制闸,每孔净宽2米,排水量为380立方米/秒。工程围海10万平方米,作为调节池,每遇暴雨径流,在海平面低于调节池时,就开闸排水;在海水涨潮发生顶撞时,则关闸门控制海水倒流,待退潮时再开闸门排水。这项工程使1087亩耕地摆脱了内涝,大幅增产;同时在下游扩大耕地500多亩,使粮食、甘蔗、花生免除内涝。扩大了的灌溉土地至今仍是一片丰产田,根据2012年统计,这块地种植芦笋,年收入高达400万元;排洪沟养鱼增收,年收入二三万元。

针对农田排涝问题,谷文昌根据各地实际灾情,组织干部群众在其他地方也开展了农田排涝工程建设。据《东山县志》记载,1959—1961年,东山县贯彻"防重于治,有备无患"的方针,组织沿海社队修建农田堤坝,重点堤段达到12级台风加大潮不缺口、不满顶的标准,一般堤段达到 10 级大风加大潮不缺口、不满顶的标准。各地采取"分期突出、保证重点"的办法，共投入修堤劳动力 28386 工日，完成土石 55274 立方米，延长砌石护坡 2371 米，达到标准化的堤防 21718 米，占全县农田堤防总长 30%，基本上解除了海潮的威胁。

东沈村和其他许多村的群众，每次提起农田排涝工程，都非常感激谷文昌："这些工程是谷书记当政时为我们建设的，他老人家栽树，我们后人乘凉；他为我们修建的农田堤坝，至今仍为老百姓造福。"

从钉船到机动船

东山造船，俗称"钉船"，具有悠久的历史，其所制造的传统木质海船主要有运输船、渔船和战船，在历史上发挥了重要作用。随着机械化远洋捕捞的发展，东山的木质造船业逐渐退出历史。木船经营惨淡，渔民生活拮据。对此，谷文昌多次与渔民出海调研。体察到渔民的疾苦，他千方百计带领群众改造旧木船，帮助渔民走上以机动船捕鱼的道路。

1957 年 5 月，谷文昌带领群众重建后澳避风港。为了扩大港区面积，拆除了原防波堤，历时半年建成东西两条新的防波堤，总长 452 米，高 9 米，基宽 9 米，顶宽 3 米。新建成的后澳避风港平均深 4 米，面积 6.6 平方米，可停泊 150 艘机帆船。1957 年，东山县只有木帆船 1396 艘、总吨位 3941 吨。谷文昌认为这远远达不到东山人民的生活需要，要采取积极措施加速东山水产生产的发展，改变本县渔业生产的落后面貌，提前实现渔业生产机械化。1959 年，他和县委海防部王治国等领导筹建了地方国营东山捕捞队、地方国营东山机帆捕捞队和东山县珍珠贝养殖场。1960 年 8 月 7 日，这三个队（场）启用新印章，那时的机帆捕捞队有机帆船 4 艘、160 吨、240 马力。从此，机帆捕捞这种先进的生产工具，成为各渔业大队仿效的目标。

谷文昌调任福州前，东山县的机动船已经发展到26艘，载重量611吨，航速达到1930马力，分别是初建队时的6.5倍、3.82倍和8.04倍；木帆船经过旧船换新船、小船换大船，载重量增加到5792吨，是1957年的1.47倍。

谷文昌注意改进渔民生产网具，成功组织设计了以蓄电池发电的玻桴电光捕鱼机。生产工具的现代化，促进了渔业产量猛增，该县的捕鱼量增加了三倍多。其中，城关公社创造了能够捕捞30多种经济鱼类的多层胶丝绫，产量比用苎麻绫捕捞提高了8倍。1963年，东山县海洋鱼虾产量1.88万吨（376176担），是1957年1.03万吨（206389担）的1.82倍。渔业生产的发展，使得渔民生活明显提高，东山县率先走出了三年困难时期的阴影。

康庄大道

新中国成立前，东山岛山多路窄，交通极不方便。在大搞植树造林、兴修水利的同时，谷文昌还带领群众开展岛上的陆路交通建设。东山岛原来只有一条简易的公路，即从城关到八尺门的公路，名为城八路。1953年8月，谷文昌担任东山县县长后，组织动工维修城八路，1954年10月竣工，全县公路路况最佳的三级公路达到33.1公里。为了进一步方便群众，1956年2月，谷文昌决定同时修建西宫线公路和陈澳线县道，全长7.9公里。1959年10月，谷文昌带领大家修建西长线，即从西埔到长山尾村的县道，1961年1月竣工，全长5.8公里。据统计，在谷文昌担任县长期间，全县修建简易公路33.1公里；担任县委书记期间，新建县道30.1公里。东山县面积较小，这些交通条件，可谓纵横交错、四通八达。此外，谷文昌还领导筹划修建了西埔车站，增加了营运车辆。东山县如今的公路交通，基本上仍沿用原来的公路交通框架，或在此基础上维修、改建和扩建。

第十二章　东山之根

优秀传统文化是一个国家、一个民族传承和发展之根本。对祖国悠久历史和深厚文化的理解和热爱，是培育和发展人们爱国主义情感的重要条件。丰富的文化生活是人民群众幸福生活的体现。东山县地处闽南，自古以来就有丰富的民俗和多彩的文化，带有浓郁地方特色的闽南风土人情与典雅的艺术魅力相融，造就了独特而激昂的东山文化色彩，形成"大气、文气、秀气、灵气、朝气"包容兼备的海岛文化特征。其中，有关帝文化、曲艺文化、海洋文化和道周文化等知名文化品牌，还有东山歌册、宋金枣、南音、黄金漆画、剪瓷雕、关帝文化信仰风俗、玉二妈文化信仰风俗、潮剧、铁枝木偶、香花僧、海柳雕、金木雕、海船钉造技术、肖米（烧麦）等非遗项目。谷文昌主政东山时期，在加强社会主义文教卫生事业、加大社会主义新文化建设的同时，还想方设法加强东山传统文化和自然资源文化的保护和建设。

知识就是力量

谷文昌深知知识和教育的重要意义。小时候，他仅仅上了几个月的私塾，就因为家庭贫困不得不辍学给地主放牛。后来，他参加了革命，解放区办夜校，三十岁出头的他带头报名学习，一度被群众称为"半路才子"。

新中国成立初期，东山县的教育基础很落后。1949年，全县在校中学生仅82人，小学生也不过2339人，也就是说，全县群众基本上是文盲。谷文昌深知文化教育的重要意义，如今新政权建立了，坚决不能让东山百姓做睁眼瞎。他重视群众的扫盲工作，在他还担任县长的时候，东山县就成立了县工农业余教育委员会；谷文昌担任县委书记后，开始在全县部署大规模扫盲工作。1956年，县委成立了东山县扫盲办公室，负责领导全县的大扫盲工作，全县38个乡（街道）建立起扫盲协会，农村业余教育由前期举办扫盲班为主，转入大办高小班。

据老教师陈玉英回忆，当时，全县掀起大搞扫盲学习的高潮，县委和县人委举办了以扫盲为主的高小班，名叫"东山县干部业余学习班"。开学那天，刚从师范毕业不久的陈玉英一走进教室，看见学员们静静地等候老师上课。她惊讶地看到，来参加学习的学生中，竟然有县委书记谷文昌，还有县委、县人委的其他领导。一见老师进来，谷文昌带头站起，全体学员整整齐齐地起立，谷文昌带头喊："敬礼——"

所有参加学习的机关干部都向陈玉英敬礼，陈玉英前额上一下子滚下来点点汗珠。面对一个个年长的学生，她说："各位领导长辈，你们这样给我鞠躬，可折煞了我。"谷文昌虔诚地笑着说："咱们国家自古尊师重教，师长师长，老师还在长辈之上呢。"

从此，谷文昌和大家认真上课学习，他和学员们都成了陈玉英的学生。至今，花甲之年的陈玉英还为自己是谷文昌的老师而自豪。在谷文昌率先学习的激励下，全县扫盲形成高潮。其中，农民经扫盲进高小班毕业的有2000多人，绝大部分后来成为农村社队骨干。

谷文昌重视教育、重视文化，他让身边的人和孩子们必须好好学习。

欧庆彰六岁时丧母，家里穷得一度揭不开锅，经常跟着父亲逃荒。东山解放后,他家分了地,仍没有摆脱贫穷的面貌。他十五岁时,到县政府当通讯员,因为个子小,又听不懂南下干部的普通话,常惹出一些笑话来,因而很苦恼。谷文昌经常与他聊天,鼓励他。有一次,他跟谷文昌一起吃饭,米饭里有两块肥肉,他怯生生地看着不敢动筷子。谷文昌连忙把两块肥肉都夹到欧庆彰的碗里,说:"小鬼,饭要吃饱呀,吃饱身体才能好。"

谷文昌问欧庆彰:"想家吗?多长时间没回家了?"欧庆彰说:"半个月了。"谷文昌说:"小鬼,要经常回家去看看你爸爸呀,你爸拉扯你不容易。"

谷文昌把年少的欧庆彰当成自己的孩子,经常鼓励他好好学习:"国家如今正缺少有知识有文化的人才,你一定要好好学习。你年纪轻轻的只要肯下功夫学,怎么学不会?"

欧庆彰学习很刻苦,进步很大。1954年,县里择优送他到福州一所速成中学读书深造。谷文昌听说后非常高兴,说欧庆彰是个好苗子。史英萍去福州开会,专门去速成学校看望他。史英萍像对待自己的孩子一样,对欧庆彰嘘寒问暖,还专门为他买了笔和写字本。

欧庆彰暑假回来,专门去谷文昌家汇报学习情况。谷文昌鼓励欧庆彰一定要珍惜机会,好好学习。他知道欧庆彰虽然一个月有20元的工资,但他没有母亲,家庭贫困,便关切地问:"有没有路费?"欧庆彰为难地低下了头,说工资给爸爸治病了,手头紧张。谷文昌马上让史英萍给他10元钱。

后来,欧庆彰发奋读书,考上了大学。谷文昌非常高兴,专门写信鼓励欧庆彰:"你从一个听不懂普通话的孩子,成长为一名大学生,是党的培养,一定要好好学习,当国家的有用之才……"

这是一个东山县新中国成立后出大学生的故事。1953年,东山一中的两名学生林才成和杨云灵考上南京的一所陆军军官学校,时任东山县县长的谷文昌得知后非常高兴。东山人民正深受风沙肆虐之苦,多灾多难,衣食成忧,群众日常温饱几乎成问题,教育事业相当落后,能上学的人屈指可数,考上大学的人更是凤毛麟角。两名学生一起考上军校,这在东山,可是"大姑娘上轿——头一回"。谷文昌深知这样的成绩来之不易,连连称赞:"林才成和杨云灵学习刻苦,勤奋自强,为东山人民争了光,可得好好表扬一下。"

谷文昌派身边的工作人员把林才成和杨云灵请来。工作人员告诉他们说谷县长要请他们吃饭,同他们谈一谈、叙一叙。

提起这件往事,如今已是老人的林才成十分动情地说:"当时一听,我特别激动。没想到谷县长要跟我们恳谈话别,我只是个学生呀。谷县长工作繁忙,还事无巨细,亲自去检查了解。百忙之中,他硬挤出时间同我们两个人吃饭话别。他是很重视人才和教育的。"

饭菜十分简单,一人一碗面条,再没有其他什么菜了,然而,洋溢在饭桌上的关怀是亲切的。谷文昌用自己的亲和力打消了两个年轻人的拘束和紧张,与他们娓娓道来。一会儿谈起革命往事,他勉励说:"社会主义建设需要人才,我们的解放军需要人才。你们一定要珍惜上军校学习的大好机会,勤奋刻苦,好好学习,努力学好各种本领,为家乡争光,报效祖国和人民。"谷文昌关切地询问两位同学家里有什么困难,两位青年连连摇头。谷文昌神色凝重,说:"我们还有许多事没有做好,老百姓的日子还很苦,我很难过。"谷文昌越说越激动,话语掷地有声:"我相信,我们不会让人民失望的。"

望着谷县长,两位年轻人眼里渐渐噙满晶莹的泪花。两人看在心里,暗下决心,到军校后,一定好好学习,将来走上军队工作岗位,为人民军队作出应有的贡献。

教育必须从孩子抓起，谷文昌关心小学教育。1955年11月，随着县内区划变动，东山县对小学做了调整，设立了7个学区。1956年，增办西坑、礁埔两所公办初小和城关顶街、下田两所民办学校。后来，小学数量不断增加，学生不断增加。1958年"大跃进"，使得小学教育走上盲目发展的道路。直到1961年，谷文昌带领全县群众走出经济低谷，继续抓小学教育，小学教育发展才有所改善。1962年年底，全县小学学校数量已达到46所，在校生8815人，教职工300人。在谷文昌的关怀下，中学教育也得到发展。"东山初级中学"改称为"福建省东山中学"，第二年增加高中部，首届招生53人，由此带动全县中小学生数量猛增，全县有中学9个班，共494人。1957年7月，"西埔小学初中班"更名为"东山第二中学"，"福建省东山中学"更名为"福建省东山第一中学"。1958年，在东山一中原址兴办东山县华侨中学。1960年，陈城、前何又新办初中各一所。1961年，东山一中高中部5个班迁至西埔并入东山二中，极大地提高了东山的教育质量。

人民健康事业

人民健康长寿是国家富强、民族振兴的重要标志。新中国成立初期，我国各项事业百废待兴，医疗卫生事业几乎白手起家。和全国大多数地方一样，东山岛原来的医疗条件很差，历史上发生过多次瘟疫。有史料记载，清代和民国时期，东山境内鼠疫、霍乱、天花、伤寒、痢疾、麻疹、白喉等传染病猖獗，岛上人民大量死亡：清乾隆五十六年（1791年），天花流行，全岛死亡1180人，幸存下来、留下后遗症的麻脸者达1000人以上；宣统元年（1909年），东山流行鼠疫，全岛死亡1162人，仅铜陵城就死亡500人；1929—1931年，流行天花，全岛死亡380人；1942年，流行鼠疫，全岛死亡1110人。同年暴发一场霍乱，死亡高达4000人；1944

年，流行霍乱，死亡1200人。同年流行天花，死亡2000人，1340人沦为乞丐。在清朝到民国的近300年间，因瘟疫死亡达1000人以上的灾难就有7次，共计13032人，因为瘟疫留下后遗症者不可计数。往往一场突如其来的瘟疫，就会给人们造成灾难和创伤，让全县置于恐怖之中。

为了东山人民的健康事业，谷文昌带领大家全力改善全县的医疗卫生条件。1956年初，谷文昌担任县委书记刚三个月，就组织开展了以预防为主的除"四害"爱国卫生运动。东山县委翌年成立了县卫生防疫站，配备专兼职人员大力宣传爱国卫生运动，后来又结合东山实际联合下发了《东山县消灭"六害"作战方案》（除"四害"外，还加上蟑螂和臭虫）。谷文昌亲自上阵，全县基层医生、干部群众、教师学生，男女老少，都开展了除"六害"运动。有位基层老医生回忆，在谷文昌的带领下，大家"除六害"的劲头很足，坚决消灭卫生死角。有一次灭蚊时，他把梯子放到一眼旱井里，喷洒灭蚊药。

谷文昌高度重视卫生基础建设。在他和班子成员的带领下，东山县先是建起东山县医院，床位由1951年的15张增加到1955年的30张；1956年夏，又在县医院门诊部增加了中医科。谷文昌带头抓医疗队建设，各公社设立了医疗研究小组，推动中医科研工作。1959年，县医院增设了针灸室和供应室，床位增加到50张。1956年6月，东山县卫生防疫站建立，配备卫生技术工作者，全县八个乡镇建起乡镇保健院，各公社建起保健院，同时建起城关医院、城关产院。1959年，东山县中医研究所建立，同年建立东山县治疗麻风病的康复村，开展社会防治，为病人免费治疗。东山县穷，没有专用汽车。华侨吴细狗回老家时，看着家乡贫困，县委书记的专车竟然是辆自行车，就捐献给县委一辆汽车。谷文昌舍不得用，把这辆车分给县医院和公安局，县医院平时当救护车用，公安局一旦遇到紧急警情，可根据实际情况调用。

在改善群众医疗卫生条件的过程中，谷文昌尤其重视医疗卫生人才。东山医疗人才奇缺，远远达不到东山群众治病救人的需要，因此，医疗人才的引进与培养，成为一项重要工作。谷文昌担任东山县委组织部部长时期，为了安定社会秩序，他协助县委书记、县长，向国民党旧军政要人宣布"约法八章"，举办针对这些人的思想改造培训班。东山县第一次各界人民代表会议召开前夕，他与县长张书田提出，会议要有适当的民主人士参加，对其中的专业人才要加以任用。东山县医院成立之初，他和张书田多次登门，礼请原国民党军医王济民出山，主持县医院的工作。谷文昌高度重视医疗人才，他与县医院医生杨祖谦的友谊传为佳话。1954年秋，县医院来了一位医科大学毕业生，名叫杨祖谦。谷文昌知道后，如获至宝，这可是海岛上的"珍稀"人物啊！谷文昌主动拜访，关心杨祖谦的生活和工作，亲切地叫他"大杨"，经常抽空跟他谈心，嘱咐他为了东山人民的健康，一定要树立良好的医德，掌握精湛的医术。杨祖谦把谷书记的关心和教导化为奋斗的动力，两人因此成了忘年交。1959年夏的一天，大杨骑自行车到十公里外的山口村出诊，回来时天黑路滑，不慎从自行车上摔下来，左眼角大裂伤。群众发现后，送回医院抢救。第二天，谷文昌得知消息后，马上拎着水果、牛奶前往病房看望慰问。他详细询问了杨祖谦的病情，要他好好休养，还当场表扬了大杨关心群众、救死扶伤的精神。

后来，杨祖谦由一位普通的医科大学生，迅速成长为一名医术高超的医生，相继担任东山县医院副院长、龙溪地区医院外科主任、漳州市医院院长，后来还加入援外医疗队赴塞内加尔工作，被该国授予"国家级狮子金质奖章"；再后来，杨祖谦又获得了"全国劳动模范"等荣誉称号。杨祖谦深情地说："谷书记当初的关怀和教诲，是我永生的精神动力。"三年困难时期，谷文昌关心中医医师的生活，指示为九名老中医每月供应猪肉。在谷文昌的关怀下，东山医疗队伍迅速成长起来，医术水平迅速提高。因外科手术颇有声誉，东山县医院成为好多邻县患者首选的医院。谷文昌经常强调，医疗队伍要为人民服务。1956 年，县卫生系统派出 22 名医生，前往西山岩水库工地、鹰厦铁路工地和西陈公路工地做义务工作，多次组织医务人员深入农村、社区为群众免费治疗。从 1959 年到 1964 年，东山县卫生系统每年平均组织巡回医疗队下乡三个月，足迹踏遍全县各个乡村。

1960 年，针对不少农村妇女患闭经、子宫脱垂病和部分村庄水肿病复发的情况，谷文昌专门批示，派出专门医疗队为她们治疗。在谷文昌的关注和强调下，县卫生系统积极推广妇女"三调三不调"，即怀孕期调轻不调重、哺乳期调近不调远、月经期调干不调湿的劳保制度，要求医生到农村开展闭经与子宫脱垂查治。1961 年，查治闭经和子宫脱垂病人分别为 446 人、350 人。

在谷文昌的领导下，东山县委通过卫生部门贯彻"预防为主，治疗为辅"的方针，基本上消灭了天花、鼠疫等主要传染病病，伤寒、霍乱、脑炎等疾病得到有效控制，婴儿出生死亡率从 1950 年的 25% 下降到 1957 年的 0.8%。

东山广播站

新中国成立之初，信息传播工具原始落后，广播成为那个年代最时尚的信息化工具。能听上广播，是社员群众的一个奢望。普及海岛农村渔村广播，传达国家大政方针，播放文艺节目，活跃群众文化生活，成为谷文昌的一个心愿。

普及广播需要人才，上面没有专业人才下来，谷文昌要求挑选优秀青年深造学习，为全县普及广播选拔人才。他推荐通讯员朱财茂参加学习培训。1958 年 10 月，朱财茂接到去省城培训学习的通知。通知上说的是到电影学院学习，到了福州才知道，电影学院变成"福建省广播电影技术学校"，上的是无线电课程。这个专业不是朱财茂的爱好，他给谷文昌写信，表达了自己的想法。当时，东山县村村通广播的工作正在积极准备，据朱财茂回忆，谷文昌这样回信："党的需要就是你的心愿，你就应该爱好无线电课程，要安心学下去，为革命学好技术。"从此，朱财茂安下心来，努力学习。

但是，东山县财政紧张，农村广播一直没能全面普及。1962年9月的一天，已经是东山县广播站干部的朱财茂从省城开会回来，找谷文昌汇报会议精神，还反映了广播站发不下来工资、职工生活有一定的困难等问题。

谷文昌听说后，抓起身边的电话，直接拨到县财政局预算股股长刘姜的办公室："老刘呀，我是谷文昌，请问县广播站同志的工资到现在还没发，为什么？应该给人家吃饭嘛。"

刘姜答应："谷书记，请您放心，我这就安排拨钱过去。"

谷文昌又说："还有件事，中央对沿海有线广播很重视，要求不能用电话线搞广播，要建立独立的广播网。"

刘姜忙问："谷书记，需要多少钱？"

谷文昌转过头询问朱财茂，得到确切的回答后，对着话筒说："广播站预算过了，需要十万元。"

刘姜有些着急地回答："谷书记，县财政没有那么多钱啊。"

谷文昌思考了一下，说："这样行不行？让每个公社出一万，其他三万由盐业公司管理处出。"

东山县盐场是由谷文昌带领群众建设起来的，盐业公司是一家效益很不错的国营企业。谷文昌亲自来到盐业公司，讲述普及农村广播、活跃群众文化生活的现实意义和战略意义，得到县盐业公司的理解和支持。两天后,刘姜找朱财茂,转告他东山县广播网的经费落实情况。就这样,福建省第一个县级有线广播网,很快在海防前线东山岛建立起来,东山县成为福建省第一个村村通广播的县。群众每天都可以听到广播了,能很快从广播里听到上级精神、天气预报和潮剧文艺节目等。

谷文昌十分重视广播的宣传教育工作。他下乡路过东山县广播站时,偶尔会叫上广播站的一个文字工作人员下去采访。他常常对工作人员说:"广播站是人民的广播站,应该了解群众爱听什么,应该让广播站成为老百姓的朋友。"

一天傍晚,谷文昌和妻子史英萍散步来到广播站,给工作人员谢溪添布置了一项任务:创作一个以种树治沙为题材的方言故事诗。

原来,谷文昌下乡的时候了解到,由谢溪添用方言创作并演播的很多故事诗,内容生动,字句押韵,绘声绘色。什么四婶婆、芹菜嫂的故事,让一些听众听得入迷,煮饭时水都烧干了还没下米。有的群众说,看病不用去医院了,因为广播里有"先生"(闽南方言,指医生)。这件事触动了谷文昌。他想,植树造林治理风沙的工作需要再加温,群众需要再鼓劲,还要教育大家,造林难,护林更难;要把广播的作用发挥出来。

谷文昌关心创作,亲自点题,谢溪添信心倍增。他深入生活,调动积累,很快创作出方言故事诗《兰投伯回乡记》。故事讲的是以前东山岛的沙滩贫瘠得连"兰投"(东山方言,一种草本植物)都种不活,兰投伯只好下南洋到了新加坡。后来他回到故乡,才发现这里发生了翻天覆地的变化。作品播出后,群众反响非常大,植树造林的士气被进一步鼓舞起来,人们津津乐道着兰投伯的故事,同时对故事中有人因贪小便宜乱砍树枝的行为嗤之以鼻。《侨乡报》刊登了这篇作品。年轻的谢溪添一鼓作气,又创作了一篇讲移风易俗的故事作品《林大姨好教示》,在东山广播站播出后参加全省会演,成为东山县第一个在省里获奖的文艺作品。后来,该作品还被人民出版社收入文艺作品集正式出版。

消息传来,谢溪添欣慰极了,逢人便说:"没有谷书记的重视关心,我是不可能拿出这些作品的。"

人民会堂

东山县有"中国曲艺之乡"的称号。唐代以来,曾有"奏箫吹引凤,邹律奏生春;缥缈纤歌遏,婆娑舞妙神"的盛况。清末民初,东山民间曾有各种曲班、曲社、曲馆、曲间、乐室、戏社等,如"振声林""玉天香""老凝和""振名堂"等,品种上有歌册、渔歌渔鼓、海底反、威风大锣、南音、方言小品、方言快板、故事诗、三句半、潮乐说唱、芗曲说唱、四平锣鼓、铁枝木偶表演唱、五脚戏等,种类繁多。当地群众最喜欢的是听潮剧。潮剧是地方戏曲的主要剧种之一,俗称白字戏,也称泉潮雅调、潮音戏,是从宋元南戏各样诸腔演变而来。东山潮剧有"其歌轻婉、闽广相半"的地方特色。

新中国成立前的东山,文化设施非常落后,全县没有一处文化娱乐场所,很多传统文化项目一度处于停滞状态。1957年,为满足群众文化需求,谷文昌提议筹建潮剧团,从东山当时的"振声园"和"群艺"等业余剧团中挑选青年演员组建起东山县实验潮剧团,排练后到全县,有时到外县巡回演出。其中不少剧目情节和演员的成功表演,成为城乡邻里、田间地头人们茶余饭后的美谈。1959年,东山实验潮剧团改称"东山县潮剧团"。潮剧团没有武功师傅,谷文昌就从老家河南请河南豫剧团戏曲学校武术教练宋金山等人驻团做艺术指导,传授武功。谷文昌鼓励文化馆的同志创作挖掘传统作品,也要创作以歌颂毛泽东思想和社会主义大建设为主要内容的作品。剧团赴广东潮汕地区演出,历时七个月,大受欢迎。

谷文昌大力倡导、支持群众性的文艺活动。他担任县长的时候,城乡各地纷纷组建民间业余剧团。1953年，全县业余剧团达到33家。1954年，东山县举办首次农村业余剧团文艺会演，城关"振声园"演出的《妙长追舟》获得一等奖。1955年8月，龙溪专区举办戏曲会演，城关业余汉剧团演出的《莲花庵》《孔明拜斗》《辱曹》和东山县木器社昆剧团演出的《白蛇传》《醉打山门》等在会演中大获成功，广受欢迎。

20世纪60年代，东山县的渔民潮剧团、九街大队汉剧团、群艺芗剧团、渔民芗剧团、木器社昆剧队等13家业余剧团（队）都具备了独立的表演能力。1961年，龙溪地区举办戏曲会演，东山县潮剧团演出的以反映东山保卫战为主要内容的潮剧《东山少年》，获得优秀创作奖。1963年，东山县举办文艺会演，20个业余剧团演出了31个节目。

在城关街头巷尾、田间地头，业余剧团经常演出群众喜闻乐见的文艺节目。每当演出的时候，锣鼓喧天，群众里三层外三层，好不热闹。至今，有些老人回忆起当年如火如荼的群众性文艺活动，总是心怀感激地说："谷书记当政的时候，文艺节目太丰富了。"

丰富群众文化生活必须有文化场所。人民会堂是谷文昌主持修建的一项重要文化工程。当年，东山没有一处可供演出和集会的场所。每年，全国各地有关文艺团体来东山为军民慰问演出，只能在露天搭台；每逢举行三级扩干会，东山一中要停课放假，腾出教室供会议代表住宿，极为不便。修建一处集文艺演出、大型集会为一体的文化设施成为当务之急。谷文昌广泛征求社会各界意见后，于1961年年初，开始组织建设人民会堂，总投资24万元，建筑面积3715平方米，楼高三层，一楼大厅建有标准舞台，观众厅有1720个座位；月台楼层300个座位；配楼一至三楼配套六大间，有可容纳480人住宿的宿舍和一间多功能会议室；室外广场6000多平方米，可供万人集会、开展大型广场文体活动。人民会堂至今仍然是东山标志性文化建筑，是东山重要的政治和文化活动中心。笔者曾两次看到人民会堂，与周围后来建设的高楼大厦相比，它显得矮一些，但它坚固、雄壮，给人一种踏实、庄严的感觉，这是当今好多现代化建筑所不能比拟的。

谷文昌当年还带领大家在新县城、西埔和城关建起戏院和影院，极大地方便了群众的文化生活。

保护古树

解放初期，由于社会经济发展落后，东山历史上传承下来的优秀文化一度受到限制，有的甚至遭到破坏。

1958年11月的一天，西埔一位白发苍苍的老人要求见县委书记谷文昌。谷文昌忙将老人请进办公室，给老人倒了一杯开水，让老人慢慢说。老人抹一把鼻子，老泪纵横，说："谷书记，可找到您了，快救救我们的树吧。"

原来，大炼钢铁需要燃料，东山是海岛，燃料资源严重缺乏。有人盯上岛内仅有的极少数古榕树，其中，新县城西埔中兴街的两棵树龄400多年的古榕树，也被列入砍伐的"黑名单"。好多群众常年在古榕树下做生意或纳凉，不同意砍树，与砍伐者发生了言语冲突。群众围着大树不让砍。两方力量相持不下。眼看群众力量薄弱，有人说："快去找谷书记，他能为我们社员群众说话。"谷文昌听完后，思忖了一下，如果自己出面阻挠这件事，有被上级领导误解为破坏大炼钢铁的危险。但是，群众利益是我们的最大利益。他抓起电话，直接打给西埔公社的书记，痛陈群众的观点，要求不要砍伐那两棵古树。随后，谷文昌直接将电话打给龙溪地委行署的分管领导，向上级领导汇报某些人的鲁莽行为引起了群众的不满。领导同意了谷文昌的请求。

谷文昌还是不放心，就骑上自行车，驮着那位群众亲赴现场。谷文昌一到现场，两边的人都安静下来，他严肃地制止了这起砍伐古树的行为。

铜山古城建于明朝，是明太祖朱元璋为了防止倭寇入侵，派江夏侯周德兴巡视东南沿海，亲临东山岛，选择要地，征调民工，临海砌石，环山建设此城。城长571丈，高2.1丈，设东西南北四个城门。城上堞墙864片，窝铺16间，置大炮数十门，建立水寨，以紧傍的"铜钵"和"东山"两个地名各取一字，得名"铜山城"。它与富宁的烽火门、连江的小埕、兴化的南日、泉州的浯屿，连成捍卫海疆的五大水寨。古城东门有一棵400多年树龄的老榕树，八条气根接地沿墙生长，蔚为壮观。谷文昌保护了西埔的两棵古树，其他人也不敢对其他古树乱打主意了，铜山古榕得以幸免。

风动石劫遇

东山县有著名的十八景，有歌谣为颂：

仙脚独步腾云汉，文公坐上看天池。
虎崆滴玉龙泉清，梁山倒影日月明。
九仙石室弹歌唱，沙坡咿呵琴瑟声。
七十二坎如云梯，百鸟归巢远高飞。
蓬莱仙境开圣迹，扬帆归澳得回归。
仙桶沐浴可戒斋，石僧拜塔绫罗纱。
故里放生三贵子，仙床睡卧万人家。
东屿文峰显神灵，黄莺打桃鸟无情。
风吹一石万钧动，摇倒旗山两马鸣。

这首歌谣出自清朝举人马兆麟之手，最后两句所说的就是风动石。风动石位于铜山古城东门海滨石崖上，是东山的标志性建筑，人们称之为"东壁文星"。地方志有云："城东有石如盘，上屿一石，高二丈许，半崎半垂，人卧石上推其足，则动不倾，高不危，一胜也。"也就是说，大风吹来，巨石微微晃动，选择适当的位置，一个人也能把这块巨大的石头轻轻摇动起来。这块大石头因其奇、险、大的特点，被《中国地理之最》收录。

东山解放后，这块石头历经波折，几次险遭不测。

1964年4月，谷文昌刚刚从乡下劳动调研归来。在县政府门口，一位长胡须老人大喊："谷书记，我有大事。"

原来老人是福建省文史研究馆馆员、东山县人民委员会委员谢又秋先生。谢老先生是参加过中华同盟会的老人，在东山县德高望重。有一年，谢又秋老人的儿子高中毕业，一直找不到工作。谢又秋老人直接找到谷文昌，不久，谢又秋老人的儿子被安排到樟塘公社保健院工作。而当时，谷文昌的大女儿高中毕业后，却在一家企业干临时工。

谷文昌毕恭毕敬地将这位老人请进办公室，又倒水又敬烟。谢又秋一脸担忧地说："谷书记，风动石是咱东山的宝贝啊，出大事了。"谷文昌一愣，说："我知道，我干城关区委书记时还推过它呢，的确是咱东山的宝贝。到底怎么回事？"

风动石为花岗岩石，高4.37米，长4.69米，是上好的石料。1963年春夏之交，有几个附近的打石仔看上了这块好石料，准备采石盖房屋。当地居民发现时，那几个打石仔已偷偷在风动石的底座石头上凿出了一排洞眼。社员群众上前阻拦，那伙人很强势，不仅不停，还开始往洞眼上塞铁楔子，准备用大锤逐个捶打，把风动石凿裂，再锻造成建筑石材。

当地社员群众就找到文史研究员谢又秋。谢老先生拄着拐杖爬上石崖，劝说道："这是咱铜山的镇城之宝，是文物，动不得呀！"那几个打石仔依然我行我素。谢老先生怒从心起,大声呵斥:"你们这是犯罪!快停下来!"那些人还是不听一个耄耋老人的好言相劝。

谢又秋没有办法,只好来到西埔找谷文昌。

谷文昌听罢,回复道:"老人家,您说得对,必须保护好风动石。"

说话间,谢又秋高声朗诵起上面的那首诗,谈起东山的十八景是大自然和祖先留给东山的文化瑰宝,希望能得到政府的重视和保护。

谷文昌说:"十八景是大自然留给东山的宝贵资源,也是东山的魅力所在,我们一定要保护好。如果在我们眼皮子底下被毁掉,那将上对不起祖宗,下对不起子孙后代。"

在谷文昌的重视下,当地政府和公安部门出面,及时制止了这起破坏活动。后来,谷文昌通过广播对"东山十八景"大力宣传,发动群众保护自然景观和传统文化。1970年,又有两个财迷心窍的打工仔,借"破四旧"之名准备炸风动石出售石料。渔民黄茂金带领群众坚决制止,还拿出当初谷文昌宣传保护风动石等自然景观的材料。原来,风动石上刻有明永历二年(1648年)秋巡抚路振飞题写的"铜山三忠臣:黄道周、陈瑸、陈士奇"字样,因此,不断有人来"破四旧"。后来,当地社员群众找人将上述题字改为毛泽东主席的题字:"风景这边独好!"从此,再也没有人敢打风动石的坏主意了。

如今,风动石一带已成为著名的旅游景区,成为许多影视作品拍摄的"天然摄影棚",《海岛女民兵》《西游记》《八仙过海》《谷文昌》等电影电视剧均在这里取景拍摄。如今,风动石底座石头上的那排石眼还清晰可见,人们在欣赏大自然美景的同时,无不感念谷文昌当年对风动石和东山其他自然文化景观的保护。

大铁钟漂流记

1958年冬天的一天,谷文昌接到一份报告,东山县关帝庙的大铁钟不翼而飞。谷文昌大为惊奇,忙放下手里的工作,责令有关部门迅速寻找关帝庙大铁钟。

谷文昌对位于岵嵝山下的关帝庙并不陌生。关帝庙大殿《鼎建铜城关王庙记》有碑文记载:明洪武二十年建铜山城,以防倭寇,刻像祀之,以护官兵。明正德三年(1508年)动工扩建,正德七年(1512年)落成。后来几经扩建、焚毁、重建,终成现在的规模。如今的关帝庙属抬梁式木构架,单檐歇山顶,是传统的对称性建筑,面阔三间,进深六间,总长40米,宽17米,面积680多平方米。前殿有石刻门联:

山岛雾收舒正气,海门日出照警钟。

大殿前廊廊柱刻联:

德配文宣垂万古,功高武穆冠千秋。
天地间完人第一,古今际正气独尊。

关公堂前的关公画像上方,书写着四个大字:浩然正气。

东山渔民有这样一条不成文的公约:在海上如碰到遇难的渔民,无论认识不认识,无论风浪有多大,须立即斩断自己船上的渔网,仗义救人。在东山,老百姓称关公为"帝祖",自认为是关公的裔孙。东山关帝庙与山西运城的关帝庙、河南洛阳的关帝庙、湖北当阳的关帝庙并称"中国四大关帝庙"。东山关帝庙声威著于海峡两岸,平时谒祖进香者日夜不绝，加上海峡两岸与海内外香客信众长年不断前来拜祭，可谓冠居全国关帝庙第一。东山关帝庙有一口大铁钟，铸造于咸丰元年（1851年），高1.2米，底部周长2.15米，重400多斤，悬挂于大殿右侧，钟上刻有"铜陵关圣帝君""吉祥如意"字样和相关铭文。每逢重大节日，人们撞钟祈祷，雄浑洪亮的声音激荡于古城上空。

古钟却在人们眼皮子底下丢了。谷文昌心中对关公充满敬意，深知古钟的重大意义。在专门的工作会议上，他要求有关部门无条件找回铁钟。首先，当前正处于大炼钢铁时期，是不是有人为了完成炼钢任务，偷走炼钢去了呢？大家急忙走访全县已知的几个炼钢炉，几乎全县所有的炼钢炉都查过了，没有任何音讯。大铁钟也有可能被小偷偷走，当作废铁或文物卖了？于是，有关人员在全县寻找，几乎所有的废品收购站都找遍了，还是没有一点大铁钟的消息。

是年4月，谷文昌政绩卓著，被上级提拔任命为福建省林业厅副厅长。临行前，他还念念不忘那口大铁钟。1978年1月，时任龙溪地区副专员的谷文昌来东山调研，突然听说大铁钟于1977年年底被找到了。此时距离大铁钟丢失已经20年了。他长舒了一口气，专门到关帝庙看了这件宝贵的文物。

事情的发展一如谷文昌当初推理的一样。1958年冬天，全国大炼钢铁如火如荼，有条件的要上，没有条件的创造条件也要上。尽管人们豪情万丈，但由于没有科学论证，好多人不能从地方实际出发，一度出现了过激行为。大炼钢铁运动波及东山岛。为了解决没有铁矿石做原料的问题，各地都限时要求每人上交一定的旧铁器。好多人家里的铁锅、菜刀、铁铲一度被作为任务上交。谷文昌提出，在这场运动中要保持清醒的头脑，他因此一度被降为东山县二把手。可是，还是有许多人不能完成任务。完不成任务怎么办？于是，有人想起关帝庙里面的那口铁钟。一个月黑风高的冬夜，一伙人潜入关帝庙，偷偷将这口400多斤的大钟从梁上解下来，抬上地排车，运到土炼钢炉下面。第二天，几个群众将大铁钟往炼钢炉内抬，费了九牛二虎之力，仍没抬上去。有人说砸碎再抬吧。此时，大钟又被几个贼娃子盯上。当夜，他们偷偷潜入炼钢炉边，将大铁钟装上地排车偷走了，准备拉到岛外作为古董卖掉。人在做，天在看。黎明时分，这伙人拉着铁钟走到铜陵五里亭时，被驻守红山的部队哨兵发现了。哨兵上前盘查，这伙人做贼心虚，丢下地排车和大铁钟，窜进木麻黄树林中，逃之夭夭。谁也不知道大铁钟的来历，于是，大铁钟被放在驻岛部队营房，当作"报时钟"。后来，团部领导发现这口钟声音洪亮，回声清越，就从连队营房直接拉到团部当信号钟使用。这座钟因此躲过大炼钢铁、"破四旧"，以及文物贩子的劫难，在军营里被保存下来。

1977年年底，东山县潮剧团应邀前往漳浦旧镇驻军团部演出，时任东山县剧团编导的陈汉波随队前往。当年，他响应谷文昌的要求，参加了寻找大铁钟的活动。演出结束后，一阵清脆悦耳的钟声经久不息地传进来。陈汉波心头一颤，当年关帝庙大铁钟的轰鸣声回响在他的记忆深处。他提出要看一下这座大钟，随即看到大铁钟悬挂在一棵高大的木麻黄树侧枝上，古朴厚重，清亮耀眼。陈汉波有些眼花，他让人找了一把凳子，然后踩上凳子抚摸着古钟仔细端详，发现了"铜陵关圣帝君"的大字和铭文，正是关帝庙丢失的那口古钟。陈汉波老泪纵横地说："谷书记，您交代的钟找到了，终于找到了。"

根据陈汉波的请求，部队首长进一步确认后，特地派政治处副主任李亚龙一行四人，把古钟护送到铜山关帝庙。

谷文昌深情地看着这座悬挂在东山关帝庙大梁上的古钟，一下又一下地敲起来，钟声在铜山、在东山回响，祝佑祖国国泰民安，繁荣富强！

东山海柳雕

东山有一大批文化品牌和非遗项目，谷文昌主政期间，高度重视并挖掘保护这些文化项目。

海柳是一种珍贵的海底灌木，属海生植物铁树科。它以吸盘固定于海底礁石上，树干呈黑褐色或棕褐色，干粗枝密，叶片细长，质地坚韧耐腐。因其形似树木，故有海柳之称。海柳有红柳、赤柳、乌柳、石柳、藤柳等品种。其中，红柳和赤柳颜色鲜艳悦目，是珍品。海柳质地耐腐，有"铁木""海底神木"之称，是雕刻工艺品的珍贵原料。东山岛海柳雕，以其造型奇特、清雅别致、色泽油亮，成为闽南工艺之上品，闻名海内外。谷文昌重视海柳雕等东山民间工艺，专门成立了国营企业——东山工艺社，后来，又创办东山木艺厂。东山的木艺产品很有名气，成为当时财政收入的大户，也成为东山县改善群众生活、开展各种工程建设的资金来源之一。

谷文昌重视并关心知识分子的生活，在最困难的时候，要求给知识分子和民间艺人供应猪肉。民间艺人努力工作，刻苦钻研，取得不俗的成绩。1956年，东山工艺社艺人沙清河应邀参加福建省第一届老艺人代表大会，其海雕作品被选送参加福建省民间美术工艺展览。用海柳制作的烟斗，工艺精美，具有过滤尼古丁的作用，能散发出淡淡的清香，有凉喉解热、爽肺提神之感，十分珍贵。1958年，沙清河制作的海柳雕烟斗被选为礼品赠送毛主席，后被国家博物馆收藏。这一消息，福建、龙溪、东山各媒体当时皆有报道，谷文昌和东山县委、县政府领导干部、东山工艺社、木器厂的艺人们以及社员群众听到这一激动人心的消息，奔走相告，好多人激动地高呼："毛主席万岁！"

许多年以后，沙清河仍泪流满面地说："这是我一生最大的荣誉！"

后来，东山岛的海柳雕多次参加全国性的展览，受到国内外友人的赞扬，被称为"闽南民间工艺一萃"。东山海柳雕艺人陈佛顺创作了近千件海柳雕艺术作品，多次斩获各项大奖。

第十三章　第一次回林县老家

秋风阵阵，林涛混合着木麻黄清爽的香味，沁人心脾。东山县已经不再是十年前风沙肆虐的东山了。谷文昌从基层考察回来，看到办公桌上摆着一封南湾村老家的来信。他轻轻拆开信，信中述及老家社会主义建设的形势一片大好。来信还说老母亲刚刚得了一场大病，老母亲对谷文昌一家深切思念。

自古忠孝不能两全，为了中国人民的解放事业和建设事业，为了让东山人民过上幸福生活，谷文昌已经离开林县老家整整十年了。十年来，谷文昌一直没有忘记母亲和林县老家。多少次，他扛着镢头，在苏峰山头，在八尺门海峡渡口，深情地凝视西北方向。那是大陆，是河南林县，是母亲和南湾村乡亲们居住的方向。母亲大半辈子受苦受累，含辛茹苦地在干旱贫瘠的大地上拉扯着一帮孩子。大儿子谷程顺外出打工，在山西潞城"倒插门"落户；老二谷文昌远在数千里外的福建，一去十年。想到这里，谷文昌作出决定：回一趟老家。一来看望老母亲；二来回老家取经学习，河南毕竟是中华民族文明的发祥地之一。

他与妻子史英萍深夜长谈，得到史英萍的大力支持。史英萍提议也让孩子们回老家看看，让孩子们吃一下老家的苦，感受一下老家河南的文化，学习一下老家人朴实坚韧的品质。

谷文昌常年穿着一件泛白的灰褂子，里里外外补了一个又一个补丁。史英萍建议谷文昌换一件像样的衣服，这次回家虽然不是衣锦还乡，也不要穿得如此朴素，让母亲担忧。谷文昌翻箱倒柜，竟然找不到一件像样的衣服。谷文昌艰苦朴素惯了，他的那些好一些的衣服，不是捐给灾区，就是送给周围清贫的老部下，送给那些生活在基层的农民、工人朋友了。他苦涩地一笑，说："明天去旧货市场看一看。"

一大早，谷文昌、史英萍夫妇来到位于西埔的旧货市场。他和妻子在旧货市场来回溜达了几趟，相中了一件半旧的黑呢子大衣。货主说："这是父亲早年下南洋时穿来的。虽然有些年头了，但看起来挺洋气。不贵，五块钱。"

谷文昌夫妇相视一笑。付款后，谷文昌换上这件衣服，立马显得神采奕奕。史英萍提出留个纪念，两口子来到西埔的一家照相馆，正襟危坐，留下了一张珍贵的黑白照片。

八尺门海峡的道路还没修通，谷文昌一家人先坐渡船，然后坐公共汽车到龙溪，再从龙溪坐汽车到福州、从福州坐火车到安阳。从安阳下车后，又坐公共汽车到林县。从林县到石板岩的公路还没有修通，公共汽车开到林虑大山外，谷文昌夫妇和孩子们背着包袱，沿着崎岖的山路向南湾村走去。一路上，谷文昌、史英萍夫妇不断叮嘱孩子们，奶奶吃了一辈子苦，一定要尊重老人；在老家不像在东山，在农村一定要多劳动、多吃苦，要向农民学习，每人争取能学会一样农活。孩子们都是从农村出来的，在东山经常参加劳动锻炼，他们很懂事，频频点头。尤其是谷哲慧，她是奶奶带大的，听说要回老家，她兴奋了好几天，天天搓着大辫子往家乡的方向张望。如今，她像一只欢快的小鸟，兴奋地往前走去。

谷文昌发电报说最近要回老家看看，老家的亲人们激动了好多天。

南湾村虽然已经解放多年，但20世纪五六十年代的交通依然闭塞。听说谷文昌要回来了，南湾村的乡亲们迎了好远。谷文昌的三弟谷文德老实巴交，他和乡亲牵着驴，推着小推车，一直来到石板岩公社迎接。谷文昌兴奋地与亲人们握手，将史英萍和孩子们一一向大家介绍。望着连绵起伏的太行山、林虑山，谷文昌心潮澎湃。这就是他的家乡，是他生活、战斗过的地方。通往家乡的山路比以前宽敞了好多，依然是山间小路。他们不知走了多长时间，终于望见山沟沟里的老家——南湾村。村头高坡上，谷文昌远远望见一位白发苍苍的老太太，打着眼罩张望。三弟对谷文昌说："好多年了，咱娘总站在村口的山坡上，盼望你和孩子们回家，早成习惯了。"

谷文昌眼里一热，远远地大喊一声："娘——"他紧走几步爬上高坡，心里呼喊，我多苦多难的老娘啊，我遭罪的老娘啊！谷文昌的母亲是附近山村的人，年轻时嫁到南湾村，为谷玘和生了四个孩子。四十岁时，丈夫不幸遇难，她开始守寡，拉扯着四个孩子在穷山沟沟里艰难度日。后来，共产党的到来，让她家一步步过上好日子。二儿子谷文昌加入了共产党的队伍，在枪林弹雨里闹革命，为了革命事业，远去福建东山，一去十年。多少次，她在梦里看见远方的儿子、儿媳和孩子们。

母亲桑氏看见儿子向她大步走来，她觉得这是梦，踮着小脚一步步走下山坡。谷文昌迈出几大步，一把握住母亲的双手，泪水禁不住在眼眶里打转："娘—— 娘—— 程栓回家了。"

史英萍和孩子们走上来，围着老人。一家人高高兴兴地朝山沟沟里的老家走去。谷文昌和史英萍搀扶着老人走进老屋，娘长娘短地叫着，与母亲和乡亲们有说不完的话。

史英萍一落脚就不闲着，她扫地、烧水，与弟媳妇一起做饭，忙里忙外。农民出身的史英萍，对老家河南有着无限的眷恋之情。尽管谷文昌回家很低调，不想惊动他人，可是南湾村、郭家庄的乡亲们一听说谷文昌——他们的老农会主席、老区长回来了，纷纷登门。谷家的农家小院挤满了大人和孩子们。

谷哲慧已长成大姑娘了，她紧紧地依偎着奶奶，一步也不舍得离开。

乡亲们早知道谷文昌在南方当上了县委书记，这是全村有史以来出的最大的官。在谷文昌一家第一次回南湾村的日子里，有许多故事在乡亲们心目中留下了难忘的记忆。母亲对儿媳妇史英萍也刮目相看。十年弹指间过去了，谷文昌与大家聊着天，不觉天色暗下来。晚饭后，史英萍早烧好婆母睡觉的炕，把被褥也铺好了。然后，史英萍把婆母又重又大的陶制尿壶端过来，放在母亲床下。劳累了一天的孩子们睡了，谷文昌扶着母亲坐到炕上，史英萍端过一大盆冒着热气的洗脚水。谷文昌找个小板凳，坐在母亲面前，帮母亲脱下鞋子，打开裹脚布，准备给母亲洗脚。母亲同山里的女子一样，受传统风俗影响，从小裹脚。谷文昌先用手试一下木盆里的水，再把母亲曾经裹过的小脚轻轻放进温水中。他与史英萍一左一右，一下又一下，轻轻为母亲洗起脚来。母亲一声轻叹："小时候，我们这一代的女人都裹脚，如今新社会真好，妇女们全放开脚了，小孩子也不用裹脚了。"母亲轻轻抚摸着谷文昌的头，看到他依稀露出的根根白发。母亲知道，这都是儿子为国家、为老百姓操心操的。

第二天一大早，孩子们还在睡觉，谷文昌、史英萍夫妇就起床了。谷文昌忙着打扫院子和家门前的街道，史英萍轻轻来到母亲炕前，把母亲的尿壶搬出来，倒掉，用水冲一下，放到阳光能够晒到的墙根下，再与弟媳妇一起烧水、做早饭。

那年秋天，林县大旱，农作物减产，三年困难时期一步步逼近。

回老家的几天里，谷文昌带着孩子们到山坡上的田里参加生产队的劳动。那年，农作物普遍减产，地瓜却获得大丰收。他对生产队长说："那么好的地瓜,不能烂在地里,赶快组织劳力抢收。往年这时候要下雨了。"

谷文昌带着孩子们与生产队的社员们一起刨地瓜,刨完地瓜犁地、耙地,准备播种小麦。谷文昌本来是种庄稼的能手,他与三弟谷文德和其他社员群众一起牵着牛、扛着犁上山,孩子们兴高采烈地跟着。谷文昌左手扶犁,右手甩一个响鞭,大黄牛拉着犁向前走。老家的这种犁犁地又深又快。谷文昌心头一震,在东山时,他多次与老乡们一起犁地。东山的犁,犁得浅,速度还慢。工间休息,谷文昌在地头上抽着烟,对比着东山犁与老家林县的犁:北方的犁面大,力道也大,东山的犁正相反。临走时,谷文昌买了一面犁带回东山,尝试着在东山农村推广。果然,推广后,东山农民犁地的效率和效果一下子提高了不少,生产效率大大提高。

谷文昌带领孩子们爬山。林虑山坡下,南湾村西有一座石屋。谷文昌深情地对孩子们说:"这是我们村的私塾学校。在这个地方,我当年上了几个月的私塾。因为家庭贫困,我不得不离开这所学校,当起放牛娃。每次上山放牛,路过这座学屋,听着其他孩子的读书声,我心里是多么不舍。如今家乡早解放了,孩子们都能读书学习了。你们一定要珍惜这难得的好时光,用功读书,将来做一个对国家、对人民有用的人。"

谷文昌带领孩子们爬上林虑山头,满眼望去,秋高气爽,一派金黄。谷文昌给孩子们讲起战争年代的往事。他指着不远处的那个山洞,深情地说:"那年鬼子进南湾村一带扫荡,哲慧就是在那个山洞里出生的。因为担心山下的鬼子听见,哲慧的母亲紧紧捂住小哲慧的嘴巴。还好,那天北风大,鬼子听不到山上一个婴孩的哭声。"

谷文昌望着家乡的崇山峻岭,感慨万千。虽然解放多年,林县依然贫困,贫困的原因首先在于缺水,其次在于交通闭塞。

东山很多地方平时干旱,但一下大雨就发生涝灾。谷文昌带领群众,在这些村庄开挖建设排洪沟等水利设施,从根本上解决了灾情。在林县南湾村一带，雨季时节，上游和四周大山的雨水滚滚而来，下游的村庄满满是水。而无雨的季节，这一带往往旱得冒烟。此刻，他脑中灵光一闪。1944 年，谷文昌与解放区军民开挖疏通了一条水渠，打算将南谷洞的水引到更远处。1956 年，任村的群众已将原来未修成的 26 公里渠道开通，并起名叫"抗日渠"。这里离南谷洞不远，能不能将抗日渠继续往下修，形成一座大水库呢？下雨时堵住山上滚滚而下的洪水，旱时用水库里的水浇灌庄稼。谷文昌这次悄悄回家，住自家的石头老屋，他不打算惊动地方政府。但是，他是郭家庄老农会主席、林北区老区长，郭家庄大队、石板岩公社乃至林县的好多干部群众都听说谷文昌回老家探亲了。几天后，谷文昌被请到石板岩公社，见到时任林县县委书记的杨贵。革命年代，十二岁的杨贵就参加了抗日解放区的儿童团，投入抗日的洪流，后来又参加解放战争。如今，一位是老家林县的县委书记，一位是带领福建东山老百姓植树造林的县委书记。两人相见，亲切握手，往日共同抗日、建立新中国的革命情谊闪现在眼前。谷文昌向大家通报了东山的社会主义大建设工作，特别是植树造林的情况。众人对老县长带领东山人民艰苦奋斗的事迹早有耳闻，现场听了更是赞叹不已。就是在这次见面会上，谷文昌提出两个大胆的想法，对于林县后来的社会经济发展产生了一定的影响。

谷文昌说："我一直有一个梦想，希望在老家看到青山绿水，希望在家门口看到一个大水库。我很早就有一个想法，在南湾村一带，可以利用地形，梯级修坝，拦截洪水，建设一个大水库。"杨贵与老区长的见解和想法，不谋而合。杨贵当场表示认同建立一座水库的想法，解决当地群众吃水和种庄稼用水的难题。第二年一开春，杨贵就开始着手这项泽被后世的工程。

谷文昌也说出自己的另外一个想法。他介绍了东山岛的地理情况，风沙灾害虽然消灭了，但乡亲们吃水和农业用水还是一个大问题。因此，去年10月,即1958年10月,东山县在西埔公社依托地形,开始修建水库。就像他想象的南湾村水库一样,现在已经基本成形。"我们举着红旗建立了新中国,我们还要举着红旗建设新中国,带领人民群众过上好日子。水库一开始没有名字,我们为水库起了名字叫红旗水库。"谷文昌说道。

其实,林县的水利建设迫在眉睫。翻开林县历史,从明初到1920年的五百年来,大旱、饥荒时常困扰着这座偏僻而倔强的山区大县,其中发生严重旱灾二十多次。

1758年至1760年,大旱,人相食。

1876年至1878年,二年不丰,三年春日无雨,麦未种,四年春始雨,谷禾方生,受饥,人相食,人之死者,大约十之有七。

1920年,凶旱,五麦,秋歉收。

1943年,春降雨,谷禾齐全,后又不雨,苗受旱。7月16日始降喜雨,播种晚秋。9月下旬起,飞蝗至,遮天蔽日,秋无收,人受饥,外出逃荒,卖儿卖女。县东北更为严重,灾重与1920年不相上下。

1957年,夏遭严重冰雹灾害,秋冬无雨,靠担水点种。

1959年大旱,河水断流,井溏干涸,农作物歉收。

谷文昌跟大家谈起早年在山西平顺、潞城扛长工的时候,望着波涛翻滚的漳河水,他不禁感叹,如果漳河水有一天能流到林县老家该多好。早年,他带领抗日武装,在林县、平顺一带打游击的时候,也有过这种想法。他多次对战友说,如果我们林县有漳河这样好的河流,我们县的干旱问题就解决了。那时候,太行七分区司令员皮定均同志,在打仗间隙,在合涧乡河交沟淅河岸边修了一条小型引水渠,解决了几个村的人畜吃水问题,被群众称为"爱民渠"。谷文昌也曾带领解放区群众,着手从南谷洞修一条水渠,以引进南谷洞的水,方便周边群众。由于抗日环境严峻,再加上工程浩大,没有完工。1957年,任村区委发动群众开通了这条"抗日渠"。一代又一代林县人都有过引漳入林的梦想，可惜的是，林县虽然与山西平顺县地界相连，但其间相隔着巍巍的太行山，山高谷深，引水只是一个梦想。1952年，林县县委、县政府也提出过修建渠道、引漳入林的设想。但当时新中国刚成立不久，各方面条件不成熟，这一设想便搁置下来。

这次与杨贵会面，谷文昌又说起东山县下一步的农林基建打算："为了彻底解决东山岛的交通和群众吃水问题，我们正谋划在八尺门海峡建设一座大海堤，一来方便群众出海，二来把大陆的水源引到岛上。"杨贵非常钦佩老领导带领老百姓苦干八年，将风沙肆虐的荒岛变成绿树成荫的福地。他倾听着谷文昌的叙述，目光灼灼，满怀带领老百姓过上好日子的雄心壮志，想要建设更大的南谷洞水库。可是，南谷洞水库工程建好后，全县其他地方怎么办？是啊，如果我们县有一条漳水这样的河，困扰林县人民千百年来的干旱问题，老百姓吃水、工农业用水的问题就彻底解决了。杨贵眼睛一亮，说："引漳入林！"

众人纷纷发言："可是，从平顺到林县，隔着崇山峻岭，修建一条水渠，谈何容易？"

杨贵坚定地说："再大的困难，我们也要上！"

谷文昌深情地望着窗外的大山，意味深长地说："我曾经多次在东山群众动员大会上说过，搞社会主义大建设，如果没有困难，还要我们这些共产党员干什么？不过，这项工程量太大，没有个三年五年，是拿不下来的。"

杨贵是一位意志坚定的共产主义者，像新中国成立后的社会主义建设者一样，他坚信革命就是干出来的这一理念。一年后，他带领群众修建南谷洞水库。南谷洞水库前期工程竣工不久，杨贵带领林县人民，以"敢教日月换新天"的英雄气概，投入一场更大的农业水利基建工程中。是啊，正像谷文昌所说的那样，我们打着红旗成立了新中国，也要打着红旗建设新中国，让人民过上幸福的生活。1958年，谷文昌给东山的第一座水库命名"红旗水库"；1960年2月，杨贵和林县人民给他们的"引漳入林"工程起了一个响亮的名字——红旗渠。

这次回家，谷文昌看望了一些老战友、老党员和老同事，尤其是老战友谷山青（化名），他与史英萍提着点心来到谷山青家里，向他的家人嘘寒问暖。谷山青一直没露面，谷文昌和谷山青的父亲抽着旱烟聊家常。谷山青的父亲叹着气道出缘由："当年，谷山青跟着谷文昌一起南下，一场惨烈的遭遇战，谷山青与大部队失去了联系。他也分不清东南西北，还因为想家想老婆，就回老家了。他当时以为谷文昌牺牲了，后来听说谷文昌不但没牺牲，还当上政府的大官，为当地老百姓办了很多好事。他觉得自己脸上无光，躲起来了。"谷文昌叹口气说："那都是陈年旧事了，别放在心上。"

这次回家，谷文昌满怀忧患，干旱少雨带来的严重自然灾害一步步向乡亲们逼近。再加上"浮夸风"泛滥、苏联逼债等因素，一场前所未有的危机开始向全国蔓延，严峻考验着谷文昌这一代共产党人。

第十四章　不让东山饿死一个人

历史车轮的惯性、中苏关系的恶化，特别是自然灾害，给包括东山岛在内的中国社会经济发展带来极大的困难，给社会主义建设探索发展带来考验。1959年，全国遭受大面积旱灾和其他自然灾害。1960年，我国有五六亿亩农田遭受不同程度的旱灾、风灾、涝灾，全国粮食产量再度大幅度下降。像全国其他地区一样，东山县在全县推广大食堂制度，谷文昌主持县委工作，想尽一切办法，把更大的精力用在组织生产自救上，密切关注着大食堂里群众的生活。自然灾害越来越重，谷文昌下达了"不准饿死一个人"的死命令。

大食堂时代

1958年七八月份开始，全国农村开展了人民公社化运动。在这场运动中，各村生产队都成立了公共食堂，"吃饭不要钱，老少尽开颜；劳动更积极，幸福万万年"。美好的愿望，激起全国人民高涨的热情。到1958年年底，全国农村公办食堂340多万个，在食堂吃饭的人口占全国农村总人口的90%。东山县适应全国的大形势，也开始大办公共食堂。

一开始，大家在公共食堂里敞开肚皮吃饱饭，但随着有限的集体积累越来越少，再加上自然灾害，有些村的大食堂开始捉襟见肘。一些地区的粮食供应紧张，群众还反映出现了粮食分配不公平等问题。合理分配粮食，加强食堂管理，解决群众的饥饿问题，成了谷文昌施政的头等大事。

谷文昌和县委班子成员认为，越在粮食供应困难的情况下，越要强调粮食分配上的公平。谷文昌调查发现，一些村干部利用手中权力贪污、浪费粮食，并从中牟利，形成占有劳动成果的不公现象。民以食为天，这种不公引起众多群众的不满。怎样做到粮食分配公平？首先必须解决好农村出现的干部和财务人员的贪污、浪费和官僚主义的苗头问题，广大社员群众不患贫而患不均。谷文昌以杏陈公社及其三个大队为试点单位调查发现：在这个公社341个参加试点会议的代表中，有贪污多占行为者多达282人，竟占68％。其中，大队支书和主要干部143人，占本级参加会议人数的47.4％；大队一般干部19人，占本级参加会议人数的31％；生产队长72人，占本级参加会议人数的79％；财会人员107人，占本级参加会议人数的94％。

试点公社发生的这些问题，在全县也具有普遍性。根据中央、省委、地委的指示精神，1959年6月3日，东山县委、县政府召开4000人四级干部大会，在全县农村开展"三反"运动，共查出2259人有贪污行为，占参加动员总数3845人的58.69％；其中，党员613人，占全县农村党员1293人的47.41％。这些人共贪污款项11.1025万元、粮食52024.5公斤、粮票6501.5公斤。数字公布后，广大社员群众看到谷文昌惩处贪污、浪费和官僚主义的决心十分坚定，对此非常满意，觉得公平合理，决心与县委、县政府一起，共同克服眼前的困难。

当时，东山县320个公共食堂中就餐者达12940户，62436人，即全部农村人口都在大食堂用餐。要使粮食分配达到公平，就应该通过用粮的主要通道，即通过抓公共食堂来体现这种公平。为此，谷文昌以县委的名义提出，安排粮食生活保障不出问题，以低标准安排为原则。实行"按人定量，计算到户，集中保管，按月发票，凭票吃饭，节约归己"的分配原则。

鉴于吃饭的实际，为保证粮食分配的公平性，谷文昌挂帅成立"安排群众生活委员会"，县委分片包干，大抓食堂和生活安排，组织140个干部到各食堂深入大检查；成立食堂管理委员会，抽调党团员135人搞食堂，充实炊事员队伍；建立粮食管理制度，按月公布账目，实行民主管理，实行"农忙多吃，农闲少吃；重劳力多吃，轻劳力少吃"的粮食管理和计划用量办法。之后又在每个大队食堂普遍建立副食品生产加工基地，养生猪1202头、家禽家畜3671头；腌三角鱼178912.5公斤，平均每人2.6公斤；腌制多种瓜菜、豆腐40402.5公斤。

公共食堂为广大农民勾勒出梦想家园的美景，吃饭不限量，吃菜不重样，大食堂成立之初，受到社员群众的欢迎。然而，这种超前的消费模式，在物品极度贫乏的年代，逐渐显现出它的弊端。再加上1958年年底，包括东山县在内的福建沿海一带遭受到一场特大台风灾害的袭击，不久又遭受了百年不遇的旱灾，好多地方灾害严重，一度缺粮，大食堂质量逐渐下降。因为缺粮，有些地方的群众得了浮肿病，大食堂制度越来越不能满足群众的生活需要。谷文昌一家与全县人民同甘共苦，因为营养不良，谷文昌和妻子史英萍也得了浮肿病。即便如此，谷文昌依然以身作则，不占国家的一点便宜。

1960年夏天的一个早上，东山县委食堂挂出一块牌子："早餐改善，每人两根油条。"

一天傍晚，谷文昌让二女儿谷哲芬去食堂打饭，谷哲芬端回来满满一碗红薯。谷文昌问女儿怎么回事，面黄肌瘦的谷哲芬回答："打饭的师傅见我瘦小能吃，给我多打了一份。"

谷文昌知道，大家认识哲芬，所以给予照顾。他瘦削的面孔阴沉下来，严肃地说："全县人民都在挨饿，我们咋能搞特殊呢？"他让女儿把多打的饭退回去。

从那以后，他要求家人不要再吃食堂了，在家吃他和爱人史英萍的定额粮食。当时，家里五个孩子，再加上岳母，哪够吃的呢？于是，史英萍自己动手，在房前屋后种些菜给大家吃。

同甘共苦

越是困难时期，谷文昌越是坚持在生产一线，调查研究，参加劳动，带领东山人民尽快走出困境。

一次，他下到东山县礁头村了解情况。午饭的时候，谷文昌和社员一起走进集体食堂。他给大家打招呼，也不看凳子干不干净就坐下来，一下子拉近了与社员群众的距离。

谷文昌拿了一块地瓜正要吃，队长把一碗白米饭放在他面前。谷文昌一愣，环顾四周，几十张桌子上都清一色摆着一盆盆地瓜和一碗碗几乎清澈见底的"稀粥"。谷文昌大声说："这是干什么？"同来的一位干部小声解释："您身体不好，才叫队长特意为您煮了这碗白米饭。"谷文昌严肃地说："我们是党的干部，更是群众的干部。我们要和群众吃一样的饭，受一样的苦，干一样的活，群众才会信任我们。"

生产队的干部惭愧地低下了头，谷文昌的语气亲切起来："乡亲们，既然这米饭端来了，大家就一块儿把它吃了吧。"谷文昌带头用米饭上的筷子夹了一点吃了，社员们也眼睛湿润地吃了一点点。这样轮流了几遍，大家才把那碗白米饭分着吃了。

1960 年，"大食堂"在全国继续推行。集体的积累逐渐吃光了，大食堂里每餐都是地瓜丝煮牛皮菜，清清的一碗稀汤能当镜子照。许多人得了水肿病,脸色暗黄,四肢无力,脚杆子一按一个深窝窝。谷文昌心如刀绞,他在县委扩大会议上说:"我们革命的目的、生产的目的,都是为了解决群众的生活问题。如果我们不关心群众的生活,就是没有群众观点,也就无所谓革命。"

他下了一道死令:"不让东山饿死一个人!"

如何才能"不让东山饿死一个人"?如何渡过眼下的难关,破解当前粮食供应紧张的困局?谷文昌与东山县委班子成员一起,带领广大干部群众,集思广益,众志成城,共渡难关。

在一次重要的县委班子成员会议后,谷文昌通过广播向全县干部群众讲明,粮食工作是当前全党全民的中心任务。全县当前灾情很严峻,县委和县政府具有战胜暂时困难的强大决心和信心;我们坚决相信群众的觉悟,全县干部群众一定要同心同德,战胜困难。

谷文昌带领全县人民采取一切有效措施,抓粮食生产、粮食供应,确保老百姓有饭吃。1960年10月3日,东山县委召开扩干会,谷文昌在会上做了《用最大决心集中力量大办农业、大办粮食》的报告,部署"关于压缩劳力,加强农业生产第一线"的措施,最大可能地增加农村第一线的劳动力:一是县、社、队一切工厂、企业采取该停则停、该缓则缓、该减则减和以弱换强的办法,当机立断压缩劳力;二是缩短非生产性的基本战线劳力,办公楼、宿舍、会议厅等非生产性基建一律停办,今后两三年内一律不办;三是小学生年满十六岁的,动员业余时间参加劳动,全日制中小学生在春夏秋要放农忙假,支援农业生产;四是精简机构,加强基层劳力,实行合并成立大办公室,归口办公,简化层次,节约人力支援农业;五是农村大队专业队实行"定产、定工、定员"的办法,压缩第二线;六是农业劳力的组织、管理和使用,应以生产队为基础,以农业生产为中心,进行综合经营;七是1960年1月以后,未办理手续的流动人口,全数清理回村参加生产。

在谷文昌的带领下,东山所有干部都下基层,组织群众抢种蔬菜,解决粮食问题。卫生院的医生、护士组织医疗队下乡巡回问诊,采取各种措施医治水肿病人。

一天,谷文昌和通讯员潘进福、组织干事林木喜到湖尾蹲点。他白天和农民社员一起劳动,带领群众投身于生产自救。中午、晚上则约农民开会座谈,三餐和大家一样,喝能照出人影的地瓜稀汤。

谷文昌原来就有胃病、肺病的病根,长年的劳累,使他浑身浮肿,气喘乏力。开会时,他两鬓不时冒出豆粒大的汗珠,他频频用手撑着头,按着腹部,大声咳嗽。夜里,虚火上升,牙痛折腾得他满床打滚。潘进福和林木喜看在眼里,疼在心里。两人一合计,跑回县委秘书室开了张证明,偷偷买回一斤饼干。

夜深了,屋外秋风呼号,细雨飞舞。潘进福轻轻走向还在伏案工作的谷文昌,说:"谷书记,我们给您买了一斤饼干。"当时饼干的供应是限量的,很少发火的谷文昌厉声说:"谁叫你买的?不行,给我退回去。"

"我看您没日没夜地工作,人都瘦成这样了……"潘进福忍不住哭了。

桌上的油灯忽明忽暗,谷文昌轻轻拍着小潘的肩头,睁着满是血丝的眼睛慢慢地说:"外面的群众都在挨饿,我这个当书记的能咽得下这些饼干吗?我们是人民的勤务员,不是官老爷,绝不能搞特殊化。"

两个星期过去了,湖尾村的田头屋角全种上了瓜薯苗。谷文昌这才带着潘进福、林木喜返回县里。临走前,谷文昌原封不动地把那一斤饼干交还给潘进福,让他退回去。

在粮食短缺、群众生活最困难的时候,谷文昌忧心如焚,不断地开会,想方设法解决群众的吃饭问题,经常骑着自行车四处奔波。由于长期的劳累,过去革命生涯中落下的老病根时常复发,再加上食宿无常,他有时觉得眼前发黑,天旋地转,几次下乡途中,险些昏倒在地。一天下午,他骑着自行车,与县委秘书长朱炳岩一起急匆匆去往坑北村。原来,这个村出现了群众吃了大食堂的饭菜导致严重腹泻的问题。谷文昌听说后,急忙骑车前往。连日的劳累再加上营养不良,谷文昌在中途身体虚脱,一阵天旋地转,他从自行车上摔下来,额头上满是豆大的汗珠,脸和膝盖在沙地上也擦破了,殷红色的血珠滚出来。朱炳岩急忙停车,扶谷文昌起身坐到路边的一块石头上,关切地问:"谷书记,不碍事吧?咱们回县城包扎一下吧?"谷文昌的肺病又犯了,他大口喘着气,摆摆手说:"能行。"过了一会儿,谷文昌觉得好些了,就坚持推着自行车,拖着沉重的步伐,一步步走向坑北村。

村支书见谷文昌来了,急忙迎上去,请他到大队坐一坐。谷文昌听村支书简单介绍后,说:"先看望群众吧。"

公社医院和村里的医生正忙着为数名中毒社员群众打针吃药。

大队支书羞愧难当,不住地自责:"谷书记啊,都是我不好,选用的这几个炊事员不讲卫生,让大家吃坏了肚子。"一旁的炊事员也连连自责:"谷书记,都是我不好,给群众吃了变质的坏地瓜。可是,我们没有多少好地瓜了。"

群众听说谷文昌来看大家,纷纷走过来,有的还从病床上坐起来。谷文昌摆摆手,安慰大家:"赶快休息吧。县医院的医生正在路上,我先来看望大家。"

谷文昌面色苍白,一脸伤痕,坐在一条长凳上喘粗气。朱炳岩叫来医生,医生给谷文昌脸上和膝盖上擦了一些碘酒,谷文昌忙说:"大夫,快去抢救群众吧,我不打紧。县医院的医生怎么还不来?"

县里的救护车终于开来了,一大群医生下了车,开始抢救腹泻的群众。

天色暗下来，谷文昌这才与朱炳岩骑着自行车往县城方向走。谷文昌开始思考：老百姓的吃饭问题太重要了，一定要想办法解决。这个大食堂怎么走？怎么解决那么多群众的吃饭问题？有没有办下去的必要？

为了解决农民的吃饭问题，东山县全体干部下乡，充实农业生产一线。

史英萍是县妇联科科长，她带头到石埔大队蹲点，参加大食堂劳动。她每天清晨5点就起床蒸饭、打饭，晚上削地瓜、切地瓜丝，经常忙到晚上9点多，中午也不能休息。大食堂一开始还红火，后来粮食越来越少，几乎顿顿吃地瓜，量又少。史英萍吃饭时，还常被饥肠辘辘的大人孩子们围着。她心疼孩子们，就从碗里捞出地瓜来分给孩子们吃，自己经常只喝一点汤。

一天清晨，史英萍照例早起到仓库里端地瓜下锅。身体虚弱的她，一步一步像踩在棉花上，一阵眩晕袭来，她实在支撑不住了，晕倒在地上，生地瓜滚了一地。与史英萍一道蹲点的县委打字员欧尧，赶紧报告谷文昌。谷文昌关切而严肃地问："老史还能不能坚持？"

欧尧回答："她身体很弱了，患水肿，胃痛得要命。"

是呀，我们的机关干部尚且如此，那些群众更加困难。谷文昌迟疑了一下说："真的坚持不了，就回来休息几天。能坚持还要坚持。"

后来，史英萍喝了社员群众为她熬的米汤，感觉好多了，就在石埔大队继续坚持下来。

史英萍是从太行山革命老区走出来的女革命家。幼时家贫，她右手有些残疾，父母没有办法，好心的叔叔说："你这个样子，将来怎能嫁人呢？"为了侄女将来有个好前程，家庭条件好一些的叔叔供她上学。史英萍聪明勤奋，学习成绩出类拔萃，考上县里唯一的中专，毕业后教小学。

这时，她遇见中共地下党员史建秀，从此走上革命道路。再后来，她随大军南下，走上工作岗位后，与谷文昌产生了爱情，喜结伉俪。史英萍无怨无悔，一方面努力做好自己的本职工作，一方面经营这个大家庭，为日夜操劳的丈夫撑起坚强的后盾。

据谷哲芬回忆，那时，爸爸忙得团团转，常常三天两头不见人。有时候，在家吃着饭，有群众找爸爸，爸爸往往放下饭碗与客人谈起工作。如果对方没有吃饭，爸爸就让对方跟家里人一块吃。爸爸喜欢跟老百姓交朋友，有些老百姓一有问题就找上门来。

三年困难时期，一些农民朋友吃不饱也经常来找谷文昌。一开始，谷文昌领着他们去吃食堂，后来谷文昌全家退出了食堂，大家就在家里吃。客人一来，孩子们下了饭桌，家里有什么，谷文昌就让他的农民朋友吃什么。这时候，史英萍常给孩子们喝开水，孩子们吃不饱，饿肚子是经常的事。

谷文昌和县委班子成员，千方百计保障群众的吃饭问题，根据中央政策及时进行农村生产体制调整。

潜然大爱

谷文昌一家持续过着拮据的艰苦生活。一天傍晚，有人在菜市场见史英萍带着大女儿谷哲慧捡别人丢弃的烂菜叶和菜帮，问："史科长，你咋也来捡这些？"

史英萍不好意思地回答："回家喂鸡。"其实，史英萍每次回家都将这些烂菜仔细洗净后，给全家做饭吃。

谷文昌和史英萍一共养育了五个孩子。在北京市朝阳区一所普通民居内，笔者走访了谷文昌的战友、南下老干部王虎前辈。年逾九旬的王老前辈精神矍铄，他向我透露了谷文昌夫妇一些不为人知的故事。从另一个侧面,我们可以了解到谷文昌、史英萍这对共产党员夫妻善良、大义、无私的胸襟和感天动地的事迹。

谷文昌长年在外闹革命,结发妻子不愿意也不能离开故土随谷文昌南下。南下干部中途一度被敌人打散,不少南下干部牺牲,一些掉队的战友因为找不到谷文昌带领的大部队,就回林县老家了。谷文昌总是带头冲锋陷阵,个别回家的战友错以为"谷文昌牺牲了",再加上南下干部居无定所,相当不便利。就这样,家里一年多没有谷文昌的消息。解放前夕,家里得到"谷文昌牺牲了"的消息后,为了养活年幼的孩子,前妻申氏带着年幼的女儿改嫁了。

谷文昌很长一段时间后才听说前妻改嫁的消息。他阵阵感慨,只好把一腔愧疚之情用在为东山人民加倍努力工作上。新中国成立不久,河南大旱,当时的林县山区乡亲们的生活更是雪上加霜。谷文昌接到老家告急的电报,便与新婚不久的妻子史英萍商量怎么办。史英萍明大理,晓大义,丈夫带领群众抓建设,不能离开工作岗位,她就自个儿翻山越岭,只身来到河南老家。

史英萍返回老家——河南省济源县(今济源市)一个世代贫穷的小村子。她去见大哥,由于生活拮据,孩子又多,大哥家几乎揭不开锅了。史英萍眼圈红红的。她与谷文昌刚结婚不久,也想要个孩子呀。大哥大嫂几乎跪倒在她面前说:"英萍,我们啥也不要你的,你把老大带走吧。从今以后,他就是你和妹夫的亲儿子。"史英萍把骨瘦如柴的大侄子搂到怀里,把这个生性聪明但有些顽皮的孩子领回东山。

在太行山一个偏僻、贫困的小山村里,史英萍看望了谷文昌的老母亲。老母亲让史英萍把哲慧带走,南湾村太封闭,孩子上学都成问题。善良的老母亲泪水涟涟,请求史英萍,如果条件允许,把老二哲芬也带走吧,在大山里生活太苦了。史英萍望望天空,咬咬牙,点了头。她知道,带这些孩子回去，不仅是一种负担，更是一种责任。她让人领着找到随改嫁母亲申氏生活的谷哲芬。三岁的小女孩衣衫褴褛，申氏又有了自己的孩子。史英萍鼻子一酸，把自己的衣服脱下来披在小哲芬身上。在征得生身母亲同意后，她把孩子带出大山。

生性善良的史英萍一下子带回三个孩子。之前，她征求过谷文昌的意见，谷文昌犹豫了一下。了解到实情后，他同意了妻子的做法。那天，他去八尺门码头接从河南老家回来的妻子和孩子们。他挨个把孩子们抱下小船，孩子们看着这位身材瘦削、皮肤黝黑的陌生爸爸，不敢吭声。谷文昌拿出随身的糖果，挨个递给孩子们，小男孩不敢接。他把糖果塞给小男孩，摸一下小男孩瘦削的小脸。孩子竟然还没有大名，谷文昌遥望苍茫的大海，决定给孩子取名叫"豫闽"，豫是河南的简称，闽是福建的简称。

此刻，谷文昌更加坚定信念，一定要努力奋斗，让东山百姓，让福建百姓，让河南百姓吃得饱、穿得暖、过上幸福的生活，这是共产党员的责任！

家里一下子多了这么多张吃饭的嘴，两口子几乎勒着腰带过日子。三年困难时期，史英萍经常领着女儿到菜市场捡剩菜叶回家做饭吃。

由于常年工作繁忙、劳累，史英萍很长一段时间才怀上孕。1956年7月的一个深夜，窗外电闪雷鸣，大雨倾盆，一阵紧急的电话铃声响起。谷文昌接完电话，披衣而起。原来，西港一带发生了海水倒灌事故，群众生命财产危在旦夕。谷文昌拿起一把雨伞，一头扎进门外的暴风雨中。谷文昌没拿雨衣，史英萍忙穿衣摸起雨衣出门追丈夫。门外大雨茫茫，早已不见了丈夫的踪影。回家的路上，史英萍艰难地蹒跚着，一声炸雷，史英萍滑倒在地，她的肚子一阵剧痛。电光中，她一摸裤腿，满是鲜血和雨水——她与谷文昌的第一个，也是唯一的一个孩子流产了。由于常年艰苦的革命生涯和紧张忙碌的工作，更为了五个孩子，从此，史英萍没有再要孩子。

为了建设新中国、保护新中国，许多烈士抛头颅洒热血，作出了重大牺牲，而他们的子女，特别是很多年幼的孩子却成为孤儿，这些孤儿很大一部分被新中国建立的保育院、孤儿院收养。福州保育院就是这样一个组织，收养了很多烈士的遗孤。1957年9月，福建省妇联向全省共产党员干部发出倡议，希望给这些孤儿找一个家。史英萍已经与谷文昌有了三个孩子，但是，母性的善良，特别是一个女共产党员的政治觉悟，让史英萍心生悲悯。她看到一位小姑娘，漂漂亮亮，父母在革命战争中牺牲，连姓名也没留下。史英萍抽泣着看完女孩的简介，打电话征求谷文昌的意见。谷文昌长长地叹口气说："她的父母是我们牺牲的战友，一定要给孩子一个家。收养，赶快报名，别让别人抢走了。"于是，史英萍把小女孩抱回东山的家里。小女孩没有姓名，她和谷文昌给小女孩起了一个名字：谷哲英。谷哲英终于有家了，她有了爸爸妈妈，还有两个姐姐，一个哥哥，后来又添了一个弟弟。

生活越是艰苦，谷文昌越想着百姓，越与群众心连心、共命运。谷文昌有许多农民、渔民朋友，蔡海福、林和顺是谷文昌多年的朋友。十六集电视剧《谷文昌》中，有这样一则真实的故事。1959年春天的一个中午，谷文昌正在家跟孩子们一起吃饭。衣衫破旧、满脸菜色的林和顺来找谷文昌，谷文昌一眼便认出老朋友。在解放东山岛期间，林和顺冒着生命危险为解放军收集情报，是谷文昌培养的"红色线人"，也是革命的功臣。谷文昌忙起身把这位农民朋友请到饭桌上，史英萍忙领着孩子们下了饭桌。望着林和顺狼吞虎咽的样子，谷文昌心里一阵酸楚，耐心地与这位老朋友攀谈起来，才知道林和顺的妻子病了，可家里没钱治病。谷文昌和妻子商量，决定自己出钱帮助这位农民朋友的妻子治病，就这样，林和顺的妻子住进医院。一个星期日的早上，史英萍煮了一些红薯，装在竹篮里，准备和谷文昌一起去探望林和顺的妻子。那天雾很大，谷文昌夫妻正走在城郊的小路上，一阵婴儿的哭声从不远处传来，让人揪心。夫妻两人忙走上前，才看清一个三十来岁的妇女，领着一高一矮两个孩子，怀里还抱着一个。也许因为饥饿，这位妈妈没有奶水，怀里的孩子嗷嗷地哭个不停。谷文昌夫妇忙拿出煮熟的红薯分给孩子们吃。谁知，那位中年妇女"扑通"一下跪在谷文昌夫妇面前，抽泣着哀求："好心人啊，救救孩子吧！"

谷文昌夫妇急忙去扶，那位妇女怎么也不起来，泪流满面地说："我家孩子太多，大人都吃不饱，求您帮着收养这个孩子吧。"说着站起身来，把孩子塞给史英萍。史英萍眼睛湿润，小心地接过孩子。谷文昌掰些红薯喂给哭泣的孩子，孩子小脸瘦削，似乎与谷文昌夫妇有缘，一下子就不哭了，一双晶亮的眼睛好奇地望着谷文昌夫妇。谷文昌哄了几下孩子，对史英萍说："英萍，收下吧。"善良的史英萍点点头。谷文昌抬起头来，早已不见了那位妇女的身影。他急忙大喊："大妹子，大妹子，你留个地址、姓名，孩子养大了还你们啊！"四周是浓浓的雾，没有任何回音。

谷文昌夫妇抱着孩子返回家中。一家人省吃俭用，用小米粥、红薯汤养育着这个小生命。姐姐、哥哥们对小弟弟关爱有加，事事都让着小弟弟。谷文昌夫妇对孩子有一份特殊的爱怜，有好吃的、好穿的，总是紧着这个最小的孩子。谷文昌纪念馆里有一张谷文昌离开东山前，与县委一班人的合影，上面那个穿着干净的儿童，就是那个孩子。后来，谷文昌受到"文革"冲击，夫妻俩历经磨难，谷文昌宁可把孩子送到河南乡下老家，也不愿意让孩子跟着自己遭罪。这个孩子就是谷文昌的二儿子谷豫东，豫是谷文昌老家河南的简称"豫"，东是东山县的"东"。

群众立场

谷文昌夫妇把每一位老百姓都看成自己的亲人。在大力恢复生产的过程中，出现了一些过激行为，谷文昌总是挺身而出，帮助百姓解决难题，坚决维护百姓利益。1960年是继续"大跃进"的年头，陈城公社有一个副书记，为了争取渔业的高产，命令渔民下海捕鱼，每次每人捕获250公斤才能上岸。否则，"海做地船做棺材，死也不能回"。众所周知，捕鱼受大风潮流的制约，违背自然规律，就会给渔民的生命财产带来威胁，因此，该命令引起群众反感。大家知道谷文昌是为民做主的好官，就向他报告了此事。曾在城关渔区工作多年的谷文昌闻讯大怒，怒斥这种做法："真是胡闹至极！"陈城公社渔区从此没再发生强迫渔民不顾生命安危下海捕鱼的事情。

1960年，由于严重缺粮引起了社会矛盾。为了解除饥饿威胁，出现了个别社员群众偷公家地瓜或花生等食物充饥的事件，因此受到各种处罚。一些干部采取了罚款和开批斗会等简单粗暴的解决方式。古港大队的惩罚方式更绝：大会批斗加当众脱衣服。一年内在批斗大会上被脱衣服的群众有16人，其中女社员10多人（上衣被脱）。

这天，古港大队正在开批斗会。女社员张某家里孩子多，吃不饱，偷了几粒花生，被押解到批斗会上，要求脱上衣惩罚。张某不肯，大哭大闹，大队干部上前强行脱对方衣服。这件事情正巧被下乡调研的谷文昌看到，他当即制止并批评了大队干部的粗暴做法，当场释放了被批斗的群众。随后，谷文昌在该村召开县委常委扩大现场会上，严厉地批评了一些干部处罚群众的过激行为，他说："从现在起（1961年1月），在农村中除一些惯偷外，对一般社员自私自利拿公家一些东西的都不准叫小偷，叫贪小便宜。因为这种现象明明是我们给人家搞出来的，大集体生产搞不好，个人小私又弄得光光，叫人家不偷才有鬼。这次要把主要矛盾搞清，造成矛盾是我们的错，不是工人、农民的错。"

在场群众听后感动得流下热泪，那位偷花生的张姓妇女和丈夫领着四个孩子"扑通"给谷文昌跪下,感激地说:"谷书记——青天啊——"

不让东山饿死一个人

谷文昌代表东山县委、县政府,要求机关、企事业单位勤俭节约,压缩开支,把省下来的钱为群众买粮食,把省下来的粮食划拨给受灾群众。

谷文昌通过县委要求对全县的可利用资金进行全方位计划。一是缩短基本建设战线。1960年秋,根据福建省委的要求,严格缩短基本建设战线。针对当年度基本建设资金投入过大,全县达到33.87万元的实际,采取严格的紧缩措施进行压缩。1960年度,全县的基本建设投资总额仅为135.99万元,是上年的40.37%。二是压缩集团购买力。从1960年8月起,县委各机关、企事业单位和人民公社的行政经费、办公费中的商品性支出部分依照预算解决50%,非商品性部分支出节约10%—20%。用于购置设备的基本建设费用自行压缩或缓办,工厂企业的生产管理费用和商业部门的商品流转费用降低15%—20%,商品流转费用减低20%以上。不得采取或少采取实物奖励的办法,家居购置等在今后两三年内不买或少买。坚决制止送礼、请客,不准有会议费、招待费。

谷文昌同时整顿财政信贷制度,严格财政纪律,实行全面财政冻结。财政支出方面,"大跃进"期间,由于资金分散,计划外资金过多,财政信贷问题很大。东山县1960年的财政支出达到311.49万元,比1959年的253.21万元增加了58.28万元。为了改变这种状况,谷文昌代表县委要求:根据1960年9月下旬召开的福建省委工作会议精神,实行全面财政冻结。1961年东山县财政总支出缩减为280.34万元,比上年减少31.15万元,其中,预算内支出由1960年的228.97万元,减少为1961年的90.16万元,减少预算内支出138.81万元;而上解支出,则由1960年的82.52万元增加到1961年的138.31万元,增加了55.79万元。县委执行省委关于基建协作、外汇使用等 6 条决定指示，成立了以谷文昌为组长，以银行、财政领导为成员的 5 人领导小组，负责查算冻结基本建设资金，查算全县基建计划内外总共 29 个单位，投资总额 167.5 万元，砍掉非生产性的招待所、档案馆、农展馆等建设资金 16 万元，缓拨食品厂、玻璃厂、炸药厂、电机厂等资金 33.3 万元。全县总共冻结各系统预算内外资金 220.35 万元；同时，成立以县长为组长的包括计委领导负责的 6 人清仓查库领导小组，清理全县 24 个单位 36 个仓库和 7 个门市部，清出各种钢材 17.1 万吨、生铁 8.8 万吨、废钢 4.37 万吨；成立侨汇协作领导小组，协调侨汇 27.5 万元。

与此同时，东山县委、县政府根据中央政策，责令有关部门减少干部、工人和城镇居民粮食供应标准。从 1960 年起减少干部、工人每人每月大米 1 斤，城镇居民的供应量也相应减少。还通过动员城镇居民和部分工人到农业第一线等措施，减少城镇粮食供应 186 万公斤。同时，减少农村缺粮人口供应量。1959 年，全县农村缺粮人口供应量为 262 万公斤，1960 年减少为 159.5 公斤，1961 年减少为 155 公斤。此外，也减少食品业、酿造业的原粮供应。1959 年食品业用粮 41.81 万公斤，1960 年减少至 27.94 公斤；1959 年副食品酿造用粮 4.77 万公斤，1960 年减少到 1.79 万公斤；1961 年，行业用粮改为自行解决。

所有这些些压缩、节俭下的粮食、财物，全部充实划拨给受灾群众。

200 万斤救济粮

东山县最困难的时候，在生产自救的同时，不知多少次，谷文昌拖着浮肿的双腿，深陷的眼窝满含泪水，一次次到龙溪地委、行署申请调拨粮食："东山地处海防前哨，地理位置重要。但是，东山遭受了百年不遇的旱灾，大部分群众处于饥饿状态，请领导重视，不要让群众再下海下南洋谋生了。"

终于，龙溪地委、专署调拨给东山县200万斤粮食。这200万斤粮食，解了燃眉之急，确实挽救了不少人的生命。

时任东山县林业科副科长的林保顺讲了一个那个年代的故事。

1961年的寒春季节，刺骨的北风似乎要把地面上的一切都要卷跑。一天上午，林保顺接到县委书记谷文昌打来的电话，匆忙起身，赶到县委办公室。

"小林，下湖大队闹饥荒，你可得去处理一下。"谷文昌望着这位曾经并肩奋斗过的得力助手，这话像是商量，又像是命令。

林保顺连板凳都还没坐下来呢，他擦拭着脸上的黄尘，掂量着谷文昌这话的分量。是不是因为林保顺是下湖大队的人？可是，林业科的事怎么办？林保顺有点犯难了。说实在的，他这几年来一直与风沙搏斗，"上战秃头山，下战飞沙滩"，在什么困难面前被吓倒过？虽说当时的木麻黄已经培植成功，但还需要精心呵护，所有人都在关注那一棵棵幼小生命的成长，那是每个东山人跳动着的脉搏啊。林保顺的确是舍不下正搞得顺手又火热的事，他朝着县委副书记靳国富看了一眼，靳国富也希望保顺能继续留在林业科。

谷文昌紧锁的双眉透露出一丝无言的痛楚，他语调沉重地说："这可是燃眉之急，先调拨几袋大米过去。群众的事就是咱们的事。"

原来，就在几个小时前，在谷文昌骑自行车从杏陈公社回来的路上，一位中年人把他拦住了，这位中年人是下湖大队队长林庆福，他一把抓住谷文昌的手，大声哭喊道："谷书记，快救救咱全大队的人吧。"

林庆福声音哀伤绝望，谷文昌心急如焚。他立刻和林庆福来到大队的"大食堂"，同行的还有县武装部政委、县委副书记崔天恒。他们亲眼看见"大食堂"的米缸里一粒米也没有了，社员群众大都说已经三天没见到饭花（饭粒）了，全靠瓜菜代食熬日子。饥荒！饥荒！四处都在闹饥荒，乡亲们在生存线上挣扎，残酷的现实无可回避。

谷文昌说："我们是共产党员，到基层同样也能为群众办事。这可是个重担子呀。"谷文昌语重心长，他已经看出林保顺的心思，停顿了一会儿，拍拍林保顺的肩膀，说："知难而进是你一贯的作风。你下去几天，先把事情处理一下，有困难再回来，我们一起解决。"

很明显，县委派林保顺到下湖大队，并不只是因他的老家在下湖大队，更重要的是谷文昌对他的信任，对一位共产党员的信任。谷文昌要求林保顺把解决群众疾苦当作头等大事，希望他把治理风沙的艰苦奋斗精神带到下湖大队去。

"群众哪里有困难，我们就在哪里出现。"这是谷文昌经常强调的一句话，在林保顺临出发时，谷文昌再一次嘱咐他。

三天后，县委正式任命林保顺为康美公社副书记兼下湖大队书记，县委又从番洛钢铁厂调来林牧童（下湖人），任命他为大队长。为加强领导班子，还选派崔天恒为驻队领导。临行前，谷文昌找林保顺谈话："保顺同志，县委需要你到下湖，是临危受命。记住，你到下湖的任务，近期的，是带领社员生产自救；远期的，是带领社员发展生产。你一定要干出个样子来，就像咱们种木麻黄那样。"谷文昌紧紧握住林保顺的手，林保顺知道这紧紧握着的手有多少分量。

林保顺赴任不久，谷文昌又亲自为下湖大队运来了一批粮食。那是谷文昌刚刚从龙溪行署申请下来的粮食，以帮助村民度过眼前的饥荒。更重要的是，谷文昌与大家共同制定了一套"搞生产救饥荒"的方案，在下湖村贫瘠的土地上着手开展抗春荒。

首先是兴修水利打水井。大家管这叫"挖大潭"，每个生产队挖一眼，直到挖出泉水再砌上石头，留有石阶梯便于取水，确保农作物生长用水之需。

二是植树固土。在周围所有山头上植树造林，响应政府的绿化目标："举首不见石头山，下看不见飞沙滩，上路不被太阳晒，树林里面找村庄。"

三是积肥。发动乡亲们到各处收集牲畜粪便，挖池泥，沤稻梗，自造农家肥。此后，谷文昌偶尔抽出时间来到大队，到田地里调查研究。领导们身先士卒，社员们忘掉饥饿，干得热火朝天，不久灾情就有了转机，人们逐渐度过困难时期。

几年后，下湖大队生产得到很大发展，连续被县委、地委、省委评为"先进大队"。奖状和锦旗挂满整个大队部的墙壁，彻底摘掉了"三类队"的帽子。

如今已是耄耋之年的林保顺回忆起当年的情形，无限感慨地说："没想到这'去几天'，一干就是十年。如今，我已经退休了，但我始终忘不了谷书记的叮嘱，群众哪里需要我们，我们共产党人就在哪里出现。这是谷书记留给我们的宝贵财富呀。"

解散大食堂

在实行低水平公平分配粮食、狠抓生产自救的同时，谷文昌代表县委、县政府提出：大种瓜菜、"节约粮食"和"瓜菜代"并行的方针。节约粮食，首先必须开展精打细收运动，提高出米率和对粮食的综合运用。谷文昌号召全县农村各大队开展精打细收运动，对已经收获的农田，普遍组织第二次、第三次收获，共收获原粮84万公斤。这在当时粮食供应紧张的情况下，不是一个小数目。二是适当降低农村社员的口粮标准，每人每天节约粮食75克（一两半），全县6个月可节约粮食128万斤。提倡节约用粮，吃粗吃饱。三是实行对米糠的综合利用，要求米糠综合利用率达到100%，通过综合利用后制出来糠酒、饴糖、油、植酸钙等，还要求吃地瓜不剥皮，吃地瓜干，10公斤地瓜可生产粮食1公斤，以青饲料代替粮食饲料，全县按饲料留粮标准，6个月留粮食饲料48.5万公斤。谷文昌还号召在全县范围内掀起一场全党全民动手大种蔬菜的运动。县委共组织1158人成立了186个种菜专业队，平均每人种3.8厘土地，加上越冬地瓜套种萝卜1868亩，平均每人有6.8厘的菜地。到1960年10月30日，已种下各种蔬菜2499亩，共生产蔬菜930.5万公斤，每人每天能吃上0.5公斤以上的青菜。实行"瓜菜代"，粮菜混吃，全县共节约粮食106.5万公斤。

谷文昌还把目光投向荒山和大海，提出"大抓代食品，向荒山要粮，向大海要粮"。东山县委责令县商业局主抓代食品工作，成立了"大搞代食品领导小组"，专门领导代食品工作，充分利用野生植物和海生藻类代主粮，制造糕饼供应群众。用地瓜藤叶、陆上植物，如蒲姜叶、艾叶、枳壳和浅海藻类虎苔、虎茜、鬃菜、龙须菜、赤菜等20多种野生植物、海生藻类25万公斤制作成代食品。随后，又制作了10万公斤35种花色各样的糕饼供应市场。其中，一种生长在海水里的单细胞藻类植物小球藻被人们当成代食品的好原料，东山县委为此发文《关于大面积生产和使用小球藻的初步调查报告》，号召各单位培养小球藻，以解决百姓营养不良的问题。

谷文昌与县委班子成员一起，在大量调查研究的基础上，实事求是地对东山的农村生产体制、分配体制等作出重大调整，使东山县农业生产在1961年就得到恢复，人民群众的生活比其他县更早脱离困难处境。最终，谷文昌把目光集中在公共食堂上。有人认为公共食堂是"共产主义因素"而加以保护，但是，历经实践考验后，群众普遍觉得"大食堂"既麻烦又不如愿，尤其是吃不饱的问题难以解决；而食堂总是众口难调，不管怎么努力改善食堂，群众都有意见。几经探讨，1961年4月，谷文昌代表县委提出灵活办法:"可以办全部人参加的食堂,也可以办一部分人参加的食堂;可以办常年的食堂,也可以办农忙食堂,在居住分散或者燃料困难的地方,也可以不办公共食堂。最根本的是自愿参加,如果群众要求回家做饭,也是不犯法的。"由于有了县委书记的表态,全县农村的公共食堂,除了坑前村,1961年春夏之间,基本都解散了。

第十五章　艰苦探索

建设社会主义新中国是一项新生事物,无路可循,无经验可搬。特别是三年困难时期,在那个灾荒、饥饿弥漫的岁月里,谷文昌时刻保持清醒的头脑,与县委、县政府班子成员及全县人民一起,依照中央精神,一切从实际出发,调查研究,实事求是,进行了积极而艰苦的探索,避免了一些不切实际的做法,大胆纠正了工作中的一些错误,及时调整生产体制和分配原则,千方百计解决百姓吃饭问题。

实事求是为百姓

1958年,随着"大跃进"的推行,"共产风""千斤稻""万斤薯""拔白旗""放卫星"之风也吹进海岛。在地区评比的图表上,东山县养的猪还不如外县的猪尾巴大。很多人很着急,找谷文昌说道:"谷书记,人家县养的猪上万斤,咱县的才一百多斤,还不如人家的猪尾巴大,怎么办?"

谷文昌心里当然有数,他冷静地说:"实事求是。"

年终,东山县超额完成了生猪调拨任务,在地区评比表上,由猪尾巴变成猪头。

1957年夏秋之际到1958年年初,全国"反右"运动暴风雨般开展。再加上东山地处海防前线,导致"反右"运动扩大化。一批知识分子、爱国人士和党内干部被错划为右派或中右分子,东山县共有36人被打成右派。对此,谷文昌在县干部会议上明确表态:"对右派分子,必须采取严肃与宽大相结合,只要不做特务,不搞破坏,就不做反革命分子处理,也不剥夺他们的公民权。"

谷文昌表态一个月后,他由县委书记被降为副书记。上级派来新的县委书记后,谷文昌仍不顾个人得失,对党的事业不动摇、不泄气,兢兢业业工作,安心当好第一书记的副手。不久,大炼钢铁运动在全国拉开了。

龙溪地委本来没有给东山县分配炼钢任务,东山县委新班子在全国性大炼钢铁热潮的鼓励下,主动请缨,要求参与大炼钢铁。东山县委新班子成立了"钢铁办公室",采取"土法上马,遍地开花"的办法,还派出400多人到外地创办炼钢厂。谷文昌冷静地分析:炼钢一需要原料,二需要燃料,这两样东西东山都不具备。报矿也是乱弹琴,一夜报矿40多种,简直无中生有。

炼钢需要燃料,东山是海岛,燃料资源严重缺乏。有人把眼睛盯上岛内仅有的极少数古榕树,其中,新县城西埔中兴街的两棵树龄400多年的古榕树,也被列入砍伐的"黑名单"。常年在古榕树下做生意或纳凉的群众,赶紧把情况报告给谷文昌。谷文昌不顾个人被上级领导误解的可能,向上级领导汇报了某些人的鲁莽行为,亲赴现场及时制止了砍伐古榕树的愚蠢行为。

在谷文昌的强烈坚持下,大炼钢铁最终没在东山县推广开。县委一班人只在政府大院象征性地砌起一座炼钢的土炉子。当然,像全国其他好多地方一样,这种土炉子没有炼出优质钢来。

在接下来的"千斤稻""万斤薯""放卫星"的岁月里,谷文昌同样保持了一个共产党人实事求是的清醒头脑。报纸上发表"千斤稻"的照片后，谷文昌仔细端详着。他从十三四岁就开始种地，看过报道后，他没有马上在全县推广这一做法。谷文昌眉头紧锁，一根接一根地抽着烟。不讲科学，盲目密植，怎能通风透光？怎么进行田间管理？怎样防止倒伏？这可是政治任务啊！他与班子成员商量后，决定亲自带队去那个村庄考察。谷文昌和县委副书记靳国富带领社员代表，坐船渡过八尺门海峡，又坐公共汽车来到那个"千斤稻"村。这个村人来人往，来自全国各地的参观者络绎不绝。谷文昌看到金色的稻田里，布满密密麻麻的稻穗，很是喜人，有人在那里大声宣讲着这种奇迹。谷文昌冷静地观察。入夜，他叫上靳国富，拿着手电来到那块样板田。他悄悄扒开密密麻麻的稻秆，打开手电细看，发现下面的稻秆竟然是断的，不是从地里长出来的。再细看，整片稻田都是如此。这时，这个村里的干部走过来，谷文昌小声问那个人这是怎么回事。对方是个实在人，支支吾吾地说："为了宣传，我们把其他稻田里的水稻割下来，集中堆放在这里。"

回去的路上，谷文昌对大家说："我们东山不能那样做，否则，会死人的。"回到东山县，他悄悄地向大家通报了参观考察的内情，上级领导仍坚持要密植高产水稻。谷文昌拍板说："先找一块地试验吧。"他和农技人员在埕英大队搞了一分试验田，按照上级要求密植插秧，结果不到一个月，那些稻子的叶子就黄了，根烂了。

在推广"万斤薯"的过程中，谷文昌也坚持先试验后推广。农技人员在山口村找到一亩好地块，施上厚厚的农家肥，再栽上地瓜，密植的地瓜蔓苗壮成长，大家都渴望有个好收成。几个月过去了，大家准备刨出大地瓜。结果，地瓜秧下别说有"万斤薯"，连半斤的小地瓜也看不到。"万斤薯"长出万根密密的根须，根须间爬满密密的虫子。"万斤薯"的经验不能在东山推广。

红薯是确保群众度过饥荒的主食，既然不能盲目生产万斤薯，就要合理密植，生产正常高产的红薯。年逾七十的高瑞珍老人平生最引以为豪的是当年有幸结识谷文昌和史英萍夫妇，老人至今记得谷文昌当年帮助村民种红薯的往事。

高瑞珍是杏陈镇高陈村人。那时，正值轰轰烈烈的"大跃进"时期，杏陈镇高陈村被县里列为"重点农业试验基地"。高陈是一个不大起眼的小村庄，地势较高，交通不便，在当时算是很偏远、闭塞的地方。高陈被列为农业试验区的消息一传开，便在村里掀起不小的轰动。和高瑞珍同龄的懵懂青年们着实兴奋了一番，因为不知这"农业试验"究竟是怎么一回事。谷文昌同其他县领导带着各种粮食作物和经济作物的种子、幼苗来到高陈村。他们安顿下来，就马不停蹄地对当地的农业生产情况进行考察和研究。谷文昌主持召开了高陈大队社员动员大会，详细说明了进行农业试验的目的和方法，然后划分试验区，指派生产小组负责，对不同试验项目分别定下任务。如此，如火如荼的农业生产试验在高陈村开展起来。

和当时的"大跃进""浮夸风"不同，高陈大队的社员们在谷文昌的带领下没有陷入"人有多大胆，地有多大产"的疯狂中，且劳动热情高涨，垦荒种植，同时研究土壤，引进优良品种，在农业生产上取得了空前的发展。

高瑞珍被分配在番薯试验田里劳动。番薯俗称"地瓜"，是东山人当时的主要粮食作物。高瑞珍那年十五六岁，尽管是农村孩子，却从未种过地瓜，竟不知如何下手，只好看着旁人热火朝天地忙。就在这时，谷文昌来到田里，拿起地瓜秧熟练地种起来。高瑞珍惊讶地看着，半天没回过神来。谷文昌也发现高瑞珍站了很久一动没动，便操着不很纯正的闽南语问："你怎么不劳动啊？"高瑞珍慌了神，连忙抓起地瓜秧往地上戳，谷文昌爽朗地笑了："小姑娘真行，能把番薯倒着种？"高瑞珍闹了个大红脸，社员们这才发现"高官"其实也蛮随和的。谷文昌放下自己的地瓜秧，亲身示范教高瑞珍种地瓜。村里劳动的好把式看到谷文昌农活干得那么好，啧啧称赞，竖起大拇指。

没过几天，谷文昌的夫人史英萍也来到高陈种番薯。高瑞珍好奇地来到田里，果真看到一位中年妇女正和大家一同劳动，忙得大汗淋漓。不久，史英萍就同高瑞珍等社员群众熟悉了，她们一起种植番薯，闲时聊天拉家常。高陈大队社员们同谷文昌夫妇的感情日渐深厚。高瑞珍还时常念叨起一件事。那是一个6月的大暑天，火辣辣的太阳炙烤着大地，谷文昌正与高陈大队的社员们一起劳动。"天有不测风云"，大片乌云笼罩了东山岛：12级台风在岛上登陆了。绝不能让已经成活的番薯毁于一旦。谷文昌迅速安排社员们回家避灾。在安置好几个家居危房的群众后，谷文昌拉上史英萍，赶回番薯地。他们找到所有能防止渗水的薄膜和大麻袋，把番薯地盖得严严实实，然后抄起锄头挖通排水道，以免番薯浸水根系腐烂。又猛又急的雨点拍打在谷文昌夫妇的脸上，由于没来得及穿雨衣，他们浑身湿透，头发上的水滴滴答答地流下来。大雨下得越来越快，眼前迷蒙一片。高瑞珍和许多社员群众目睹了这一幕，感动得流下泪水，纷纷上前帮忙。这是淳朴的东山群众对谷文昌夫妇的深深感激。

几年过去了，高陈大队的生产得到了实实在在的发展，一跃成为县里农业生产效益最高的自然村。村道两旁是又粗又长的黑甘蔗，桃园里结着鲜红诱人的桃子，地里种着个大味美的番薯。这一切，凝聚着谷文昌的汗水和心血。

高瑞珍感慨地说："谷书记告诉我们几个年轻人，不要害怕一时的困难。我也觉得，不管当不当官，只要有那么一股子劲，什么干不好？谷书记的鼓励，影响了我一辈子。"

坚决退赔，向群众认错

1958年的"大跃进"和随之发生的人民公社扩大化运动，在生产管理体制上的"一大二公"问题，不执行按劳分配、实行平均主义、大拉平、办公共食堂等问题，一度挫伤了群众的生产积极性，影响了生产，加重了自然灾害后果，引起群众普遍不满。中共中央意识到这个问题的严重性，中共八届六中全会通过了《关于人民公社若干问题的决议》，福建省委也要求集中力量整顿人民公社。东山县委第一书记郭景州上调，谷文昌恢复主持东山县委全面工作。1959年4月7日，东山县委出台了《关于人民公社管理体制和若干政策问题的规定（修订草案）》，决定在全县开展算账整风，纠正干部的不正之风。

整风期间，谷文昌要求面对1957年以来的七笔账做全面处理，主要有：1957年结转超支、剩余款；1958年的决算分配款；1959年1至3月份收入归公社款；耕牛、农具、毛猪折价款（包括旧存盐）的处理；社员以金银、实物的投资账；社员投资粮食及对相互借贷账；债权、债务等。

要全面处理这些问题，有的干部意见很大，说："当初是县委要求平调物资的，不然就拔我们的白旗，不是我们的错。"有的干部害怕在运动中挨整，就借口下田劳动躲避工作组。群众却对此表现出极大的热情。

面对干部和群众出现的不同思想，谷文昌要求县委主动查找根源，认识危害，在县委召开的县、公社、大队、生产队、作业组和庶务长以及社员代表参加的六级扩干会上，谷文昌带头做了自我批评："县委这种主观主义领导生产的作风，不整掉是祸国殃民。"

战国时期，齐国大臣邹忌以妻因为偏爱自己、妾因为害怕自己、客因为有求于自己，都说自己比城北徐公美。邹忌从中悟出自己受到了蒙蔽，从而想到齐威王受到了宫妇左右、大臣、百姓的蒙蔽，比自己更严重，于是建议齐威王广开言路，让社会百姓提意见，然后改正，最终使得齐国在政治上战胜别国，成为战国七雄之一。

如何克服工作中的形式主义、官僚主义等作风问题？东山县委发动全县干部群众向县委和公社党委提意见。全县共5.6万人参加，占成年人数的96%，竟然一下子提出98.2万条意见。有的干部想不通，认为自己辛辛苦苦工作，却引起群众这么多、这么大的意见，很是委屈。对此，谷文昌说："群众对县委提出许多批评，大部分是正确的，我代表县委表示诚恳接受，并决心改正错误。县委不推卸责任，也不能推，驻乡工作组应代表县委承担一部分责任，维护党的利益。"

谷文昌让县委办将群众提出的意见分类，算清账，然后大刀阔斧地进行整改。

首先算清了国家、公社和大队关系的42笔账，共计72万元。对于拖欠群众的18万元，马上还清，其他的逐渐偿还。同时，退还了平调群众的房屋241间、猪舍7103间、农具3116件、自留地2243.67亩等。接着，县委办依照谷文昌的指示，针对群众的意见，提出了24条改正意见并组织实施，如针对生产方面的：今后包产指标不要太高；密植问题下放，由群众做主，不做硬性规定；试验田不要太多；生猪要公私养并重等。

针对干部作风问题，东山县委要求：凡事走群众路线，反对强迫命令；坚决反对"浮夸风"，作风踏实，遇事以理服人；先当学生，后当先生，拜老农为师等。

针对经济上的问题，要求立即还清算账整风中查清的县欠社队款182046元；社员个人分五年还清，每年还20%；今后，来往农产品及各级财政，都要建立严格制度，账目公开，每月公布一次，做到民主管理。

20世纪90年代，广东某些农村开始推广账目公开、民主管理，得到基层群众的拥护。21世纪开始，国内很多农村推广这种财务公开制度，在加强廉政建设方面取得了良好效果,逐渐成为社会主义新农村加强廉政建设的一项重要内容。而在20世纪50年代的东山县,已经成功探索实施了这种财务公开的管理制度。在谷文昌和县委班子成员的共同努力下,全县1958年分配结算后没有落实的剩款,即8285户剩余的33万元逐步退还,6005户超支18万元逐步收回;还落实了过去公社乱调12个大队、各大队乱调85个生产队的物资、劳力、土地等。在算账整风中,原来部分犯错误的干部也取得了群众谅解,有67个干部向群众登门拜访道歉。这一做法和成果,得到全县人民的信任。

整顿人民公社管理体制活动正在进行时,一场"反右倾"运动使整顿工作搁置下来,全国性的国民经济发展困难加剧了。面对农村中出现的严重局面,中共中央发出了《关于农村人民公社当前政策问题的紧急指示信》(简称"十二条")和《关于贯彻执行"紧急指示信"的指示》,核心是全党用最大努力纠正"共产风"等问题。中央这两个文件真是雪中送炭。事实上,继续被"反右倾"斗争所打断的纠"左"进程,成了扭转东山农村严重形势的新起点。福建省委迅速落实中央规定。谷文昌深知"共产风"给群众造成的种种困难,深知基层乃至社员土地财物被"一平二调"政策导致的诸多不公及其损害。他下定决心,结合前段时间开展的整风活动,坚决维护基层和群众的利益,迅速帮助群众走出困境。

1961年1月,谷文昌主持召开县委五级扩大会议,开展整风整社,批判以"共产风""浮夸风"、强迫命令风、生产瞎指挥风和干部特殊化风,给基层和群众带来的诸多不公和困难,要求各级领导,以中央紧急指示信和省委的补充规定,总结经验,史称"反五风",又称"五反"。一番思想动员后,谷文昌把对"共产风"的揭发批判化为具体行动,县委率先对县一级163个机关单位中的"共产风"存在的情况进行清查。查出刮"共产风"的机关单位113个,单被县一级机关平调的各公社的土地就达到 1111 亩、资金 480164 元、劳力 50110 工、山林 2700 亩、各种车辆 7025 件。渔业方面，以城关公社渔业第三大队为例，自公社化以来，到这个大队刮"共产风"的单位有 40 个，共刮走各种船只 249 条、各种渔网 168 件，其他渔具 5260 件，价值 81417.20 元，占大队生产总值的 18.77%，相当于一个全劳力的半年收入。

严肃批判"五风"后，东山县委把工作重点集中放在采取措施组织和兑现退赔上。谷文昌代表县委要求，凡占用农、渔业大队的生产工具，必须退还或折价赔偿。制止盲目发展社有经济，贯彻按劳分配原则，凡在大兵团作战中无偿调用的劳力，必须根据正常年景的工分值水平彻底清理。在县委扩大会上，当即兑现退还平调下级（大队、生产队）的款项 30.07 万元。

为推动退赔工作，谷文昌要求各级领导，本着即使破产也要退赔的决心兑现退赔，县委制定了退赔标准和办法：一是兑换退赔实物必须在 80% 以上；二是原物还在的，原物退回；原物不在，在征得物主同意后，以同类其他实物退赔；三是原物损坏者……四是原物丢失者等价赔偿；五是平调谁的，就退还给谁，必须在清查核实后张榜公布。针对最困难也是最突出的退还平调房屋问题，县委提出，县以上机关占用社员房屋应退还原房……即使占用地主、富农、资本家、反革命分子的房屋，同样按政策处理，该退就退，该还租金就还租金。县委专门成立了以县长杨随山为组长的退赔领导小组。

在东山县委的努力下，东山县退赔工作取得显著成效。1961 年 12 月 27 日，全县平调金额 40.86 万元，退还 39.27 万元，占平调数额的 96.11%。此外，返还自留地 6068 亩，兑换 1960 年分配 38.23 万元；兑现奖励粮、饲料粮、节约归己粮 7.72 万公斤；退赔平调实物 12463 件。

不管是 1959 年的算账整风，还是 1961 年的整风整社，我们可以看出谷文昌这么做的动机：为了维护党的利益，必须向群众认错。由此可见他党性的高度和坚决维护群众利益的高尚情操，可见他全心全意为人民服务的情怀。

在谷文昌纪念馆，笔者看到谷文昌的读书笔记，其中有一页清晰地写着："不带私心干革命，一心一意为人民！"

由此可见，在谷文昌心中，"人民利益高于一切"，这种大公无私的情怀，正是共产党领导人民群众战胜一个又一个困难的根本保证。

生产体制调整

1961年3月22日的中央工作会议，审议通过了《农村人民公社工作条例（草案）》，简称"六十条"。根据"六十条"规定，人民公社各级的规模都不宜过大，特别是生产大队的规模不宜过大，以避免在生产分配上把经济水平相差过大的生产队拉平，避免队和队之间推行平均主义。以生产大队所有制为基础的三级所有制，是现阶段人民公社的根本制度。在生产队和食堂分配给社员的现金和实物中，一般的工资部分不能少于七成，供给部分最多不能超过三成。在一切有条件的地方，生产队应该积极办好食堂。中央的"六十条"在全县干群中，尤其是农村引起巨大反响。一时间，干群奔走相告，群情激昂。

中央的文件来得太及时了，谷文昌和县委领导班子以极大的热情投入如何贯彻落实"六十条"的工作中。如何根据这个文件，实事求是地调整全县农村包括渔区的生产关系，促进东山的农业和渔业生产得到恢复和发展？如何纠正公社化以来在农村实际工作中的若干突出问题，解决群众最大最紧迫的问题，从而调动农民的生产积极性，恢复和发展农业生产？这两个问题成为谷文昌和东山县委班子其他成员关心的问题。谷文昌说，"十二条"贯彻以后，尚未完全解决中国农村所存在的问题，所以，中央制定了"六十条"。现在农村中最突出的问题是存在两个平均主义,主要是生产队的规模还很大,没有得到彻底解决。农业生产能否搞好,生产队是主要的。

人民公社三级建制,从公社到大队,尤其是生产队建制,是社员群众极其关心的问题。过去习惯"规模越大越好"的惯性思维,产生的突出问题是生产队规模过大,造成社员出工不出力。谷文昌认为,生产队大了搞不好生产;规模的大小应该从有利于发展生产的角度考虑。40—50户肯定是大,不好领导,只有缩小规模才有利于领导,有利于生产,有利于团结,有利于安排生活。前何大队9个生产队,规模大的都减产,规模小的都增产。组织规模小,不等于没有"一大二公"。东山的实际情况,生产规模一般可在30户左右,领导能力再强也不可能超过40户。

东山县委最后决定:生产队的组织规模,根据土地的数量和远近、居住的集中和分散、劳力畜力是否搭配得开和自愿的原则,一般在20—30户左右为一个生产队。

县委决策正确与否,要通过基层实践来检验。

工作组在杏陈公社的试点,证明了缩小生产队规模对提高社员积极性带来的积极效果。随即,由杏陈公社初拟了《杏陈公社贯彻"六十条"试点初步方案》(以下简称《方案》)。《方案》提到,1961年4月20日—30日,需要解决四个问题,即春收分配问题、检查落实1961年包产指标和确定增减产奖励办法、劳动工分与口粮挂钩办法、建立定肥料和耕牛管理问题。谷文昌看到杏陈公社的初步方案,备感振奋,他专门进行了批示:《杏陈公社贯彻"六十条"试点初步方案》提到的4月底的四条任务,其他公社均应仿行。各公社要组织得力工作组,紧密结合当前生产,迅速深入地做"六十条"调查工作,为全面开展做好准备。

《方案》及其批示立即转发给各公社并报龙溪地委。

对杏陈公社的调查取得成效后，1961年11月开始，谷文昌通过县委由点到面，分期分批全面开展农村人民公社基本核算单位下放工作。11月5日，县委和各公社党委同时在全县不同地区的11个大队开展基本核算单位下放。在总结工作经验的基础上，11月15日，召开了县、社、大队、生产队四级干部862人的会议，全面展开基本核算单位下放。生产队长普遍反映，过去由于大队和生产队建制过大，听大队公布账目是"鸭子听雷"，看不清，也听不懂。生产队核算规模小了，什么都看得见，管得了，摸得住，算得清。体制下放，缩小生产规模，符合广大干部群众的一致要求。

在广泛调查分析的基础上，谷文昌与县委领导一起对人民公社的三级建制作出重大调整。从公社、大队到生产队的建制规模都相应地缩小。其中，人民公社建制由原来的5个扩大为7个，即再增设樟塘、前楼公社，两个公社原为西埔和康美两个人民公社的部分生产大队。生产大队的规模以相当于高级社规模组成的原则，由原来的44个扩大为61个（其中渔业大队9个），增加了15个大队。生产队由原来的348个增加到530个。1962年3月，他们又继续缩小生产大队和生产队规模，改为大队65个，生产队545个，即增加了4个大队和15个生产队。

在缩小生产队规模的同时，谷文昌以西埔公社坑北大队、康美公社东沈大队为基本核算单位试点。主要做法是，在大队统一领导下，实行以生产队为核算基本单位，各负盈亏，把全大队范围的所有土地、耕牛、农具和厕所等，下放给生产队所有并使用。生产队有权管理本队的生产事业，分配本队直接经营所得的产品收入。大队劳力固定给生产队管理。大队根据粮食和经济作物的全年实际产量和余粮，按比例计算征购任务到生产队。粮食分配，执行"各尽所能，按劳分配，多劳多得，不劳动者不得食"的原则，社员口粮实行"按劳分配为主加照顾"的办法。

东山县积极有效的三级生产体制调整以后，公社、大队和生产队的规模趋于合理。几年来，压在谷文昌心头的生产体制影响农业生产、影响群众生活的问题，终于得到解决。

自留地政策调整

自留地是群众十分关心的问题。人民公社化以后，社员自留地随着时间的推移不断减少。在继续"大跃进"阶段，各地采取了自留地归公的政策，导致集体分配的粮食不够吃，社员生产积极性低下。1960年12月，谷文昌结合东山实际贯彻中央政策，通过县委就自留地问题作出决定，社员自留地按占生产队土地的5%分配，一般每户平均1分5厘。不久，又根据福建省委文件《关于社员自留地的规定》，社员自留地面积有所增加，一般每户达到2—4分，最低不少于1分5厘。8月后，根据省委要求，沿海地区每人要有1分的自留地。1962年秋末，东山县委再根据省委关于农村社员自留地问题的指示精神，结合本县具体情况又做了新政策调整。在地少人多的地区，社员自留地一般占耕地面积的10%，土地特少的地方稍多于10%，一般地区每户可达5分地，即平均每人1分地左右。据此，全县有自留地7797亩，占全县耕地的8.53%。1963年1月，东山县委对开垦荒地作出决定，经过社员大会讨论、公社或生产大会批准，在统一规划下，可以开垦零星荒地。自留地政策得到群众拥护，从自留地生产的粮食，甚至占了全部收入的三分之一，对全县农业的恢复和发展发挥了重大作用。

分配政策调整

分配制度是群众普遍关注的问题。在分配政策上，谷文昌提议，县委研究通过了缩小供给、多数人多劳多得的办法。1961年1月，将东山县集体分配实行"三七开",即集体三、个人七,改为"二八开"或"一九开",即集体二或者一,个人八或者九,全县大部分地区实行"一九开加照顾"。同时落实"包干"奖励政策,实物奖励50%—70%,奖金奖励30%—50%,确定了基本口粮标准:杏陈公社和城关公社的九街大队每人每月5公斤,其他公社、大队每人每月12.5公斤。为保证社员增加收入,要求1961年全县95%以上的社员要增加收入,分配部分占65%,其他扣留部分不能多于35%。社员分配工资占70%以上。这种分配政策的调整,保证了多数人通过多劳多得获得更多报酬,激励了社员的劳动积极性。

东山县委驻杏陈公社的"六十条试点工作组",以埕英大队为试点,针对继续"大跃进"以来社员少出工和出工不出力、养猪数量年年减少的问题进行调研,试行"定工定肥与口粮挂钩"的办法,即基本工分带口粮、多积肥多吃粮的办法,以此推动社员劳动积极性和积肥积极性。

谷文昌结合东山海岛的实际,把群众意见巧妙地引导到贯彻中央政策方针上来,转化为恢复生产的精神动力,这是东山县生产得到很快恢复的主要因素。1961年年底,根据中央、福建省委关于农村人民公社体制下放和"大包干"的指示,谷文昌经过试点,主持起草了《关于农村人民公社实行体制下放和"大包干"的工作底稿》,然后由点到面分期分批全面开展农村人民公社基本核算单位下放和"大包干"工作。谷文昌强调,定指标不要走极端,不要偏高,也不要偏低。

谷文昌主持对生产资料和口粮分配进行了调整。土地调整坚持"基本不动,个别调整"的原则,对耕牛、农具、水利设施、林木、荒山、盐坎、大队企业等,坚持以"恢复生产、照顾群众利益"为原则,进行了大规模调整,为农业生产的恢复提供了良好条件。口粮问题是群众关心的大问题。谷文昌根据全县各公社的不同情况,采取四种不同的分配方式,克服社员留粮标准上的平均主义,既调动了最大多数社员劳动的积极性,又确实保证劳动力少、人口多的农户一般口粮标准不受影响。

东山县对农村政策的调整取得显著成效。首先，农业收成大幅增长，人民生活得到改善。1961年，全县产粮达18056.4吨，比上年增长了18.44%，全县人均原粮加上小自由生产的粮食，每人每月可达到14至15公斤。1962年，东山虽然遭遇了严重的旱灾，但粮食总产量仍达到18755.75吨，比上年增产3.87%。全县农村人均集体收入达到52.32元，比上年增加了32.17%，每个工值达到0.55元，比上年增加61.76%。

农村生产体制的调整是一个系统工程，谷文昌把目光继续投向农产品交换市场，即农贸市场上。东山县委继续专门下文允许扩大农贸市场的经营范围。农贸市场搞活后，谷文昌不失时机地加强市场对接，从体制和分配政策上调整渔区生产关系，充分调动了渔区农民和渔民的生产积极性；同时，东山县委采取措施促进其他行业发展增长，如盐业、养猪和农产品收购等。至1962年年底，东山县盐业生产总产量为96779吨，比上年增长58.02%；毛猪存栏数27012头，比上年增长54.86%；主要农产品收购总值480万元，比上年427万元增加12.41%。商业零售额、财政收入比上年均有增加。

这些成绩的背后，凝聚着谷文昌和东山县委一班人辛勤的汗水。为了贯彻落实好中央政策，顺利调整生产关系，迅速恢复生产，让老百姓吃饱饭，谷文昌继续大兴调查研究之风，经常拖着疲病之躯，深入农村、渔港、林区，参加农业生产，与老百姓心连心，同呼吸，共命运。

谷文昌一心一意为百姓，他和县委班子成员一起，实事求是地为东山的农村生产体制作出重大调整，使东山县农业生产在1961年就得到恢复，人民群众的生活比其他县更早脱离困难处境。而他们一旦出现好转，就响应政府号召，大力支援其他灾区的老百姓。河南林县的一些老干部回忆，在林县最饥饿的年代，来自福建省东山县的一些粗制食品，虽然解决不了大问题,但救了不少人的性命。从那个年代过来的东山人动情地说:"三年困难时期,谷文昌那时候在我们这里干县委书记。我们东山县不仅没有饿死一个人,还在他的带领下艰苦奋斗,植树造林、修建水库。那个时代谷文昌带领修建的一系列工程,至今仍造福东山百姓。"

这就是谷文昌,他和县委班子成员在三年困难时期探索实施的一系列措施,在国民经济发展困难时,应了民生之急,最大可能地解决了群众的生活问题,对调整和恢复国民经济,对稳定海防前线的人心,发挥了重大作用,充分体现了谷文昌关心群众、以保护群众利益为己任的高尚情操。

第十六章　第二次回林县老家

谷文昌一直关注着老家林县，安阳地委、行署和林县县委、县政府时常发给谷文昌一些老家社会主义建设的消息。谷文昌欣慰地收到"老家的南谷洞水库开始建设了""南谷洞水库一期工程完成了"等从老家传来的喜讯。

老母亲想念远在福建的谷文昌一家。家里没有电话，每每收到谷文昌的来信，满头银发的老母亲就让识字的侄子侄女或村里其他识字的人，一遍又一遍地念，又找人给远方的儿子写信。南湾村四周都是大山，老母亲常踮着小脚来到石板岩公社驻地，或让出山的乡亲把信邮到福建。

久而久之，老人有些疑虑，儿子在外面为国家、为人民干大事，不能老写信耽误孩子。但是，老母亲的另一个习惯没有改，她老人家常常爬上西山口望着远方，那是大儿子和二儿子出走的方向，也是他们回家的方向。

虽说忠孝不能两全，谷文昌工作很忙碌，但是，空余时间，他经常给老母亲写信，为母亲寄些钱和粮票。老母亲和老家的回信，经常让他振奋。上次从老家回来不久，他收到老家的一封来信，说南谷洞水库开工建设了。南湾村正处在山沟沟里，为了水库蓄水，山沟里的人家全部搬迁到村南山坡上，政府为十几户搬迁的人家盖起了石头瓦房。笔者去南湾村走访时，见到那十几家坚实的石头瓦房，既朴实又坚固。后来，谷文昌又听说南谷洞水库已经建成并储水成功，家乡百姓的吃水和用水问题终于解决了。

1959年冬，谷文昌回东山不久，全国遭遇了一场罕见的大饥荒，河南、山东、安徽、四川等重灾区，百姓生活困苦，甚至出现了饿死人的现象。谷文昌多次打电话或写信询问老家的灾情，从中了解到一些情况。在灾情日益严重的情况下，谷文昌领导的东山县委、县政府班子成员，立下了"不让东山饿死一个人"的誓言，采取一切措施生产自救，活跃农贸市场，解决了百姓的吃饭问题。灾情最严重的时候，谷文昌与群众发明了一种用海藻和谷糠合成的饼干，帮助百姓渡过难关。谷文昌没有忘记家乡贫困的乡亲们，他带领东山百姓率先走出困境不久，就支援周边县的群众。当听说林县的严重灾情后，谷文昌就调拨出一部分海藻饼干，支援数千里以外的林县灾区。有些老年群众还记得，当年那些来自福建省的海藻饼干，尽管做工简陋，但在临时解决林县一些老百姓的饥荒方面，发挥了积极作用，受到当地群众的欢迎。谷文昌大量引进林县犁及其他农具，促进了东山上千年落后耕地农具的更新换代，使农业生产效率大大提高，也增加了林县集体企业的收入。

困难压不垮英雄的林县人民。就在林县灾情日益加重的情况下，他们动员全县百姓，发扬战天斗地的精神，开始了一场堪比修建万里长城的工程，即伟大的红旗渠工程。1960年2月，春节后一上班，谷文昌收到一封来自老家林县的信函，里面是一份《引漳入林总动员令》。

1960年2月10日（农历正月十四），林县引漳入林总指挥部召开全县广播誓师大会，参会党员干部群众四十多万人。总指挥部政委、县委书记处书记李保运，代表红旗渠总指挥部向全县人民发出了"引漳入林"总动员令。

这是一项彻底改变林县面貌的决战工程,凝聚了几代林县人的梦想。这个工程将有20至25个大水管的流量。工程建好后,水流会像一条运河一样,源源不断地流进林县全境。从漳河南岸到淇河两岸,从太行山的半山腰,到达东岗、河顺、横水、采桑、东姚等山区丘陵盆地,从山西坟头岭到合涧,不仅能用渠水浇地,还能发电。

动员令说,经过1958年和1959年的大办水利,各级领导和群众积累了丰富的水利建设经验,培养了无数的技术人才,树立了敢想敢干的共产主义风格,引漳入林工程定于1960年2月11日开工,5月1日前竣工。

……

谷文昌热血沸腾。此刻,他刚刚带领东山人民完成了绿化东山岛的伟大杰作,又带领东山人民投入一个又一个利民工程建设,他正带领大家深入基层调研,组织春耕生产,竭力做好抗旱工作。引漳入林工程如此浩大,没有个五六年是完不成的。他抓起电话,打算与林县县领导谈谈自己的想法。可是,他又把电话放下了。他知道,军队贵在士气,群众的积极性至关重要。愚公移山,精神第一。

尽管红旗渠工程施工环境异常艰巨,但是只要林县人民发挥蚂蚁啃骨头的精神,就一定能争取到最后的胜利。其后,红旗渠建设的捷报一个接着一个地传来。谷文昌与老家人民遥相呼应,他带领东山群众继续向困难挑战,相继领导建设了湖尾地下引水工程、八尺门海堤工程和西海海堤等多项泽被后世的工程。

三年困难时期逐渐结束。中共中央认识到这场灾害的严重性与危害性,于1962年1月11日至2月7日,在北京召开七千人代表大会,出席会议的有中共中央、中央局、省地县等五级领导干部共7118人。会上开展了批评与自我批评。会议初步总结了1958年刘少奇同志担任国家主席后,"大跃进"发生的经验和教训。会议号召鼓足干劲,发展生产。谷文昌有幸参加了这次大会。会上,他见到日夜想念的伟大领袖毛主席、刘少奇主席、敬爱的周总理和朱德总司令等中央领导。他聆听大会的精神,聆听党中央坚决贯彻执行八字方针、促进国民经济恢复和发展的指示精神。这些政策几乎与东山县委、县政府的探索发展道路高度一致,更加坚定了谷文昌带领群众发展生产、恢复国民经济的决心和信心。

距1959年谷文昌第一次回家,又过去三年多了。

谷文昌在北京开完会后决定顺路回家,看一看年迈的老母亲。上次回林县老家,他没去山西看大哥。这次回家,他决定先去山西潞城看望一下大哥谷程顺,毕竟最初是大哥带他走出大山的。这三年,不知道大哥一家情况怎么样。谷文昌风尘仆仆赶往山西。潞城山清水秀,雨水丰沛,在这次困难中并未受到多大的影响。大哥大嫂一家在家务农,生活平平安安。

其实,大哥一家早就听说过谷文昌在革命年代的成绩,对他领导福建东山县百姓战胜自然灾害,走上社会主义幸福道路也早有耳闻。兄弟两人回忆起过去苦难的岁月,有说不完的话。谷文昌勉励几个晚辈,要好好劳动、认真学习,为社会主义建设添砖加瓦。谷文昌要回老家看望母亲,大哥一家送了很远。想当初,为了生计,谷文昌在这一带打短工。那年秋天,兄弟两个挑着二百多斤小米回家,风餐露宿,日夜兼程,行走在太行山中,向着崇山峻岭东边的老家河南省林县南湾村走去,向着饥肠辘辘的家人走去。

1962年2月14日,谷文昌回到阔别三年的家乡。春寒料峭,正值农闲时节,村里的人很少,青壮年劳力大都上了红旗渠建设一线。都说母子连心,这天,母亲桑氏不由自主地走出村外,迎面看见风尘仆仆的谷文昌从远方走来。裹着小脚的老母亲揉了几下眼睛,她似乎不敢相信这是现实。谷文昌紧走几步,紧紧抓住母亲满是老茧的双手。

母亲脸上的皱纹多了,头发全白了,身体更加瘦弱。母亲桑氏端详着谷文昌,儿子头上白发也多了,脸色更加清瘦。谷文昌扶着老母亲向村里走去。听说谷文昌回家了,村里留守的老人和孩子纷纷出来迎接。母亲指一指眼前的大水库,说:"自打南谷洞水库修好后,咱吃水方便了,庄稼也浇上水了。来年春耕,有水浇地了。政府给咱这几家拆迁的乡亲全盖了新房。"谷文昌一眼望去,山沟沟里原来的一片旧村落消失了,被一大片水面淹没。他扶着母亲走上台阶,看到了石砌的新家。新家中,依然是北方农民的家庭陈设,墙外挂着几串玉米,屋内正中挂着毛主席像。谷文昌搬一只小木凳,让母亲坐下,诚恳地向母亲汇报:"儿子一心扑在工作上,全心全意为东山百姓服务,没给母亲和九泉之下的父亲丢人,没给南湾村和林县乡亲父老丢人。"谷文昌还向母亲汇报,他这次去北京,见到毛主席、刘主席、周总理、朱总司令了。其实,对于毛主席,林县和全中国的老百姓至今有着一种特殊的感情。老母亲郑重地望着家里的毛主席像,哽咽地喊:"毛主席万岁,毛主席万岁!"

母亲询问史英萍和孩子们的情况,谷文昌说孩子们长大了,哲慧高中毕业了,哲芬和豫闽上初中了。母亲要休息了,谷文昌为母亲铺好被褥,烧好炕,把烧好热水倒在木盆里,调好温度,然后将母亲扶到炕上,坐在母亲面前,给母亲脱下鞋子,打开裹脚布,把母亲的小脚泡在温水里,为母亲洗起脚来。

一大早,谷文昌又把母亲的尿壶端出来倒掉,开始打扫院子。然后,向坡下面的南谷洞水库走去。

这年的春天来得早一些,正月十五前后,南谷洞水库残冰消融。南湾村下面是南谷洞水槽,1961年8月15日竣工,向上走700多米,是南谷洞水库。此时,水库和水槽内碧波荡漾。谷文昌在水库边的小路上转悠着,心惬意地看着家乡的山山水水。有人说,水是大山的眼睛,过去这里留不住水，千百年来一直干旱。如今，大山有了眼睛，南湾村、郭家庄以及周边十几个村庄的老百姓走上了康庄大道。然而，这里毕竟是曾经交通闭塞的大山。在没有修通通往山外的道路之前，这里的好多乡亲没见过拖拉机、汽车，更没见过火车、飞机。南谷洞水库修建之前，村里好多人没有吃过，甚至没见过大鱼。谷文昌回家期间，看到一位老乡在水库里钓了两条大鲢鱼，却不知道怎么吃。那人将鱼头砍去，丢在地上。谷文昌看到后，上前帮忙。他帮着捡起来大鱼头，说："这种鱼叫鲢鱼，南方水多，鱼也多。东山县四面是海，有专门下海捕鱼的大船，专门去海里捉大鱼。鱼头很有营养，不能丢。吃鱼前要刮去鱼鳞，掏出鱼的五脏。剖鱼时千万别碰破鱼的苦胆，否则整条鱼就苦了。"他把鱼背上的一根青筋拉出来说："抽去了鱼背上的这根筋，鱼就没有腥味儿了。"他还告诉这户人家如何炖鱼、蒸鱼："做鱼留汤，千万别加花椒，可以加葱花、鲜姜。"从此，村里好多人知道怎么做鱼吃鱼了。

谷文昌又走访了村里几位老党员、五保户和老农会会员。他还是没有忘记那位一起南下的战友谷山青，提着点心来到谷山青家里。谷山青年迈的父母在家，谷文昌与两位老人拉家常，再一次问起谷山青。老人说："感谢党和政府，咱们村吃水再也不用跑到很远的地方了。山青是石匠，年初七就上红旗渠建设工地了，大队里的其他青壮年劳力都去了。"

谷文昌与红旗渠有着不解之缘，他一直关注着这项伟大工程。他一生与革命的红旗密不可分。1958 年 10 月，他带领东山乡亲们修建的第一座水库叫红旗水库。他后来下乡的地方叫红旗村。再后来，他带领龙溪专区的党员和群众代表，多次组织学习红旗渠的经验和精神。他这次从山西回家，希望目睹建设红旗渠的壮举。

1962 年 2 月 16 日，谷文昌决定去红旗渠建设一线看一看。他不想惊动地方政府，在本家侄子谷果（化名）的带领下，他们徒步走出家乡。他爬上石板岩通往外界的崎岖山路，感慨地对随行的谷果说："如果将来能凿出隧道，修一条通往山外的公路多好呀，乡亲们出山就容易了。"谷果从小崇拜叔叔，他听着谷文昌的话，心中默默发誓，一定努力学习、工作，像叔叔说的那样，为乡亲们修一条通向山外的道路。几年后，谷果参与了石板岩公社通往县城道路的修建工作。石板岩的乡亲们在一穷二白的条件下，修出了一条通往山外的挂壁盘山路，其中特别凿出一条一里多长的隧道，至今仍是石板岩镇通往外界的交通要道。

谷文昌一行跋涉了十几里，坐上一辆拉石灰的马车，才来到红旗渠建设一线现场。举目望去，尽是叮叮当当打石头、凿石头的人们。北风携带着料峭的春寒吹过，漫山遍野红旗飘飘，口号声此起彼伏，不时传来哨子声、爆破声，没有开学的孩子们打着竹板给大人鼓劲，一派昂扬向上的景象。石板岩公社的随行人员说明情况，介绍谷文昌是南湾村的老干部，来工地看看。谷文昌戴上安全帽，扛一柄大铁锤，跟随行人员走上工地。一个小伙子正在起劲地凿石头，谷文昌拍拍小伙子的肩膀说："凿得不错，我来试试。"他接过凿子，坐在一块石头上，右手持锤，左手拿凿，一下又一下凿起来，手法娴熟老道。谷文昌说："凿石头很有讲究，要凿出纹理来。一靠经验，二靠巧劲。"他讲起来滔滔不绝，小伙子会心地点点头说："您是行家。"

谷文昌说找个人，有人问找谁，他说找谷山青，他们同是郭家庄大队南湾村的，好多人摇摇头。二十多个公社，数百个村庄，工程量太大了，不好找。

谷文昌很想见一位老战友——马友金。解放前，两个人曾经在林北解放区一起工作。谷果与谷文昌到一处工地上，谷果问大家，谁见马友金县长了？他是总指挥长。好多人摇摇头，这里只有出工干活的社员群众，不知道谁是县长，谁是总指挥长。前面有几个群众正在砸石头，人群中有一条大汉，身材高大，皮肤黝黑，呼呼地抡着大铁锤，一下又一下，准确无误地砸在钢钎顶上，一看就知道是一位老石匠。谷文昌见对方有些喘气，凑过去说："让我砸几下吧。"满脸石尘的汉子把大铁锤递给谷文昌。谷文昌瘦弱的身材稳如泰山，抡起大锤一下又一下砸起来。有人在那个汉子耳边说了几句，那个汉子低头端详了几下，大叫："哎哟，谷区长，老领导，您好！我是马友金。"

有人接过谷文昌手里的大锤，谷文昌喝一口凉白开，与马友金和工地上的群众畅谈起来。谷文昌伸出大拇指，连说几句："我们林县人了不起！"

马友金向谷文昌讲起三年来红旗渠工程的进展情况。1960年开工至今，本打算当年五一前完工，然而，困难超出了想象，主干渠工程完成了，还有好多分支工程没完成。眼下正值农闲，全县的社员群众再一次被动员起来，投入红旗渠建设中。

大家兴奋地聊起来，谷文昌聚精会神地听着。在建成红旗渠这一伟大工程中，涌现出许许多多可歌可泣的动人故事。谷文昌返回东山后，在漫长的岁月里，他经常打听有关老家建设红旗渠的故事。

任羊成是排险能手，是从修建南谷洞水库中涌现出的劳动模范。他响应县委"重新安排林县河山"的号召，和全村90多名社员奔赴南谷洞水库工地参加建设，拜石板岩公社下崭采药能手王天生为师，学习下崭放炮。工地上哪里艰险他就往哪里闯，什么活苦他就拣什么活干，人称"小老虎"，他还在工地上加入了中国共产党。引漳入林工程动工后，任羊成转移到红旗渠工地劈山修渠。放炮后，经常有松散的石头掉下来，给崖下修渠民工带来很大危险。为了保证施工安全，领导决定成立除险队。任羊成第一个报名，被大家推选为除险队长。他终日带领队员腰系大绳，飞崖下崭，凌空除险，扫除障碍，被群众称为"飞虎神鹰"。他几次从半崖上摔下来，掉到荆棘窝里，浑身扎满了枣刺。有一次石头落下来，砸掉他三颗牙齿，但即便这样，他也不下火线。

林县北山后有七个大队，群众树立改天换地的雄心壮志，发扬愚公移山精神，开山修渠，把漳河水引进北山。他们修了30多里盘山渠道，绕过100多个山头，跨过70多条深沟，凿通12条总长12华里的隧道，工程艰巨，困难重重。在困难面前，他们信心十足，组成"愚公连"，和其他大队的民工带着毛主席的著作，艰苦奋战。随着河水上山，山上8000多亩土地有5000多亩得到自流灌溉，2000多亩可以提水浇灌。人们高兴地唱道：

层层梯田层层水，山山水水紧相连。
当代愚公多壮志，北山从此换新天。

民工的生活异常艰苦。一开始，他们在石岩上扎营，露宿荒野。后来，居住条件有所改善，不再无遮掩野外露宿了，大多驻扎在民房或自搭的窝棚内，有的住在天然洞里或新凿的窑洞里。由于缺乏取暖设备，民工们夜里要遭受寒冷的袭击。盛夏时节，为了防止蚊子、臭虫和虼蚤的叮咬，有的民工想了个办法，把床单儿缝成一个口袋，睡觉时把衣服脱光，钻进口袋里，只露出一个头，把脖子梗扎紧，这样睡觉时身上就不会遭受蚊虫的叮咬了。不少人开始效仿。

2017年冬天，笔者在去林州采访的公交车上，遇见从石板岩中学退休的老师杨来运，他听说笔者是写谷文昌的作家，便激动地谈起谷文昌与红旗渠的故事。杨老师的母亲老家是南湾村人，论辈分他叫谷文昌舅舅。修红旗渠那阵子，他正上小学。那时全民总动员，青壮年劳力，不分男女，农闲时全部被动员到修红旗渠的第一线。星期天、节假日，中小学的孩子们，也几乎全部到修渠一线。当年还是小学生的杨来运就负责在现场说快板书，为干活的大人们加油、鼓劲。那时的早饭是小米稀饭，饭里有时有晒干的扁豆粒儿，一人一大碗。有时喝稀饭配蒸红薯，蒸红薯要用秤分，不能多吃。杨来运到工地的第一顿饭是玉米渣稀饭，稀饭里有几片菜叶，菜是从山上采回来的一种叶子。由于浸泡的时间过长，叶子的苦味没了，还有点香味，每个人差不多喝两碗能够喝饱。早饭吃的是小米稠饭。

谷文昌在红旗渠建设工地上的时间很短，他与其他社员群众一样，早上吃稀饭，中午吃一个小黑馒头。他是从苦日子里走过来的，当然吃得惯。可是，民工们如此高强度的劳动，真的能挺住吗？杨来运最大的感受就是饥饿。当时，林县人民的生活艰难困苦，基本的粮食供应还是个大问题。为了解决吃饭问题，工地的伙食人员想尽一切办法，努力提高民工生活质量，其中有这样几个故事。

临淇公社民工食堂的炊管人员，试验用炒米吃"跃进干饭"的方法：先将米用锅炒一下，以不变色为止，然后每个碗内放二两米和一个小苏打片，加水三倍量，放在笼内蒸一个小时即可。如此，一斤米可以蒸出八碗硬米饭。

东岗的大河连食堂，为改变晚上喝稀粥的老习惯，解决民工一直反映的饥饿问题，试验成功三两米吃硬干饭：炊事员先将鲜菜在锅内烫上八分熟，然后捞出来沥干切碎，加上调料，再依照每人平均计算的三两米也蒸成八分熟掺在一起。如此，三两米能蒸出两碗干饭，另用一两米粉碎喝稀汤。只用四两米，民工就吃得非常饱。

姚村东张连食堂，先将南瓜条等鲜菜烫好、沥干，加上调料掺上面，每六两面能蒸出一斤多，吃菜不见菜，民工吃得饱。

谷文昌知道，这是老家由于粮食物资缺乏，没有办法的办法。他尝了一口一斤米蒸出来八碗的硬米饭，深切地体会到老家人的智慧、坚强和无奈。回到东山后，他向大家介绍了老家修建红旗渠的事迹和精神，介绍了他们的坚强和困难。东山人民已率先度过困难时期，粮食、渔业、工商业以及商品经济有了一定的发展。因此，在谷文昌的建议下，东山县从多余的粮食中拨出一部分运往红旗渠建设一线，或用结余的财政资金，在河南当地购买粮食，直接供给红旗渠生产一线。这一点，有资料记载。不止一个民工记得当年吃上了从福建东山调来的粮食。

第十七章　批评与自我批评之风

批评与自我批评是中国共产党的三大作风之一,谷文昌是实践批评与自我批评的典范。

1962年,三年困难时期终于过去了,它带给共和国建设的经验和教训却是沉重的。这年1月11日到2月7日,全国七千人代表大会在北京召开,会议的主要精神是总结经验,统一认识,加强团结,加强民主和法治,切实做好国民经济的"调整、巩固、充实、提高"的工作。党中央在这次会议上讲民主作风,谷文昌非常激动,深刻地体会到,要搞好党的各项工作,县委领导班子成员首先要畅所欲言,以此敞开心扉,统一思想,更好地开展工作。谷文昌这次回河南老家,还收获了红旗渠建设的故事和艰苦奋斗的精神。4月7日—10日,谷文昌主持召开了东山县委领导班子民主生活会,参加会议的除县委书记谷文昌外,还有其他常委、委员、候补委员一共十八人,这是一次别开生面的、活跃民主生活、发扬民主作风的生活会。谷文昌表示,我们今天的会议要根据中央七千人代表大会精神来开,不论集体或个人,对事不对人。畅所欲言,目的在于达到更进一步的团结。

翻开东山县委当年的档案,我们看到谷文昌当年在民主生活会上的发言。谷文昌率先检讨自己:"我首先检讨个人问题。在发扬民主方面……走群众路线比较差,不能平等待人,所以,这几年的工作不深入调查研究,而是走马观花,方针政策贯彻不好,既说服不了别人,也说服不了自己。我们县委几年来言行上有些不一致,对自己的改造较差。"

谷文昌还自我检查了在"反右派"等历次运动工作中的缺点和不足:"过去对几种不同意见、形成决议前的民主工作做得不好;在工作方法上存在问题,分工分口分片工作没有解决好;在贯彻执行政策问题上很被动,在'反右派''拔白旗''三反'等工作中,在很大的压力下处理了一批人;在大办食堂、公养毛猪问题上思想简单化,存在一定的主观主义作风。"

对在历次运动中受处理的问题上,谷文昌代表县委主动承担责任:"下面违法乱纪,县委是要负责任的——错误的根源,在于县委对民主集中制发扬不够,民主与集中不协调,有的光民主不集中,有的是集中了小民主,使得有些事情产生了是是非非分不清楚……我们的作风不纠正,不利于生产,不利于团结,不利于党的事业。"

为了鼓励大家真诚地对他自己和县委领导班子成员提意见,谷文昌坦言:"我今天代表县委向大家做了检查,不够的地方请同志们揭发、批判,帮助我们纠正错误,我们有决心改正。同志们,不要用老眼光看问题,过去几次运动都是整大家的,这次不同了。县委愿意通过'五反'运动来改进作风,希望你们大胆提出批评,县委坚决做到'四个保证':保证不报复;保证不压制民主;保证虚心接受同志们的批评;保证和同志们过好社会主义关。"

在谷文昌的率先垂范下,县委的其他领导也各自坦诚地做了自我批评,大胆地分析了三年困难时期在工作中出现的一些不正常现象:

一是生活会和理论学习会少了。常委与委员之间交谈通气比较差;

以领导开会来代替组织会议，开会以事论事多，研究问题少；县委领导到公社具体做思想工作的力度不够。

二是"大跃进"期间出现了以"共产风"为首的"五风"，虽然是下面搞的，但又是上面压下去的。"浮夸风"问题，县委要求公社的产量都是超历史，指标要求也过高。搞大地瓜，浮夸到每亩3000吨，即每亩600万斤，确实严重脱离了实际。但是，下级不敢说，怕被戴上右倾的帽子。瞎指挥问题，领导要求统一收、种，下级尽管思想不通，有意见又不敢提，只好勉强执行。

三是领导生产具有盲目性，没有计算成本。如大炼钢铁、搞大地瓜、"十三包"，导致最后收不了场。

四是县委有偏见。有时了解落后材料固定到一个公社，导致这个公社被批评的情况多，很少解决实际问题；了解先进材料就到先进地区去，变成差的总是差、好的总是好的现象。这样做对落后队的干部思想压力很大。

五是1958年以后，工作作风有问题。领导把基层干部当作完成任务的工具，工作开展不起来就反干部，把斗争作为搞工作、完成任务的手段，导致干部一个接着一个被反下去。

六是"反右倾"运动，连县长都被反成右倾分子，下级干部很害怕，认为以后少讲话为好，不要乱讲话。一旦遇到什么事情，心里就不安：自己是不是右倾了？工作因此被动，领导说什么才干什么。

七是会议太多，旧的会议精神还未贯彻，新的会议又来了；基层干部被批评多，被表扬少。

这次民主生活会上，县委办主任林周发的发言更加深刻："三面红旗"与工作缺点的关系。从中央会议、公社决议提出"一平二调"，不能简单地归为公社问题。说"三面红旗"是正确的，错都是下面的，这种观点导致有些人思想上不服气，有些问题应该是上面也有部分责任。

在对三年困难时期以来县委存在的问题做了自我批评后，谷文昌又带领大家民主地分析了产生上述问题的原因：

一是上级领导充分发扬民主的作风做得不够，民主生活不正常。群众对向领导提意见有思想包袱，担心被认为是目无领导，甚至是反领导，无所适从。所以，干群关系、上下级关系不正常。

二是各级领导思想上总担心立场出问题，导致有"左"的情绪。"反右倾"后大家思想压力较大，尤其是一些家庭有历史问题的干部，就更加胆小了，心有余悸，不知什么时候会反到自己头上来。因此，工作得过且过；每次运动总担心自己，等到运动过去了，就担心下次运动会轮到自己；同时又很同情被反下去的人，他们也是辛辛苦苦办事，一下子犯了错误，所以，整天惶惶不安，影响工作。

三是上级领导忙于繁杂事务，忽视了对下级干部的教育和引导。

四是上级领导制定政策、搞规划、定指标犯主观主义错误，有时乱指挥；下级领导在执行中明知不对，也不敢纠正，怕犯错误，结果影响了事业发展。

谷文昌在这次民主生活会上总结发言，他情真意切地说："这次会议确实做到了知无不言，言无不尽，畅所欲言，真正过了党的民主生活。大家都是忠心耿耿为搞好工作，因工作压力大，特别是'反右倾'以后，大家工作上才提心吊胆。做错了，就要坚决纠正错误。"

会后，参加会议的林天兴道出心声："县委这样的会议多开几次，犯错误的人就少了。作风改正得快，提高思想认识，心情舒畅。我从来没有开过这样好的会议，很能解决问题。"

东山县委的这次民主生活会，不仅是干部的自我批评和检讨，也是对过去三年多来的错误进行的总结和检讨，取得了非常好的效果。县委领导班子空前团结，齐心协力为战胜严重困难而斗争。此后，东山县国民经济调整工作进一步深入展开，党内外政治生活关系上的调整进入一个新的阶段。

东山县委领导班子民主生活会，促使各级党组织将党员民主生活会规定为一种制度：东山县委规定每3个月召开一次民主生活会，公社党委半月一次，大队支部每月一次；机关、学校、工厂、企业每月一次。这种制度一直坚持到1966年。这段时间，从县委到基层党支部，从党内到党外，从城镇到农村，民主氛围蔚然成风。同时，民主生活会也促使各级党组织就如何开展批评与自我批评提出了具体要求。各级党员干部实行"四共同"制度，即干部与群众、上级与下级共同商量、共同决定、共同执行、共同负责，使干部与群众、上级与下级加强联系。

谷文昌在一次党员干部会议上说："中央七千人代表会议以后，党的集体领导、分工负责、党内外民主作风有了很大进步。我们不但在经济建设上取得了很大成绩，也在政治思想和组织建设方面取得了很大成绩。"

习近平总书记指出："批评与自我批评是解决党内矛盾的有力武器。""作为党的干部，必须永不动摇信仰，做到坦荡做人、谨慎用权，光明正大、堂堂正正。"谷文昌就是这样的典范。

第十八章　艰苦卓绝的抗旱斗争

历史记载，明嘉靖十七年（1538年），自五月至翌年四月的300多天，东山岛几乎没落一滴雨；清乾隆五十四年至五十六年（1789年—1791年），东山持续三年大旱。每次大旱，必然导致无法播种，禾苗枯死，农作物歉收，人畜饮水无法保证，继而导致米价高涨，民不聊生。1943年的百日旱灾，禾苗枯萎，人畜断水，卖儿鬻女者达110户，典田卖屋者125户，饿死者34人。

历史上，东山有"十天无雨即旱""十年九旱"的说法。严重的干旱使井泉干涸，溪涧断流，土地龟裂，民无饮水，作物枯萎，万顷良田化为不毛之地，再加上风沙灾害，这些都加重了东山人民的负担。在这座干枯的荒岛上，水贵如油。旱情严重的时候，大人们要用麻绳绑着孩童，吊进井底去淘一点救命水。草木荒芜，岛民只好靠拾牛粪晒干当柴烧，或摇船过海到邻县割草。农民穿的是"虎皮八卦衣"，吃的是稀汤和各种野菜。有的大姑娘要出嫁了还没有裤子穿，从出生到嫁人，吃的米还不足一斤。人们到年关才能吃一顿干饭，把米汤作为邻里互赠的"礼品"。

1950年后，谷文昌带领东山人民植树造林，修建水库，清挖沟渠，解决了沙害，一定程度上解决了旱涝灾害，群众的生活逐渐好转。可是，一场特大的干旱突如其来。1962年,东山县的年降水量仅为674.2毫米。谁也没想到,从10月15日下雨后,雨水仿佛从东山消失,连续120天全县仅降雨16.3毫米,是正常年同期的十分之一以下。全县各种水利设施的蓄水量仅460万立方米,占应蓄水量的19%。这是东山县气象史上有记录以来从未有过的一场干旱。大干旱时间长、危害大,刚刚走出三年自然灾害的东山人民,又面临着一场新的考验。在这两年内,谷文昌带领全县人民以坚强的意志和精神,艰苦奋斗,想方设法抗旱保生产,继续谱写一个共产党人"为官一任,造福一方"的辉煌乐章。

旱情一发生,谷文昌立即让县委副书记陈维仪负责全县的抗旱指挥工作。时值冬种作物生长的关键时期,大小麦正拔节抽穗,豌豆正开花结荚。1963年1月16日,东山县委发文给各公社、大队、生产队,要求必须把抗旱冬管作为当前农村工作的中心,确保春作物有个好收成。各公社、大队、生产队,组成成千上万抗旱大军,开始向干旱宣战,所有的抗旱工具都派上了用场。从1月中旬到2月底,县委发动群众,采取抽(抽水机抽水)、戽(戽桶戽水)、吊(吊篮吊水)、盘(盘水灌溉)、引(引水灌溉)、挑(挑水抢种抢插)等办法抗旱,终于使大小麦照样拔节抽穗,豌豆照样开花结荚。

翻开1962年的《福建日报》,该期报纸头条发表了题为《东山多方开辟水源浇灌春收作物》的文章,记录了当时抗旱的情景:"东山县从去年10月中旬以来,没有下过一场透雨,旱情相当严重。但是,广大干部社员,依靠人民公社的集体力量,开展顽强的抗旱斗争,凿渠开沟,挖塘清池,开辟水源,盘车节水,灌溉受旱作物……全县投入抗旱斗争的劳力有17000多人。"

干旱越来越严重。1963年3月初,全县水库干涸28个,其余3个仅剩少量库底水,山围塘全部干涸,全县蓄水量只剩302.6万立方米,占常年蓄水量的 12.4%；3 月中旬，旱情已经持续 6 个月，总降水量不到 50 毫米，全县水利设施仅蓄水 83 万立方米，占应蓄水量的 3.5%。22 个蓄水量在 10 万立方米以上的水库都已干涸，全县 15078 个水库干涸了 14460 个，高达 95.90%，全县三分之一的人口饮水发生了困难。

面对持续严重的旱灾，谷文昌召集全县抗旱工作会议，向全县发出"天不下雨，抗旱不止，依靠集体，确保三春胜利"的号召。他带头喊出口号："哪怕只剩下一担水、一分地、一株苗，也要坚持抗旱到底。"他要求各级领导必须到抗旱斗争一线去，到最艰苦的地方去。全县平均出动抗旱劳力占农业第一线劳力的 45% 以上（农村劳力 35125 人）。半年多来，全县共清、挖沟渠 509 条，长 48500 米，清挖泉塘 2031 个，挖沙塘 376 个，打井 44 眼，堵溪 219 处。全县 10800 亩水田能插上秧，占全县 24500 亩水田的 44%。

尽管如此，旱情仍是越来越严重。水库干涸、池塘龟裂、田土坚硬，农田受旱面积不断扩大，农作物迅速萎蔫。全县水库、池塘、平塘和其他水利设施 15000 多处，到 4 月初基本干涸，地表水基本断绝，春播和人畜用水发生了严重困难。尽管全县人民作出了最大努力，但全县春收仅 133.19 万元，比原计划减少 59.9%。

严重的干旱和大幅减产，使不少干部群众一度感到悲观。受灾严重的社员哀叹："麦豆受旱，过冬受冻，春收落空，生活困难。"有一些人思想产生了恐慌。

面对干部群众各种复杂的心态，以谷文昌为首的东山县委、县政府认为，困难时期，必须统一思想，提高干部社员战胜天灾的信心。谷文昌号召全县各公社、大队："增强信心，发动群众，把灾害降到最低限度，千方百计保障人民群众的生活。"

县委、县政府干部，各公社、大队领导进村入户，帮助干部社员分析当前抗旱的有利条件，提高群众的信心；以抗旱备耕为中心开展增产节约运动；大抓种苗培育管理，集中力量、突击备耕薄弱环节，确保春耕质量，提高农作物单产；加强冬种作物管理，大抓套种、改种、扩种，开展群众性大种瓜果菜豆运动；加强后进队领导，认真安排好社员的生活。

全县人民众志成城，互相帮助，出现了很多感人事迹。杏陈公社礁头大队借秧田给邻队埕英大队育秧的事迹还上了《人民日报》。1963年4月17日，《人民日报》发表了题为《协作秧》的文章，其中这样写道：

> 礁头大队依山近水，虽然同样受旱，但是还有水育秧，而相邻的埕英大队却没有这样的条件。埕英大队各生产队想尽办法，还短缺二十多亩秧田。礁头大队党支部和社员知道这个情况后，立刻把准备好的后备秧田连水一起借给埕英大队。俗语说："房屋不借人停丧，秧田不借人育秧。"当地的风俗是不借秧田的。因为育过秧的肥田会变瘦。因此，借不借秧田这件事，在礁头大队社员中展开争论。个别社员守着老观念，认为借秧田不吉利；但是，大多数社员坚决要帮助邻队解决这个困难。贫农社员黄宝来说："地靠大家种，理靠大家评，人民公社是一家人，弟兄队有困难就是吃点亏也应主动帮助。"这个大队的第八生产队长黄阿砧也说："我们水利条件好，还不是因为有了人民公社才修起水库？大家增产公社才能兴旺。"他们终于说服了持老观念的社员，各生产队抽出二十四亩水利条件最好的秧田借给了埕英大队。如今，这些秧田育的秧嫩绿可爱。

谷文昌鼓励大家采取各种方式抗旱，同时争取各方支持，他打电话从老家河南林县请来专业打井队，带来北方打深井的技术，还带来北方提水的辘轳。谷文昌带领大家打深井，在塘中打井、井中打井，想尽一切办法，解决燃眉之急。

可是，旱魃继续作威作福。东山彻底解决农田用水的方向是什么？谷文昌号召十万民众集思广益寻找水源，努力把旱灾损失降低到最低限度。一时，寻找地下水成为县委和全县人民生产和生活的首要任务。谷文昌向当地群众问计，一位有多年抗旱经验的老农献策说："有泉必有水。"于是，谷文昌代表县委提出："天上无雨地下找，地面无水地下挖！"谷文昌深入抗旱第一线，走遍农村的各个角落，同基层干部群众一起流汗苦干，寻找地下水源，他和群众总结出"找、挖、清、堵、挑、盘、抽、调"等找水抗旱八字方法，以小型为主、大中小型相结合的办法，开展挖地下水的抗旱斗争。全县出勤的劳动力，每天平均21722人，占全县总劳力的61.48%。出动抗旱工具抽水机20台，水车21架，戽桶2137个，吊杆6副，水桶12006担，其他工具283件。

终于，土质地区的抗旱看见曙光。但是，砂质土壤地区依然干燥如火，怎么办？谷文昌望着焦黄的大地愁眉紧锁，一位世世代代生活在海边的老农向他献策："有沙必有水。"

谷文昌请水利部门论证这个看法并很快得到证实。谷文昌向全县发出号召："向沙地要水"。他和陈维仪顶着烈日来到地处海滨沙地的探石村，同大队干部探讨勘测水源的各种办法，在所有可能找到水源的田间地头重新勘测，终于在一个叫官路尾的自然村旁找到了沙泉。谷文昌闻讯赶来，带领大家开采这一带的地下水源，经过七天的奋战，挖出一个长80米、宽45米、深2.5米的大水池，一下子轰动了全县，成为全县找水的榜样。

谷文昌马不停蹄，带领全县社员群众寻找地下水。探石村的经验告诉大家：东山沿海沙滩可能蕴藏着丰富的地下水。地下水的储量多少？用什么方法开采？谷文昌请来省地质局勘察队的工程师、技术员，和当地技术人员、群众一起加快沿海沙滩水源的钻探。勘察结果表明，东山沿海沙滩储藏着丰富的地下水,在东山县东北和西南两面6.25平方公里的沙滩范围,初步估算地下净水量达到5100万立方米,等于全县现有各种水利设施储水总量的两倍以上。

如何采点才能使得取水最方便、最快捷?东山县委举办抗旱采水培训班,邀请福建省水文地质大队工程师白凤翔,向县直机关干部讲授寻找采水点的基本知识;然后请他们把学习到的基本知识传播到群众中,以广泛寻找最佳采水点。他们查史迹,了解有关地下水的记载;查碑记,探讨历史上水利建设的碑文;查庙宇,了解僧人选庙址吃水之源。全县组织了765个有打井经验的人,寻找采水点,最后如愿以偿。

一旦找到采水点,谷文昌和陈维仪立即组织大批人力物力,用钻机钻孔探测地下水储量,然后组织开挖取水。全县日出劳力最高达27000人,投入各种抗旱工具16000多件,抽水机54台。在这一年里,全县共修建各种大小水利工程11693处。其中,挖沟364条,挖小井塘2489个,池塘1455个,打井2103口,挖填土方51万立方米,总投入52万工日。

在发现的这些采水点工程中,最令人兴奋的是由省水文地质队刘队长带领的队伍,在东山岛东部海滨湖尾村一带沙滩发现的地下水源,为后来湖尾地下水库工程开发提供了一手科学依据。谷文昌非常兴奋,他随即与县委领导共同研究制定开发湖尾地下水的整体规划,报省、地水电局审批,得到批复后,赶快组织施工。

1963年4月28日,湖尾地下水开采工程正式动工,谷文昌任工程部总指挥,县委农工部部长吴如德任指挥,东山县副县长陈舜宗任副总指挥,县水利科副科长陈文桐负责工程技术。樟塘、康美公社分别设立两个中队,由樟塘公社社长吴远谋、康美公社党委组织委员林朝迁分别担任中队长。城关公社和西埔公社也组织人员上场,如同东山百姓前几年大规模植树造林一样,建设队伍自带工具,自备伙食,日夜奋战在工地上。全县机关干部、公交、财贸、文教卫生职工和学校师生也满腔热情地投入地下水工程建设的义务劳动中。

为了早日取得地下水，谷文昌指示：县直机关除留少数人值班外，全部投入护卫地下水工程建设中；同时把最艰巨的任务交给各机关单位。县委主要领导谷文昌、陈维仪等既筹谋规划，又身先士卒，出大力、流大汗，机关干部以能为工程奉献为光荣。工程建设中，县直机关是一支最富有战斗力的队伍，为加快工程建设发挥了示范作用。当时，机关干部参加劳动的人数为817人，占干部总数的89.6%。

为了让地下水流到更远的地方灌溉农田，谷文昌、陈维仪等县委一班人组织县水利科副科长陈文桐、县农业科副科长沈玛顺及有关部门的技术人员共同研讨，决定采用埋管引水的方案。经过对各种不同规格沙砾拦制的水泥管反复试验，初步解决了水管滤水的难题；解决了水泥管的压力问题。由于财政资金有限，用钢筋水管造价高，就用竹片代替钢筋，但承重能力不够，滤水管埋得深一点就破裂。谷文昌亲自上阵，与技术人员一起攻关，多次试验，竹片钢筋滤水管终于发挥了应有的作用。

在谷文昌纪念馆有一张照片，记录谷文昌与技术人员一起，试验竹片代钢筋做的水泥管，是那个年代抗旱的真实写照。

4月上旬，龙溪地委发文肯定了东山县的做法：东山县千方百计开展抗旱斗争的精神是好的，成绩是显著的。他们充分发动群众、领导群众深入抗旱第一线，不但掀起了全县范围的群众性抗旱保春耕运动，而且找到了该县历史上从未发现的地下水。这是一个好门路，在沿海地区，可以发扬这种精神，发动群众，因地制宜去寻找地下水。其他地区也可以根据东山经验，进一步开展群众性的找水运动，顽强开展抗旱斗争，保证春耕生产的胜利。

4月上旬末，省委书记叶飞和龙溪地委书记马兴元来东山考察抗旱工作，感叹东山十年植树造林取得的丰硕成果，同时高度评价了东山人民英勇抗旱的顽强精神，叶飞说："你们东山县委带领机关干部和群众一起奋斗的精神很好，要把这种精神发扬下去。"马兴元说："东山干部精神面貌很好，很能吃苦。"叶飞当即批拨20万元资金支持湖尾地下水工程建设。

经过半年多的艰苦奋斗，1963年底，湖尾地下水工程基本建成，1964年3月全部竣工。该工程完成土石方23.88万立方米，劳力投入16.1万个工作日，投入资金199万元。其中，国家拨款54万元，地方自筹45万元，贷款100万元。整个工程铺设口径45—60厘米的滤水管2500米，设计口径1米的观察井23个，在聚水滤水管的末端建设了一个口径10米、深6米的大蓄水池，建设抽水机站2座、垫桥5座。工程日集水8000—10000立方米，年集水250万立方米，可灌溉农田4500亩，覆盖樟塘、康美2个公社8个大队。

湖尾地下水工程的建成，为东山的水利建设开辟了一条新路子。1964年以后，东山对地下水工程建设实行"民办公助"政策，滨海平原砂质土壤地区的康美、湖尾、梧龙、探石、白埕、湖塘、后姚、铜兴、顶上等村先后开发利用地下水，铺设地下水滤水管道13条，共13914米，改善农田灌溉10150亩。

1963年年初，正是建设湖尾地下水工程最关键的时刻，东山县旱情愈发严重，人畜用水十分困难，好多已经种下的农作物因为没有水干死了。春播季节已过，田地里又不能改种。谷文昌带领沈玛顺和县委办另一位干部到前楼公社岱南大队蹲点，抓地瓜苗的培育工作。之后，他深入岱南大队第18生产队，与干部和有经验的老农促膝谈心，商讨如何抗旱夺丰收。大家认为，夺取秋季大丰收的关键在于培育地瓜苗，可是，水源奇缺，按常规在大田培育瓜苗是不可能的。谷文昌根据老家河南林县培育地瓜苗的经验，提出用草席畦培育地瓜苗的设想，得到群众支持。谷文昌抡起锄头平整土地，动手示范。这样做占地少、育秧多，只要挑水浇苗，便可保证地瓜苗正常生长。这种新的育苗方法很快在全大队推广开了。不久，谷文昌又到东英大队下吴村传授这种培育地瓜苗的方法，并组织召开全县培育地瓜苗现场会，对于育足全县秋季所需的地瓜苗发挥了重大示范和推动作用。

是年5月24日，《福建日报》发表了这样一篇文章——《东山干群一心鏖战酷旱》，报道了谷文昌、陈维仪等县委、县政府领导带领群众战斗在抗旱最前线的故事："书记下田，县长打井，干群一条心，旱年添信心。东山县委书记谷文昌、县委委员和各级干部，一个多月来坚持参加田间劳动，多的时候一个人参加劳动27天。县委书记谷文昌以身作则，冒着烈日带领干部、技术员、老农，跑遍大半个县为许多社队寻找水源，带头参加樟塘、石埔两个公社联合挖水渠的劳动，在晒得火烫的沙地上挖土挑土。别人休息的时候，他到工段了解情况，解决问题。他白天参加劳动，晚上办公，经常工作到深夜，第二天清早又照常下地。"

5月中下旬，旱情日益严重，东山抗旱进入更艰苦，更复杂的时期。谷文昌带领县委一班人及时调整抗旱策略：贯彻小型为主、自办为主、以土为主、土洋结合的方法，到处挖塘打井保种苗和解决人畜吃水用水。抗旱过程中，群众发明了在塘中打井的办法，也找到了水，于是，全县开展"大塘套小塘，塘中打井，井中套井""荒沙滩埋管（滤水管）引清泉""石头缝里炸泉眼"等挖水热潮。全县共修建各种水利工程10793处，挖沟渠364条，长47852米，其中，湖尾大沙沟1300米；深挖活水塘7488个，新挖水塘282个；挖沙窟1455个，其中，大型沙池14个；打井1204眼，其中，土吊水井729眼，石井304眼，改良井28眼，水泥井32眼，人吃水井102眼，共投工70018个，完成土石方573276立方、石方37046立方。

谷文昌带领东山人民的抗旱斗争艰苦卓绝，各级领导给予了大力支持。在抗旱最为艰苦的时候，中央、华东、省、地各级党政领导同志都先后来东山，在精神上和物质上给予东山极大鼓励和支持；在全县断绝地面水，生活、生产最困难的时候，福建省委派来庞大的地质队，地委派出负责同志亲临坐镇，帮助东山人民勘察、设计、开采地下水；在旱季失收，群众生活困难的时候，国家拨出大批粮食和资金支持东山人民。

谷文昌带领东山人民进行了八个月的艰苦抗旱斗争，使东山出现了大量抗旱新设施，初步解决了十万群众的生产和生活用水。八个月的抗旱斗争，给东山人民上了一堂认识、顺应、利用和改造大自然的大课，使东山人民更加坚信，顽强的毅力和劳动智慧是战胜任何艰难险阻的必要条件。

1963年6月21日至26日，持续八个月的旱情缓解后，在全县三级干部会议上，谷文昌做了《发扬抗旱的伟大胜利精神　确保秋季生产大丰收》的报告，他说："八个月的抗旱斗争，是全县人民光荣的一页，是一件大事，要载入东山县志，成为历史资料，教育后代。"

为了彻底解决水源问题，谷文昌又一次发动群众，以修建万里长城的气魄和智慧，依托八尺门海堤，开始修建空中引水槽。后来，经过东山县几任领导的努力，一条4.15公里长的空中引水桥，把大陆上的淡水引入海岛，彻底解决了困扰东山百姓千百年来缺少淡水的问题。

谷文昌绿化东山、带领东山人民艰苦奋斗取得的成绩受到福建省委的充分肯定。1964年4月，谷文昌被上级任命为福建省林业厅副厅长。为了不惊动地方百姓，他是悄悄走的。他的行李很简单，一个旧皮箱，里面装着书籍和几件旧衣服。上任以后，他在全省推广东山县植树造林的经验，为福建沿海的青山绿水再立新功。

第十九章　谷豫东回老家

　　1964年4月,谷文昌调任福建省林业厅副厅长。在领导和同志们的大力支持下,一上任,他就着手把东山的经验在福建省推广,把绿化东山转为绿化全福建。谷文昌深知调查研究是多么重要,他一头扎进基层一线,开展绿化全福建的调查实践。

　　东山的植树造林经验在福建省全面推开。据平潭县时任县委办公室副主任刘益泉回忆,1964年七八月间,已担任福建省林业厅副厅长的谷文昌来到平潭。平潭县造林治沙的领头人是县委书记白怀成,他与谷文昌一起到流水公社北面风口地带了解造林情况。当时的风口处,如东山县当初的山口村风口,流沙遍地,山路难行。大家学习东山的治沙经验精神,硬是在流水镇的风口处种下了木麻黄,等木麻黄长到一尺多高,又在平潭县很多过去的荒滩上成功种植了一片又一片这样的木麻黄。如今有一条流水镇的公路是谷文昌走过的地方,笔直的公路,两边的木麻黄高大挺拔,遮天蔽日。据平潭县老林业局局长陈尚荣回忆,在县公安局机关大院内,有一株木麻黄绿枝纷披,亭亭如盖,是岛上的第一代木麻黄,是20世纪50年代从东山引来的。几十年来,世事变迁,办公大楼几次改建,然而,作为历史的见证,这棵木麻黄被保护了下来。

1965年春节一上班，谷文昌就投入紧张的工作中。他带着工作人员相继到宁德、晋江等地的荒山走访，查看当地的植树造林情况。一周以来，他冒着料峭的春寒，爬大山，听基层林业人员汇报，看典型，找问题，查原因，与地方干部同甘共苦。一周后，他风尘仆仆地返回福州，研究制定福建省春季绿化工作方案。他坐下来，翻看一周的文件夹，其中有一份电报写着："母亲因病两日前去世。"谷文昌眼前一黑，想起了母亲苦难勤劳的一生，大滴的泪水滚落下来。他冷静下来仔细看，电报是他出发前发来的。当时，母亲已去世一周，依照老家风俗，母亲已经下葬入土。有人敲门，谷文昌擦干泪水。通讯员走进来，送给他一份通知，说要马上筹备召开全省林业工作会议。当天上午下班后，谷文昌给家里发了一份电报，表达了对母亲去世的悲恸。然后，他一头扑到全省绿化的高强度工作中。这一次，他没能回河南老家。后来，母亲三七祭日、五七祭日、一年、三年、十年祭日，由于工作繁忙以及人生的大起大落，谷文昌都没能回家。然而，对母亲的思念，他一刻也没停止过。夜深人静时，他常常遥望老家的方向，心中默默祈祷："娘啊，自古忠孝不能两全，儿子远在他乡，为了一方百姓兢兢业业地工作。请原谅儿子的不孝！"

谷文昌时刻牢记一个共产党员的责任和义务，视福建百姓为父母，这是他源源不断的精神动力。

1966年6月，"文化大革命"开始了，这场大运动一度失控，出现了学校停课、机关不上班的混乱局面。后来，谷文昌也受到了冲击，福州市革委会的"造反派"问谷文昌与叶飞什么关系，叶飞当时已被关进牛棚。谷文昌说："我们首先是战友，为了新中国，我们一起浴血奋战。第二，我们是上下级，他是省委书记，我只是一个部门的副手。"那些人疯了一样，押着谷文昌游街批斗，往往一批斗就是一整天。一天下来，谷文昌身心疲惫。

谷文昌担心孩子受到冲击，更担心由于自己戴了右派的帽子，家庭成分发生巨大变化，孩子心灵上承受不住打击。如何才能保护孩子的安全？那时候，三个大孩子已经长大，在外地工作锻炼，只有小女儿谷哲英和二儿子谷豫东跟着父母。谷哲英正上小学，是个小女孩，离不开大人的照料。谷豫东也上小学，可是，学校不再照常上课。

这时，有一位军人老部下坐军用运输机来福州执行公务，抽时间来看望谷文昌。看着谷文昌落魄的样子，老部下心痛地说："谷区长，咱老家正在集中精力修红旗渠，没这么乱。你有什么要求，尽管提，要不，咱们一起回老家吧？"谷文昌缓缓转过身，望着暮色四合的窗外说道："这样下去，肯定不行。我担心豫东，他正在成长，别让这场运动毁了孩子，请您把他带回老家吧，让他住在我三弟家里。郭家庄有小学、中学，让孩子回老家锻炼学习去吧。"

谷文昌指指谷哲英说："这个小孩由老史和我带着，只要我俩在，就一定好好保护她。"谷文昌本来有一次回老家的机会，但是，他毕竟还戴着右派的帽子，身不由己。他与史英萍望着年少的儿子，心里有很多不舍与无奈。但是，为了孩子，他们只能如此选择。当晚，夫妻俩搂着年少的谷豫东一起休息。早上起来后，两口子挨个亲了一下孩子，史英萍紧紧地抱着小小的谷豫东，久久地不松手。两口子尽可能地为孩子准备吃穿用品，一遍遍叮嘱谷豫东，跟他讲了好多话，他们舍不得呀。少年的谷豫东一脸茫然，他不知道这次要回到四千里外的老家，一去就是六年。

出了军用机场，谷豫东坐了汽车坐马车，经过一天的颠簸，终于回到老家——河南省林县石板岩公社郭家庄大队南湾小队。他看着高耸入云的大山、嶙峋的石头、路边红旗渠里潺潺的水流、枝头欢快的小鸟，时而听见远处隆隆的开山炮声，那是英勇的林县人民仍在进行的红旗渠工程最后阶段的奋战。

谷豫东受到老家亲人的热情招待，他与三叔家的孩子吃住在一起。尽管当时林县人民有了红旗渠，农业生产有了很大增长，但城乡差别依然明显存在。相对于福州这样的省会城市，太行山深处的南湾村是贫穷、落后、闭塞的。谷豫东一开始非常好奇这座山清水秀的小村生活，但不久，就不适应农村生活了。三叔三婶和孩子们吃地瓜干窝窝头，尽量给谷豫东做麦面或玉米面馒头吃。谷豫东毕竟是在大城市里生活的孩子，一开始，他只吃馒头芯，把馒头皮揭下来扔在地上。三叔三婶忙捡起来，吹吹灰，自己吃掉。谷豫东要哥哥弟弟与自己一起吃白面馒头，叔叔婶婶一脸难为情地说："孩子，不够呀！"家里人上山劳动，谷豫东一定要跟着，烈日炎炎，三叔三婶让谷豫东在树荫下休息，谷豫东一定要与大人一样锄地、拔草。他在烈日下劳动了一会儿，汗流浃背，想撂挑子，但一看大人们仍在劳动，便咬着牙坚持下来。一开始，他听不懂河南话，当地的孩子也听不懂他说的话，时间一久，他特别思念远方的爸爸妈妈。有几次，他哭着闹着想回到父母身边，甚至想走出大山，可是他迷路了，连方向也找不到。叔叔婶婶和乡亲们满山遍野呼喊着寻找，找了大半天，才在一个山坡上找到流着眼泪要回家的谷豫东。他心里喊着："爸爸、妈妈、哥哥、姐姐，我想你们呀，这里太苦了，我受不了！你们怎么那么狠心，把我一个人扔在这个穷山沟里？"

谷豫东后来才知道，他离开福州以后，家里遭受了更大的冲击，特别是爸爸，那些疯狂的红卫兵揪着谷文昌等一批南下干部，残酷批斗。一些年青无知的人质问他，还搞不搞资本主义？倔强的谷文昌回答："植树造林没有错，让老百姓吃饱饭没有错。"

再后来，谷豫东才知道，爸爸被拉到东山批斗，被东山群众保护起来；再后来，爸爸妈妈领着小姐姐被下放到宁化县劳动改造。谷文昌与当地百姓同甘共苦，想方设法让当地农业增产增收，被社员群众称为"谷满仓"。后来,爸爸又带领当地群众修建隆陂水库,暴风骤雨之夜,水库大坝出现险情,爸爸发着40度的高烧,仍拄着木棍,站在高高的大坝上,声嘶力竭地呼喊,奋不顾身地带领大家一起抢险。

即便在生活最艰难的岁月,谷文昌和史英萍仍从自己的工资中挤出钱和粮票,邮给远在老家的三弟,作为谷豫东上学和生活的费用。

谷豫东跟着大人回到南湾村,老家人的热情,特别是林虑山厚重的爱和亲情,渐渐暖和了他的心灵。六年多过去了,他个子蹿高了,皮肤黑了,学习成绩在班里名列前茅。他能说一口流利的林县河南话,薅草、拉犁,甚至种庄稼、打石头,他干起来得心应手。身体越来越健壮的他,跟叔叔婶婶哥哥姐姐弟弟妹妹和乡亲们一样,大口啃窝窝头、吃辣椒。谈及在老家的岁月,谷豫感慨万千,认为老家人养育了他,也给了他很多,不仅锻炼了体魄,学习了知识,而且给了他吃苦耐劳和诚实做人的优秀品质。

谷文昌矢志不渝地忠诚于党和人民,终于得到党和群众的认可。1972年3月,谷文昌调任福建省龙溪地区林业局局长。他依旧两袖清风,兢兢业业,与同志们一起为植树造林忘我工作,再一次受到群众的肯定。谷文昌工作稳定后,为了让谷豫东接受更好的教育,他与史英萍商量,想办法将谷豫东接回来。谷豫东依依不舍地离开老家林县,离开这个让他终生难忘的大山和乡亲。

十几年后,谷豫东再一次回到林县老家。他亲切地看着老家的山山水水,南湾村的乡亲们到石板岩小桥上迎接他,他一一认出大家。其中,谷翠萍的哥哥谷和平是谷豫东在南湾村最好的伙伴之一,他几步上前紧紧拥住他,大喊:"哥,还认识我吗?我是豫东!"

两个人的手紧紧地握在一起。

第二十章　百姓心中有杆秤

"文化大革命"时期，有些人批斗谷文昌，揭发他的"劣迹"，说他保护过大量"敌伪家属"，保护过大量右派，是彻头彻尾的"走资派"，一系列罪名加在他头上。据谷哲慧回忆，一次，她去福州探望父母，她看到响声震天的口号声中，红卫兵将爸爸捆绑起来。她清楚地记得，她从楼上看狂热的游行批斗队伍，第一个是叶飞将军，第三个是戴着尖尖的高帽子的父亲。狂热的红卫兵对谷文昌采取"万炮齐轰""火烧水淹""坐飞机"等酷刑。那段时间，谷文昌经常在福州被游行批斗，受尽折磨。

"文革"的浪潮也席卷了东山岛。当时，岛上的红卫兵分为两派，彼此相互攻击、揪斗，整个小岛乱哄哄的。一大批干部群众受到冲击，县委副书记靳国富差一点命丧"造反派"之手。当时，"造反派"给靳国富安了很多莫须有的罪名，八路军出身的靳国富身正不怕影子斜，坚决不承认那些罪名，"造反派"们就吊起他痛打，靳国富的惨叫声被一位路过的军人代表听到，他才被救下来。

东山县的红卫兵大串联，两派都派代表来到福州，他们惊讶地看到老县委书记谷文昌正被当地的红卫兵残酷批斗。一天深夜，水火不相容的两派红卫兵头领坐在一起。

东山人民是有良心的，人民心中有杆秤。蔡海福听到消息后，心如刀绞，心急如焚，坐卧不安，他伤心流泪地说："连谷书记这样不贪不取的领导，也要游街批斗，真是天公无目（闽南话，意思是，老天不长眼）啊！"

不久，一批自称是"东山造反派"的人来到省林业厅提出，谷文昌在东山工作十多年，我们要揪他回东山批斗。"省直造反派"很支持，说："天下造反派是一家，行，你们只管把他抓回去批斗好了。"当天，谷文昌跟着"造反派"坐着吉普车出了福州城。这时，"造反派"们才向谷文昌亮底："谷书记，我们怎会造您的反？您领导我们植树造林，过好日子，您是大好人，听说您在这里遭罪，我们才冒险来救您……"

回到东山，人们将谷文昌藏在顶西村。每天竖着耳朵打听谷文昌下落的蔡海福偷偷摸摸来到顶西村，找到谷文昌。两个植树造林的老战友相见，谈论的不是自身安危，还是东山的造林，还是木麻黄。

"到处这么乱，咱们种的木麻黄会不会被乱砍滥伐？"

"大部分不会，小部分难免。"

"这我就放心了。"

末了，蔡海福要谷文昌无论如何到他家躲一段时间。

谷文昌说："老蔡，谢谢你！其实你也危险，你的名声也不小啊。再说，你多少也是个'当权派'啊。以后你也别来看我了，你们把木麻黄保护好，就是对我精神上最大的安慰。"

不久，谷文昌藏在顶西村的消息，传到了一伙真正"造反派"的耳朵里。这帮人把谷文昌拉到人民会堂批斗，人民会堂是谷文昌带领群众建设起来方便群众看电影、听戏剧的公共场所。批斗谷文昌的大会再一次遭到群众抵制。有人带头喊："毛主席万岁！"全场喊声震天；有人带头喊："打倒谷文昌！"主席台下面竟然鸦雀无声。再喊，只有几个别有用心的人和无知的孩子寥落地附和着。那帮人没办法，就把谷文昌抓到他当年造林最多的地方批斗，据说是为了让谷文昌在"放毒"最多的地方"消毒"。

退休工人潘春珠讲了这样一则故事。1968年2月的一天，白埕大队的群众围拢在村口公路旁，看着他们的谷书记被押着清洗公路旁边的公共厕所，潘春珠心里很不是滋味。

"谷书记——"白埕大队林业队队长林龙光闻讯一路小跑着赶来，分开人群，挤上前来到谷文昌跟前。谷文昌正弯着腰清理路边茅坑，听到喊声抬起头来，阅尽沧桑的双眼满是焦虑："龙光，丰产林有没有保护好？这是乡亲们辛苦了十几年才种起来的，不能让人破坏。"此时此地，林龙光再也禁不住了，鼻头一酸，眼泪夺眶而出。

谷文昌清洗完厕所要离开时，一个不懂事的孩子盯住他胸口挂的牌子嚷道："打倒谷文昌！"旁边一位老农气得脸红耳赤，抬手给了那个孩子一巴掌，说："你这没教养的黄毛猴子！没有谷书记，你吃什么？烧什么？"

许多围观的群众也站在谷文昌一边，七嘴八舌地说开了。一时间，围观的场面变成歌颂谷文昌事迹的场所。

那段日子，蔡海福和一些群众冒着各种危险，自觉地在谷文昌周围暗中保护。不久，蔡海福因为与"走资派谷文昌"过从甚密，被列为"清理阶级队伍"的重点对象，被连续批斗了62天。他被打得体无完肤，奄奄一息。他对身边的人说："我蔡海福死了不要紧，不放心的还是树……你们碰到谷书记，告诉他，东山的树，长得很好，叫他放心好了。"

后来，谷文昌还是被押回福州。车押着谷文昌走在东山岛上，激动的一幕发生了。许多群众纷纷走出家门，沿着谷文昌领着大家修建的公路，跟着车哭着走着。有的用竹篮提着鸡蛋，有的提着馒头，有的拿着水果、花生、地瓜等家里最好吃的东西，走了一村又一村。群众眼含热泪说：

"谷书记是好人啊！他是毛主席的好战士、好干部！不能带他走，不能批斗他！"

车过铜钵村，一群妇女扶老携幼，围着吉普车哭喊："谷书记是好人啊！"

八尺门海堤上，送行的群众把道路围得几乎水泄不通。谷文昌默默抬起头来，挥手对群众说："乡亲们，回家吧，保护好我们的树木，种好粮食——"

群众担心他们的好书记，担心他的安危，人群中发出一阵阵哭喊声。据谷哲慧回忆，押解谷文昌的战士也被感动了，返回福州后，他们如实向皮定均将军汇报了谷文昌在人民群众中的反响。皮定均将军熟悉谷文昌，他知道谷文昌是从抗日战争和解放战争中浴血奋战过来的优秀战士，知道这位优秀的南下干部为地方百姓做了大量好事，但他不太了解谷文昌这几年的遭遇。生性耿直的皮将军剑眉冷竖，我们可以想象皮将军如何呵斥那些又要提审批斗谷文昌的人。从那时起，谷文昌的命运发生了转机。

谷文昌从此不再被游街、揪斗了。不久，他和大多数接受再教育的"走资派"一样，和妻子史英萍一起，被下放到宁化县红旗村进行劳动改造。可是，淳朴善良的红旗村百姓并没把谷文昌夫妇当成"走资派"看待。

第二十一章　宁化岁月

事物的发展不是一帆风顺的。共和国成立之初，社会主义事业在探索中发展，在曲折中前进，难免走这样那样的弯路。谷文昌的命运与国家的命运紧紧相连。"文革"期间，他屡遭冲击，惨遭迫害，但他对共产主义的信仰始终没有改变，对人民的热爱之情丝毫未减。一旦接到党和国家的重新召唤，谷文昌毫无怨言，全身心地投入社会主义大建设中，投入全心全意为人民服务当中。

老百姓的"谷满仓"

1969年隆冬，寒风呼啸，在福州通往三明地区的山路上，一辆蓝色卡车载着谷文昌全家和全部家当行驶在弯弯曲曲的山路上。越往山里走，大山越高，人烟越少，老半天不见村落人烟。史英萍心里一阵酸楚，禁不住附在谷文昌耳边悄声说："这地方，咱们怎么过呀？"

谷文昌望着大山，安慰爱人："这地方，山清水秀，有些像老家南湾村。只要有人住，人家能过，咱更能过。"

谷文昌、史英萍夫妇带着女儿谷哲英，颠簸着，不知过了多长时间，卡车停在石壁镇一个叫红旗村的小山村。

村支书王定乾带领村干部在村头热情迎接，一群群衣衫褴褛的孩子惊奇地看着山外开来的汽车，谷文昌全家被安置在村里一所旧房子里。这是一个萧索苍凉的小山村，田里一片荒芜。按理说，刚刚秋收过后不久，农户的粮食应该还多。但从乡亲们破旧的衣服上、菜色的面颊上，谷文昌看到了贫穷和饥饿。果然，在以后与乡亲们相处的日子里，好多人向他反映粮食不够吃，经常饿肚子。这更激起谷文昌的责任感，他下定决心，要在这里住下来，好好过，给这里的乡亲们留下点什么。

宁化县妇幼保健所的司机王富标讲了一个故事，是他将谷文昌一家拉到宁化村的。安家第一天，需要生火做饭，他向老百姓买柴火烧锅。一位衣衫褴褛的老乡挑来五担柴，放到柴房后，谷文昌问："老乡，多少钱一担？"

对方是个老实巴交的汉子，说："一元一担。"

谷文昌说："一担一块二吧。"

说完，谷文昌把六元钱塞给那位老乡。临走，他还掏出香烟，给那位老乡和其他群众。

谷文昌一点也没有当大官的架子，不久就与群众混熟了。有的农民见了他还亲热地掏他的口袋找烟抽。他给农民"乘风""飞马"牌香烟，自己却常常抽自卷的"毛烟"。

据史英萍回忆，山村第一夜，谷文昌怎么也睡不着。小村还没有通电，山里的冬天，吹灭煤油灯，面对的是寂寞而漫长的黑夜。谷文昌按捺不住自己的思绪，翻身起床，见爱人眼睁睁地看着他，就说："老史啊，你看这里的老乡，一个个衣衫破旧，穷啊，咱们有责任改变它。"

史英萍忧心忡忡地说："咱们是下放劳动改造的。"

谷文昌像是在说服爱人，又像是在提醒自己，说道："下放劳动又咋啦？咱是共产党员，总不能看着群众挨饿吧。像这样饿下去，人家怎么看咱共产党呢？"

"可是，地方领导都在，不是咱能插手的。"

"这哪里是插手？看着群众在挨饿，所有的共产党人，都有责任解救他们，这是我们不可推卸的责任。"

天一亮，谷文昌找到红旗大队党支部书记王定乾，要求到村里四处看一看，王定乾有些迷惑地回答："行，只是咱山区没啥好玩的。"

谷文昌在王定乾和红旗大队一帮生产队长的陪同下，扛着锄头，向田间进发。大队领导们先是感到奇怪：新来的下放干部怎么不游山玩水，却要下田？

从实地调研中，从乡亲们的言谈中，谷文昌逐渐了解到，红旗村是一个山穷水瘦的小村子，有700多口人。山村云雾缭绕，一层层梯田、一条弯弯曲曲的小道，把小山村与外界联系起来。山民们尽管起早贪黑，和平原地区的农民一样春种秋收，可是，一分辛劳未必就有一分收获；"春种一粒粟"，却未必能"秋收万颗子"。男人们一年中有大半年的时间漂泊他乡，靠打短工或卖手艺混口饭吃，女人们则在家带孩子勉强度日。几乎每天一大早，村里的男人们偷偷溜到外村混饭吃；女人们则背上砍柴刀或扛上锄头，钻进大山割春笋、刨山芋；孩子们面黄肌瘦，鼻子底下流着青色的鼻涕，怯生生望着谷文昌夫妇。这一切，谷文昌看在眼里，痛在心头，他在笔记本上写道："共产党不让老百姓有饭吃，就不是共产党！"

一层层梯田散落在大山之间。自古以来，人们从山溪里引来溪水，流入水田，从最上面的那一层梯田，通过田沟，一层一层往下流。梯田里，还有些许未收拾干净的稻草，散落在稻田里。王定乾清晰地记得那天跟随谷文昌一起考察的情景。谷文昌爬到最高的梯田处，一会儿看看水圳中往梯田里淙淙流淌的溪水；一会儿走到荒芜的稻田里，随手抓起稻草，仔细端详。大队、生产队领导们你看我，我看你，不明就里。又一会儿，谷文昌蹲下身子，伸出拇指和中指量量水稻头的株距和行距；又挥起锄头，在田间刨刨，再用手捏捏泥土。这回，红旗大队的领导们看懂了，知道谷文昌是在做农田调查。一位生产队长开玩笑说："老谷啊，咱红旗大队，红旗倒是挺红。山田却是薄薄瘦瘦的。"谷文昌是什么来头？村里人也不知道怎么称呼。从进村那天起，谷文昌让老乡们叫他"老谷"。就这样，"老谷"成了大家对谷文昌的称呼。

跑了整个上午，谷文昌对王定乾说："老王啊，什么时候开村干部会议，我参加行吗？"

王定乾早被谷文昌的求实精神感动了，大声说："行！老谷，我们今晚就召开会议，请您给我们指示指示。"自打谷文昌进村，王定乾就觉得这位和蔼可亲的小老头像自家人，他才不将谷文昌当一般下放干部呢。

晚饭后，谷文昌来到王定乾的家，说是想请大队会计，看看账本。王定乾一阵踌躇，又同意了。当晚，村干部会议开到大半夜。这是一场别开生面的会议。生产队长们围坐在煤油灯下，王定乾向大家介绍，这是省里下放咱大队的谷厅长，大家一阵掌声。谷文昌和蔼地向大家摆手，再一次强调："我是咱们大队来的新社员，以后叫我老谷就行，我和大伙一起参加劳动，努力搞好我们大队的生产建设。"

这群淳朴可爱的群众没把谷文昌当外人，更没有把他看成"走资派"。后来，一队的群众推举史英萍为生产队的保管员。那晚，谷文昌语重心长地说："今天，我和各位领导看了咱红旗大队的稻田，还看了咱大队的收支账簿，看了咱大队的肥料和农药的使用情况，也打听了咱大队夏秋两季的收成。在我看来，咱红旗大队，红旗虽红，生产问题却挺大。"

大家纷纷让谷文昌出主意、当参谋，屏息聆听这位下放干部的分析："恕我直言，红旗大队群众温饱还没有解决，粮食不够吃。群众有了土地，为什么还吃不饱肚子，原因在哪里？不是社员们没干劲，问题出在水稻产量低。产量低的原因又在哪里？我看，一是稻田串灌，二是高秆疏植，三是土壤板结。稻田串灌，必然导致肥料流失；高秆必然导致倒伏，疏植必然少结稻穗；土壤板结，一则空气不通，二则没有肥力。这样的稻田，不减产才怪。怎么办？我建议：第一，改串灌为轮灌，让有限的肥料不致随水流失；第二，改低秆密植，不能让水稻倒伏，增加结穗数；第三，大家齐动员，给稻田施农家肥。前两项好办，第三项做起来很难。我老谷，是二十五年党龄的共产党员，为了提高社员们的生活水平，我愿意带头积肥。"

谷文昌的发言，如闪亮的煤油灯，顿时让红旗大队的干部们心里亮堂起来。王定乾清清楚楚地记得谷文昌的这些讲话，他密密麻麻地记了半个小本本。大家议论纷纷："咱村下放干部老谷，是实干家，是水稻专家。"

庄稼一枝花，全靠肥当家。谷文昌帮助红旗大队组织了专业积肥队，积攒农家肥，沤制绿肥。每天早晨五点左右，谷文昌总是拖着经常发生阵发性痉挛的左腿（"文革"中被批斗落下的毛病），出现在田头、村口、山坡。人们总是看到谷文昌夫妇早起拾粪的熟悉身影，看到夫妇俩头发和眉毛上挂着洁白的霜花。他那瘦瘦的身影，一手簸箕一手粪铲，东边看看，西边瞧瞧，仔细捡拾零落于各处的猪牛羊粪。闽西北山区的冬天非常寒冷，气温在零度以下是常有的事。可是，在谷文昌心里，没有冬天，没有寒冷，只有夏天，只有热情，只有一颗火热的为人民服务的心。一天早上，他看到一位老农背着粪筐、掂着铁铲拾粪，非常感兴趣，要求自个儿出钱，让那位老农帮忙打造了一把一模一样的粪铲。如今，谷文昌纪念馆内，收藏了当年谷文昌用过的那对粪筐和粪铲。有一次，谷文昌去县城开会，有人反映机关公共厕所管理问题，谷文昌提出来帮助处理机关厕所粪便问题。从此，红旗大队定期派人用板车去城里拉粪，那几个厕所成了红旗大队的积肥点。据当时统计，谷文昌和爱人史英萍在红旗村的七个多月里，共为集体捡拾了一万多公斤肥料。据谷哲英回忆，那时候，爸爸妈妈拾得牲畜粪肥，堆得像小山一样高。

针对当时普遍存在的"出工不出力，干活磨洋工"现象，谷文昌在大队生产会上介绍了东山绿化中"包公、包产"的经验，与社员商量实行"包工分"制，把质量、效率、报酬统一起来管理，一下子调动起大家的生产积极性，解决了"干好干孬一个样"的问题。一天，谷文昌和小队长查看刚插秧不久的稻田，发现有些地块存在烂根问题，忙问生产队长怎么回事。生产队长说，队里账上只剩下十来块钱了，买不起秧苗。谷文昌回到家，与史英萍商量后，拿出自己的工资，再加上老伴当月的工资，全部拿出来买了秧苗，补齐了烂根的部分。村西有块地，一片荒芜。谷文昌问王定乾怎么回事，王定乾说，那块地离村子远，没人管。谷文昌说，村干部要管啊。他和几个村干部承担起那块荒地的开垦和种植任务，播种、插秧、施肥，收拾得规规整整。到了收获季节，那块荒地成了一片金黄的稻谷。

谷文昌从农村出来，农家活样样内行，他白天和社员一起劳动，晚上与生产队长一起研究。插秧时，他带头下到水里插秧，时常一身汗一身水；田间管理时节，他常与有经验的老农和农技人员深入田间，查看苗情，防治病虫害。那年双抢收获季节，他亲自拿着一面铜锣，天不亮就敲开了，吆喝大家抓紧时间收割。大家因此称他为"三不闲"：手不闲，腿不闲，嘴不闲。

这一年，红旗大队粮食亩产一跃上了千斤，在三明地区第一个实现了"跨《纲要》"和"跨千斤"。红旗大队的社员们结束了"米饭不够，地瓜片凑"的历史。红旗村，这个多年吃粮靠返销的落后村，20世纪70年代以后，先后交了十多万斤的余粮，名副其实地扛上了红旗。望着堆得满囤满仓的金黄稻谷，不知是谁，感激之余，称"老谷"为"谷满仓"。从此，在红旗大队，在禾口公社，甚至在宁化县，人们传颂着下放干部"谷满仓"的美名。

谷文昌的一系列举措，特别是推行"包工分制"，在当时的政治背景下，很多人为他捏了一把汗，非常害怕他再次被戴上"死不悔改的走资派"的大帽子。大家默默地支持谷文昌，称赞他"为了人民的利益不顾个人得失"，这也得到了宁化县委和县革委会的默许。不久，在宁化县举世闻名的隆陂水利工程建设中，谷文昌被大家一致推荐为工程总指挥。

临危受命

石壁所在的宁化县，距离红都瑞金不过一百公里，是红色革命老区，也是红军长征的出发地之一，毛泽东、周恩来、朱德、彭德怀、黄克诚等一大批无产阶级革命家在这里留下了战斗的足迹。宁化县当年有13700多人参加了工农红军，有名可考的烈士达3300多人。其中，石壁镇参加红军的有1300多人，烈士600多人，是名副其实的革命老区。毛泽东1930年1月在这里写下一首脍炙人口的诗篇《如梦令·元旦》，表达了当年的革命情怀：

> 宁化、清流、归化，路隘林深苔滑。
> 今日向何方，直指武夷山下。
> 山下山下，风展红旗如画。

石壁历史文化悠久，几百年来，民间就有"北有大槐树，南有石壁村"的传说。大槐树在历史上是北方移民的出发地，而石壁村是客家人的祖居地。这里一度繁荣富庶，后来，由于多年战乱，逐渐沦为穷山恶水的境地。这一带山高谷深，每逢暴雨，山洪呼啸而至，田里一片汪洋。水灾噩梦尚未散尽，旱灾接踵而至，这里十年九旱，成为宁化有名的穷地方。当时，全石壁公社只有2800亩土地，年均亩产不到150公斤，人均口粮不到150公斤，最低工分只有七厘钱。淮土是宁化的一个镇，当地有民谣唱："河口淮土，光山秃土，宁当尼姑，不嫁淮土。"为了根除洪灾、旱灾，改变当地的灌溉水源问题，改变当地的落后面貌，宁化县委、县革委会决定，上马修建隆陂水库。

按照设计规划，水库为福建省中型水库，工程浩大，任务艰巨。在当时的年代，把几千人投入工程建设中，绝非易事，选一位合适的总指挥更是难上加难。大家选来选去，把目光盯准谷文昌。有人说，这个"谷满仓"帮助红旗村的粮食跨过了《纲要》；有人说，谷文昌在东山县时植树造林，修建水库、海堤和地下水工程，经验丰富；有人到红旗村偷偷调查，几乎全大队的社员群众都对谷文昌交口称赞。时任宁化县委书记的刘桂江说："谷文昌下放到红旗大队以来，表现良好，是一位有丰富经验的老干部。他原则性强，实事求是，在群众和工作中有很高的威望……"

修建如此大规模的水库，是一场硬仗、恶仗，已经靠边站的谷文昌被推上指挥千军万马的第一线。他没有退却，而是感谢组织的信任。简单收拾后，他辞别妻女和乡亲们，步行十几里山路走马上任。他一到工地，一刻也不休息，拖着阵发性痉挛的左腿，攀上海拔350米的山坡，和其他几位领导干部、技术人员在一座破烂不堪的祠堂里安营扎寨。

时任水库技术主管的王瑞枝介绍，谷文昌一上任，连口热水也没喝，就要求带着他到工地上走一走。库址所在地沟深谷幽，云萦雾绕，每当夜幕降临，寒气逼人，阴毒的银环蛇在人们脚下和头顶的石缝间爬行，野山羊漫山遍野哀号，毛骨悚然，吸血的高腿蚊子遮天蔽日。谷文昌带领大家开荒劈莽，驱散虫蛇，在相对安全的山谷地带搭建工棚。来自全县各地的4000多名民工，自带铺盖和工具，住在临时搭建的工棚里。各路人马安营扎寨，工地上满是准备开工的民工。

修建水库需要大量石料，没有现成的，怎么办？石匠出身的谷文昌拄根木棍，亲自带领技术人员找到石材质地优良的峭壁，凿开了修建水库需要的料场。

工程前期发生了两个小插曲。一天，谷文昌拄着木棍查看工地食堂，看到水缸里的水一片混浊，他摇摇头，问挑水的师傅从哪里挑的水。挑水师傅说是稻田沟里的水，谷文昌跟着挑水师傅来到水源地，发现这里的确有一小片稻田沟里的水，又小又浑浊，很不卫生，怎能满足四千人吃水呢？然后，谷文昌攀山越岭，凭着对大山的特殊感情和丰富的经验，找到一眼山泉。他让大家用竹子做成水管，把甘甜的泉水引到工地上。

天气越来越热，蚊蝇遍地，蛇鼠出没。大家有时晚上睡着觉，觉得身上有凉凉的东西在爬，一摸，是银环蛇；有时收工后，刚走进野庙内的窝棚，突然，一团东西从头顶落下来，原来是蝙蝠。工程队伍中出现了大量民工外逃的现象，22个工程连都有这种现象，附近的几个村尤其多。战斗还没打响，就临阵退却了，这哪行？于是，谷文昌又开始了艰苦的行程。他逐村逐人做思想工作，招大家回工地。他拄着木棍下山来到民工回家较多的官坑村，召集村民开会，苦口婆心地开导："禾口为什么苦？缺水，干旱啊！挖掉这千年的苦根，建水库是唯一的出路。咱们苦干三年，子孙能幸福万年呐。"他又来到离水库最近的陈塘村做工作。有些群众不相信水库里的水能流到家门口，有个生产队长质疑道："如果水能流到我们村，我把它全喝了。"谷文昌不紧不慢地展开水库设计图给群众，说："看，渠道这么走，一直走到咱们家门口啊。"

这都是我们自家的利益，再苦再累也要干啊！在谷文昌的感召下，民工纷纷返回工地。热火朝天的工地上红旗猎猎，夯歌高亢，许多民工不会忘记山坡上用石灰水写的那八个大字——"改变禾口穷山恶水"。

如何长时间留住民工？谷文昌冷静下来，还是要在改善民工生活上下功夫，他召开专门会议，要求一定要加强民工住宿安全，特别强调一定要解决入口和出口的问题。入口就是建设好食堂，出口就是建设好厕所。他将厕所与食堂拉开距离，为民工们建起25个厕所。根据他的提议，各大队每月杀一头猪慰问民工，谷文昌有时亲自到村里督办，让民工每月都吃上肉。为了活跃民工文化生活，他专门打报告，请求不定期在工地上放电影，开展娱乐活动。他还组织在工地上搭建起医疗室、小百货店、裁缝铺、理发店，最大可能地满足民工的生活需要。物资紧张，谷文昌亲自到县商业局联系商品，有时联系来自行车、缝纫机等短缺商品，作为奖品卖给先进民工。

谷文昌时刻把职工的冷暖挂在心上。为了与民工打成一片，开工不久，他搬出指挥部，住进80个人一起的民工窝棚，竹片当床板，稻草当褥子。有人说窝棚门口风大，不好，谷文昌就主动搬到门口。大家觉得这个小老头和蔼可亲，民工无论大小，都像红旗村的社员一样，称他"老谷"。为了了解整个工地的情况，他经常下到连队，与大家一起劳动。因此，他对工地上的22个连队全部熟悉。一天，他看到有的民工搬石头时没戴手套，询问原因，才了解到他们没有钱买手套。他二话不说，自个儿掏出50块钱，为没有手套的民工购买配发了手套。一个民工突然胃出血，疼痛难忍，工地上的诊所治不了，谷文昌闻讯掏出100块钱，把那位民工送到县城医院。

当时，谷文昌在红旗村安家，有时候碰上从红旗村回工地的民工，时常带来史英萍给丈夫做的野菜包的饺子或炒鸡蛋。只要这些好东西一到，他经常还没有打开看里面是什么，就召集身边的民工，见者有份，算是给大家打牙祭了。

更让大家感动的是，谷文昌指挥全局，还处处带头参加劳动。他每天

5点多钟起床，从工棚走上大坝，从大坝走到涵洞口，从涵洞口来到料场，方圆十几里的工地上，哪里有困难、有危险，哪里就有他的身影。他参加了工地上几乎所有工种的劳动，打石、抬石、挖土、挑土、推车。他手把手教打石的新手如何凿炮眼，如何打石料，怎么握凿子，怎么抡铁锤。工地上下雪了，他冒着零下八度的低温爬上大坝扫雪，同志们劝他："老谷，你年纪大，天气冷，别参加了。"谷文昌说："任务艰巨的时候，领导在不在现场，效果不一样。"

身教重于言传，谷文昌总是以自己的行为教育群众。工地上，有的民工把抬石头的8号铁线拿回家，谎称丢了。谷文昌知道后，没在大会小会上点名批评，只是提醒民工认真看管好东西，并让他们去买些铁线报销。发票开来后，财务不让报销。谷文昌接过发票，自己掏钱如数付给民工，然后随手将发票撕毁。那些民工见了，默默低下头。从此，工地上再也没有发现公家的东西丢失了。

1970年年底，技术主管李清楷、王瑞枝等同志建议，最好赶在1971年雨季到来前把大坝建成，这样可以缩短工期一年。谷文昌仔细分析后，完全同意。进一步研究后，指挥部号召大家在工地上过年，谷文昌亲自坚守岗位。那年，谷文昌的大儿子谷豫闽刚结婚，领着新婚妻子来到红旗村的家过春节，家里捎信要他回家吃个团圆饭。谷文昌当然没有回家，还要求儿子、媳妇到工地上来看一看。大年初一，史英萍让小女儿谷哲英给爸爸送饺子去。谷哲英走了十几里的山路来到工地，工地上到处是坚持施工的人群，谷哲英好不容易找到爸爸。她看见身体瘦弱的爸爸正和三个青年民工抬一块长长的石条，爸爸一手拄着木棍，为了保持身体平衡，一手掐着腰。在谷哲英的记忆里，那块石条特别长特别重，压得爸爸弯着腰。爸爸专注地抬着，她心疼地连喊几声："爸爸，饭吃了吗？爸爸，饭吃了吗？"谷文昌紧紧咬着牙关，竟然没有回答。不知道过了多久，谷文昌才来到正在发呆的女儿身边,而饭盒里的饺子,已经冻成冰疙瘩。

在一张照片上,身材瘦削的谷文昌肩上扛着担子,戴着一顶褪了色的帽子,双手抱着一块大石头,正吃力地往前挪。这正是谷文昌那一代共产党员和群众一起战天斗地的真实写照。

人民的老谷

尊重知识,重视人才,历来是谷文昌工作的重要方略。在东山植树造林、修建海堤时如此,这次修建隆陂水库更是如此。谷文昌从下放干部中专门选出工程技术人员,组成技术工程组织,设立了技术小组、技术主管、技术员等。平日里,他把图纸与实地察看结合起来,碰到技术难题,总是与技术人员商量,然后才拿主意,从不自己拍脑袋、瞎指挥。生活上,他对技术人员格外关照,宁愿自己住工棚,也要把自己原来在祠堂里相对较好的床位让给技术人员。他虚心向技术人员学习,减轻技术人员的思想包袱。技术员王桂枝清楚地记得,那晚,他们一起谈心,王桂枝得知谷文昌竟然是改造干部,免不了担忧。谷文昌真切地对他说:"小王,我的道路是坎坎坷坷,但我始终相信共产党。你还年轻,任何时候,都要相信中国共产党。"技术员李宗斌新婚不久就来参加水库建设,30多岁的他一直没有孩子,这在那个年代是很少见的。那年春节没放假,谷文昌派人专门为夫妻俩隔出一间工棚,让他的妻子从莆田来工地探视。技术人员黄炳光来自南平,正与女友热恋,被抽调来建设水库,两人从此如同天河相隔。谷文昌了解情况后,特意找到小黄说:"小黄,我们需要一批南坪产的钻头,你回去跑一趟吧。"此后,一有去南坪的业务,谷文昌尽可能地安排小黄去。黄炳光心里明白,这是老谷对自己的照顾,是在促成自己鹊桥相会。后来,黄炳光与爱人喜结伉俪,总忘不了谷文昌的深情厚谊。

技术人员精神饱满,激情四溢,经常加班加点到深夜,遇到技术难题，通宵达旦攻关是家常便饭。大坝土料技术员张瑞栋一丝不苟，严格把关，不让一板车混有草皮、树根、腐殖土、小石块的土料填入大坝。1970年深秋，为了摸清坝址的地质情况，技术员李宗斌和陈旭盛双双跳入冰冷浑浊的深水中，探明水下地质状况。这些行动，激发了其他参战民工的积极性，整个工地战歌嘹亮，一派豪气冲天的场景。对此，宁化县委、县革委下达命令，要求1970年国庆节上坝填土。谷文昌召开会议，征求技术人员的意见，技术人员们纷纷发表意见：埋在大坝下面的涵管清基工作尚未完成，如果不顾质量一味将工期提前，将会造成极大的隐患。谷文昌郑重地点点头，严肃地向上反映了实际情况。一次不行，两次、三次向上反映，他冒着政治风险，历陈急功冒进的不良后果，终于说服了领导，把上坝填土的期限延长了三个月。

质量是工程的生命，安全是生产的重中之重。他对安全事故提出了明确、具体、严格的要求。然而，由于当地地质条件和当时技术水平的限制，有些事故还是在所难免。那天，一群民工正在挖溢洪道，轰隆一声，塌方发生了，一大片"神仙土"将民工压在下面。不远处的谷文昌看到后，大喊着"救人啊，救人——"急忙赶往事故现场。他指挥着大家，亲自跳到土中挖人，一个又一个民工被挖出来，唯独缺少江家村的民工张清水，谷文昌与大家疯了一样挖土寻找，终于发现了张清水。谷文昌抱起张清水。三步并作两步地奔向医务室。人们难以想象，谷文昌这位年近花甲、疾病缠身的老人竟能爆发出如此惊人的力量。在谷文昌的人生长河中，保证人民生命财产安全是他最高的做人准则。那年，鬼子汉奸上千人扫荡林北解放区，企图给抗日军民突然袭击。谷文昌亲自殿后，沉着应战，阻击敌人，我方军民无一伤亡；三年困难时期，一些地方出现了饿死人的现象，谷文昌带领东山县委一班人，采取一切措施生产自救，宁愿自己饿得浮肿也要解决老百姓的口粮问题。那三年，东山县没有饿死一个人。然而，由于窒息过久，张清水未能抢救过来，这也是隆陂水库工程中第一个也是唯一一个因公殉职的民工。不少群众伤心地看到，满身泥土的谷文昌号啕大哭。后来，他亲自主持了几千名民工参加的追悼会，他声音沙哑，紧紧握住张清水家属的手，老泪纵横地自责："怪我啊，都怪我啊！"在场的数千名民工无不动容落泪。

谷文昌把安全生产放在重要位置，处处监督，事事提醒，保证民工的生命安全。好多工程质量都由他亲自监督，填坝的用土绝对不能有杂草和碎石，运料的道路必须平整……隆陂水库上的荷树岭隧道全长460米，一头人工开挖，一头机器掘进，在当时的条件下，这是一项异常艰巨而庞大的工程。谷文昌经常在这个工地附近巡视，确保生产安全。一天下午，他听见洞内轰隆一声，看见一股尘土从洞口冒出来。塌方了？谷文昌的心揪起来，飞快地戴上安全帽，弯腰冲进潮湿的洞内，高喊着："同志们，要注意安全啊，注意安全！"狭小的洞内尘土弥漫，头顶哗啦啦地落土，地上积水横流。民工、技术员们一听是谷文昌，他们不愿意看到自己爱戴的老谷有啥闪失，纷纷劝他出去。谷文昌严肃地说："你们都不怕，我怕什么？"技术总管激动地说："来人，把谷总指挥抬出去。"谷文昌理解同志们的心情。洞内的险情处理了两个多小时，当大家安全地走出来时，看到谷文昌还揪心地守在洞口。当他得知没有造成人员伤亡，险情已经排除后，激动地握住同志们的手。

红旗猎猎，战歌嘹亮。在谷文昌指挥带动下，大家苦干加巧干，看见了胜利的曙光。1971年3月，雨季到来之前，终于迎来大坝合龙的关键时刻。大坝合龙高度定在海拔408米，谷文昌带领全体民工、技术人员夜以继日地苦干。民工采取黑白两班倒的方式，日夜兼程，加快工程进度。谷文昌对自己严格要求，那几天，他要求自己一班倒，这意味着他经常一天24小时工作，基本上不休息，这对于一个"铁人"也不行啊，何况是一个有肺病、胃病，年近六十岁的老人。终于，谷文昌病倒了，高烧39度多。他眉头上放着一块湿手绢，让身边的人赶快去工地，自己一个人躺在工棚里。大坝已填至402米的高程，老天突降大雨，一声惊雷，谷文昌从昏迷中苏醒过来，马上拄着木棍爬上大坝一线。大雨如注，水库水位逐渐增高，围堰有些地方漏水，八台抽水机昼夜不停地超负荷抽水，已经坏了六台。情势万分危急，谷文昌从指挥人员手中要过喇叭，调集全部民工上堤填土，筑高大坝。暴雨倾盆，库中水位与合龙土层同时增高。凌晨1点，只差五厘米就要过水了，大坝面临被冲毁的危险。谷文昌一遍又一遍地给宁化县委、县革委打电话求救，请求紧急支援麻袋和抽水机。打完电话，谷文昌又爬上坝顶，站在风雨中指挥。谷文昌组织了一帮小伙子潜入水中，一次次将漂浮起来的潜水管放回水底。水位继续升高，一些参加过那次抢险的同志至今还记得谷文昌声嘶力竭地呼喊："现在到了最危急的时刻，水库能不能建成？全靠大家今晚的努力了。为了子孙后代的幸福，我们咬紧牙关，坚持！坚持！再坚持！"

危急时刻，时任宁化县委书记刘桂江和县革委主任刘大兴、副主任张建国等同志率领县直机关干部180多人，携带抽水设备，急行军10多公里赶到救灾现场。沉沉的黑夜中，风中飘荡的马灯、汽灯和手电闪烁着。大家以气壮山河的气魄、众志成城的精神，顶风冒雨，汗流浃背，纷纷向龙口填土。谷文昌和许多人全身泥巴，30多个小时几乎没有合眼。黎明时分，一缕霞光从浓云中透出，龙口终于合龙。

1971年8月，隆陂水库竣工，石壁人民结束了旱涝缺水的历史。1974年，全灌区170多公里长的干支渠全线通水，全面受益，禾口公社粮食单产在全县第一个跨过《纲要》。

四十多年来，隆陂水库不断加固配套设施，发挥了更大的效益，在防洪、抗旱、发电、改善生态环境等方面，发挥着重要作用，为石壁产业结构调整、农民增产增收奠定了坚实基础。据统计，隆陂水库每年为石壁人民创造的经济价值超过500万元。当地人民利用水库水源建起了自来水厂，结束了群众饮用溪沟水、池塘水的历史，控制了肝炎等常见病、多发病的多发。水库建成后，又先后建起三座水电站，装机容量1020千瓦，年发电量300万度，基本满足了全镇工业和群众生活用电，结束了用煤油、松子油照明的时代。水库对改变当地生态环境发挥了决定性作用，15平方公里的荒山秃岭披上绿装，有效地控制了水土流失。水库也为下游调洪发挥了关键作用，成为宁化、清流城关11万人口生命财产的第一道安全闸。1994年5月2日，宁化县遭遇百年不遇的洪灾。如果没有隆陂水库，宁化城关水位将上升1.2米，受灾人口将增加1.5万人，被淹住房将增加3600户。至今，当地百姓依然称这座水库为"生命库"，时任水库技术员张瑞栋说："我们现在吃水、用水，点灯，经常想起我们的老谷同志。走进红旗村，只要一提起谷文昌，人们都会打开话匣子，说出一串串故事。"

吃水不忘挖井人。为了让下一代学习谷文昌的事迹，弘扬谷文昌大公无私、一心为民的精神，2013年，宁化地方政府在隆陂水库旁边建起"谷文昌纪念园"。纪念园占地一亩有余，依山而建，园内有先进事迹介绍、谷文昌在宁化工作时的影像资料和谷文昌的话语摘录等，还建有"谷公亭"，该园已成为党员干部的教育基地。

第二十二章　廉洁家风

不带私心干革命，一心一意为人民。

这是谷文昌为政为官的格言，他强调："共产党员干部，特别是领导干部，首先把自己的手洗干净。"因此，谷文昌从自己做起，对个人、对家人严格要求，从不以权谋私，更不搞特殊化，光明磊落，廉洁勤政，展现了一个共产党员干部"朗如日月，清如水镜"的人格风骨，为周围同事树立了榜样，为后人树立了榜样，被人民群众衷心爱戴拥护。

谷文昌严于律己，清正廉洁，始终保持着一个优秀共产党员的精神操守，一贯严格要求自己的家属和子女，不搞特殊化，不以权谋私，被地方群众称为"时刻想着群众而忘记自己的人"。谷文昌有三女两子，他对子女非常疼爱，而这种疼爱往往体现在对子女的严格要求中。他经常教育家人："干部家属要经常看看老百姓穿的什么，吃的什么，不能搞特殊化。后来，他把身边尚未成家的四个孩子全部送到乡下接受锻炼。

在谷豫闽眼里，父亲是人民的好书记，在家里是一位严师慈父。刚来东山时，谷豫闽一口浓重的河南话，更听不懂同学和老师的闽南话。听不懂老师的讲课，他有些灰心丧气，在课堂上看小人书，被老师发现了。老师没收了他的小人书，少不更事的他竟然与老师顶嘴，甚至骂老师。谷文昌听说后，那还了得，他把谷豫闽叫来，上来就是几巴掌。在谷文昌心目中，老师甚至比父母还要重要，他让史英萍买了一篮子鸡蛋，亲自领着孩子到老师家道歉。事后，谷文昌又苦口婆心地教育孩子："一定要尊敬老师，好好学习。看小人书不是不可以，但不能在课堂上看，完不成作业不能看。"后来，谷豫闽学习成绩上去了，谷文昌每次出差时，都给孩子买些小人书回来；假期空余时间，谷文昌还教谷豫闽与同学交换小人书，以扩大阅读面。闲暇时刻，谷文昌与孩子一起看小人书。谷豫闽记得，他与父亲一起看的小人书有《大闹天宫》《武松打虎》《岳飞》等传统内容的连环画，还有《白毛女》《鸡毛信》《半夜鸡叫》等现代革命内容的连环画。父亲教育他要从连环画中学习历史知识，特别是学习如何做人的道理。1959年，谷文昌因肺病在家短期疗养，谷豫闽去西埔村租借小人书，与父亲一起阅读。当然，前提是不能耽误学习。

在谷豫闽记忆中，父亲打过他两次。有一段时间，他认为自己是县委书记的儿子，不是普通老百姓，有一种身份上的优越感。谷文昌教育他："你也是老百姓，爸爸妈妈虽然是领导干部，但实际上是老百姓的勤务员。你无非是勤务员的孩子，怎能把自己与老百姓分开呢？"刚上初中那阵子，因为语言沟通问题，谷豫闽与同学产生了误会，跟一位同学打架，打得对方鼻子流血。谷文昌得知后，非常生气，责问儿子："你爸爸是县委书记怎么了？如今的县委书记不是旧社会的县老爷，是人民的勤务员。"说着，就打了谷豫闽两巴掌。打完，患有肺病的谷文昌喘着粗气，把抽泣的谷豫闽拉过来说："豫闽，在家你是妹妹的榜样，怎能打架呢？在外，你作为县委书记的儿子，更要注意团结同学，要与工人、农民的孩子交朋友，不能盛气凌人。"事后，谷文昌又让妻子提了一篮子鸡蛋，去那位农民同学的家里登门道歉。从此，谷豫闽认真学习，尊敬老师，团结同学，成为打着赤脚，和工人、农民、渔民的孩子一块读书学习、一块儿劳动玩耍的好孩子。他很快学会了一口流利的东山话，学校里的老师、同学，大都不知道他是县委书记的儿子。后来，他以优异的成绩考上大学，大学毕业后下乡锻炼，之后走上工作岗位，一直都踏踏实实。

  谷文昌重视基层调查研究。一开始，他经常步行到基层走访，距离远的，就租自行车下去。再后来，县委有了自行车，他就让通讯员驮着他下乡。那时候，华侨捐献给东山县委一辆汽车，经谷文昌批准，一辆车，两家用，公安局出警时当警车用；平时，县医院当救护车用，县委、县政府领导就是不能用。华侨吴细狗听说后，很是赞叹，又为县委捐献了三辆自行车。县委终于为谷文昌配备了一辆自行车。为了深入基层调研，谷文昌四十二岁那年开始学习骑自行车，历经辛苦，终于学会。从此，自行车逐渐成了他的代步工具，谷文昌可以更方便地深入基层调研了。

  他对自行车珍爱有加，一回家就上锁，一有空就上油擦拭，绝不让孩子碰它。他在墙上钉了两个大钉子，没下乡时就把自行车挂起来。有一次，谷哲慧和弟弟谷豫闽看见自行车没上锁，就偷偷拉出去练骑，回家后被谷文昌大声训斥了一顿，两个人眼里滚出泪珠。谷文昌见孩子们认了错，才安慰说："这辆自行车是组织分配给爸爸工作用的，家属、子女谁也不能乱动。公家的车不能占用，我已经对你们讲过多少次了。你们想学车，等爸爸有钱了，给你们买一辆。"不过，谷文昌始终没有给孩子买过一辆自行车。

  二女儿谷哲芬是谷文昌的掌上明珠。但是，谷哲芬拿到高中毕业证书刚一个星期，谷文昌就把她的城镇户口退了，让她去插队，连和同学们毕业合影也没来得及。有一次，谷哲芬插队回家探亲，发现爸爸的自行车没有锁，就骑着去逛街，回家后又受到爸爸的批评："这是公家的车，你凭什么骑？不要公私不分。"

  谷哲芬眼圈一红，小声抽泣起来。谷文昌把自行车放好，平静下来，给女儿讲道理:"闺女,这是公家的财产,不是咱自家的。"

谷哲芬依然抽泣着,谷文昌心疼地说:"爸爸吵你不对,但你用公家的东西也不对。以后别这样了。"谷哲芬含着泪珠点点头。

谷文昌的批评,给子女们留下深刻的印象,使他们早早就知道,公家的东西不能碰。

后来,县里为谷文昌配了一辆吉普车,谷文昌还是把它让给其他领导,他说:"骑自行车便于和群众搭话。"就这样,从1957年到1964年,这辆自行车一直陪伴着谷文昌,与他一道踏遍了东山的山山水水,走进千家万户群众家里。它是东山从荒岛变绿洲的"亲历者",是谷文昌执政为民的见证。有人说,真正的威信不是强压出来的,而是靠严格自律、清白做人的人格魅力累积出来的。

1959年,大食堂在全国推广开来。有一天傍晚,谷哲慧端着一碗食堂的炒白菜走进家门。谷文昌一看满满一大碗白菜,就问:"你买了多少?"谷哲慧回答:"一盘。"谷文昌知道这是因为大家知道谷哲慧是县委书记的女儿,就说:"一盘哪有这么多,这不是揩公家的油吗?退回去。"

1962年,谷哲慧高中毕业没考上大学,许多同学都被安排了工作。谷哲慧找爸爸求助,谷文昌开导女儿:"总不能自己给自己安排吧,年轻人应该多锻炼锻炼。"

后来,谷哲慧成为一名临时工,而当年东山县高考落榜生没有被正式安排工作的,只有谷哲慧和另一名学生。谷文昌调离东山担任福建省林业厅副厅长前夕,有关部门提出让谷哲慧转为正式职工,随父亲调离,去省城工作。谷文昌拦住这件事情,说:"组织上调的是我,不是我女儿。"于是,谷哲慧一个人继续留在东山工作。直到1979年,谷哲慧才从临时工转为正式工,工龄从1972年算起。谷文昌去世后,谷哲慧才转为国家正式职工。

在谷豫东记忆中,父亲的严不是"凶"出来的,父亲甚至很少大声批评人,总是耐心地跟对方讲道理。不能做的事,他一点也不退让,而且总有办法把大家的思想工作做通。1969年冬天,谷哲慧随父母下放到宁化,过了一段时间,当地党组织考虑她入党转正的问题,谷哲慧此时已经心灰意冷,心酸的往事历历在目:1962年高中毕业不久,她在南安、东山、诏安搞了三年"社教",后来,因为是"走资派"的女儿连临时工也不能干了;"文革"中,接二连三的打击,使她打定主意不再为组织问题烦心了。

谷文昌得知此事后,找女儿谈心。他先听女儿委屈地倾诉,然后耐心地开导女儿:"闺女,爸爸从抗日战争参加革命,到现在下放改造,从枪林弹雨中走过来,如今又经受这样的磨炼。你说说,是你遭的罪大,还是爸爸遭的罪大?"

谷哲慧默默地点点头:"爸爸遭的罪大。"

谷文昌语重心长地开导:"闺女,无论遭受多大的挫折,爸爸都没有倒下来。你知道为什么吗?因为爸爸心中有一个革命的信念,那就是共产主义信念。爸爸是右派不假,但国家为什么还让爸爸担任隆陂水库的总指挥?是因为党和人民的眼睛是雪亮的。闺女,你过去有共产主义的信念,也尽了自己的最大努力,不能因为受了一点委屈就丧失信念。你要相信党,靠拢党,要相信这只是暂时的现象。"

在父亲的教育下,谷哲慧端正了思想认识,积极向组织靠拢,预备党员转正的问题也终于解决。不久,她成为一名光荣的共产党员。

谷豫东也领教过父亲难得的一次发火。他上高一时,父亲已经回到龙溪地区任职。那时候物资匮乏,买啥都得凭票。高中男同学起哄买烟,有人怂恿谷豫东:"你爸不是官吗?他们有买烟的指标。"

谷豫东攥着凑起来的钱来到小卖部,小声说:"我爸是谷文昌,让我买包烟。"

这话果然管用，谷豫东买到了香烟。谷文昌后来得知此事，大怒，狠狠地训斥了儿子，还领着谷豫东到小卖部向阿姨道歉，检讨自己没管教好。

谷豫东回忆说："爸爸认为，我打着他的旗号，就是有特权思想。"

谷家子女有明确家规，不允许揩公家一点油，不允许沾父亲一点光。相反，为支持父亲更好地开展工作，无论正常招工转正、提级升职，还是上学参军，谷家子弟一律"先人后己"。

谷豫东眼里满含深情地告诉我："不过，父亲绝不是不近人情的人。"

谷文昌也非常关心孩子们。每次食堂改善伙食，他总是把平生最爱吃的饺子，悄悄放进饭盒，自己不舍得吃，下班带回家给孩子们吃。他认为，对孩子严格要求是一种关心；让孩子们去基层、去农村锻炼，是一种对孩子的特殊关爱。那年，谷豫东高中毕业，想按政策留城当工人。因为谷文昌的几个子女都在乡下锻炼，按政策，父母身边可以留一个亲人照顾。再说，谷豫东在河南老家农村生活了六年，六年啊，在农村基层锻炼的时间已经不算短了。然而，父亲坚决不同意，他动员儿子带头下乡。谷豫东要求去东山县，因为那里他的朋友多。父亲却说："不能去东山，我担心当地干部群众知道你是我的儿子，会照顾你，达不到锻炼的目的，不能去。"

最后，谷豫东到龙溪比较偏远的南靖县农场锻炼，他失望极了。临行前几天，父亲请来一位朋友，为全家拍了一张合影。出发的前一晚，谷文昌早早结束手头工作，赶回家帮儿子整理行装。

谷豫东回忆："爸爸每次出差，都是母亲替他收拾行李。可这次爸爸硬是坚持帮我打理。他上了年纪，腿脚不利索了，还是忙上忙下。望着父亲蹒跚的身影，我深深地感受到那份深藏的爱。那天，父亲恰好去南靖林业局出差，车到南靖林业局门口停下来。父亲把我的行李卸下来，步行送了一程。父亲走路一瘸一拐，我知道那是父亲的左腿痉挛疼痛引起的。他说话时剧烈地咳嗽了几下，我知道那是父亲肺病、胃病在身。"父亲把全家照掏出来深情地递给我，说："小东，以后的路只能靠你走了。人这一生，要走很多路，不管你走到哪儿，总得有个根。爸爸的根在农村，你的根也在农村。"

谷豫东眼睛湿润，默默发誓："爸爸，儿子绝对不会让您失望的。"

一年多来，谷豫东在基层刻苦磨炼，谁也不知道他是谷文昌的儿子。直到有一天，谷豫东拿着新兵录取通知书向爸妈汇报。原来，谷豫东在农村报名参军。参军在当时是一项非常光荣而又困难的事情，谷豫东凭着自己良好的政治素质和身体条件，被光荣录取。谷文昌很高兴，他知道这是儿子凭自己的能力争取的。

1980年，谷文昌的大儿媳妇杨小云从师范学校毕业后，想让公公出面安排个好单位。谷文昌说："还是听从组织分配吧。"后来，杨小云被分配到郊区一所小学，又想让公公帮助调一调。谷文昌说："不论单位大小，只要努力，在哪里都可以作出成绩。"杨小云在那所郊区小学一干就是十三年。

20世纪50年代，史英萍的侄女史水仙在东山县木器厂当搬运工。由于工作量太大，她请求姑父帮她调换工种。谷文昌教育侄女："姑父是县委书记，不能帮亲戚搞特殊化。我们反对'走后门'，自己又搞一套，怎能去说服别人呢？"

后来，史水仙嫁给一位驻军团部的参谋，他们结婚的平房只有10平方米左右，地板潮湿。她向谷文昌诉苦，要求换一间稍大点的住房。谷文昌拒绝了侄女的请求，说："你们还年轻，要好好工作，别忙着讲享受。"

1963年，史水仙的儿子已经到了上幼儿园的年龄，小孩子吃饭爱挑挑拣拣。一天，谷文昌叫来这位"小宝贝"，领他到城郊一位农户家里吃

"忆苦思甜饭"，即牛皮菜加地瓜稀饭。事后，他对史水仙夫妇说，不能从小就让孩子养成"讲享受"的坏习惯。

谷文昌不让子女占便宜，一直保持艰苦朴素的作风。谷哲慧快要结婚了，她从东山百货公司仓库里买了两床缎被面。谷文昌知道后，让女儿马上退回去。他告诫女儿："你是县委书记的女儿，不能买那么好的被面。"谷文昌的子女，常穿的是三角钱一尺的民主蓝布衫。谷豫闽上大学穿的短裤，是用谷文昌磨破的长裤改成的。当时谷豫东的毛背心，是用谷文昌穿破洞的毛衣重新织的。三个女儿的衣服也是大的穿过了，小的又接着穿。谷文昌经常教育孩子："我们是农民的后代，劳动人民的本色、勤俭节约的美德千万不能丢。"

在谷文昌的严格教育下，谷文昌家里没有一个子女在"当官"的父亲那里享受到什么特权。他们与一般百姓一样靠自己的能力生活，能干什么就干什么，不管能力大小、岗位如何、职务高低，总是兢兢业业做好本职工作，从不利用父亲的影响搞特殊化，谋取个人利益。不仅如此，他的家人还因此一再低调，甘受委屈。

谷文昌的爱人史英萍是南下干部，与谷文昌结婚前已经是县民政局科长，转薪时定为18级。史英萍有文化有能力，有几次提薪的机会，全让谷文昌给压下了。他对工作人员说："你们不要因为老史是我的妻子而照顾她，国家经济还很困难，有限的调薪名额，应该给比老史薪水更低的人。"史英萍担任县妇联科科长多年，又有文化，组织部门推荐她进入县领导班子，又是被谷文昌压住，他说："让文化水平更高、口才更好的人干吧。"就这样，史英萍一直干到谷文昌去世三年后，解放初定的工资级别才随全体自然增级而增加了一级，行政职务才由科级提到副处级。

1964年，谷文昌调到福州时，他从东山带来的全部家当，只有两只皮箱、两只木箱、两瓮咸菜和几麻袋杂物。谷文昌一心扑在工作上，一直没有时间买家具。在老伴的催促下，终于在一个星期天，他领着孩子买来家具，有竹子做的凳子、藤条做的椅子、石头做的饭桌。史英萍皱着眉头说："怎么不买点木头做的？木头的结实耐用。"

谷文昌毫不犹豫地说："林业厅副厅长家一下子添那么多木制家具，外人会怎么说？还不说我揩公家的油，以后一个个还不跟着学？"

史英萍叹口气："这是我们自己花钱买的呀！"

谷文昌安慰她说："咱总不能写张条子，声明这些家具是咱自个儿买的吧？我不能带这个头。"

有一天，东山县林业局一位老部下来福州找分管林业的谷文昌汇报工作。谈着谈着，已到中午，谷文昌让老伴炒了两个菜招待。他们的饭桌很简单，由两个破凳子一对，上面铺一块面板凑合着。那位老部下实在看不下去了，回东山后，他特意让人做了一张小木桌，再次出差时，千里迢迢坐公共汽车送到谷文昌家。谷文昌一看木桌子，非常生气，严厉地要求对方立即把桌子搬走。史英萍忙上来劝，老部下才哽咽着说明实情："谷书记，那是我拆了我家的旧柜子做的，不是砍了咱们的木麻黄！"谷文昌这才收下来。

在宁化结束下放，第二次调回福州后，谷文昌的家比较热闹。不少东山百姓不知道谷文昌这几年下放到宁化，有的来福州找不到谷文昌，错以为老书记在"文革"中遭批斗遇难了，很是伤心。如今，他们听说老书记不仅没遇难，还官复原职，就经常从东山来福州探望。只要老乡一来，谷文昌和史英萍就自己动手做饭招待乡亲们，晚上回不去，就在他家的小客厅里打地铺休息。谷文昌常与乡亲们一起交谈到深夜，谈木麻黄，谈庄稼长势，谈乡亲们的温饱问题，经常陪着大伙一起打呼噜。因此，他总想抽个时间回东山看望乡亲们。

1972年，谷文昌调回龙溪地区任地区林业局局长，他坚持不买木制家具，担任林业局局长期间，家里依然没有添置过一件木制家具。谷文昌不仅对自己这样严格要求，对子女也是如此，不让他们买木制家具。

1971年，谷哲芬结婚。这一年冬天，闽西山区异常寒冷。进了年关，客家人开始张罗年货。多事之秋，人们生活虽是艰苦，但劳碌了一整年的红旗大队的乡亲们，还是搬出藏在谷仓捂在罐里的东西，苦涩中透点喜悦，准备过年。

腊月二十六，谷哲芬与丈夫孙玉贵从部队来到宁化县禾口公社红旗大队办婚事。晚上，谷文昌请王定乾、张仁礼、吴仕茂"到家坐坐"。"到了老谷家，我们才知道他女儿今天结婚，"王定乾回忆说，"事先村里没有一个人知道。"

大家赶忙要回家去拿点东西表示一下。谷文昌挡在门口，拦住大家说："今天请几位来坐一下，没有什么，很简单，只是让你们知道我女儿出嫁了。"

厨房里，史英萍和谷哲芬忙碌着。狭长的木房子厅堂，谷文昌和客人聊着红旗大队的山山水水，聊着未来的发展。古旧的木屋看不见半点喜庆的红纸影子，所感受的却是对红旗大队未来的描绘而引起的热烈氛围。

一会儿，史英萍端上一碗热气腾腾的饺子，对大家抱歉地说："在北方，婚礼本来要张灯结彩，请大家吃个糖。我们这里什么也没有，置办不起，大家不要见笑。"

王定乾感慨着说："我们嫁女儿的时候，再穷也会请些亲戚、办桌酒席，何况马上要过年了。"

几位老乡，一碗饺子、一杯茶、一盒烟，谷文昌就这样把女儿嫁出去了。很晚了，大家还在谷文昌家聊天，一直聊到大半夜，而聊得最多的还是红旗大队的生产和生活。

回到龙溪后，结婚不久的谷哲芬想托父亲批点木材做家具，装饰一下新婚的小屋。谷文昌严厉地拒绝道："我管林业，如果我做一张木桌子，下面就会做几十张、几百张，我犯小错误，下面就会犯大错误。当领导的要先把自己的手洗干净，把自己的腰杆挺直。"不但没给谷哲芬批木材，谷文昌还要求女儿不能添置木家具。

谷哲芬告诉我："父亲身为林业局局长，不买木制家具，目的是为了避嫌。"

其实，避嫌是一种觉悟、一种境界，也是一种难得的清醒，其本质是一种自律。领导者避嫌，有时候可能以自己吃亏为代价，但这种亏应该吃，值得吃。正是因为这种吃亏的品格，才使得共产党人无私奉献的形象光彩照人，给群众以信心和力量。正因为谷文昌以自己的实际行动，展示了共产党人的"朗朗日月，清如水镜"的人格力量，才赢得人民的衷心爱戴和拥护。

但是，在取用木材"特权"上，谷文昌有一次例外。

调回漳州后，离东山近了，谷文昌对乡亲们的思念更深了，他决定抽时间回东山看看。回到东山，他首先挂念的还是木麻黄，以及那些风餐露宿的护林员。东山的木麻黄早已绿树成荫，树林间清风和畅，鸟语花香，他和史英萍来到老护林员蔡海福的草寮内。蔡海福家徒四壁，他收入低，常年有病，往往买得起药，却买不起熬药的木炭。那天，蔡海福穿着公家救济的旧棉袄，戴着侄子给他的棉帽子。一见老书记，蔡海福百感交集，两个老朋友有说不完的话，拉不完的呱儿。原来，蔡海福跟"走资派"谷文昌走得特别近，严格地守护着山林里的一草一木，因此得罪了不少人。前几年他遭到残酷批斗，奄奄一息，至死想着木麻黄，想着谷书记。当时，蔡海福断断续续地留下遗言："你们谁见到谷书记，就说咱东山的木麻黄很好……"

大家以为蔡海福要死了，谁知他又活了过来，仍一瘸一拐地守护着上百万亩山林。谷文昌紧紧握住老朋友的手,心里很不是滋味。蔡海福与谷文昌无话不谈,蔡海福说:"老谷,我这辈子就喜欢木麻黄的味,死后能不能给批块木材做棺材板?"

谷文昌望望周围高大的木麻黄说:"老蔡,棺材板要用百年大树,这一斧子下去,那可是——老蔡,我要你活着。"

蔡海福知道老书记的心事,苦笑了一下。随后,谷文昌自己出钱,把蔡海福接到漳州治病。病还没完全好,蔡海福又返回他热爱的山林。后来,蔡海福,这位全国护林模范、东山植树造林护林功臣,光荣殉职在自己的护林岗位上。谷文昌心如刀绞,含泪破例为蔡海福批了棺材板,木材是南靖县的松木。

2009年9月,谷豫东接受《闽南日报》记者专访时说:"父亲的一生,没有给我们留下金银财宝,但他留下了那些可贵的精神财富,将使我们代代相传,永不相忘。"

2013年9月,笔者采访谷豫东时,谷豫东谦逊地说:"父亲那个时代的共产党员大都是那个样子,高尚无私,清正廉洁,我父亲只是做了他应该做的而已。"

第二十三章　勤俭节约的"穷大方"

青少年时期的艰苦磨难，使得谷文昌养成了勤俭节约、亲民爱民的清廉本色，养成了他苦行僧式的简朴生活方式，无论家庭还是公家的生活花费，他都节俭到近乎"抠"的程度。但是，他又经常倾其所有，帮助那些生活贫困的群众和身边的人。

刚到东山的时候，他穿一身褪了色的旧军装。后来转业到地方，他几乎十几年如一日地穿着一身灰色的旧中山装。谷哲芬回忆，从记事起，她就学着缝补衣服，一直到长成大姑娘，还缝补着父亲穿了多年的中山装。有一张旧照片，是谷文昌穿着旧大衣照的，那时他来东山快十年了。家里老母亲身体不好，他和妻子准备回家探亲，竟然找不到一件像样的衣服，如何让年迈的母亲看着儿子"衣锦还乡"呢？他和妻子来到东山县旧货市场，花了五元钱，买下这件半旧的黑呢子大衣。这件旧大衣一直陪着他穿到福州、宁化、龙溪。

在东山多年，谷文昌经常穿着老母亲给他做的粗布鞋。他有两套干净的衣服，只有在重要的场合才舍得穿。他认为，干部穿得好了、洋了，离老百姓就会远了。穿着布鞋，他想起老家贫困朴实的大山里的乡亲，想起东山岛上多灾多难的百姓。

并不是谷文昌没有皮鞋,没有好衣服。谷文昌当时兼任驻岛部队政委,部队发给他的团级制服,除非在特殊场合,他从来不随便穿。他经常穿的是褪了色的灰中山装和黑布鞋,而他那双团级干部穿的皮鞋却送给了警卫员。有一年,他刚发了一双军用皮鞋,试穿了一下,就小心地放到柜子里。过了一段时间,他见通讯员朱鑫的布鞋露出脚趾头,就毫不犹豫地从箱底取出那双皮鞋,送给他说:"小朱,快换上这双新鞋吧。"

朱鑫看着谷文昌的旧布鞋,不好意思地说:"谷政委,您呢?"

谷文昌跺跺脚说:"老母亲做的,穿着踏实。"

还有一次,朱鑫跟谷文昌开玩笑说:"谷政委,您该做套新衣服了。"

谷文昌指着身上的农民服,微笑着说:"这不是很好吗?我们是人民公仆,是干革命的,过分讲究穿着会脱离群众。"

谷文昌经常戴着斗笠,穿一件旧中山装、粗布鞋下乡。一年春节,史英萍见丈夫身上的衣服实在不能再补了,就扯了几尺布给他做了一套新衣服。这时,龙溪一带遭受了罕见的台风、水灾。东山没受灾,上级倡议为灾区百姓捐衣服,谷文昌毫不犹豫地带头,不仅捐了老伴给他做的新衣服,还把藏在箱底的两件干净衣服也捐了出去。在这一点上,谷文昌毫不吝啬,格外大方。

无论是建设红旗水库、八尺门海堤、南门海堤等工程,还是在办公经费、公务车辆上,谷文昌都精打细算,一分钱掰八瓣用,绝不浪费国家一分钱。由于长期操劳,谷文昌的胃病、肺病越来越严重。1961年,他在龙溪行署开会。由于超负荷工作,他的胃病又犯了,疼得他脸色发黄,豆大的汗珠滚滚而下。行署领导看到后,"命令"他马上治病,他才留在龙溪治病。从医院出来,天色很晚了,已经没有回东山的公共汽车了,他必须住下来。按规定,他可以住政府招待所,招待所根据规定为他留了专门的房间。他领着通讯员小陈到前台一问,一间房竟然每晚10元,他连忙摇头说："我们东山还穷，不能住。"他和小陈在昏暗的大街上寻找便宜的招待所，问了几家，最终在一家澡堂子兼招待所的地方住下来，他俩的房间下面是冒着热气的澡堂大池子，狭小的房间里面只有一张床，每晚收3块钱。身材瘦弱的谷文昌对身材高大的小陈说："咱俩将就一晚上吧。"小陈皱皱眉头，谷文昌和蔼地说："我是来看病的，有地方住就行了。我没参加劳动，有啥理由要求住好的呢？"就这样，两个大男人背靠背挤在一张床上。小屋内狭窄潮热，那晚，小陈心里感动万分："这就是东山县的一把手，这就是我们敬爱的谷书记！"

1962年年初，当时正值三年困难时期，物质匮乏。干部一个月的工资买不了几斤肉，一些干部都跑回家干农活了。孙兆明那时任尖山养猪场场长。三十多岁的他正值壮年，由于长期营养不良，从尖山走到县商业局开会，不过几百米的路，他歇了好几回。能照出人影的一点稀饭，一会儿被消化掉了，肚子"咕咕"地叫，身体却一个劲地"胖"起来。尖山养猪场在东陂村办了一个酿酒厂，主要是利用酒糟喂猪。

有一次，酒厂酿出了几百斤米酒。谷文昌知道后，吩咐商业局的一位干部把这些酒保管好，听候调配。这位干部不知道忙些别的什么事，竟忘记告知孙兆明。县上的好多干部比农民"胖"多了，用手往腿肚子上一按就一个窝儿。听说喝一些酒对治疗水肿有好处，于是，他们纷纷找孙兆明，请求买些酒。孙兆明经不起他们的再三请求，就一人几斤，一斤八毛钱卖给他们。几天工夫，米酒被卖掉一百多斤，先后有三四十位干部来买过。那位商业局干部听说买酒的事后，才想起谷文昌的交代。他心急火燎地跑来，生气地告诉孙兆明："谷政委已经知道这件事了，很生气，你必须亲自跟谷文昌解释。"孙兆明心想，这下子完了。

第二天下午，大概两点多，他硬着头皮去县委办公室找到谷文昌，说明事情原委。

谷文昌说："老孙，你好大胆，说说酒卖给谁了？"一看谷政委严肃的面孔，孙兆明更紧张了，赶紧回答："酒是被县上的干部买去的。"

接着，孙兆明把怎么卖、卖给谁一五一十地说出来。谷文昌望着眼前这位基层干部黑里透黄的脸，陷入深思。一会儿，他抬起头，语气温和了："老孙，我相信你说的话。这些干部是我们县里的宝贵财富。这一次的酒卖就卖了，今后有类似的事情，你可得事先说一下。好吧，回去工作吧。"

孙兆明有备而来，本想挨一顿批评，接着被撤职，然后回家种田。没想到，谷文昌这么通情达理。过后，孙兆明才想明白，这些和谷政委一起战天斗地、植树造林、领导全县人民搞建设的干部，在谷政委心里简直就是宝。他们得了"水肿"病，他也痛在心头呀。

事后不久，上次被谷文昌嘱咐过的那位县商业局干部，提着一瓶牛奶来找孙兆明。他对孙兆明说："仓库里就剩这一瓶了，本来是留给谷政委的，可谷政委听说你母亲身体不好，应该给你母亲补补身子。我是奉命来的。"

孙兆明接过牛奶，感激万分。谷文昌真是一位细心人，上次下来检查工作时，随口问及孙兆明的家庭情况，他一下子就记住了。一小瓶牛奶，放到现在是微不足道的，可在当时，却是需要特批的稀罕物。从被大家亲切地称为"谷政委"的谷文昌身上，孙兆明学到了太多东西。在以后的工作中，他总以谷文昌为榜样，认真地处理好每一件事情。

谷文昌吃饭也很随便，有啥吃啥。按规定，县委部长以上的领导享受中灶标准伙食，但到乡下，谷文昌跟大家一样，从不搞特殊。回到机关，碰到食堂无饭菜时，炊事员要重新做，他总是不让，有馒头就啃上两个，没有馒头就煮碗面片汤。炊事员们常说："谷政委是最容易款待的。不过，对于公家的招待账目，谷文昌要求必须花得明明白白。"

1964年4月，谷文昌接到调令。临走前，他找县委秘书朱炳岩聊天。谷文昌坐在朱炳岩身边，说："炳岩，我们相处这么多年，你给我提提意见吧，特别要看看我有没有欠公家的东西。你替我想一想，查一查，千万不要走后让别人说闲话。"

朱炳岩搔搔头皮说："那次请客花了二十多块钱。"谷文昌当即拿出二十多块钱递给朱炳岩。朱炳岩连忙推辞，说："谷书记，我不过是随便说说。那钱已经从食堂伙食费节余和行政经费节余中报销了。"

朱炳岩不肯多说，更不肯收钱。哪次请客呢？谷文昌一时想不起来。

谷文昌去福州走马上任。两个月后，谷文昌匆匆来到邮局，给朱炳岩邮去三十块钱，并给朱炳岩写信说："炳岩，我记起来了，两年前，驻岛部队调离东山前，来县委征求意见，我想部队对东山支持很大，中午请他们吃了一顿饭。依照规定，谁请客谁出钱，钱从哪里开支，请把钱还给哪里。"

不久，谷文昌收到朱炳岩托人带来的五元余款，知道钱已经还清了，才了却一桩心事。

曾担任陈城公社党委书记的林子策记得，谷文昌每次下乡到陈城，从不花公家一分钱，到农户家吃饭也是按每天一斤半米、五角钱对农户进行伙食补贴，自己的吃穿用度却很随便，单单那一件中山装就穿了十几年。但是，对群众，谷文昌从来不这样。

1962年的一个夏日，林子策到县城西埔参加林业工作会议。会后，在县委第二招待所理发店同谷文昌不期而遇。

谷文昌早听说林子策家庭生活艰难，妻子病得很重。为了工作他无法在妻子身边照料，村里人都责怪他。谷文昌对林子策说："两个家都要照顾好，不能因为大家而把小家丢了嘛。"林子策心里明白，谷书记忠心耿耿地为人民当公仆，自己同他比算不了什么。谷文昌似乎知道林子策在想什么，亲切地对他说："小林，你各方面压力挺大，这我知道。今后有什么困难就来找我，一起解决。"说完，谷文昌找理发师预先付好理发钱。

那时候理一次发一角五分钱，林子策说："虽说只有一角五分钱，却饱含着谷书记的一片深情啊！"在东山县，谁不知道谷文昌生活一向艰苦朴素，勤俭节约，家里孩子多。可是，对待贫困的乡亲和同志们，他却如此大方。

与群众同吃同住同劳动，到农户家吃饭，谷文昌也是按标准进行伙食补贴，不搞任何特殊化。这是谷文昌挂在嘴上，落在行动上，见之细微并一以贯之的原则。

这天清早，谷文昌又像往常一样，骑着自行车，披着蓑衣，来到白埕大队的"丰产林"。他最近发现"丰产林"的株距太窄，需要重新修理，又担心别人干不好，所以，便亲自带着白埕大队的林业队队长林龙光一起来修整这片林子。

晌午时分，林龙光的家人把午饭拎过来。谷文昌打开一看：两盘小菜，还有一条鱼。他脸一沉，说："龙光，你家里平时也吃这个吗？"

林龙光愣了一下，点了点头，说："谷书记，快吃吧，下午还要干活呢。"

临走前，谷文昌又念叨了一句："龙光，改天我到你家一趟。"第二天，谷文昌真的去了，不为别的，只为看林龙光家的饭桌。谷文昌发现，林龙光家给他做的菜比他们自己吃的要好得多。

从那以后，谷文昌没再去林龙光家用餐。每次下到白埕，面对林龙光的盛情邀请，谷文昌总找各种借口推托掉。日子久了，乡亲们知道了谷文昌这个脾气。为了能够留谷文昌在家里吃顿便饭，大家都攀比着伙食有多差。偶尔家里凑巧有点好吃的，也不敢端上桌。

谷文昌多种疾病缠身，有一次检查身体后，龙溪地委领导要求谷文昌必须住院，谷文昌这才住进龙溪人民医院。龙溪招待处（即现在的漳州宾馆，属于市政府招待处）的一位处长是谷文昌南下的老战友，他得知谷文昌的病情后，很是忧心，一定要让谷文昌这位人民的好干部尽快康复起来。他安排人每天送给谷文昌一杯牛奶，给他补补身子。一天早上，谷文昌发现不对劲，怎么多了一杯牛奶？就问工作人员："牛奶怎么回事？"

工作人员照实说了。谷文昌听后，叹口气，语重心长地开导："你想，地委同志的担子更重，工作更繁忙，他们更需要营养；你再想，如果各个县的干部来看病，每人都挤一杯牛奶，哪有那么多的牛奶呀？这位处长是我的老战友，我更不能搞特殊化，一杯牛奶也不行。退回去。"

"谷政委"是1956年东山县委通讯班通讯员朱鑫称呼谷文昌的方式。据他回忆，谷政委是一个对自己的吃穿非常随意的人。通讯班三个人负责谷文昌的安全保卫，也共同担负机关安全、送信、环境卫生等勤杂工作。尽管谷政委的生活有专人照料，但他从不依赖人，经常自己动手打开水、洗脸水。不认识他的人，很难看出他是县委书记。

朱财茂那年十七岁，在县委机关干通讯员。有一段时间，他得了关节炎，提壶开水上楼，都要歇几回。谷文昌看见，关切地上前询问，要他到县医院检查治疗。朱财茂说，去看了，没看好；工作忙，这几天没再去。有一次，谷文昌去漳州开会，专门找到朱财茂，说："小朱，快走，去漳州看看你的腿。"这是朱财茂第一次来漳州，两人坐公交车到漳州市，谷文昌带着他先在一家招待所登记住宿，安排好后已经中午时分。

谷文昌关切地说："小朱，敢吃牛肉面吗？这是漳州的特色，我带你尝一尝去。"谷文昌带着朱财茂在一家小店吃了一大碗牛肉面，再带他去地区医院。医院中午没有门诊，谷文昌就带他找到一位正在地区医院住院的东山干部，千叮咛万嘱托，一定要照顾好小朱，下午领他去看病。然后他才去报到开会。

地区医院医疗水平比县医院高，朱财茂用了医生开的口服和外敷药，不久，他的关节炎就好了。后来，朱财茂才知道，他看病的检查费、牛肉面等费用，全是谷文昌个人掏的腰包。

山口村的阿婆何赛玉老人年近百岁，如今逢年过节，她总会带领子孙重孙前去拜谒谷文昌的塑像。何赛玉是一个苦命的女人，她原本出生在前何村，那年，东山闹饥荒，母亲养不活她，把她扔在大路上，被探石村一位乞讨的老奶奶收养，老奶奶用乞讨来的地瓜丝汤救活了她。后来，老奶奶外出乞讨，饿死在浦南桥的一个地方，连埋在哪里都不知道。再后来，何赛玉像当年的奶奶一样，拖一根要饭棍，沿街乞讨，嫁给山口村的一位朴实的农民。是共产党和谷书记来了，救了她一家。1949年后，何赛玉一家分到了土地和房屋。因为风沙大，种不成庄稼，何赛玉亲眼所见，是谷文昌带领大家植树造林，领着大家过上好日子。何赛玉清楚地记得，当年，谷文昌进村发动植树时，她带着不满周岁的儿子参加劳动。有一次，她将熟睡的孩子放在沙地上，盖上一块布，就投入劳动了。劳动完回来找孩子，发现孩子身上爬着好几只蜈蚣。她知道，蜈蚣是极毒的动物，要是有一只咬了孩子，说不定孩子的命就难保了。所以，她一时吓得愣在那里。危急关头，在一旁劳动的谷文昌见了，赶紧跑过来，二话没说抱起孩子看了看，见没有大碍，这才放下心来，还当着大队支书的面对她说："你对植树劳动这样认真是很好的，但不能委屈了孩子。你还是只管烧水就好，植树就不要参加了，免得孩子出事。"

1963年，东山大旱，何赛玉又添了孩子，她在家照看孩子，可是家里揭不开锅了。那天，她正发愁，谷文昌背着一袋地瓜，和大队干部来到她家，何赛玉感动得泪流满面。如今，提起谷文昌，何赛玉就掉眼泪，她哽咽着说："要是在旧社会，谁管我们这些乞丐的死活！谷书记领导我们植树造林、建水库、修海堤、种庄稼，我们才一步步过上好日子。如今，我的儿子、孙子全住上楼房了。如果没有谷书记，就没有我们的今天。谷书记是好人，是我见过的天底下最好的好人、好官！"

在东山三年困难时期，谷文昌交的好多农民朋友、社队干部，经常来谷文昌家汇报工作。有时赶上饭点，谷文昌就让史英萍做饭给大家吃。这些客人一来，史英萍就和孩子们到一旁去。没有吃的，史英萍和孩子们一起喝水充饥。在最困难的时候，谷文昌、史英萍和岳母因为营养不良，得了浮肿病。即便如此，当他们听说林和顺等农民朋友得病无钱医治时，谷文昌常自己出钱为林和顺等农民朋友看病。

据史英萍回忆："困难时期，老谷带头把粮票和布票捐献出去，叫我到粮店买细糠炒着吃。县委副书记陈维仪来俺家，见我炒糠，就尝了一口，说：'不错嘛。'那时，我常和陈副书记的爱人一起到乡下捡地瓜叶、萝卜缨吃，还得先征得生产队长的同意，靳国富的母亲也常跟着我们去捡。"

每次到农村调研，谷文昌去过最多的地方就是贫困户、五保户家里，每次回城，他的口袋总是空空的，无论有多少钱多少粮票、布票，几乎全给了那些贫困的乡亲。大的方面，他领导群众植树造林，修海堤、水渠、水库，为群众造福；小的方面，他用自己有限的力量帮助困难群众，还动员妻子和其他干部一起帮助群众。

谷文昌在东山如此，在宁化也是这样。在红旗大队的日子里，谷文昌经常到群众家里走走看看，嘘寒问暖："有没有米吃？有没有柴烧？买不买肉？打不打油？"两年多来，他和史英萍经常把自己的工资送给村里的贫困户。

烈属王盛能的母亲流着眼泪对后人说："老谷是天底下难找的好人，不要忘记他呀！"

时任红旗村民兵营长王富其激动地回忆："老谷来我们村，大年三十，他召集我们民兵和治保主任上山砍柴,然后挨家挨户给军烈属、五保户家送柴火、送钱,祝福大家过个好年。"

大年初一,谷文昌和史英萍一起到邻居家拜年,无论大小队干部还是普通社员群众,他们都上门问个好,拜个年。谷文昌夫妇有工资,村里的乡亲收入很低,很多家庭仍处于贫困状态,因此,帮助贫穷的社员群众成了谷文昌夫妇的义务。

王盛能是烈属,父亲在解放初期剿匪中被打成重伤,1962年逝世,一家老小穷得连买油的钱也没有。谷文昌了解情况后,买了一大包食品登门看望王盛能的母亲。寒冬腊月,谷文昌见老人身上穿得单薄,又把史英萍平时舍不得穿的一件黑棉大衣送给老人。在村干部会议上,谷文昌提出要关心贫困的军烈属、五保户的问题。

不仅王盛能的母亲,好多人还记得,逢年过节,谷文昌夫妇总提着点心往五保户、困难户家里跑。烈属全姑姐丈夫去世,儿子早年当红军牺牲,祖孙俩仅靠队里照顾的口粮和政府救济金生活。谷文昌知道后,每月都去她家送一些财物。吴仕元考上地区林校后没钱上学,谷文昌听说后,和老伴一起跑到他家送学费。民兵营长张新贵家里一贫如洗,家里的九个孩子缺衣少穿,吃饭时满桌子都是小手,睡觉时满床都是小脚丫。因为没有衣服和鞋子,孩子经常赤着脚走路,很少有穿全衣服的。谷文昌常将自家孩子的衣服送给张新贵家,还给他家一些钱和布票,让他为孩子们扯布做些新衣服。有位五保户得了病,因为没钱,硬扛着不看医生。谷文昌听说后,自个儿掏钱把老人送到医院。张良澹家孩子多,穷得连盐巴也买不起,谷文昌常帮他家买些油盐酱醋,生产队每次杀猪,他都把张良澹家的钱垫上,让孩子们吃上几口猪肉,改善一下生活。至于谷文昌捐了多少钱,谁也不记得了。但是,村里很多人至今还知道,谷文昌每月的工资134块钱,他和老伴史英萍的钱,大部分都给需要帮助的乡亲们花了。

第二十四章　有"代志",找谷书记

中国共产党是人民的政党,政府是人民的政府。在谷文昌心目中,群众利益无小事。从"兵灾家属"政策,到治理风沙灾害,不管任何时候、任何地方,无论大事小事,只要是群众所想的、所求的,他没有不关心的。

少年登煌

解放初期,登煌小学毕业,家里生活困难,他没能上中学。东山县工委在城关镇,登煌在县工委会前面摆了个烟摊,卖起香烟来。大概因为登煌年龄小吧,烟价也便宜,一些干部喜欢到他那里买香烟。一个中等身材,很是面善又有点消瘦的中年人是常客。登煌后来才知道他是东山县工委组织部部长谷文昌。谷文昌最常买的是"飞马"牌香烟,一包两千五百元(旧币,相当于后来的两角七分)。

大家工资都不高,买香烟的人中,有一部分人常赊账,隔十天半月再来清账。也有几个人,不知什么原因,好久不来结账。登煌很为难,向他们讨吧,一个人不过几千元(几角钱),面子上确实过不去;不讨吧,家里困难,生意确实不好做。怎么办?他想不出一个好办法。刚好一次,谷文昌又来买香烟了。登煌见这个干部经常善意地微笑着，买的总是"飞马"。谷文昌从口袋里掏钱的时候，随口问："小鬼，生意好吧？"

登煌不经意地说："还可以，就是赊账的太多，不好办。"

谁知登煌这么一说，时为东山县工委组织部部长的谷文昌掏钱的手停住了，他睁大眼睛，问："赊账没还？县委里有没有人这样？要是有，我帮你讨。"

登煌担心得罪这些干部，支支吾吾不说话。谷文昌似乎看出登煌的心事，说："小鬼，别怕。买东西要付钱，赊欠人家就要还，天经地义。你能告诉我，县工委里谁赊了烟钱还没还你？我帮你讨，你不要怕。你有记账吗？"

登煌说没记账。其实所有的赊欠，他都记在本子上，可是，他实在怕谷文昌这么认真，担心以后的生意。谷文昌伸出手来，拉上他进了县工委会。

一跨进门，谷文昌就喊起来："大家谁向这个小鬼赊香烟忘了还钱？要有，凑来还哪，人家做生意挺不容易的。"这么一说，有几个人探出头来，有的皱起眉来回忆，有的拍着自己的额头叫起来："哎哟，你看，都忘了，有，我有。"

登煌接过几个干部送还的烟钱，不住地向他们表示感谢。其实，他心里更感谢谷文昌，谁知谷文昌听了登煌的感谢，马上纠正起来："你这小鬼，怎么感谢我们？是我们感谢你才对。你肯赊给我们，是对我们的信任，对吧？"

很快，香烟钱收齐了。当登煌手捏着香烟钱回到烟摊的时候，旁边的人看到登煌真的讨回了烟钱，很是感慨。有人说："这位谷部长，真关心我们做生意的人。"还有人说："这样的官，老百姓怎能不拥护？！"

农民朱进宝

谷文昌常与老百姓交朋友，蔡海福、林和顺是他的朋友，朱进宝也是他的一位农民朋友。

1952年12月，谷文昌刚被任命为东山县人民政府县长不久，一天中午正准备午休，通讯员敲门进来，说有群众找他，谷文昌忙起床招呼那位群众进来。来者是一位青年，一身农民打扮，大汗淋漓，气喘吁吁，说自己叫朱进宝，参加了农会。谷文昌给朱进宝打水洗脸，问他吃饭了没有。朱进宝说还没有，谷文昌让通讯员到食堂为朱进宝打了一份饭，朱进宝吃完饭，谷文昌才听他反映问题。

原来，为了生计，朱进宝开了一家杂货店，生意不错，每月向税务部门缴税。有一天，因为生活琐事，他得罪了收税的税务员，那个税务员严厉地要求他从下个月增加税额，是原来的五倍。这可是小本生意啊，朱进宝一家抱头痛哭。有人说，谷文昌人好，能主持公道，找他试试吧。朱进宝胆怯地来到县工委，找到了谷文昌。几天后，收税的人就换了，朱进宝还是按照原来的额度纳税。

谷文昌注重基层工作，注重调查研究，时常教干部如何认人。从此，他认准了朱进宝，并与他成了朋友。

朱进宝是西埔村一位贫苦出身的农民。解放初期，他参加了农会，当上了基干民兵。由于战备紧张，民兵们经常集训、值勤、拉练。谷文昌和其他几位领导住在西埔村民兵部队附近，他常到西埔调查工作。有一次，他外出执行任务，要西埔村派两名民兵同行，民兵队长沈福山指派了朱进宝。此前，因为税收的问题两个人已经认识，经过一段时间接触，他对朱进宝的为人和家庭情况比较了解，以后一有任务，就直接到朱进宝家里叫他一同去执行。

一天凌晨两点,朱进宝因当天劳动疲困,正在熟睡。突然,敲门声响起,他一骨碌从床上爬起,开门一看,是谷文昌有急事找他。他赶紧披上衣服往外跑,到了民兵部队才知道是村里在搞紧急拉练,谷文昌也来参加了。拉练队伍越过顶西坑,登上南山头,一口气赶到港西山岭边。当时,民兵们行军时出一身热汗,稍事休息后,有些人感到冷意。谷文昌见朱进宝直打寒战,走到他身边,摸摸他的手,亲切地问:"后生家,受凉啦?"没等朱进宝回答,谷文昌便脱下上衣,顺势披在他身上,说:"穿上吧。"朱进宝不知说什么才好,只觉得一股暖流从身上涌过。谷文昌从口袋里掏出"飞马"牌香烟,边递烟边擦火柴给朱进宝。朱进宝接过香烟,两行热泪夺眶而出。谷文昌的关心和爱护,给了他信心和勇气。"东山保卫战"打响后,他主动加入民兵担架队,冒着枪林弹雨,在战场上抢救解放军伤员。

两人的友谊越来越深厚。谷文昌打心眼里喜欢这位质朴的小伙子,关心他的成长,县工委离朱进宝家不远,谷文昌常邀他一起散步、谈心,讲革命道理给他听,教育他要牢记毛主席、共产党的恩情,努力工作。因为家里穷,到了冬天,朱进宝还穿着单衣薄裤。谷文昌看在眼里,急在心头,就把自己的棉衣送给他。朱进宝的母亲因忧思操劳,眼睛过早失明。谷文昌一到他家,总是用他学得的一腔别具音色的东山话,亲切地叫她"阿姆(东山方言,伯母)",那亲切劲儿,引得朱母笑逐颜开,心情格外舒畅。朱母担心朱进宝年纪小,做不好工作。谷文昌语重心长地开导她、劝慰她,让老人家明白,现在是共产党领导的天下,要让年轻人见见世面,多参加社会活动,努力锻炼自己、提高自己,做个有益于人民的人。他的话,讲得老母亲打消了顾虑。一次,朱进宝的母亲受了风寒,谷文昌知道后,带着爱人史英萍,买了咸酸梅李等慰问品,来探望朱母。他们夫妇亲切地称她"阿姆",嘱咐老人家好好静养。老人感动得眼泪直流,双手紧紧握着谷文昌夫妇的手,说:"共产党、人民政府的干部把咱穷人当亲人,太好了!"

有"代志",找谷书记

谷文昌在东山,无论担任城关区委书记、组织部部长、县长,还是县委书记;也不管在城关,还是乡下,他时刻把人民群众的事情放在心上。当时有句这样的顺口溜:"有代志(闽南话,事情),找谷书记。"

曾凤颜家住城关,1953年,她的丈夫在离东山几百里外的南靖县工作,家中留下年近九十岁的老祖母、哑巴婆婆和四个幼小的子女。丈夫每月仅四十多元的工资,寄回家后,很快就所剩无几,生活很是困难。她整天想,这样的日子何时是尽头?1964年,一个偶然的机会,她听人家说:"有代志,找谷书记。"她想,没有丈夫相帮,这个家实在太难了,要是找谷书记反映反映,帮着把丈夫调回来,或许困难能得到解决。可是她又想,丈夫在外县,谷书记管不着,找他,能解决吗?

一大清早,曾凤颜抱着试试看的心理,踏上了找谷文昌的路。谷文昌住在新县城西埔,她家在老县城,相隔12公里的路。她走到西埔,找到县委会打听,人家说谷书记很忙,正在开会。她很失望,想回去,可是,"代志"还没解决,怎么办?她拿定主意:也许谷书记真能帮我解决这个困难,还是等吧。

中午11点半,会议结束,她向参加会议的人打听,知道最后走出来的是谷文昌。她鼓足勇气,迎着谷文昌走上前去。

谷文昌含笑接待了这位不速之客,把她请到自己的办公室。她正要向他反映家庭的难处,刚好有人给谷文昌送来一大碗热气腾腾的面条。来人微微有点皱眉,朝曾凤颜说:"谷书记从早上到现在还没吃饭呢。"

曾凤颜不好意思,想退出来,谷文昌笑着说:"我看你是早上走路从城关来的，是吧？"

曾凤颜更不好意思起来，脸一热，说："谷书记……您怎么知道？"

谷文昌微笑着说："干我们这行的，看人身形，听人说话，就知道人的大约情况了。听你的口音，你是城关人；看你的鞋头，还沾着湿土，刚才你让雨打湿了还走路，是吧？"

谷文昌说着，把那碗热气腾腾的面条推到她面前。可是，她哪能吃谷书记的饭呢？

谷文昌和蔼地说："人是铁，饭是钢，我命令你，先吃饭，再反映问题。"

曾凤颜还是不肯吃，要求先反映问题再吃饭。谷文昌说："好吧，那就长话短说。"

于是，曾凤颜把自己的苦水，一股脑儿全倒给了谷文昌。谷文昌边听边用笔记录，不住地点头。完了，谷文昌叹口气告诉她："听你所说，的确困难。可是，目前国家也难。你看到小家，也要看到大家。你放心，如果可能，我会尽力帮助解决这个问题。你得赶紧吃饭。"

曾凤颜坚持说自己带有干粮，不饿，这就准备回城关。没办法，谷文昌送她到办公室门口。就在她转身离开的时候，谷文昌突然想起了什么，快步跟了上来，说："你从城关走12公里路来，真难为你了，我买张车票送你回城关吧。"不容分说，谷文昌把她带到车站，自己掏钱买了张车票塞给她。

曾凤颜手里捏着车票，眼圈红起来，自己已经给谷书记添麻烦了，怎能让他个人花钱买车票呢？想来想去，觉得自己宁肯走路回家，也不能让谷书记掏钱为自己解决问题。于是，她把车票退给车站一个姓汤的同志，请他帮忙把车票钱还给谷文昌。据曾凤颜回忆，那个汤同志很快把车票退了。捏着三角钱，他不知如何是好，马上给谷文昌打电话，说明情况：

"曾凤颜已经走路回城关了。"谷文昌接了电话，赶紧叫来通讯员，把曾凤颜的模样长相告诉他，叫他踩上自行车，赶快去追，一定送她回家。通讯员风风火火，在离新县城约两公里的地方追上了曾凤颜。

针对曾凤颜反映的问题和要求，谷文昌当天就到人事部门了解她所反映的问题，确认情况属实。于是，他交代人事部门想办法帮助解决。县人事科科长柯锦章按照谷文昌的指示，迅速落实，给南靖县发了商调函。有了结果后，柯锦章赶紧到曾凤颜的家，告知这件事。不久，曾凤颜与丈夫团圆了。

回想这件事的过程，曾凤颜一家非常感慨，该怎么感谢这位素不相识又可亲可敬的书记呢？曾凤颜又一次来到位于西埔的新县城。在办公室找不到谷文昌，她只好一路问到了谷文昌的家。时已中午，谷文昌正好在家。见了她，谷文昌第一句话就问她丈夫调回来没有。曾凤颜激动地说："谷书记，调回来了，我真不知该用什么办法报答您的大恩大德。"

谷文昌很认真地说："怎么报答呢？我告诉你，第一，支持你爱人工作，把家中的老人、病人照顾好，让爱人工作没有后顾之忧；第二，好好培养孩子，让孩子长大成人，成为诚实的人、有知识的人。这就是对我的最好报答。"

曾凤颜夫妇没有辜负谷文昌的希望。她丈夫调回东山后，不管在哪个部门，都努力工作；他们的儿子，老大沙成钢当了工人，是先进工作者，后来经商，所经营的商店是漳州市工商局认定的"讲道德，无假货商店"，从不卖假货；二儿子沙成铁，1979年考上大学，现在是东山二中的高级教师，共产党员。

谷文昌常常教育身边的人："群众来找我们，一定是有什么问题要反映，有什么困难需要我们帮助解决。他们是想了又想，鼓足勇气才来的。如果我们对他们不热情、不真诚，他们下次还敢来吗？"谷文昌就是这样,换位思考,时时把人民群众的困难当作自己的困难,想方设法为他们排忧解难。这样的领导,必然得到人民群众的爱戴。

审干拨迷云

1959年夏季的一天,蝉在窗外的树上扯着嗓子嘶叫。龙溪地委审干肃反复查办公室的一位干部来到谷文昌办公室,把一份档案材料放在谷文昌面前。

来人面色严峻地说:"根据省公安厅查到的福建省国民党党员名册,我们发现东山县委有位副部长是国民党党员。"来人抽出档案材料,翻开一张国民党申请表格指着说:"谷书记,您看,他还在这里按了手指印呢,履历也分毫不差。"

谷文昌谨慎地审视档案材料,严肃地说:"您有没有找他本人谈一谈?"

那人说:"找他了,死活不承认,态度还很不好。表格是原始的,指纹经过化验也证实是他的。"

谷文昌严肃地谈了自己的看法:"这位同志出身很苦,工作很出色,在关系到一位同志政治生命的重大问题上,应该持慎重态度,千万含糊不得。"

后来,龙溪地委审干办采纳了谷文昌的建议,派人深入那位被审查的副部长的家乡调查,还与他本人核实情况,才弄清了事情原委。1947年,国民党为了扩大势力,在东山县陈岱乡演了三天的"党戏",即在四周用幕布围起来的场所演古装戏。凡是进去看戏的,都得报告姓名、籍贯,并在进口处一张小白纸上按上指印。这些人的姓名、指纹随后被录入国民党党员的花名册。那位副部长当年十八岁,随父亲在陈岱乡卖烟过活,看到布围子里人多,为了招揽生意,也跟着一起报名,按指印进场。因此,成了花名册上的"国民党党员"。

弄清楚事情真相后,那位副部长终于洗清了自己,谷文昌鼓励他放下思想包袱,好好干工作。

年轻人的婚事

朱财茂的婚事,多亏了谷文昌。

朱财茂自小母亲去世,一个人跟着老实巴交的父亲过穷日子。新中国成立后,他在县委干通讯员,谷文昌对这个穷小子的关怀无微不至,经常鼓励他好好学习。朱财茂后来考上大学,谷文昌夫妇无偿送给朱财茂学费。朱财茂大学毕业不久,被调到县委审干办公室工作。一次,组织在审查敌伪档案时,无意中发现朱财茂未来的岳父有历史问题。组织上要求他终止恋爱关系。

他非常喜欢他的恋人,为此,他连续一个月吃不下,睡不着,人整整瘦了一圈。

"小朱,你怎么了?"这天,朱财茂无精打采地走在大街上,正巧遇见谷文昌。谷文昌见朱财茂失魂落魄的样子,停下自行车关切地询问。

见是老领导,朱财茂泪水流下来,他向谷文昌哭诉了自己的委屈。谷文昌沉思片刻,详细询问了朱财茂对象的姓名、年龄和她父亲去世的时间。

过了几天,县委审干办公室的领导叫来朱财茂,郑重地告诉他:"你的婚姻问题县委研究了,可以和原先的对象保持关系。"

朱财茂感动得不知说什么才好,只觉得今后应该努力工作,报答谷书记对他的关心。在那个特殊的岁月里,青年人的婚姻必须考虑双方的家庭背景,而领导的意见显得至关重要。谷文昌从关心青年人的生活出发,尽自己的努力当"红娘",践行着一位地方官的职责,全方位调动干部的积极性。

困难时期,谷文昌一家和大家一起在大食堂吃饭,吃海带、喝米汤、地瓜汤,谷文昌夫妇和他的岳母由于生活饮食定量,时常吃不饱,都得了水肿病,清晨起来眼泡肿肿的。后来,担心占公家的便宜,他们回家自己做饭。由于孩子多,年龄小,谷文昌夫妇又都忙于工作,再加上岳母年龄大等原因,他们商议找一个保姆。杨巧玲是西埔村人,为人朴实,十六岁那年,她经人介绍在谷文昌家做保姆,负责做饭。谷文昌夫妇是北方人,吃面条算改善生活了,杨巧玲就做薄薄的面皮,加长豆角、白菜和醋。谷文昌夫妇把杨巧玲当自家孩子看,见杨巧玲文化水平不高,动员她抓住机会好好学习。一有机会,谷文昌两口子就自己动手做饭,杨巧玲得以上了夜校,学了不少知识。

一转眼,三年过去了,杨巧玲长成一个亭亭玉立的大姑娘。谷文昌和史英萍夫妇经常叮嘱她,像叮嘱自己的女儿一样:"巧玲,交男朋友一定要慎重。"

有一天,谷文昌夫妇把杨巧玲叫到跟前,史英萍问:"你看耀水怎么样?"杨巧玲低下头,心儿怦怦直跳。陈耀水是县委机关通讯员,长得一表人才,还是共产党员,只是老家在岐下村,那是一个出了名的贫困偏远村庄,哪有城里姑娘往穷渔村嫁的呢?

谷文昌似乎看透了姑娘的心思,微笑着说:"耀水勤劳朴素,思想又好,找对象,这可是个重要的条件呀。"就这样,县委书记当红娘,杨巧玲和陈耀水喜结连理。

杨巧玲说:"谷书记一家待我比亲女儿还好,我在她家做保姆时,每年都扯一身新衣服给我穿。"后来,谷文昌的孩子大了,史英萍介绍杨巧玲到机关幼儿园工作。杨巧玲手脚麻利,公家的事忙完了,就回谷文昌家做点事。谷文昌不让,让她好好工作。1977年冬天,杨巧玲在新华书店工作，她去省城开会，路过龙溪去看谷文昌夫妇。谷文昌呵呵笑着说："小杨，你进步了。"说着，谷文昌从里间拿出一件史英萍的棉袄，递给她说："福州天气冷，这件棉袄你带去穿上。"杨巧玲说不用，史英萍说："闺女，你要不当这个家是你的家，你就别要。"杨巧玲只得穿上那件棉袄，谷文昌夫妇慈祥地看着杨巧玲，俨然看自家的孩子。

杨巧玲最后一次见谷文昌，他已经处于严重昏迷状态，冷汗淋漓，用东山的土话讲，谷文昌的灵魂已经在爬山了。杨巧玲流着眼泪，与史英萍一起，为谷文昌换了衣服……

谷书记的回信

1963年，小陈高中毕业，年轻气盛的他响应号召，哪里需要就到哪里扎根。就这样，他成了赤山林场一名普通的护林工人。理想与现实总是相去甚远，僻静、单调的乡村生活，枯燥的护林工作让他憋得慌。虽然困难时期已过，但城镇生活对农村的年轻人还是极具诱惑力的。经过反复考虑，他作出一个大胆的决定，给时任东山县委书记的谷文昌写一封信，陈述自己的理想与抱负、心中的苦闷，请求谷书记给予考虑调动。

信寄出去了，小陈却连希望看到什么结果的胆量也没有。也许，那颗躁动的心得到某种宣泄就足够了，他一如既往地工作着。

一个不经意的中午，小陈收到一封来自东山县委办公室的信函，是谷文昌的亲笔信："小陈同志，得悉你在林场工作困难很多，我表示理解。但创业容易守业难，几年来，全县人民艰苦奋斗，筑起坚固的绿色防护墙，这还远远不够。我们必须团结一切可以团结的力量，爱护它、保护它，让它更好地造福子孙，你们年轻人要勇敢地担起这个责任，而且代代相传……"

没有豪言壮语，寥寥几句，句句敲打在小陈的心坎上，那个羞愧呀，小陈无法形容："如果说谷文昌书记的胸怀是大海，那我连水滴也称不上。"

时隔几日，一封寄自东山县劳动局的信函又来到小陈的手上，信是时任劳动局局长林荣秀在谷文昌的指示下特地发来的。大意是，如果小陈依然有思想包袱的话，可以考虑给予较合理的调动。这一次，小陈没有再考虑，毫不犹豫地向当时的赵迎春场长表示愿意留下来。这一留，留住了小陈的整个青春。他在这里成家立业，娶妻生子。

这期间，谷文昌还几次捎口信，了解小陈的生活工作情况。因此，艰苦工作条件下的小陈，每天的生活总是暖洋洋的。后来，小陈一家又迁至西山岩工区。直至1979年，小陈变成了老陈，他依然辗转工作于大帽山工区、苏峰工区，家人却回到了铜陵镇。每个星期，老陈总是乐此不疲地骑着他的永久牌老爷车，往返于铜陵镇与工区之间。

人们深深地知道，老陈心中有着一个坚定的信念，那就是谷文昌情结、绿色防护墙情结。多少年了，难以释怀。

米饭情结

谷文昌调到福州后，他家成了东山乡亲来福州办事的落脚点。没地方去吃饭，谷文昌夫妇亲自下厨，为来福州的东山乡亲们做几个好吃的小菜；住招待所太贵，乡亲们大部分住在谷文昌家里。入夜，谷文昌在不大的客厅里搭上地铺，与大家一同睡在地铺上，几个人聊家常聊到半夜。他们谈木麻黄的更新换代，谈庄稼的长势，谈引水工程的进度、海堤的情况。谷文昌和乡亲们抽着烟聊天，有时高兴得直咳嗽，史英萍这时经常出去打开窗子，劝大家少抽烟。劝着劝着，史英萍也与大家聊起来，她询问东山农村妇女的健康状况，询问何赛玉孩子的情况，询问谷哲慧的工作情况。白天，谷文昌夫妇去上班，老乡们办完事就回谷文昌家，由谷哲英给老乡们打饭或做饭。

1969年年初,谷文昌参加下放前的"清队"学习。这时,两位东山农民来福州办事,找到谷文昌的家。谷文昌夫妇热情招待客人,让他们住在家里。过了几天,谷文昌夫妇都集中学习去了,家里只剩下正上中学的小女儿谷哲英。一连几天,都是谷哲英上食堂打饭菜照顾客人。客人每次办事回来都能吃上米饭,而谷哲英自己吃馒头、面条。两位客人感到奇怪,便问谷哲英:"你怎么让我们吃米饭,你自己吃面食?"

谷哲英告诉客人:"我爸妈学习前告诉我,你们不喜欢馒头、面条,叫我打米饭给你们吃。他们担心我忘记了,再三交代给你们打米饭。"

两位农民十分感动,这么细小的事,谷书记都注意到了。我们的事,他全放在心上啊!

是啊,细微之处见本色。虽身处逆境,对来访的两位普通农民的"食性"依然铭记于心,并特意嘱托,这是一位公仆由衷的群众情结。

本色

曲鸣先生讲了这样一个故事:"1960年的秋天,我就读于东山一中高一年级,跟谷书记的女儿谷哲慧是同学。一个星期天上午,谷哲慧热情地邀请我们到她家做客,我们五六个同学随她走进县委家属院。走进她的家门,映入我们眼帘的超乎我们的想象:两间清洁干净的平房,看不见一件像样的家具,比一般百姓家的摆设还简朴。我们正吃着饭,门外走进一位农民打扮的人,一身褪了色的灰布中山装,脚下一双老式解放鞋,背上一顶半旧的竹篾斗笠,红褐色的脸庞透着一点疲惫,一副风尘仆仆的样子。我们猜测不出来者的身份,也许是谷哲慧河南老家的亲戚吧。大家把目光投向谷哲慧,她放下饭碗,叫了一声'爸爸'。我们几个愣住了,他就是我们的县委书记谷文昌?谷书记非常和善,跟我们说了很多,我清楚地记得他这样说：'孩子们，我们这一代人苦一点，你们的将来就会甜一些。将来建设东山岛、发展东山岛靠的还是你们这些八九点钟的太阳。'"

1961年下半年，曲鸣进入高三学年。应学生的要求，学校同意高三毕业班伙食可以像老师一样，但每月要增加两元的伙食费（从每月八元增加到每月十元），而谷哲慧仍然和其他学年的同学一样用餐。难道一个县委书记无能力为即将高中毕业考大学的女儿每月多花两元钱？有的同学问及此事，谷哲慧说，她征求父亲的意见时，父亲这样回答："你先到东山的农村、渔村看一看农民的生活怎么样，再来和我商量吧。"

30万斤稻种

离开老家林县，谷文昌挂念着老家的父老乡亲。在红旗渠建设最困难的时候，他和东山县委施以援手；离开了东山，他的心仍在东山，他在福州的家成了东山好多去福州办事的乡亲的家；离开宁化，他仍挂念着红旗村乃至宁化的老百姓。1978年，谷文昌被组织任命为漳州市副市长，他把更多的精力投入忘我的工作中。即便如此，他还是念念不忘东山、宁化的乡亲父老。一天，宁化县副县长在电话里向谷文昌告急，说前几天刚插秧不久，宁化遇到前所未有的倒春寒，结果秧苗死伤大半，宁化缺少补种的稻种，特向"老谷"求救。宁化急需30万斤稻种，这可不是个小数目。灾情就是命令，谷文昌听说后，立马联系漳州的农业种子部门，问有没有30万斤稻种？得到肯定的答复。救急如救火，谷文昌抓起电话通知宁化的同志快派车辆来拉稻种。谷文昌的秘书小陈清楚地记得，那天，谷文昌从上午等到下午，从下午等到黄昏，可是，宁化县运输稻谷种子的车辆还是没有到来。同志们焦急地看着谷文昌，谷文昌紧皱着眉头说："也许，路上出了什么事？说不定下大雨了。"工作人员忙给宁化拉种车队必经之地的车站打电话。果然，他们路上遇到了大雨。

那天，谷文昌一直等到晚上 12 点多，看见宁化来的车队，才松了一口气。谷文昌知道，粮食是老百姓的根本，农时是种粮食的关键，他心里装着百姓，所以才如此焦急地等待。

宁化及时补种上秧苗，顺利闯过一个大灾之年。

第二十五章　又见红旗渠

1976年12月，中央第二次农业学大寨工作会议在北京召开，时任龙溪专区农委主任的谷文昌带领龙溪地区分管农业的县领导参加了这次会议。红旗渠犹如万里长城，是人类历史上的奇迹，红旗渠已经和大寨一样，成为全国农业战线上的一面红旗，成为中国人民战天斗地的象征。会议结束后，龙溪地区的农业干部希望去林县看一看红旗渠，见证一下共产党领导下人民群众创造的人间奇迹。谷文昌打电话征得地委领导同意后，带领同志们坐上火车，首先来到安阳，再从安阳坐汽车到达林县。

在那个艰苦奋斗又轰轰烈烈的年代，在林县人民的记忆中，南方有谷文昌，带领东山人民奋斗十年，取得了植树造林的伟大业绩，将风沙肆虐的荒岛改造为生机勃勃、郁郁葱葱的绿岛、福岛；北方有林县人民奋战十年修建的红旗渠，还有大寨这面全国农业的旗帜。大寨人民艰苦奋斗十年，将荒山秃岭改造为高产、稳产的大寨田。

谷文昌和龙溪地区的农业干部，在林县县政府同志的带领下，开始参观红旗渠这一伟大工程。从梁首洞到洪山崖，从谢工渠到抗日洞，从老虎嘴到红石崭、风沙崭、马脸峰、青云崭、狼脸崭，从青年洞到南谷洞水库，大家边看、边记、边听红旗渠的故事。

吴祖太毕业于黄河水利专科学校，是工地上少得可怜的工程技术人员。1959年修建南谷洞水库，他负责设计，不知疲倦，解决了很多工程难题。他在工程上挑大梁，一天到晚在工地上跑测量，体力消耗很大。一天中午，工地上允许多吃干粮，一两的小馒头，他一顿饭吃了27个。当王家庄隧道施工出现塌方时，他明知里面有危险，还和姚村卫生院院长李茂德一起入洞救人，不幸洞顶坍塌，两个人光荣牺牲。吴祖太年仅二十七岁。

魏三然是林县河顺公社魏家庄大队人。在丰梅岭隧洞施工中，他带领儿子、女儿开山凿石，带头实干，经常吃住在工地。放炮硝烟大，他用荆条筐插上树枝，上下提升排烟，加快了工程进度。在紧张施工中，他患了癌症，吃不下饭，身体消瘦，仍坚持与群众同甘共苦。1970年9月13日，他的生命到了最后时刻，断断续续地对身边人说："我没完成开凿风门岭隧洞的任务，你们继续干……"魏秀花是魏三然的女儿。为了改变家乡缺水面貌，她夜以继日地战斗在65米深的12号竖井里。她怀孕已经三个月了，还坚持劈石出碴，被群众称为"铁姑娘"。1977年10月31日，因罐车发生故障，她不幸以身殉职，年仅二十三岁。1974年，凿通水洞，红旗水流到家门口，全村群众有口皆碑，始终没有忘记引水修渠的魏三然及其女儿的功劳。

李改云号称"铁姑娘"，在工地上与男劳力一起比高低。有一次劈石头，一块大石板从山上落下来，李改云推开别人，她的左腿却被砸成粉碎性骨折。

像这样在红旗渠建设一线牺牲的民工和干部，全县多达189人，重伤256人。

1960年10月1日，红旗渠总干渠第一期工程竣工。环绕在悬崖峭壁间的红旗渠从蓝天白云间飞过，滔滔的漳河水经过20公里的奔腾，流到河口村地界，又从泄水闸飞流跌入深沟峡谷，回归漳河。杨贵说，咱林县是块风水宝地，过去缺水，有了水就能五谷丰登，有了水就能百业兴旺。说话间，有个妇女抱着孩子站在一边。杨贵问，孩子多大了？叫什么名字？那位妇女说孩子还没起名儿，小名嘎嘎。旁边有人说，请杨书记给孩子起个名儿吧。杨贵稍加沉思，用食指摸摸孩子的脸蛋儿说："红旗渠的水很快就可以用了，有水就有希望，孩子叫水旺吧。"从此，河口村和红旗渠沿岸的其他地方，出现了张水旺、于水旺、王水旺、李水旺等许多叫水旺的人。

时任林县副县长的马友金，很长一段时间担任红旗渠工程建设总指挥。在指挥工程的同时，他始终把自己看成一线民工，任劳任怨，从不叫苦叫累，为修渠"三过家门而不入"，直到母亲病故，才请示县委回家送葬。他跪在母亲灵前痛哭："娘啊，我不是您的好儿子，没有为母亲尽孝。"

1973 年，周恩来总理不止一次自豪地说："新中国成立后，有两大奇迹，一个是南京长江大桥，一个是林县的红旗渠。"

大家为英雄的林县人民，特别是红旗渠这样伟大的工程感叹，同时也看到谷文昌等一大批南下干部在福建领导人民战天斗地的精神文化和崇高的思想境界源泉。

车过家门，谷文昌又回了一趟老家南湾村，这是他最后一次返回家乡。家乡变化很大，乡亲们生活水平有了明显提高。谷文昌感谢三弟一家和乡亲们对老母亲、对谷豫东的关心和照顾，他与乡亲们彻夜长谈。

如今，从林州县城通往石板岩、通往郭家庄南湾村的道路修通了。谷文昌的远房侄子谷果（化名）兴奋地告诉谷文昌，隧道是他带领大家修建的。是啊，谷文昌十年前回家的时候，就是这个小伙子发誓："一定要修一条从家乡通往山外的公路。"谷文昌望着这位面色黝黑的汉子，竖起大拇指，深深地点了一下头，说："咱们加入了共产党，就要义无反顾地为老百姓干实事！"

谷文昌手捧白花，来到父母的坟前，深深地鞠下身子。勤劳善良的母亲经历过战争、贫困和饥荒，不到四十岁就开始守寡。为了养活四个孩子，她柔弱的双肩几乎把人间所有的苦难都扛下来。母亲总是告诉谷文昌许多做人做事的道理。上次回家，母亲像嘱咐一个孩子一样嘱咐已经是县委书记的谷文昌："要多吃苦，多关心人，共产党是老百姓的天，我们一定要跟着党走，忠于党，多为老百姓办实事、办好事。"

泪水模糊了谷文昌的眼睛，从林地走出来，他再一次登上巍峨的林虑山。放眼巍峨的大山，他仿佛看到父母的身影，仿佛看到东山县、漳州，乃至全中国老百姓淳朴善良的笑容。他觉得肩上的责任更重了，他必须在自己新的工作岗位上兢兢业业，风雨兼程，继续秉承一个共产党员应有的义务和责任。家乡，是他革命意志坚强、永葆奋斗精神的主要来源之一。

谷文昌又去看望了他的老战友谷山青，他提着点心来到谷山青家里，终于见到这位老战友。随行的一位老战友告诉谷文昌："山青没给咱们的队伍丢人，他连续十年参加修建红旗渠，在一次爆破中，他为了抢救一位民工，失去了右胳膊。"谷文昌看着谷山青空荡荡的右手袖子，掏出一支烟卷递给他。两位老战友抽着烟，聊起家常。他们从当初一起组织农会干革命、抗击日本鬼子，聊到解放战争，聊到南下，又聊到那次伏击战，谷山青低下头来。

谷文昌离开时，两位老战友的手紧紧握在一起，久久没有分开。

第二十六章　归去来兮

1953年7月,国民党军大举进攻东山岛。经历了被"拉壮丁"生离死别的东山人冒死支援前线,取得了东山保卫战的胜利。但是,这次战斗又让93名东山人被抓往台湾。随着战斗结束,一场人间浩劫让分隔海峡两岸的东山夫妻们开始了漫长的守望,制造了"寡妇村"的悲剧。这一感情重创,深深烙进了几代人的心灵。"妻在海峡西,夫在海峡东,日日盼夫不见夫,共望海峡水。"这曲曾经在东山民间流传一时的歌谣,述说着两岸几十年封锁隔绝中多少分离夫妻的凄楚。

一湾海峡挡住了亲情骨肉,挡不住亲人们的思念。

有的东山汉子被抓丁在金门服役。有一段时间,东山籍的士兵在岛上打篮球,有时偷偷将篮球藏起来。士兵们趁着黑夜,抱着球往家乡方向游,那里有他们的母亲、妻子和孩子。可是,大海苍茫,风大浪急,他们极少数能游回来,大部分被大海吞噬,有的被国民党军抓回,遭受严刑拷打。

像铜钵村刘阿婆这样的"兵灾家属",家里缺少男劳力,谷文昌得知后,吩咐村里的帮扶队,一定要安排劳力帮助刘阿婆这样的人家。笔者在铜钵村采访时,老支书黄镇国说:"我们不反对集体化、合作社,因为那个时候，谷文昌专门派人帮助那些老弱病残的人家，才使我们一步步过上幸福生活。"

黄阿婆的丈夫和儿子被抓走时，家里缺少男劳力，孩子又小，日子过得实在清贫。谷文昌听说后，让村集体花钱买了一头小猪，托人送给黄阿婆家养着，以帮助她家脱贫。那时，小猪脖子里系根红布条，一天天长大，黄阿婆不舍得卖，更不舍得杀，她说："我要等儿子回家，让儿子看看，谷书记对我们这些'兵灾家属'的关心。"

小猪渐渐长成大猪，有人劝她，再不杀，猪肉就嚼不动了，黄阿婆还是坚持养着。后来，大猪变成老猪，一天天看着黄阿婆望着台湾的方向盼望亲人归来，亲人还是没有归来。再后来，老猪走路都困难了。有一天，老猪的头躺在门槛上，对着台湾的方向，嚎叫两声后，就闭上了眼睛。黄阿婆的亲人还是没有回来。

十几年后，刚刚从"文革"中恢复工作不久的谷文昌和妻子史英萍一起探望东山的乡亲，特别看望了"兵灾家属"黄阿婆。谷文昌在黄阿婆家看到老人的遗像，就一切都明白了。黄阿婆的儿媳一见谷文昌，连忙感谢老书记，说要不是谷书记当年的政策，她家不知道要遭多大的罪。如今，粮食够吃了，儿子中学毕业后也结了婚。

台湾老兵们与大陆亲人一样思念家乡，想方设法与家人联系。

在台湾，国民党老兵阿龙转业成为渔民。五十岁那年，一次外出打鱼，风大浪急，他在风浪中迷了路。有人说前面是东山岛，是解放军的地盘。阿龙抑不住内心的激动，在渔船矫正方向即将驶回台湾岛的时候，他要求回阔别三十多年的老家看一看，被船长拒绝。他声泪俱下，跪下来求情："今天即使是死，也要回家。"

船长让几个人拦住他，他使出全力挣脱众人，什么东西也没带，几步冲出舱外，跳上船舷，大喊一声"娘啊，儿子来了——"就跳进汹涌的大海，朝着家乡的方向，奋勇游过去。海浪把他举起，又抛下，他大喊："妈祖啊，祖宗啊，爷爷奶奶啊，保佑阿龙回家吧——"

怀着一个强烈的信念，阿龙终于游到东山岛。

他登上东山岛后，被民兵发现，送到县台胞接待办公室。县台办的同志热情地接待了他，领着他回到老家。看到年迈但还健在的母亲，他双膝给老人家跪下来，母亲的泪水和他的泪水交织在一起；他看到头发斑白一直没有改嫁的妻子，看到当年还在母腹中如今早已长大的儿子，看到昔日破烂不堪的老家如今已是小楼林立。当他听说"兵灾家属"的故事后，泪流满面地诉说："当时，我也随着国民党攻上东山岛。那天夜里，国民党败退时，我从家门口经过，我多想回家看一看老母亲和年轻的妻子啊。可当官的说，如果被解放军抓住，会被杀头的。三十多年来，我对家乡望眼欲穿，多少个日日夜夜，我来到海边，对着家乡的方向跪下，泣不成声。"

黄镇国1950年生，他的堂哥黄阿庆被抓走当兵。从此，他的堂嫂沈锦菊与村里许多失去丈夫的妇人开始了"守活寡"、盼亲人的痛苦生涯。那个年代，她们就是把地球上所有的邮票都贴上信封，也不能飞越浅浅窄窄的海峡。1963年，铜钵村人终于看到曙光，村里收到了第一封辗转而来的台湾来信。此后，去台人员的亲属们纷纷试探着想给对岸生死未卜的亲人写信联络。黄镇国开始给堂嫂和乡亲们代笔写信，渐渐成为村中寄往台湾书信的代笔人。堂嫂经常说两句就哭了，黄镇国从她眼泪中就知道信该怎么写了。两岸通信颇费周折，台胞们把信寄到新加坡、美国、泰国等地，由当地收信人通过民间批信局，整合一批信件，经由客船寄到汕头等口岸，再送到东山。当地民间批信局的工作人员再到铜钵村，挨家挨户分发。有时，一封信要辗转数月才能到达收信人手里。黄镇国代笔写回信后，书信又开始了绕道回台湾的另一番"奔波"。

1979年1月1日，全国人大常委会发表了《告台湾同胞书》，提出两岸通邮的主张。四个月后，蒋经国用"三不"政策回应。1987年，台湾老兵上街游行、请愿，要求台湾当局开放回大陆探亲。其中一名老兵胸前的牌子上写着两个字"想家"。有人问他，为什么要这样写？老兵回答："我离家快四十年了，我不愿死在外面，我想回家。"

1987年11月，台湾当局决定开放台湾同胞赴大陆探亲。1988年3月19日，台湾当局在台湾老兵的强烈抗议后宣布实行"通信不通邮"的政策。于是，两岸掀起了炽热的探亲潮。长达三十八年之久的两岸同胞隔绝状态终于被打破。

截至1993年，铜钵村去台乡亲已有97人回乡探亲，其中9人获准定居家乡。如今，尽管"寡妇村"渐渐成为历史，但那些妇女和亲人，却遭受了不同的命运。2008年12月15日是两岸"三通"的签署日，从这天起，两岸实现直接通邮，结束了两岸不通邮的历史。

1984年，在两岸仍然封锁隔绝的情况下，黄文克老人辗转多处回到铜钵村老家，成了村里首位去台回乡者。1987年12月10日，铜钵村迎来激动人心的时刻，八名当年的"壮丁"回到了老家铜钵村。在20世纪90年代台胞回乡大潮中，黄阿庆回老家铜钵村探亲，从此来来往往于海峡两岸。最后，年纪大了，老人定居铜钵村，享受天伦之乐。岁月无情，带走了村中的许多老人。铜钵村当年91位曾经"守活寡"的妇人，目前只剩下三人；定居铜钵村的19个台胞中，如今都已过世；留在台湾的那批老台胞，仅剩下四五人。

黄镇国先后义务为乡亲们代写了八百多封寄往台湾的书信，尤其难忘的是与黄建忠的通信。"他母亲得病快去世了，让我到她床前替她写信。她希望儿子以后记得带儿孙回来，到她坟前看看她，"黄镇国说，"我代写完，把信念给老人听，自己边念边流泪。"

但是，黄建忠一直没回来。直到1999年中秋节前，收到黄建忠的来信后，黄镇国复信一首诗：

      岁月无情几度秋，月圆人缺何时休？
      世态风云惊多变，趁峡浪平好行舟。

后来，黄建忠回村，一见黄镇国，就泪流满面地说："兄弟啊，我被你那首诗给追回来了。兄弟我混得不好，没脸回家啊！"

母亲坟前，海风呼号，黄建忠想起自己被抓走时，母亲、妻子呼天抢地的情景，想起五十多年来，母亲、妻子、孩子的艰难，想起自己坎坷不平的生活，他老泪纵横，哽咽着，耳边响起一首歌曲《母亲你在何方》：

      雁阵儿飞来飞去白云里
      经过那万里可曾看仔细
      雁儿呀我想问你
      我的母亲可有消息
      秋风啊吹得枫叶乱飘荡
      嘘寒呀问暖缺少那亲娘
      母亲呀我要问你
      天涯茫茫你在何方
      明知那黄泉难归
      我们仍在痴心等待
      我的母亲呀等着你
      等着你等你入梦来
      儿时的情景似梦般依稀
      母爱的温暖永远难忘记

母亲呀我真想你

恨不能够时光倒移

林云的丈夫谢文离家时，留下五个儿子，最小的儿子在母亲肚子里，才两个半月。几十年来，她含辛茹苦把儿子们养大成人，现已儿孙满堂。她说现在不愁穿不愁吃，只愁丈夫音讯全无。她什么都不想，只想活着能见丈夫一面。当她听说台湾老兵可以回家探亲时，她几乎天天倚着家门，盼丈夫能在门前出现。她说她最怕的是有人告诉她丈夫死在台湾了。因为丈夫死了，他就不会知道，为了他，她没改嫁。有一天，她最怕的事情还是发生了。一位从台湾回来的亲人给她带来一封信，信上告诉她丈夫在台死亡的日期。噩耗传来，老阿婆受到严重刺激，接受不了残酷的现实，一下子昏倒在地。

是年农历五月二十九黎明，净港海滩凄风苦雨，波涛汹涌。林云和谢文的子孙们披麻戴孝，依照当地引魂的风俗，望着大海使劲地呼喊："爸爸回来——""公公回来——"

亲人们希望大潮把他们的呼喊传到亲人灵前，潮来时又把亲人的亡魂引回家来。随着亲人撕心裂肺的呼喊，绑在引魂竿上的那只白鸡喔喔叫起来，证明引魂成功。引魂人群才随着锣声慢慢地往村里走。锣声和哭声奏成断肠的"引魂曲"，几乎全村人都为他们伤心落泪。

老阿婆从此神叨叨的。一天半夜，她不声不响地死在自家老屋前那个曾经为丈夫洗过衣服的浅浅的池塘里，太阳出来时才被人发现。这时候，她也许在另一个世界已经找到丈夫，当面告诉他，为了他，她守寡六十多年，一辈子没改嫁。

谢素娥的丈夫叫林大鼻，黄镇国代读了她丈夫给她的来信，代写了谢素娥给丈夫的回信。然而，任凭谢素娥在信中千劝万劝，劝不了林大鼻回家。林大鼻每一次来信总是重复："行动不便，再等机会。"后来才知道，林大鼻患了羊痫风，怕途中发作，不敢动身。但他对家庭关怀备至。孙儿结婚，他要了孙儿孙媳的生辰八字，根据五行和天干地支原理为之选择送聘日、开剪时、结婚日和入房时。他写满了一张大八开黄纸，歪歪斜斜的文字像甲骨文，里面还有占卜名词。黄镇国不太懂，读那封信时很费神。林大鼻来信时常说会有机会回家的，只是时间早晚而已。但是，1994年，他没留下一句遗言，就客死台湾。在台乡亲为他处理后事，然后将骨灰盒几经辗转托人带回故里。乡亲们按照家乡风俗为他举行葬礼，厚葬于公墓区。墓碑上并排刻着丈夫和妻子的名字，妻子的名字用红漆填上，属龙凤葬。先埋下丈夫的骨灰，留个位置给自己，日后死了再埋。生无同家住，死却同墓居。这样的爱情悲剧凄美伤感。

1986年农历三月二十三日，黄韵奇带着台湾妻子朱太太回家来看望大陆妻子林招玉。应该说，这是朱太太带着丈夫黄韵奇来看望大陆的"姐姐"。朱太太为人贤惠，她知道丈夫在大陆有妻子，且没嫁人仍等着他。她没有理由把丈夫在大陆的妻子视为情敌。她懂得"从来家与国，命运总相依"的关系。她曾多次劝丈夫回家看看她们。黄韵奇早有打算，但不知道朱太太是否反对。朱太太似乎知道丈夫有所顾虑，她不为难丈夫。朱太太先斩后奏，买了飞机票说去香港旅游。然后把丈夫骗上飞机，到香港再转机大陆，一切手续都是朱太太亲自办理的。黄韵奇从内心深处无限感激：知我者，朱太太也。

林招玉家因丈夫和"妹妹"的到来而喜气盈门，张灯结彩，亲朋满座，杀猪宰羊拜天公，比当年结婚时还气派热闹。当年丈夫走后，林招玉向天公许过愿，如果天公能保佑丈夫平安无事回家，她要答谢神恩。这个愿许了三十多年，今天如愿以偿。按家乡拜祭天公的习俗，黄韵奇和原配夫人是主角，夫妻俩举香共拜，配合默契。

几天后，黄韵奇和朱太太回台。不久，两岸"解冻"，两岸两个家庭探亲互动，来往频繁。然而，在台湾也好，在大陆也好，每一次团圆的背后总是离别。为了解决这个问题，还是朱太太的主意，让"姐姐"去台定居。1990年3月12日，林招玉去台，成了东山县第一个也是唯一一个去台湾定居的妻子。不过，三个多月后，林招玉回家了，成了台湾户口的东山人。林招玉回家不久，丈夫因病死在台湾。林招玉和儿子没能去台湾奔丧。几乎同一天，两岸两个家庭都设灵堂，为黄韵奇举行悼念活动。只不过大陆家中的一切摆设都是虚设的。

后来，林招玉因病在家乡逝世。虽没见到台湾的"妹妹"和儿孙们到大陆为她奔丧，但花圈上和祭文中都有他们的名字。这一切都是大陆家庭为他们安排的。

1988年农历七月初六，隔天"七夕"，是铜钵村最浪漫的一天。这一天从台湾来了三对夫妻，他们是特意选择回家过"七夕"的。几天以后，这三个"一夫两妻"的家庭又分离了。台湾夫妇回去了，留下来的还是一个孤零零的老太婆。这些女人为啥几十年不改嫁，因为她们相信总有一天丈夫会回来的，也相信不管什么时候回来不会再走。如今，丈夫回来了，但来了还得走。当年的走，是看着丈夫被国民党兵抓走，而现在的走，是看着丈夫被台湾女人带走。一个男人被另一个女人带走，为丈夫守了一辈子"活寡"，等到的是这样的结局。

"寡妇村"的怀乡亭公园老榕树下，是当年寡妇们眺望台湾海峡对岸、默默等候亲人归来的地方。出于种种原因，回东山老家定居的只有19人，占去台人员总数的三分之一，他们全是孤独老人。

黄阿庆在家是长子，已婚，当年由弟弟黄阿发替他从军。没想到，又遇上国民党军队围村抓壮丁，妻子沈锦菊把他藏在草屋的草堆里面。保长带兵到他家查，骗沈锦菊说："不要怕，不要躲，把他叫出来，查查良民证,没事。"沈锦菊相信保长的话,把丈夫叫出来,他就这样被抓走了。提起这件事,沈锦菊好后悔。有一次,阿庆从台湾亲人信中捎来半张字条,上面写道:"锦菊贤妻,夫在外平安,请勿挂念。吾作为人夫而不能尽人夫之责,问心自愧,望妻保重,但愿后会有期。"

阿庆是黄镇国的堂兄,按照堂嫂的吩咐,黄镇国代笔回信:"阿庆夫君,来信收到。夫平安妻甚慰。夫别自责,当年是我上当受骗,把你从草堆里叫出来才让你被抓走的,每当想到此事,我好后悔。夫多保重,我等着您。"

沈锦菊一直没改嫁,为了传宗接代,她从娘家抱个女孩养。就这样,母女俩相依为命几十年。女婿是军人,退役后被安排在江西铀矿工作,全家都搬到江西住,家门锁着。两岸放开探亲后,阿庆回家探亲,以台胞的名义向有关部门提出申请,要求政府把他们调回本县,得到批准。不久,阿庆从台湾回家定居,阖家团圆,享天伦之乐。替他从军的二弟阿发在孟良崮战役中被解放军俘虏,后参加了解放军,1958年退役,光荣回家,后来因病早逝,没能见面,留下遗憾。

黄拱成1949年毕业于汕头南华大学,为避兵荒马乱回家任教,结识了青年女教师林美桃并结婚。那时候,每天早晨,夫妻俩总是手拿着书、手牵着手去净港、净山散步、晨读。大家羡慕地看着他们。二十九岁那年,黄拱成被抓走了。离开部队后,他先后在台北、台南等地教书,一个人住学校单身宿舍。他深深地爱着结发妻子,一直没再婚。新中国成立后,林美桃一直在康美小学任教,直到退休。丈夫走时,留给她一个儿子和肚子里面的一个女儿,女儿生下后因养不起送给了别人家。丈夫去台后,她长期住在康美村娘家,边教书边抚养孩子,一直没改嫁。有情人终成眷属,等了39年11个月后,夫妻终于团聚,黄拱成回到家乡定居,林美桃从娘家回家,他们盖起了属于自己的乐园,一座园林式的楼房别墅。

夫妻俩育花养鱼，栽果种瓜，看书写字，品茶聊天，安逸悠闲地过日子。

陈巧云丈夫被抓走的那年，她二十岁，她苦苦等了丈夫四十年。四十年来，她日思夜想，多少回，从梦中哭醒；多少回，她站在村头老榕树下向台湾方向遥望。老榕树下有一条小路，亲人们当年就是沿着这条小路，被押上大船的。终于有一天，有人给她捎信："你丈夫黄阿嵩还活着，他回来看你和儿子来了。"陈巧云喜极而泣，还没来得及打扮，一位西装革履的老人站在家门口，两位老人的双手紧紧地握在一起。四十年的风雨和等待化为热泪滚滚，两位老人彻夜长谈。当黄阿嵩听说"兵灾家属"的故事后，老泪纵横，阵阵感叹："共产党得民心啊！了不起啊！"

从此，每次回大陆，黄阿嵩都要带着晚辈到谷文昌陵园祭拜。

不仅如此，好多在东山的"兵灾家属"，好多从台湾回来的台胞，都要去谷文昌纪念园祭奠，感谢那么多年他带领村干部、群众对"兵灾家属"的照顾。

在东山县台胞、侨胞中至今流传着这样一句话："谷公丰功伟绩，足以百代流芳。"

第二十七章　深情厚谊为难侨

大雨如注，雷声一个接着一个。那晚，谷文昌看文件看到了深夜。他刚刚睡下，还未出嫁的女儿谷哲英被雷声惊醒，便起身继续给父亲缝补衣服上的漏洞。电话铃声响起，谷文昌急忙披衣而起接电话。他冷静地接听着，剧烈地咳嗽了一阵子，大声说："不要着急，我马上过去。"

一会儿，门外一阵汽车马达声，谷文昌拿起一把雨伞往外走。史英萍关切地拿着一件雨衣追上去说："风大，还是穿上雨衣吧。"汽车驶向远方，很快被风雨声淹没。

福建，特别是龙溪一带，历来有下南洋的传统，海外华侨和港澳台同胞很多。如何维护海外侨胞在大陆的利益，利用好海外资源，拉动本地社会经济发展，逐渐形成一种苗头和共识。1978年3月，谷文昌被任命为龙溪地区分管侨务工作的副专员。随着邓小平等一批老革命家复出，全国上下开始拨乱反正。落实华侨政策是国家的一项重要工作，它对树立中国新一代政府形象，为即将开展的改革开放打开局面，具有重要意义。而归还土改、"文革"期间违法占用的华侨房屋，是落实华侨政策中一项牵动侨心的重要举措。谷文昌上任后，全身心地投入这项工作中。

龙海县角美镇有一座著名的"天一楼"，原为华侨郭氏家族创办的民间邮局——"天一信局"办公楼。土改时期,"天一楼"分给了当地贫困村民。国家新的华侨政策推出后,郭氏后人一度回国打算要回祖居。因为牵扯的户数很多,"天一楼"一直未能依照新政策归还郭氏后人。谷文昌上任后,多次到现场查看。在专门的工作会议上,他说:"咱们执行国家的华侨政策,决不能拖泥带水,侨房一定要归还,但群众的实际困难也一定要帮助解决。"

谷文昌挨家挨户走访"天一楼"的居民,情真意切地宣传党的侨务政策,积极征求群众对安置工作的意见。谷文昌知道,解决好群众搬迁的安置工作是工作重点。他现场办公,首先解决搬迁户的重新安置问题,直到安置户全部住上满意的新房,困扰当地一年多的侨房归还问题终于得到解决。郭氏家族成员遍布东南亚,他们听说了"天一楼"的归还情况,感动极了,还在这座楼房的大门上贴了一副对联:"喜退侨房振兴中华伟业,欣归故里感谢政府党恩。"从此以后,这个家族的海外成员纷纷回国兴办各种公益事业。至20世纪90年代,这个家族有15人回到老家,先期捐资23万元后,又陆续捐款,为角美镇兴办了六项公益事业:捐款建起一所875平方米的小学宿舍、1100平方米的文化活动中心、450平方米的幼儿园、300多米长的水泥道路等。如今,这个家族的成员回乡办起了多家合资企业。

张嘉煌家原来在东市场有一座920平方米的侨房,因为城建需要被拆迁。由于历史原因,特别是建设单位的更迭,致使张嘉煌十三年得不到应有的补偿。谷文昌分管侨务工作后,张嘉煌本着试一试的态度,决定找谷文昌。那天下午,天气炎热,蝉在窗外拼命嘶叫,有人敲谷文昌办公室的门。值班人员敲门进来问:"谷主任,有位老华侨要见您。"

"请人家进来吧。"

"对方是一位老上访户,十多年了,经常来政府。"

"赶快请进来,我问问老华侨有什么冤屈。"

谷文昌热情地将张嘉煌请进办公室,给这位归国的老华侨沏茶敬烟。张嘉煌老泪纵横地反映情况,谷文昌耐心地听着他的申诉,审阅了有关原始资料,沉吟了一下,说:"你带我到原址看一看吧。"

谷文昌叫上工作人员,顶着烈日,一起骑着自行车来到现场,他们走访了一个多钟头。回到办公室后,谷文昌再一次查看原始资料,对张嘉煌说:"你反映的情况属实,政府应该补偿。"

很快,张嘉煌拿到政府给的拆迁损失补偿费5万元。他上访13年未能解决的"老大难问题",谷文昌一天就解决了。

1978年至1979年,在越南出现了严重的排华事件,大量华侨被迫害并被赶回中国。华侨安置工作成为侨务工作的一件大事。谷文昌望着归国华侨们一脸的无奈,充满无限的理解与同情。年近六十的他全身心扑在华侨工作上,不分昼夜、想方设法为归国华侨排忧解难,常年艰苦奋战在一线。谷文昌有肺病、胃病的老病根,如今,又要为侨务工作废寝忘食,身体越来越差。身边的工作人员劝他:"谷主任,工作也不是一天能干完的,您休息一下吧。"

谷文昌坚定地说:"难侨一天不安置好,我一天寝食难安。"

当时,龙溪地区仅有两个华侨农场,但福建省一下子下达了安置两万人的任务,后来任务数调减到八千。为了寻找合适的安置地点,谷文昌一天到晚拖着病躯,踏遍龙溪的山山水水,给华侨寻找一个合适的家园。

侨务部门向谷文昌汇报了一个安置点——诏安梅州农场,各方面条件还不错。谷文昌说:"我必须到现场看一看。"谷文昌来到场部,里里外外看了看,总觉得不放心,要求沿着农场的周边转一圈。梅州农场与云霄县交界,周边都是荒山,绕一圈有几十里路。谷文昌一边走,一边剧烈地咳嗽。跟随他的侨办人员陈如其劝说道："谷主任，下面汇报的情况，应该不会有问题。您身体不便，不必每一处都看了吧。"

谷文昌喘着气说："那么多归国华侨安置在这里，可供开垦的荒地是不是够用？还有没有发展余地？这些问题都需要调查清楚。只听汇报，没有调查研究就做决定，太草率。那不是我们对人民负责的作风。"

谷文昌翻山越岭，围绕农场看了一圈。回去后，再一次征求有关干部的意见，才同意将梅州农场列入安置点。他知道，仅有这些还远远不够。在谷文昌努力下，龙溪地区又开辟出了三个新的安置点，加上原来的两个华侨农场，共划定专门安置归侨的农场达到五个，占福建省华侨农场总数的三分之一。

工作排满了谷文昌的生活日程，病魔悄悄侵入他充满活力的躯体。1979 年 10 月 6 日，他去广州参加秋季广交会，偶然发现胃部有些不适，感觉咽不下去东西，才意识到问题有些严重。回到龙溪后，他又把这些事忘到脑后。12 月 30 日，一系列症状越发明显，在老伴催促下，他才去医院检查。年头岁尾，X 光照片给他的家庭投下可怕的阴影：谷文昌胃部的贲门有病变，疑似癌症。家人们担忧起来。市领导得知后，催促他赶快去上海检查。

谷文昌说："当地医院还没有确诊，干吗去上海？路那么远，又得浪费国家好多钱。"于是，他又投入紧张的侨务工作中。

一批又一批的华侨被越南当局驱赶回国，安排归国华侨的任务越来越重。上级要求两三个月内为两万难侨建好居住的房屋，依照标准突击建房 20 万平方米，而当地建筑公司很少，时间非常紧迫，眼看安置房难以及时交付使用。这是一个非常现实的问题，然而，住房是一件大事，必须保证质量，急不得，福建省有关部门领导同意暂时搭建一部分竹棚过渡。

那晚，天降大雨，竹棚漏雨，难侨情绪波动，出现了骚乱现象。有人直接向谷文昌汇报。劳累了一天的谷文昌刚刚睡下，于是，出现了开头的一幕。

谷文昌坐车100多里路，凌晨5点，抵达诏安安置点。大雨骤停，谷文昌已在上海查出癌症，他强忍着病痛，打起精神，带领工作人员挨家逐户走访、安慰归侨家庭。对于暂时安置在竹棚里的侨胞，谷文昌一再道歉："亲人们，住房正在建设中。你们在这里只是暂时过渡，入冬之前，一定会让大家住进标准新居。"

听说漳浦安置点的侨胞因为安置点漏雨上访，谷文昌不顾疲劳，当天赶往漳浦白竹湖农场归侨安置点。他查看竹棚，要求随行人员赶快用塑料布等加固竹棚的房顶。有些归侨还是不能理解，怨气很大。谷文昌苦口婆心地劝导，许诺冬天一定让大家住进新房。大家情绪渐渐稳定。由于过度劳累，谷文昌突然一下子倒在竹棚门前。有人扶住他，谷文昌剧烈地咳嗽，发起高烧。工作人员劝他休息一下，谷文昌沉重地抬起头，说："不行，时间来不及，赶快到下一个安置点看一看。"

许多归侨听说这位拖着病体为他们奔忙操劳的老人是地区行署副专员时，感动万分。一位老华侨说："我们在国外受尽欺负，没想到祖国的大官这么和气，这么友善。这暂时的困难，我们能够理解。"

那天，谷文昌仅在农场医疗室打了一支退烧针，又继续工作。由于食道肿大，吞咽困难，那个暴雨之夜，从早上五点出发，到晚上回家，谷文昌只吃了一餐线面。

在谷文昌的领导下，龙溪地区侨务部门出色地完成了安置任务。全区共建成安置房185座，共11万平方米，安置归国华侨13批8770多人。

谷文昌食量一天天减少，身体一天天消瘦，直到倒下来。病床上，他听到一个消息：时任联合国难民署驻华代表马歇先生来龙溪地区实地查看，对中国难民落实情况大加赞赏："我看到难侨在中国有劳动能力的都有工作，孩子都能上学，医疗也有保障。走遍世界各国，中国的难侨安置工作做得这么好，堪称世界典范。"

病榻上，谷文昌欣慰地笑了。

第二十八章　把我的骨灰埋到东山

明天要手术了。谷文昌要求与老伴史英萍出去转一转。老两口来到百货大楼，谷文昌根据史英萍的爱好，扯了几尺棉布，又找了一家裁缝店，让裁缝比照着史英萍的身材尺寸做了一身衣服。史英萍知道，这是老谷在表达爱意和歉意：结婚这么多年，老谷第一次帮她做衣服。他知道，在接下来的手术中，不知道自己能不能挺过来。老伴陪伴自己这么多年，受苦受累，他们养的五个孩子，尽管都不是史英萍亲生的，史英萍却视如己出，为了孩子们，她一辈子没生过自己的孩子。

手术没有扼住病魔的喉咙，谷文昌的病情逐渐恶化，癌细胞在全身扩散，已经到了吞咽困难的境地。每次化疗，谷文昌大汗淋漓，全身虚脱，身体已经肿得不像样子了。医生建议打血蛋白，谷文昌听见了，知道血蛋白价格不菲，吃力地说："我都到这种地步了，不能再浪费国家的钱了。"

在谷文昌生命最后的日子，他紧紧握住妻子史英萍的手说："对不起——"是啊，史英萍年轻时就有文化、有能力，组织上有一次决定提拔一个副县长，只有史英萍符合条件。为了避嫌，时任县委书记的谷文昌说："老史不太熟悉本地生活，还是选拔熟悉情况的本地干部吧。"

每次机关干部涨工资，谷文昌总是说："我俩工资加起来够用的了，还是给那些工资低的同志涨吧。"

在东山工作时如此，在福州、宁化、龙溪工作时也是一样，谷文昌总把家人的利益放在最后，史英萍一直到参加工作三十年后退休，她的工资才依照规定由十八级涨到十七级。即使这样，在丈夫精神的感召下，史英萍省吃俭用十几年，还默默资助了一些贫困大学生。

谷文昌的手握得更紧了。史英萍紧紧握住丈夫的手说："老谷，你做得对！"五个子女泣不成声。

东山的老部下和乡亲们来看望生命垂危的老书记，他紧紧握住老通讯员朱子周的手断断续续地说："对不起——"

是啊，每次分发福利，谷文昌总是说："咱不抢，不沾国家的光。"他宁愿把自己的衣服、财物让出去，也不让部下搞特权。每次提干，他对待部下跟自己的妻子儿女一样，不但不搞特殊，还将机会让给别人。

谷文昌的那些老部下、老同事这样说："跟着谷书记，我们得不到特权、得不到提拔，但能保证我们一生清白做事，不犯错误。"

林业技术员出身的林嫩惠说："我这一生种了很多树，我这棵树却是谷书记培育出来的。"

1981年1月29日，病床上的谷文昌对来看望他的东山县的同志们断断续续地说："去年的农业收成怎么样？群众的粮食够不够吃？回去后，要做好木麻黄的更新换代工作……"在场的人无不眼泪滚滚。

窗外一声炸雷，大雨瓢泼而下。时任福建省委书记项南听说谷文昌病危的消息后，马上驱车前往漳州探望，不料天降大雨。

窗外大雨如注，谷文昌回光返照，慢慢坐起来，对身边的亲人说："我死后，请把我的骨灰埋在东山，我要和东山的百姓在一起，和东山的大树在一起……"

1981年1月30日凌晨，一颗平凡而伟大的心脏停止了跳动。

项南闻讯一大早赶往病房，面对骨瘦如柴的人民的好干部谷文昌，他眼睛湿润了。他破天荒地要求新闻部门报道这件事情，并饱含深情地修改新闻材料——《为东山人民造福的谷文昌同志逝世》。

谷文昌去世后一周，史英萍拆除了家中的电话，连同谷文昌的自行车，一并上交。她说："这是老谷生前交代的，活着因公使用，死后还给国家。"老县委书记谷文昌去世的消息传到东山县，许多乡亲呜呜痛哭。他们主动戴上白花，默默地为他们的老书记默哀。然而，在一些偏远的农村，一些老人固执地认为，谷书记没有死，也不会死。

谷文昌火化后，根据组织决定，依照他的遗嘱，把他的骨灰埋到东山。那天，几个人悄悄地在山口村北的赤山林场挖墓穴，几位老人走过来说："不许挖，这是谷书记领着我们建的林场！"老人们态度坚决。

工作人员不得不悲痛地说："我们在这里安葬谷书记的骨灰。"

传说竟成了真的，简直是晴天霹雳，谷书记真的走了。几个曾经逃荒要饭的老人顿时悲泪滚滚，二话不说，夺过工作人员手中的铁锨，一下又一下地挖起来。

谷书记真的走了。下葬那天，谷文昌的家人没有惊动其他人，但山口村的村民还是知道了。昔日"乞丐村"的乡亲们几乎全部出动，男女老幼，哭声震天："谷书记啊，回家吧！"

"谷书记啊，您不能撇下我们走啊——"

不能忘记谷书记，必须弘扬谷文昌全心全意为人民服务的精神，必须让后人记住这一人民拥戴的优秀共产党员干部。1990年，东山县各界机关干部、群众集资，为谷文昌打造了一尊汉白玉雕像。

是年12月10日，晨曦初露，载着谷文昌雕像的大卡车缓缓驶进东山岛。车过八尺门海堤大桥，有人看见了，大喊："谷书记回家了！"

沿途各村的许多群众不约而同地跟在卡车后面。西埔村、铜钵村、白埕村、山口村，许许多多的乡亲默默地跟在卡车后面，一遍遍呼喊："谷书记，回家了——"

没有谁下通知，没有人提前约定，更没有人专门组织，当时还是电视台记者的黄石麟眼含热泪，用摄像机拍下了这一动人场面。

开始说只有几个亲戚参加谷文昌雕像的安放仪式，后来一看，黑压压的人群，人越聚越多，有一千多人，五千多人，上万人……周围村的乡亲们仍源源不断地往这里聚集。他们满怀无比敬仰的心情，眼含泪水，以最朴实的方式，悼念他们心中的谷文昌书记。

何阿婆面对电视镜头泪流满面："过去，我们世世代代要饭，饿死病死没人管没人问，随便挖一个坑埋了，也不知道先人葬在何处。是谷书记给了我们新家，给了我们幸福生活。谷书记啊，您就是我们的祖。"

许多人来这里拜祭，青少年高举拳头大声宣誓。

时任福建省委书记陈光毅题词——"绿色丰碑"！

从此，一个新风俗从山口村向周围村蔓延。每逢重大节日，特别是清明节，几乎家家户户，都要到谷文昌墓前。这里香烟缭绕，明烛燃烧，许多老人带领子孙后代，恭恭敬敬地拜祭，从心灵深处呼喊："先祭谷公，后拜祖宗。"

从福建到浙江再到中南海，习近平总书记多次提到谷文昌。2003年7月，习近平同志评价谷文昌说："在福建，带领东山人民改造自然和社会，变昔日的荒山秃岭为现在的'国家生态示范县'和'全省环境最佳县'的谷文昌，现在当地老百姓仍然怀念他，甚至祭祀时也是'先祭谷公，后拜祖宗'。人民群众是共产党的'本''基''源'，党必须相信和依靠群众，始终保持与人民群众的血肉联系。"

在一篇题为《"潜绩"与"显绩"》的文章中，习总书记称赞谷文昌："在老百姓心中树起了一座不朽的丰碑。"

谷文昌生平年表

1915年10月15日,生于河南省林县石板岩乡郭家庄南湾村;

1923年1月,在家乡上私塾;8月,因地主逼债而辍学;

1923年8月—1929年7月,因抵债被送地主家放牛;

1929年8月—1932年7月,在家乡种田;

1933年8月—1935年12月,随乡人到山西学做石匠;

1935年12月,回家乡种田,闲时做石匠;

1943年6月—1944年10月,河南省林县郭家庄农会主席;

1943年冬,参加党组织举办的冬校(民校);

1944年3月,加入中国共产党;

1944年10月,中共河南省林北县第七区区公所农会干事,兼郭家庄农会主席;

1944年12月,中共林北县第七区副区长;

1945年3月,抗日民主政府第七区区长;

1946年6月,林北县第十区区长;

1948年7月,河南省林县第二区(合涧区)区长;

1948年8月,中共林县村区委书记(后改称区政委);

1949年1月,被编入第三批南下干部长江支队五大队三中队第五小队,在河北省武安县集训;

1949年2月,长江支队第五大队三中队党小组组长;

1949年8月,进入福建;

1950年5月12日,参加解放福建省东山县的战斗;

1950年5月—1951年11月,任中共福建省东山县工委城关区委书记;

1950年11月—1952年10月,任中共东山县工委组织部部长;

1951年9月—1952年8月,任中共东山县工作委员会五人小组成员;

1952年12月—1955年11月,任东山县县长;

1955年4月—1964年3月,任中共东山县委书记;

1964年4月,任福建省林业厅副厅长;

1969年年冬,被下放到福建省宁化县禾口公社红旗大队;

1970年9月,任福建省宁化县隆陂水库总指挥;

1972年3月,任福建省龙溪地区(今属漳州)林业局局长、龙溪地区农委主任;

1978年3月,任龙溪地区副专员;

1981年1月,因病在漳州市逝世,享年六十六岁。

后 记

"先祭谷公，后拜祖宗。"这是福建省东山县百姓的新民俗，深深地打动我的心灵，让我多次泪流满面。

2003年春天，我与山东省作家协会副主席王光明老师在泰山东部天竹宾馆创作一部长篇报告文学《国家利益》。"非典"期间，我返回威海，在威海市委组织部偶然读到一部张全景前辈主编的文集《立党为公执政为民的典范——谷文昌》，谷文昌的精神像一道光芒，穿越时代，开始照耀我的心灵。十七年来，父亲去世，母亲瘫痪，我的生活事业经受艰苦磨炼，但是，那道光芒一直照耀着我的梦想和人生之路。2009年9月，谷文昌同志被评为"100位新中国成立以来感动中国人物"。2010年以后，我的长篇小说《审计风暴》《忠诚》相继问世并畅销。在那道光芒的指引下，我开始为谷文昌这样的人民好公仆创作一部长篇报告文学。

2014年9月，儿子考上福建某大学，我第一次有机会去福建，自费来到东山。一开始，我在东山租房走访，后来，得到东山县委宣传部的大力支持。忘不了黄石麟老师连续两天给我生动耐心地讲解谷文昌的故事，忘不了谷文昌纪念馆同志们的帮助，忘不了东山县委宣传部肖楠、李涛等同志给我介绍谷文昌的事迹，带我沿着谷文昌的足迹行走。在东山走访，我虔诚地拿镜头留念，用心去聆听、去记录，眼含泪水去感受。离开东山，我又来到漳州，倾听谷文昌的子女谷哲慧、谷豫东、谷哲芬和谷文昌的老战友靳国富等回忆谷文昌，一步步走近谷文昌的内心。

2013年至2015年，我读了山东省师范大学作家研究生班。其间，我一直关注并搜集宣传谷文昌同志的文字资料和动态。我振奋地看到，2014

年11月2日,习近平同志在福建调研时指出:"谷文昌同志的事迹同焦裕禄、杨善洲同志的事迹一样,展示了一名共产党员和一名领导干部的坚强党性、远大理想、博大胸怀、高尚情操""是县委书记的好榜样"。2015年1月12日,习近平总书记在中央党校县委书记研修班学员座谈会上讲话时强调:"我经常提到五六十年代福建东山县委书记谷文昌,他一心一意为老百姓办事,当地老百姓逢年过节是'先祭谷公,后拜祖宗'。"研究生毕业后,《人民公仆》杂志的主编李功耀老师向我约稿。在大量采访的基础上,我创作出两万多字的报告文学《丰碑——记党的好干部谷文昌》,在《人民公仆》杂志作为封面文章隆重刊出。我继续含泪创作,全国著名报告文学作家李炳银老师古道热肠,2015年5月,在《中国报告文学》杂志头条刊出我创作的六万多字的中篇报告文学《百姓心中的不朽丰碑》。是年6月30日,习近平总书记在会见全国优秀县委书记时讲话说:"焦裕禄、杨善洲、谷文昌等同志是县委书记的好榜样,县委书记要以他们为榜样,始终做到心中有党、心中有民、心中有责、心中有戒,努力成为党和人民信赖的好干部。"2016年6月,中共中央党校校园内落成谷文昌同志的雕像。同月,我完成长篇报告文学《穿越时代的光芒——党的好干部谷文昌的故事》的创作。

人生常伴有不幸和无常。2016年12月23日,长期的劳累和工作压力,致使我突发心梗,中断了创作修改工作。在鬼门关走过一遭后,我潜下心来,重走创作谷文昌传记的道路。2017年,山东省作家协会向我伸出热情的手,将我的长篇报告文学《不朽的丰碑——谷文昌传》列入重大题材文学创作扶持项目。在河南省林州市李东山前辈、市委宣传部王献青部长和刘俊强科长等的帮助下,我两次深入南湾村走访,宋喜全、谷财义、谷相州、郭紫明、李子昌、杨来运、程伏昌、谷翠萍等南湾村的乡亲,热情、朴实,像大山一样,给我讲了好多谷文昌的往事,讲了红旗渠的故事。后来，我来到北京朝阳区一所普通的民居，拜见东山县第一任宣传部部长、如今已九十多岁的南下老干部王虎前辈。王虎与谷文昌一起南下，一起带领东山人民艰苦奋斗，战天斗地，他眼里的谷文昌亲切而生动。2018年4月，我再一次来到东山，拜谒谷文昌纪念馆、东山保卫战纪念馆，继续深入走访，与谷豫东、宋喜全等加了微信好友，多次向他们请教。尔后，我潜心二次创作，又经过两年多的修改、补充、打磨，终于创作出这部长篇书稿。

创作期间，我牢记初心，肩负重任，始终以谷文昌精神进行自我激励。走访、创作的同时，我竭尽全力帮扶来自全国20多个省、直辖市、自治区的200名因病致贫返贫的乡亲，创作出另一部长篇报告文学《悬壶山河》。创作《谷文昌传》期间，得到山东省作家协会、威海市文联、福建省东山县委宣传部、东山县谷文昌纪念馆、河南省林州市委宣传部、林州市石板岩镇郭家庄村委等，以及一大批弘扬谷文昌精神的社会人士的帮助和支持，在此表示衷心感谢！

感激伟大的谷文昌精神，祝福我们的国家繁荣昌盛！

史怀宝
2023年6月1日

图书在版编目（CIP）数据

谷文昌传 / 史怀宝著. -- 北京：世界知识出版社，2023.12

ISBN 978-7-5012-6623-4

Ⅰ．①谷… Ⅱ．①史… Ⅲ．①传记文学－中国－当代 Ⅳ．① I25

中国国家版本馆CIP数据核字（2023）第005300号

谷文昌传
Gu Wenchang Zhuan

著　　者	史怀宝
责任编辑　薛　乾	特邀编辑　李　倩
责任出版　李　斌	
装帧设计　周周设计局	内文制作　宁春江
出版发行　世界知识出版社	
地　　址　北京市东城区干面胡同51号（100010）	
网　　址　www.ishizhi.cn	
联系电话　010-65265919	
经　　销　新华书店	
印　　刷　廊坊市海涛印刷有限公司	
开本印张　710×1000毫米　1/16　20印张　4插页	
字　　数　256千字	
版次印次　2023年12月第一版　2023年12月第一次印刷	
标准书号　ISBN 978-7-5012-6623-4	
定　　价　30.00元	

（凡印刷、装订错误可随时向出版社调换。联系电话：010-65265919）